有爱的青春陪伴者

池中物

金呆了 —— 著

江苏凤凰文艺出版社
JIANGSU PHOENIX LITERATURE AND ART PUBLISHING

图书在版编目（CIP）数据

池中物 / 金呆了著. -- 南京：江苏凤凰文艺出版社, 2024.10. -- ISBN 978-7-5594-8869-5

Ⅰ. I247.5

中国国家版本馆CIP数据核字第2024EW1145号

池中物

金呆了 著

责任编辑	王昕宁
特约编辑	蒋彩霞
出版发行	江苏凤凰文艺出版社
	南京市中央路165号，邮编：210009
网　　址	http://www.jswenyi.com
印　　刷	天津睿和印艺科技有限公司
开　　本	880mm×1230mm 1/32
印　　张	10.5
字　　数	388千字
版　　次	2024年10月第1版
印　　次	2024年10月第1次印刷
书　　号	ISBN 978-7-5594-8869-5
定　　价	42.80元

江苏凤凰文艺版图书凡印刷、装订错误，可向出版社调换，联系电话025-83280257

目录 CONTENTS

第一章 · 预谋邂逅 / 001

第二章 · 农夫与蛇 / 028

第三章 · 猫狗游戏 / 069

第四章 · 饕餮之徒 / 090

第五章 · 鱼与熊掌 / 127

第六章 · 暗度陈仓 / 151

CONTENTS 目录

第七章 · 雨过天晴
/ 189

第八章 · 月色正浓
/ 222

第九章 · 尘埃落定
/ 250

番外一 · 一千万
/ 282

番外二 · 恋爱日常
/ 293

番外三 · 痴女怨男
/ 311

第一章

预谋邂逅

秋阳高照，女生宿舍6B栋顶楼平台上晒着几床颜色各异的卡通被子。李铭心起得晚，跟室友上楼时，见光照最好、晒杆最新的东南角的位置已被抢占。

她抱着被子，慢条斯理地找到一根生锈的晒杆，轻踮脚尖，将厚棉被挂了上去。

室友嘀咕："四楼干吗呢？这么吵。"

方才上楼时，四楼传出一阵喧哗，本以为只是小闹，谁知等她们上到顶楼，吵闹一波高过一波。李铭心轻扯被角，不为八卦所动，面上是一片淡然。室友用胳膊肘拱她："好像是李蓝那个宿舍。"

"好像是的。"李铭心声线清冷，听不出情绪。

"最近她们宿舍的事可真多。别又是在宣传那富二代为她闺密生为她闺密死的事吧，这牛都吹了好几个月了。"有完没完啊，烦都烦死了。

"可能吧。"李铭心合眼仰脸，静静感受阳光流泻的温度。

是个好天气呢！

室友知道李铭心不爱八卦，没继续絮叨。

室友动作慢，李铭心抱臂等了等，慢慢垂首，脸埋进老棉被，深嗅一口闷了半年多的樟脑丸味道，稳定的心跳忽然失序。

当天下午，女生宿舍6B栋被翻了个底朝天，能找的地方都找过了，就是没有李蓝的实习报告。

按照老师的要求，周五之前必须交实习报告。而今天就是周五！

李蓝拖延症严重，什么事都喜欢拖到最后一刻，这事全班都知道，大家见怪不怪了。

手机铃声响起的时候，李铭心刚整理好被翻乱的床下桌。

几本画册按照用途摆放整齐，笔筒素简干净，小台灯纤尘不染，一看就是好学生的桌子。室友疑惑她怎么站在桌边任手机响，出声提醒道："铭心，你电话！"

李铭心这才回神，偏头看向屏幕，是中介——

"喂，您好。"

"有的，我今天有空。"

"可以的，没关系的，是我要谢谢您。"

"嗯，您报，手边有纸笔的。我记下来。"

"太白大道东，白公馆 2 栋 16 楼。嗯，我记下了。"

"下午五点是吗？我能到的。"

李铭心挂断电话，手机屏幕上时间显示下午三点五十八分。如果立刻出发，时间刚好够。她的第一反应不是穿鞋走，而是爬上上铺，换了身衣服。那是条纯白的棉裙，适度露肤，端庄美好。

室友问："是不是有活儿了？"

李铭心反手拉后背拉链，说："那家人家原来的家教有事去不了，让我顶一天。"

"就一天吗？"

"不知道呢，我先去吧。"

她爬下床，室友"哇"了一声："你这……"

李铭心专心穿鞋："怎么？"

"像白昕心。"室友眨眨眼，又坚定地道，"不过，比白昕心好看！"

李铭心不爱打扮，衣服不多，向来以方便为主，这裙子倒是从没见她穿过。

另一室友附和："白裙子是白昕心的专利吗？我们铭心本来就比白昕心好看！穿啥都好看！"

"但没人家命好，轻轻松松，不费吹灰之力，有个富二代男朋友，不用考研不用读书，直接拿下交换名额，一飞冲天。"

李铭心恍若未闻，拿好事先准备好的学生奖状、六级证书和专业四级证书，拦了车，往太白大道赶去。

而那被甩在身后的 6B 栋宿舍四楼，仍喧闹不堪。

李铭心没来过白公馆，不过有心理准备。

白公馆复古廊柱门口，一位身着家居服的阿姨站在精神抖擞的警卫旁边，正左右张望。

李铭心轻抚裙摆，拢了拢背包的肩带，上前一步："你好，我是今天临时的英语家教。"

她莞尔一笑，把那阿姨看愣住了。几秒后，阿姨"哟呵"一声："吓我一跳，真像……"

"像什么？"

"哦，声音不像。"阿姨抚抚心口，赶紧引导她，"姑娘这边来。"走了几步又犯嘀咕，"现在的小姑娘都长一个样子吗？"

不信似的，阿姨又回头打量了一眼——

纯白柔软的裙子，素黑垂坠的长发，几缕碎刘海自然散开，余晖勾勒侧脸轮廓，将圆弧领口露出的那片白皙肌肤照出碎金光泽。

真漂亮。

又是个漂亮姑娘。

哪儿来这么多漂亮姑娘的？

李铭心始终直视前方，对别人的举动无波无澜。

白公馆十六楼里住着一位国际初中在读的小女孩，名叫池念。

国际初中默认采用英语教学，对英语要求比较高。学校里除了一些外国同学，不少中国籍学生从出生就接触英语，口语流利度很高。池念的水平普通偏下，所以家里替她找了家教。

这家人钱多事少，是个香饽饽。这一点，李蓝在学校已经吹了一年，从池念小学毕业的夏天吹至初二入学的秋天。

李铭心和池念简单打了个招呼，然后拿出事先准备的五道语法测试题："我们来做一下这个吧。"避免学生反感的一个方式，就是在做题时加一个"我们"，以降低学生的逆反心理。

池念圆润的身形包裹在国际中学精美的校服内，撑得衣服几乎要炸裂。这套新领的校服很不合身，去换时发现没有超大号了，后勤老师让她先凑合两天。

池念怕生，见到新老师羞答答的，憨厚的眼神只瞟了一眼，没敢细看："嗯，好。"

李铭心认真地道："这五道题就是测试一下语法，不是考试。我稍微了解一下你的基础。"

说话时，她始终看着池念。

池念没抬头，赶紧拿起笔，紧张得吞咽。她很快答完题，向老师报告："好了！"

一偏头，女老师温柔地展颜，目光一直落在她的身上。

池念正面迎上老师姣好的五官，眉头疑惑蹙起："唔……"

李铭心："做得很好啊，对了四道题，说明你语法还不错，简单从句没问题的。"

"我语法不错吗？真的吗？"从来没有人这样说过。老师最常对她说的话就是加油，尽管她已经筋疲力尽了。

"初中语法不多，以这个正确率来说，这些你差不多都掌握了。而且你做得很快，说明心里有数。底子挺好的。"

池念害羞地闪了闪目光，喜滋滋地把脸埋进了臂弯。

三个小时的补习很快结束。中间休息了两次，她和池念一起分享了一份甜点和一份果盘。

确实如李蓝所说，在池家，需要做的事很少。李蓝曾夸张地说，那家小女孩人极好，见她哈欠连天，还为她准备了房间睡觉，最后结款，钱照算的。

这样的人家真的是打着灯笼都找不到。

李铭心之前在补习机构辅导过初高中英语，机构抽成厉害，劳心劳力，几乎无休，到手却没几个钱。上一个补习家庭，孩子爸爸一直盯着她、靠近她，害她最后连尾款都没要，逃上了出租车。

用室友的话说，在挣钱这块，李铭心有点时运不济——越是勤快，越是努力，越是心酸。

反观李蓝，从不备课，专业四级没过，常在宿舍分享雇主长短，却因着傍了好雇主，生活质量直接起飞。

课结束的时候，天色已黑。阿姨问李铭心怎么回去。

李铭心说坐公交车回去。路线她看好了，走八百米有一班302路车，通往S大北门。

走时，池念扒在沙发上，小心翼翼地看向她。

李铭心蹲身取鞋，朝池念摆摆手。

池念问："老师你下次还来吗？"

阿姨乐了，手在围裙上正反擦拭："怎么，这个老师教得好是吗？"

池念不比较，遂没回答，只是目光大胆了些，黏在李铭心身上，等她回答。

李铭心回道："不知道呢。中介老师只说让我临时顶一天。"

阿姨转身忙活，念念叨叨："池先生说今天要回来吃的，我做了他喜欢的鸡公煲。"

久违的家常菜的香气飘起。

李铭心行至门口，又朝池念挥了挥手。

入夜的白公馆璀璨如宫殿，明丽的灯火将夜色拂得稀薄，照成一片白昼。这个区域，好像独享一份时刻表。

走出公馆大门，李铭心坐上公交车。302路公交车上只有两个乘客，大家笼罩在夜色里，看不出性别、年龄、财富。大家公平地享有黑暗。

她找了个后排坐下，从包里取出下午剩的一块松饼，成为第三位寂寂无名的路人丙。

松饼香软可口，奶油化在口中，软乎乎的，像善良的小姑娘。

傍晚时池念问她晚上会不会饿肚子，李铭心说自己晚上不太吃东西。池念惋惜，硬塞了一块松饼给她，让她试试晚上吃一点甜的。李铭心问，晚上吃东西会怎么样？池念笑眯眯地道："会很开心！"

此刻，她一口一口咀嚼着松饼，嘴角不自觉地弯了起来。

确实很开心。

公交车拐弯，与一辆黑色卡宴 Turbo 相向错身。

李铭心捕捉到那一抹剪影，低头点了下手机屏。

北京时间：20：45。

再次来到太白大道的白公馆，是一周后。

中介措辞保留，称仍是试用，语气却流露出笃定，让她好好做，那家人家真的不错，给价也很好。

李铭心不如上次热情，淡淡应下，还称下午有课，要晚到一个小时。她摊开本西语书，在图书馆待了一下午。期间收到两张字条，估计都是来自新入学的同学，还天真地把图书馆当作艳遇的地方。

沿着笔直的城市大道一路往西，302 路公交车的视野逐渐变宽，城市在人烟稀少的建筑中逐渐淡出。

夕阳照得人脸颊火热，到达白公馆时，李铭心额头上浮了层薄汗。

开始上课时，是下午六点十六分。

第二次见面时，池念的性格开朗了一些。休息时分，李铭心打开池念的电脑，下载了英文版的《小猪佩奇》，点击播放。

池念不解地问："动画片吗？"

"听一听，培养语感。不是说听到同学说英语，你会紧张吗？那我们就多听听，听多了就知道，日常口语其实很简单。"

池念看向漂亮的老师，笑道："好。"又低下头，"Miss Li……"

李铭心吃着葡萄柚，正细细感受着甘甜："嗯？"

"你能通过一下我的微信吗？"池念几天前就加了，想问她愿不愿意继续教她，连发三次好友邀请，都没有结果，只能请家里人联系中介。

李铭心微笑："好。不好意思，我比较少用微信。"

池念很惊讶："真的吗？很少用微信？"难怪几天没有回应。

不过，现代人真的很少有人不用微信。

第二主卧洗手间里，李铭心闭着眼睛，按下了冲水键。

漩涡卷着她的人生直坠而下。

她打开微信，上百个红点吵吵嚷嚷，不断弹出。如她所料，母亲裘红发来了几十条消息。

李铭心每拒接一个电话，母亲便要骂她几句。

好在李铭心掩耳盗铃惯了，她面无表情地把母亲的对话删除了，点开好友申请，一眼找到了池念。

池念的头像是一只棕色的玩偶熊，微信名叫"念念"。她点开池念的朋友圈，全是小女孩的心情和日常，花花绿绿，丰富俏皮。只是，没有学校相关的，也没有她自己的照片。

池念的镜头和日常更多是对准外界。

继续往下划拉，五月份有一张抓拍的男人照片，比搜索引擎上那张唯一的照片要生动许多。

倜傥，西装拎在手上，衬衫袖挽至前臂，筋骨分明，线条紧实。

亲切，看镜头的眼神像在看一个小孩儿，目光很宠溺。

英俊，嘴角噙着淡淡的笑意。这样一张脸上露出笑意，却不显玩味轻浮，是绝对的教养养成的分寸。

照片配文是：（偷的图）哟！看谁呢！笑成这样！

如果是看妹妹，那很温情。

如果是看女朋友，那很温柔。

看起来，这人不错。

一秒钟，李铭心的大脑划过很多信息。

再往下就没了，朋友圈仅半年可见。

洗手间隔音极好，住惯了宿舍和陋室的李铭心差点忘了时间，再推开门，空气里骚动着一阵不属于这个家的声响。

池念不在书房，电脑上的《小猪佩奇》被按了暂停，进度条在第二集的中间。按照一集五分钟计算，按下暂停应该是在两三分钟之前。

此刻是北京时间晚上八点三十一分。

池念看着池牧之被扶上床，一边给助理倒水，一边嘴里嘀嘀咕咕："怎么又喝这么多？"

一道女声响起："他几时喝多过？"

"上个月他就喝多了。"

女声惊讶："这人受什么刺激了，居然会喝醉。我长这么大就没见过喝醉的池牧之。"

池念低下声："不知道。"

李铭心走出卧室："念念。"

"啊！Miss Li！"池念差点忘了自己还在上课，"我哥回来了，不好意思。"她看了眼墙钟，"八点半了，要不今天就到这里吧。我等会儿看几集《小猪佩奇》。"

她憨憨一笑："动画片里的英语真的蛮简单的。"

跟着《小猪佩奇》说英语，她没有那么紧张了。

李铭心还没应声，池念马上说："金助理要回市里，可以送你！"

李铭心微微颔首："那……麻烦了。"

余光里，那个陪池牧之回来的女人一直在看她。

李铭心目不斜视，在玄关处取了外套，结束了第二次补习。

那个女人不是金助理，金助理是个男的。

李铭心从来没想过，自己这么快会坐上卡宴——这辆只在手机搜索引擎上被定格过数次的车。

金助理为李铭心打开后座的门，绅士地请她入内。

李铭心微微抬眼，看清他的动作，坦然躬身，安静入座。关门之前，金助理在她脸上多逗留了一眼。比阿姨的咋呼要冷静很多，金助理的眼睛像鹰一样。

坐上副驾驶座后，他说："老师很像一个人。"

"谁？"

"之前补习老师的朋友。那位老师每次来上课都带着那个女生，我经常送她们回去。"他松了口气，"刚刚我以为就是她。"

李铭心若有所思："很像吗？"

同学里也经常有人说她们像——"白昕心和李铭心长得真像""一个热一个冷""一个市里姑娘一个村里小芳""我觉得小芳好看""还是市里姑娘好看吧，更上得了台面"……

经常有不熟悉的同学将李铭心错认为白昕心。

金助理意识到说一个姑娘像另一个姑娘是不礼貌的行为，又改了口："其实，也不是很像。"

路灯闪烁，光线快速扫过脸庞，让人眼花。

李铭心感觉臀部怪怪的，以为是错觉，感受了一会儿，发现有个东西一直在振动。

一低头，赫然是一部手机。

微信消息跳出，随之，信息上浮。

十九点二十一分，念念发来：老师来了，在上课了。

十九点三十二分,她追了一句:哥,你今天回来吗?给你看看我的漂亮老师。

都是未读状态。

她指尖一滑,微信未读消息展开。

十八点三十二分,庄娴书:牧之,我饿了,请我吃饭。

十八点三十三分,庄娴书:池牧之,别给脸不要脸,你也知道我的经济状况,不回我我就上你家……

十八点五十六分,庄娴书:出来接我!这会所跟迷宫似的。

她指尖一按,屏幕恢复黑暗。

"金助理。"李铭心打破车厢里的静谧。

"嗯?"金助理转头。

她手一伸:"这边有部手机。"

金助理忙接过,道了声谢谢:"得,送完您我还得再回去一趟。"

到宿舍时,大家都洗漱完了。室友问李铭心累不累。

李铭心摇摇头,捞起事先准备好的衣物,往洗漱间去。

"谁家家教这么晚啊,肯定是累的。"

"你问李铭心累不累,那不是白问嘛。暑假箱包厂的体力活,一天十二个小时,没有空调,也就她说不累不热。中介说七男三女报名去的,坚持做完一个月的只有一男一女,坚持完两个月的,只有咱们李铭心!"

"铭心啊,你什么时候能发财啊!"

"李铭心要是发不了财,那我们都别想了。勤劳聪明美丽善良,什么好品质都占了。这还不行……"

"那也不能这么说。发财的路千千万,也不一定非得靠自己。人家白昕心不就一步登天了吗?"

"就是出个国而已,也不算登天呢。那么多人都出国呢。"

"人家不是靠成绩,也不是靠爹妈,那能一样嘛!"后半句,室友的声音怪里怪气。谁听了,都要跟一个心知肚明的讽刺表情。

她们的话,李铭心都听到了,她举着粉红色的塑料杯子,正在专心刷牙。

她的牙不太好,去年疼到忍无可忍,终于去了医院,一次性补了七颗,其中有三颗根管治疗,一颗装了全瓷牙。除了钱,弄牙的过程苦不堪言,自那以后,她刷牙特别认真。

李铭心意识到,疼痛是急症,贫穷只是慢性病。在挣到钱之前,还是要好好刷牙。好好刷牙可以反向省钱,是另一种形式的打工。

她慢慢剥下自己的白T恤和牛仔裤,丢进白色塑料盆。做这个动作时,她依照日常习惯，本来是低着头的，某一瞬，她忽然抬头，目光径直往镜子中扎去。

那是一具陌生的身体。

她低下头，继续脱内裤，脱完之后不知怎的，再度抬头。

照了三年的宿舍镜子，今日有些陌生，又有些美好。

虽然大家都夸她漂亮，但是她对于这张脸是陌生的。如果不是到这里念大学，她都不知道自己属于好看的类型。裘红从小就骂她"眼尾上挑，跟狐狸精似的""胯不够宽，一看就不好生养""天天看书，眼睛看坏了谁家要你……

"铭心！你掉厕所啦？"

室友敲了敲浴室门："你还在洗？洗了这么久？"

这个室友的声音传到了外间，外面的几个室友听着不对劲，也纷纷问："铭心，怎么了？"

水声立刻停止。

"铭心！李铭心！"

里间传来李铭心沙哑的声音："想事情呢，忘了。"

"吓我一跳。没事吧。"见李铭心不再说话，室友非要看个究竟，在门口等着。

她想到李铭心回来就没怎么说过话，有点不安。虽然李铭心一向不怎么说话，但女孩子晚归还是要关心一下的。

门"砰"地解锁，被打开了。

李铭心倚靠门框，一头乌丝湿漉漉地贴着头皮和脸颊，她漫不经心地笑那室友："没事啦。想什么呢。"

室友"哟"地倒退了一步："哦。"

等李铭心走出洗漱间，拿毛巾把自己裹起来，室友才后知后觉："我们铭心不穿衣服比穿衣服还好看。"说着冲出洗漱间，跟其他室友大声分享李铭心有多美。

几个姑娘迅速起身，非得把李铭心的毛巾扯了，要好好看看。

李铭心站在热情的室友的包围圈内，不着痕迹地释出长长的一口未尽之气。她有些恍惚，一偏头，那面镜子里的她活色生香，那双湿了睫羽的眼睛，此刻媚得能掐出水来。

这是第一次，李铭心发现裘红没说错。她确实有一双狐狸精的眼睛。

这个秋夜，李铭心心躁，辗转难眠，于是点亮床头灯，看了会儿专业书。

看着看着，稿纸上很快出现了不少不太专业的内容：

程宁远，池牧之舅舅，三十七岁，光瑞生物制药执行总裁，实际控制人（资料多）。

池竟，池牧之父亲，五十六岁，S市景行区某委员会主任。

池念，池牧之的亲妹妹？表妹？十四岁，英瑞高级中学初中部，英语课、马术课、网球课、舞蹈课（课很多），内向（？）、敏感（？）、善良，爱吃东西，喜欢五颜六色，喜欢偷偷观察别人（？）、讨好型（？），不喜欢同学，抗拒英语……

池竟只有一个儿子，那么……

池牧之，三十岁，光瑞生物制药高管（资料少）。

李蓝口述：五十万分手费，帮忙写推荐信，不愿分手，深爱白昕心（？）。

抓拍照片：英俊，亲切，穿西装，有健身痕迹（？）。

09月29日新发现：

微信喜欢已读不回。

过去不喝醉，近期喝醉两次。

交往过的女人多（？）。

十一长假七天，池家排了五天课。李铭心认真备课，第一天，却只是陪池念看了两个小时《小猪佩奇》。

池念表示，和Miss Li看《小猪佩奇》很开心，之前的英语老师更喜欢让她背课文、背对话、背词组、背单词。她本来就不喜欢英语，也不喜欢背书，这几项一叠加，害她想到英语都会抖。

另一个Miss Li——李蓝老师，每次都说明星八卦，讲S大校园逸事，好是好，开心是开心，但有点本末倒置，对英语一点帮助也没有。

这个Miss Li就不一样，对方不给她压力，还会取巧，会更换教学方式。不仅如此，Miss Li说话淡淡的，表情笑盈盈的，有一种不属于大学生的稳重的美。

头一回，她以为对方是白昕心姐姐，再看就一点也不觉得了。

她们一点也不一样，Miss Li是天使，是来拯救她的！

池念开心得打滚，不知道要怎么表达遇到好老师的快乐，不停地跟池牧之说涨工资涨工资涨工资，给Miss Li涨工资。

池牧之告诉池念，池家家教的工资本来就高于市场价，再涨就破坏市场平衡了，以后这个老师出去找工作，会有落差，反而不利于稳定健康的发展。现在的时薪刚刚好，足够对方很珍惜很认真地对待这份工作，也不会对对方将来找其他工作造成什么负面影响。

池念听不懂，但她觉得池牧之说什么都是对的。

阿姨来送果盘，拉着李铭心说了几句，让她今日留下来吃饭，自己做了几道家常菜。

说话时，阿姨的眼神没有停留在某一个部位，而是绕着她的脸转了两圈。

"谢谢阿姨！"

太阳落山时分，白公馆十六楼如有圣光降临。秋日赤红倒映城市，照得落地窗内外一片金灿灿。

每周的新花送到，阿姨为新鲜玫瑰剪枝，忙碌地把几个花瓶的旧花换下。

李铭心抱臂坐在落地窗前，安静地晒着夕阳，自觉正悬在B612星球。原来这里不仅有私人的时间，还有私人的视觉。美好的夕阳烧红了她的眼。

十八点三十分左右，阿姨忙不过来，叫了个钟点工阿姨帮忙。这一餐，似乎很郑重。但一切忙活完，晚餐还是推迟了一个小时。

等待中，李铭心有了漫长的闲暇时间，这才慢慢地将整个公共空间打量了一圈。

之前，她视野每次的落定，都是一个具体的物体——

书房的祖母绿台灯，池念手上的钢笔，搁在门口的高尔夫球袋，从不枯萎的鲜花……

今日纵观，跟网上的内部图没什么区别。复古法式轻奢，样板风格，没有主人多余的心思。

她漫不经心地一扫，发现茶几下有个黑白格子的棋盘，上面搁着个半开的木质盒子，应该是近期主人用过，阿姨还没来得及整理。

她拿出手机，拍了张照片，轻轻放大图片。

根据盒子口露出的立面棋子，那是副国际象棋。她指尖逗留在国王的棋子上，平静的心跳再度蓬勃。

十九点三十分，池念问李铭心饿不饿，要不要吃块松饼垫垫。

十九点四十五分，应该是得到了特赦，他们三人开始用餐。阿姨、池念，还有李铭心。

阿姨问李铭心是哪里人。李铭心答了个遥远的省份。阿姨夸她："那你考到这里不容易吧。"

李铭心："我高考了两次。"

几乎在瞬间，空气里飘起心酸的味道。

池念钦佩："老师真厉害！"

小学毕业统考，她都害怕，何况是高考。

阿姨问："这压力挺大的。第一次考得不好，第二次就考好了？"

"第一次考得还行，但是填志愿的时候出了点问题。所以第二年又考了一次。"

"什么问题啊？"

李铭心笑了笑没答。

池念捕捉到下沉的气氛，把碗一推，撒娇让阿姨帮她舀汤。

二十点十五分，阿姨看了眼手机，起身炖酸梅豆腐豆芽汤。

二十点二十一分，晚餐到了尾声。

阿姨不是住家阿姨，收拾东西准备下班。走前，她问李铭心要不要一起走。

李铭心本来也要走的，但想到今天池念除了看卡通片，一点题都没做，于是软声对池念说："今天玩一天了，做十道题，再写一篇英文日记好吗？"

漂亮老师平时讲话稳重而冷淡，此刻声音一软，池念完全吃不消，眼睛一弯，头点得跟小鸡啄米似的："好呀，那老师陪我。"

分针又推了十五分钟。

书房门开着，空间里除了池念嘴上念叨的 muffin（松饼）、rice（米饭）、rose（玫瑰），静得落针可闻。

李铭心在守株待兔。

"嘀嘀"解锁声响起时，她闭上了眼睛。

她清晰地听到，心中猛兽挣脱链条的声音。

"池牧之！你怎么这么沉，刚刚就不该让金助理走！"

是上次那个女人的声音。

下一秒，人倒地的声音响起，空气里传来男性低哑性感的笑声。

"不许笑！再笑！再笑你就死定了！"

"池牧之，你是不知道，你笑起来很危险。"

男人鼻息仍荡漾着笑意："嗯？怎么？"

那声音低得像从身体深处发出来的，好低的低音炮，振幅很远。

"好诱人啊。"女人兀自抓狂，"真的会让人想把你吃了。"

房间里，李铭心陷入思考：他们……这是在调情吗？

即便注意力已经锁定目标，李铭心仍认真阅读完了池念的日记："日记写得很可爱，单词拼写和语法都没有错误。"

池念一边往门外看，一边害羞地回应 Miss Li，自己写的都是些简单的句子。

她又轻声说："我哥回来了。"

李铭心没有起身，礼貌地问："要我去打个招呼吗？"

池念心思不在，忘了回答这句话。

"阿姨煮的解酒酸汤好香啊,我才吃完三十分钟,怎么又饿了。"她扒着转椅背,望向桌上最后一块松饼,重重地咽了口口水,"我想吃甜的了。"

李铭心想了想:"教你个新词。"

"什么?"

李铭心指着日记说:"这个词怎么读?"

"Muffin。"

李铭心将那块松饼递到池念面前,指着松饼膨胀凸起的尖尖问:"Muffin 上有一个小 top 看到了吗?"

池念点头。

"你知道 Muffin top 什么意思吗?"

池念摇头。

"小肚腩。"李铭心的指尖在松饼的凸起上画了个弧线。

"好形象啊! Muffin top? 好可爱的名字!"池念眼睛亮了。

李铭心漾起笑:"因为小肚腩就是很可爱的东西啊。"

池念开心了,一口把松饼吃掉。

主厅,没有开灯。

随着李铭心赤足靠近,高挑的女人按亮了一盏壁灯。

池牧之垂首斜靠墙角,筋骨分明的手上还抓着西装。他没脱皮鞋,两条修长的腿交叠,姿态松弛又稳稳当当,不像喝醉了。

李铭心奇怪,怎么能出去一天,鞋上都没有灰呢?

"哇哦!又见面了,妹妹!"庄娴书轻蔑地勾起红唇,"在这儿干什么差事啊?我看看我能不能做。"

李铭心问:"您是?"

"我啊?我是总裁办秘书。"

好像说得通。

不过这个女人疯疯癫癫的,李铭心不准备示好。

庄娴书:"你知道总裁办的秘书是干什么的吗?"

李铭心思考了一秒:"干什么的?"

"白天陪老板上班,晚上陪老板睡觉。"

还挺忙的。

女人纤指上夹了根没点燃的进口烟,雪白裸露的肩颈朝前一顶,配上鬈发红唇,好有女人味。

"我们这儿正扩招呢,你要不要来啊?好歹有份工钱。你这样铤而走险,说不定赔了夫人又折兵,最后连保底钱都拿不到。"

她话里有话,非常冒犯。

池牧之丢下西装,怒斥她的无礼:"庄娴书!"

"哈哈哈!"她红唇一弯,咧成艳丽的弧度,眼里的精明只增未减,"开玩笑的小妹妹。"

说罢,她舌尖尖挑衅地滑过嘴角,媚声媚气:"你说,今天是我留下,还是你留下?"

"庄娴书,够了!"池牧之打开了门,上前一步拽她,"你再这样无礼,我不管你是住马路还是住桥洞,现在就走。"

庄娴书做作地偏身,跌在沙发上耍赖:"男人都是一样薄情的。你们程家人更是!"

深爱了十几年的男人,一手把她培养起来,现在却要把她踢出总裁办。

青梅竹马一起长大的好友,以为没有爱情就没有背叛,谁知道,现在连个住的地方都不肯施舍!她屁股都没坐上凳子,就要赶她走。王八蛋!

池牧之拿她没办法,摇摇头:"是是是,你说什么都是。"

他说这话的时候,李铭心脑子里忽然冒出了一个表情——是念念朋友圈那张照片上的,英俊,温顺,人很好。

李铭心像被点了穴似的,猛地抬起头,直直撞进他深邃的眼睛。

好像认识了很久,却是他们的第一次对视。

约莫是因为炽白的壁灯灯光,李铭心第一反应是这个男人很白,然后才是英俊。

这眼神,钩子一样,搞得她不知所措。

诚然,他很美好,是沙漠里的春天。

同时,他也很遥远。

对视后,池牧之平静地移开了目光,落回了庄娴书身上。很明显,此时此刻,此情此景,李铭心是个无关痛痒的人。

"庄娴书,你太没礼貌了!这是念念的家庭老师。"他语带训斥,酒气熏了嗓子,声音又低又哑。

搜索引擎上居然没说,这男人的声音极好听。

"老师啊?"庄娴书撩高裙摆,露出莹白的长腿,"妹妹,搞钱得这样。他们那帮臭男人什么没见过。"

庄娴书粗鲁地拉扯李铭心包裹得完整的白裙领口,不屑道:"你这样的方法,过时了。"

李铭心面无表情地扯住她的胳膊,用力甩离自己的身体。

象牙塔没有教过这样的对话要如何应对,李铭心有点想跑,双脚却一动不动,扎在那里:"那你怎么不搞?"

"哈哈哈！妹妹别误会。我和他舅舅谈过，再跟他谈有点不像话吧。"没等别人开口，庄娴书眨眨眼睛，话音一转，"不过也不是不行。"

她仿佛忽然勘破了捷径："这样可以气死程宁远，不是吗？"

似乎觉得这个主意很好，她仰高脖颈："你觉得如何，妹妹？"

李铭心冷淡地学舌："也不是不行。"

庄娴书毫不淑女，放荡大笑："有意思。换你呢，你会怎么做？"

"什么？"

庄娴书忽然凶狠，指尖在她裸露的皮肤上打转："你跟了很多年的男友忽然不要你了，你怎么报复？"

"我？"从来没有人问过李铭心这样的问题。

池牧之轻蹙眉宇："阿娴！别无理！"

再看向李铭心，池牧之眼里的不悦敛去，开口时，语气温和，人却一下子变得疏离："李老师别见怪，她没有恶意，就是最近受了点刺激。"他屈指点了点左额，示意她，"这里不太好。"

庄娴书娇哼一声，没理他，非要拽着李铭心问个究竟："嗯？妹妹？"

"我……"李铭心顿了顿，"我会算了。"

"什么？"

"我会算了。"

"那你没听懂问题，或者你没爱过。'爱'这个字是很难算了的。"

李铭心抬起头，声音清透而坚定："我会算了的。"

池牧之白皙的指骨搭在墨绿丝绒沙发上，指尖无意识地叩了几下，顺便看了李铭心一眼。那一眼，带着意味深长。

庄娴书无语地摇头，嗤笑一声："那你们俩可真配！"

李铭心扶着庄娴书进到浴室。

几十步路，此女跌跌撞撞，幸好李铭心力气不小，能迫使其稳定身体。

只是一到浴室，庄娴书就笔直地站在了乍泄的灯光下，一脸清醒。

"妹妹，今晚行动吗？"庄娴书抄起手，满脸精明，"刚送走上一个小姑娘，池牧之不会这么容易上钩的。"

李铭心冷冷地抬眼，同镜面里的庄娴书对视："你喝多了。"

庄娴书想了想，人歪在洗手台上："是，我喝多了，你伺候我吧。"说罢，她鲜红的长甲伸进喉咙口，用力一抠，一堆污秽物倒涌而出。

全是混着胃液的酒水，没有一点食物痕迹。

水龙头冲掉了第一波，门上传来两声轻叩："需要帮忙吗？要我把念念叫来吗？"

庄娴书手臂一横，抹干唇边的污渍，左右手一挑，吊带裙滑落至妖娆的胯部。

她附耳低声："学着点，"然后扬声，"需要，进来啊。"

李铭心将她往浴缸一推，开口道："不需要。"

见庄娴书没有不配合，李铭心手脚麻利地帮她脱去裙子，揭掉胸贴。

这是李铭心没见过的东西。

两条单薄的线，勾着片薄薄的蕾丝，充满了铤而走险的诱惑。

庄娴书自信地掂了掂，大方向她展示："漂亮吗？毛面水滴，二十万。"

李铭心不知道怎么处理："这是一次性的吗？"没什么棉料，看着又昂贵又低廉。

庄娴书让她搁那儿，再次弹动挺拔的水球儿："怎么样？"

李铭心没有欲望地瞥了一眼："我也有。"

庄娴书不信，拿眼估量："多大？B？C？"

李铭心没答，手腕一拨，水柱迎着庄娴书的脸砸了下来。

那张漂亮的脸被冷水激得后仰，一瞬间灌满了欲望。庄娴书吃了好几口水才适应，不怒反笑地对李铭心说："你看上去像个杀手。"

李铭心找到了水温调节的开关，给她放水："我不会杀你的。"

"为什么？"

"我辛苦考上大学，还没毕业挣钱，还没享受生活，我不会做这种冒险的事。"

李铭心想问"我为什么要杀你"，很快被庄娴书无厘头的下一句抓去了注意力。

"哦？那接近池牧之不危险吗？"庄娴书敲打她，"知道吗，太急了。他是钱多，但人不傻。"

上一个是家教带来的朋友，这一个是家教，看不出来，现在流行这种一帮一带。

白昕心的出国推荐信是庄娴书一手操办的。小姑娘活得简单，什么也不懂，漂亮的白痴脸蛋一歪，除了嘴甜态度好，没别的优点了。

过程中，她笑话池牧之是不是很闲，池牧之无所谓地说，顺手的事。

对他来说是顺手交代别人办了，对别人来说完全是增加工作量。庄娴书奇怪，是多对不起人家，负了人家多少，才会这么亏心？

"随你怎么想。"多说多错，李铭心本来也擅长回避。

李铭心蹲在瓷白的浴缸边，左右看了看，光明正大地研究起格子里的洗浴用品。

她试了试水温,差不多。

一颗彩色浴球被丢入温水中,顷刻间,那固体散成一团五彩斑斓的泡沫。李铭心看着那团艳丽,傻乎乎地笑了。

庄娴书盯了她半晌:"谢谢你不杀之恩。"

"不客气。"

庄娴书躺在一池淫丽中,搅弄浴花泡沫:"这样吧,我还你个恩情。"

李铭心没见过这么没前没后的人,又觉得很有意思,顺着她的话茬说:"什么?"

"雨天。下雨天多花点心思。"

平时的他,刀枪不入。

阖上客卧的门,外面又黑又安静,完全是另一个空间。李铭心习惯集体生活,对这样静悄悄的世界很不适应。

池牧之背身立于窗边,听到声音,屈指掸了掸烟灰。

应是犹豫了一刻,猩红悬于烟灰缸上方闪了闪,迅速被掐灭。

"辛苦了,李老师,今天……按时间算给您。"他看她的眼神太像看一个普通老师了。也许他多一分诧异会好一些。

像阿姨,像金助理,像池念,或者像那些说她和白昕心很像的同学。

池牧之的平静让这一切看起来像个笑话。

"没事。"李铭心朝他鞠了一躬,准备走人。

他淡笑着上前一步:"我送您回去。"

您?

她提醒:"您喝酒了。"

"我叫车送您,到学校之后再回来。"说话间,他长腿已经迈至门口。

李铭心不解:"这样很麻烦。"

"不麻烦。"

他应是雷厉风行的风格,这时候已经踩进皮鞋,捞起西装,打开了大门。

和庄娴书进浴室少说有二十分钟,这中间他没有洗漱,衬衫完整地穿在身上,应该一开始就准备好要送她。

李蓝也说过,池家非常注意老师的安全,晚归一定要报平安。

思及此,李铭心不再多问。

电梯里,他礼节性地问了句:"老师是本地人吗?"

李铭心又把那个遥远的省份回答了一遍。

"平时住宿舍?"

"嗯。"

接着，他们在大片空白的寂静里，感受秋夜的流动。

2栋距离白公馆大门有几百米的距离，他们的脚步声一轻一重，一前一后。

李铭心有意错开五步的距离，落后于他。她认为这样比较礼貌。

走了一会儿，他似有所察觉，没有停下，但刻意放慢了步调。

李铭心顺着本来的步速，慢慢靠近。每走近一步，白衬衫的纹理就清晰一些，走到他身边时，陌生的烟草味漫了过来。

"念念很喜欢上您的课。"他嗓音低沉，带着少许奇异的颗粒感，"她基础不太好，五年级才开始学英语，那会儿二十六个字母都背不全。我们试着找过十几个家庭教师，磨合得都不太行。"

李铭心："这样吗？如果五年级才开始学英语，那现在这个成绩真的很不错。"

他低笑："李老师很擅长鼓励式教育，难怪念念喜欢上您的课。总之，要劳您费心了。"

到校门口，池牧之下车送了她几步，手上那件摆设一样的西装终于派上用场，罩在了她的肩上。

他站在路灯柔和的光圈里，说，秋天夜里凉，老师再见。

进了校门，李铭心才敢低下头，细嗅那股淡淡的香水味道。

她辨不出牌子和调子，只觉得清淡舒服。

拢衣服时，李铭心顺着柔软膨隆的沟壑，才发现自己白裙胸口的扣子散了两颗，应该是刚刚被庄娴书扯开的。

她忙低头扣上，随之涌上一股烦躁。

睡前，李铭心终于掏出手机。

手机是翻新机，打工时摔过好几次，修了两次屏幕，现在屏幕的光还不太均衡。

她不依赖手机，没有目的的时候，不爱刷网页，也不爱回消息。熟悉的人都知道找她要打电话，发微信回不回看缘分。

最近是李铭心使用手机最高频的一阵子。也是最近，她才后知后觉，发现手机不停地提示她内存不够。她将相册删光，消息删光，不用的App删光，依然不够她日常使用。

她无奈，只能爬下床，使用电脑搜索国际象棋规则。

黑暗中，她借着屏幕光将棋子记在稿纸上，还找到两个国际象棋视频，快速过了一遍。

大四的课很少，除了找到实习单位的，剩下的都在准备考试。考研、考公、考编、考语言，每个人都在为未来做充分准备。

室友六点就起来了，趴到李铭心床边叫醒她，问要不要帮她占位。

十月份，图书馆开始拥挤。S大主校区图书馆外七点就排起长龙。

李铭心揉揉眼睛，迷迷糊糊："……中午有课。"

"那你记得带伞，今天有雨。"

李铭心陷在半梦半醒之间，把稿纸上的棋子默背了一遍。起床时是九点，明明是假期，但大四女生的宿舍空旷如上课。

楼底有几个女生经过，嘴里喊着今天要下雨了。

李铭心望着阴云滚滚的天空，边吃包子，边看考研视频。出发前，她背上了两本背诵宝典和配套练习册。

别人的世界是——出发，阴天，到达地点，天上下雨，然后赶巧地舒了口气。

李铭心的世界是——看好天气，做好准备，迈出第一步，雨滴就浇了下来，随着她越走越快，雨越下越大，到公交车站时，牛仔裤湿了一截。

她很适应这种狼狈。坐上公交车，她慢条斯理地卷起裤脚，整理额前湿发，再打开背诵宝典，念念有词地背起书来。

这是一场大雨，雨水浇花车窗玻璃，一路没停。

公交车站台距离白公馆不到一公里。这段路正常走没问题，大风大雨里走就很凄凉。

东南风裹挟着雨水，把伞吹得东倒西歪，把人下半身整个儿浇湿，特别狼狈。她走到半道就放弃了打伞，将书缩在伞下护住，人大大方方敞在天幕底下，往目的地走。

池念开门看到李铭心的模样，吓了一跳："这么大的雨吗？"

池念说着抱歉，今天大雨，本想打电话说不用上课的，谁知看了会儿综艺节目就忘了。

李铭心湿得像一只海妖，长发不断地滴水，像海草般S形蜿蜒在颈侧。雨水打得她皮肤冰凉透白，白衫贴着曲线，透出内衣和皮肤的轮廓。

阿姨给她裹上又厚又软的浴巾，急匆匆领着她去洗热水澡，叮嘱她多冲一会儿，以免寒气伤身。

脱衣服前，李铭心问："等会儿换什么衣服？"她的衣服都湿透了。

池念小心翼翼地问："可以穿我的吗？"

李铭心："可以……吗？"念念的尺寸是她的两倍。

"唔……"池念思考。

李铭心想了想："昨天那个庄姐姐有衣服吗？"

"阿娴姐姐已经走了。而且，她也没衣服在这儿啊。"池念"哎呀"了一声,"她早上走的时候,裙子是阿姨现烘干的,她在外面套了件我哥的衬衫。要不,你穿我哥的衬衫吧!"

李铭心垂眸,继续擦拭头发:"这样好吗?"

"唔,我哥应该无所谓。上次那个李老师和昕心姐姐在这里过夜,也穿的他的衬衫。"

池念往走廊右侧的第一主卧走去。

到了近前,池念放轻了脚步,对她说:"他应该还在睡。我们轻点。"

池念刚握上门把手,李铭心拦住了她:"那太打扰了,我先试试你的衣服吧,也就一会儿,不是吗?"有烘干机,衣服干得很快吧。

池念眼睛一亮,什么也没说,只是回房时,一路都在蹦。

"啊!我有很多漂亮的裙子都没穿过!肯定能找一件老师喜欢的。"

她总想等自己瘦了再穿,等啊等啊,只等到了长高,那些衣服再也塞不进去了。

池念的衣服确实很多,比李铭心这辈子穿过的都多。池念有一个专门的衣帽间,里面摆满了不适合她的衣帽。

池念一心要让老师穿亮色的裙子,捞出一把衣架,往穿衣凳上一摊,又是艳黄又是青绿又是粉红,晃得李铭心眼花。

最后,李铭心套了件英瑞的校服。

白衬衫下摆偏长,塞进粉黑格子的百褶裙内刚刚好。

池念遗憾装扮芭比娃娃的工作没有尽兴:"校服就可以吗?"

"我从来没穿过这样的校服,以前总羡慕来着。"县城多朴素,校服宽大不分男女。到了大城市,李铭心才知道原来真的有学校穿这样的衣服,过去还以为,这是只有电视剧里才有的道具。

池念更热情了,非要陪李铭心进浴室:"我帮老师搓背好吗?老师会调水温吗?我指给你看,哪个是洗发水,哪个是沐浴露,很容易搞错的!"

李铭心在华丽宽敞的浴室里洗了二十分钟之久,中间有跟池念说几句话,大部分时间,她都在放空地享受水压稳定、洗之不尽的热水。

她生命中稀缺的一切资源,在这里都如此寻常,唾手可得。她很少洗这么久的澡,皮肤都泡皱了。洗完澡,她闷得慌,边走边将湿发潦草地扎成一个髻,迫切地想去落地窗边透口气。

她拐至主厅时,池牧之也在。

他正陷在阴雨天的沙发里,低头看着什么东西。

那里没开灯,他的背影和落地窗户一暗一明,像幅黑白映画。

李铭心失神了一秒,很快发现茶几上晾着她的考研书……以及草稿。

她快步走到他身旁,声音抬高了一度:"池先……"

书被雨打湿了,阿姨好心帮她摊开吹干,谁知道……

他抬起头,眉头有些皱,似乎不舒服,但仍很礼貌,牵起嘴角指了指手上的稿纸:"老师在学象棋吗?"

"生日时同学送了一副给我,我不会,又怕浪费。想试着看教程学一下。"

他饶有兴致:"学多久了?够切磋一局吗?"

李铭心想也没想:"不够。"

他笑了。

池牧之眉骨高,此刻坐在暗处,窗外的光线照不见他的目光,看得不甚明了。

李铭心硬着头皮同他对视,发现他的无波无澜既像没有情绪,又像洞悉世事。她试着偏了偏头,也没找到合适的光线,索性避开,查看书籍的受损程度。

还好,没怎么湿,幸好一路上护着。

"要考研吗?"

"嗯。"

"跨专业吗?"

"嗯。"

"跨专业考法学?"

"嗯。"

"那不容易吧?"

"嗯。"

他沉吟片刻:"几月考?"

李铭心的目光划过他骨感白皙的脚面。他没穿袜子没穿鞋,能清楚地看到,脚背有一条狰狞的手术疤痕。这道疤落在深色皮肤上会很性感,很野性,但他皮肤太白了,看得人能切身感受到一种疼。

她避开眼神,闪过一丝不自在:"十二月。"

"会影响家教的课吗?"

李铭心猛地抬起头,和他的目光撞了个正着。这次看清了,他真的在担心念念的课。

"不会的。"李铭心说,"我们大四没什么课了,平时复习足够用。念念一周三节家教课,量不算大,不影响什么。"

一下子说了这么多话。池牧之噙着淡淡的笑意,语气安抚:"李老师别误会,我没那个意思。"

李铭心认真道:"我会做好的。"

他点点头。

阿姨帮李铭心的帆布包也一道拿去烘干，取东西时，发现她的手机湿漉漉的，提醒道："李老师，这个手机估计泡水了，赶紧看看还能不能用。"

李铭心接过，一按键，很好，死得刚好，寿终正寝。

她不意外："可能坏了。"

池念着急："真的吗？坏了吗？"

池念赶紧接过那部破旧的手机，使劲摁键，一点反应也没有。

说实话，池念好久没看到这么过时的手机了，就这个手机不亮了，她都不会往没电上联想。

看清手机屏幕上的裂痕，池念心头酸了一下："没事，我有备用手机。"说罢，她就要跑去房间找手机。

李铭心忙道："不用了！"

她的打算是月中领到工资，再去买个便宜的翻新机。最近翻新机的价格还不错。

池牧之喊住池念，让她别拿了。

李铭心刚松了口气，以为这茬过了，就见他自然地抬脚往房间走："我那儿有好几部新手机，正好用不到！"

李铭心不懂这是什么意思，站在原地愣了一会儿。

等池念咋呼地喊她去挑手机时，她才明白人家真的要送她手机。

她僵硬地站在琳琅满目的闲置间，听池牧之拿起一部手机嘀咕这是不是老款了，又问她喜欢哪款手机。

池念替她回答："当然要最新款啊。"

池牧之的腿似乎不舒服，撑着矮凳坐下，在一堆没拆封的手机里挑选内存和颜色，问她喜欢白色还是黑色："可惜没有你们女孩子喜欢的彩色。"

李铭心望着各式礼盒："这么多手机？"

池牧之似有疲惫，手腕蹭了蹭鼻梁，无奈地道："每次出新手机，都有人送。"他将挑好的款递给她，见她没接，又说，"你要是不要，那就只能放着报废了。"

李铭心想问"为什么不卖掉"，但她没有问。她和这些人并不处于同一个思考问题的维度。

他穿的灰色家居T恤，松松垮垮，伸手时左臂内侧露出一处文身，是一串数字，看起来像一个年份。

她脑子很乱，但接东西的动作看起来像一个收惯了礼的老手："那，谢谢池先生。"

她又转头看向池念："谢谢念念。"

池家吃饭吃得很晚，下午两点才开始用午餐。

池牧之餐后拿出一个白色药瓶，倒了三颗，又在池念的勒令下，改成了一颗。

李铭心沉默地喝汤，目睹这一切的发生。

阿姨说："也就念念才能管住池先生。"之前他一把药一把药吞的时候，她时常担心他会死，每天早上来上班，都怕面对雇主的尸体。好在念念来了，一切都在好起来。

池牧之无奈又温柔地朝池念示弱，嘴唇微张，将白色药片丢入口中，拇指和中指捏起瓷盅，仰头时眉眼深邃又轻佻，随动作幅度，若有似无地路过了李铭心。

李铭心看着他眼神涣散地滚动喉结，失控地也咽了下口水。

几乎是立刻，她的眼神发生了一次闪躲。

再对视，他眼底浮笑，神色清醒，仍是君子端方的皮囊，却像把一切都捏在了股掌之间。

李铭心生出一种错觉。

她的观察被观察了。

池念的学习热情起起伏伏，前两天看《小猪佩奇》还挺高兴，表示喜欢英语了，睡一觉起来，想到学校里不开心的事，马上厌学暴食。

李铭心今天带她上词汇课。池念读了一列单词表，很快说困了，又读了第二列，说饿了。

池念手指无意识地抠着笔帽，难过地咕哝："Miss Li，我是不是很差劲？"会不会气她不努力？会不会嫌弃她？

"不会啊。"李铭心想了想，"不过，困了和饿了，咱们今天只能满足一件，好吗？你要么就睡一会儿，要么就吃东西。"

"我选睡觉。"池念很果断。睡着了就不会想吃东西了。

李铭心商量："睡一个小时可以吗？"

"好！"池念开心得像个小猪，飞扑向卡通床。

李铭心为池念盖被子，转身时，池念叫住了她："Miss Li！"

她回头："嗯？"

"Miss Li，你和别人都不一样。"池念崇拜地看着她，似乎觉得这样不够，又扣住了她的手，轻轻捏着。

李铭心淡笑："是吗？"

经常有人说"你和别人不一样"，她习惯了，也从不追问，是好的不一样还是不好的不一样。

"别的老师好像对我哥更感兴趣。你不一样，Miss Li！"池念小蝴蝶一样的眼睛里装满了清透无瑕的纯洁。那是白纸一样的喜爱和信任。

这是第一次，李铭心问了出来："我……哪里不一样？"

"你真的在教我！很耐心很温柔，唔……还很漂亮，声音也好听。"

不过分热情，不过分讨好，会纵容她，也会克制她，分寸掌握得很舒服。池念无法形容，总之神魂颠倒。池念好喜欢这个 Miss Li，入梦时嘴角还挂着肉嘟嘟的笑。

小姑娘热烈的眼神来回闪烁，像卡顿了的电影画面似的在李铭心脑海中反复。

她有些羞愧，不知如何克制住胸口涌动的热意。

秋天，又逢雨，空气有点凉，裸露的膝盖骨冻得冰凉。

李铭心神游至沙发，伸出一只手焐膝盖，另一只手则无意识地轻抚校服裙摆，陷入漫长的空白。雨帘的色饱拉得越来越高，没一会儿，背诵宝典上的字就不清晰了。她犹豫要不要开灯，又懒得动弹，默默沉入了黑暗。

"哐当！"主卧传来东西跌落的声音。

池牧之住在走廊第二间。

李铭心往那儿扫了一眼，又看回了自己的书。第二道声音传来时，她的脚落了地，自觉地往声源处走了两步。

"阿姨——"

他低低的声音自门缝中传了出来，听不出情绪。

李铭心站在门口，对着黑暗中的他说："阿姨开车买食材去了，念念在睡觉。"

他很久没说话，应该是接受了这个信息。

好半晌，他再度开口，声音干涩得像挤出来的："还在吗？"

李铭心恭敬地回答："在的。"

他低笑一声："能麻烦老师一件事吗？"

"请讲。"

"帮我倒杯冰水……还有……"

听到这里，李铭心转身就往厨房走去。

地方大，东西多，一切的摆放都有条不紊。李铭心胡乱摸索，热出了一层薄汗。等翻箱倒柜找到杯子、冰块和饮用水，再进到房间已经是五分钟后。

她的眼睛适应了黑暗，准确地走到他所在的床头："水。"

池牧之似乎在睡觉，脸埋在枕头里，右手手臂横在额上："两片吧。"

"啊？"她以为是说的冰块，想着自己正好放了两块冰，谁知道他摊开了掌心。

嗯？

下一秒，掌心贴上了杯壁带水珠的冰水。

池牧之的姿势没变，仍趴着，很自然地摊开了头枕着的另一只手。

又是掌心？

等了几秒，空气里一片安静。

他抬起头，捕捉到一双闪烁的点漆眸子："嗯？"

李铭心眨眨眼："什么？"

"药呢？"

"药？"她没听到他说要药。

他叹了口气，坐起身将冰水一饮而尽，掀起被子自己去拿。

脚落地的时候，李铭心听到他吃痛的呼吸声。

她鬼使神差地挡在了门前："那是什么药？"念念不让他多吃，感觉是不好的东西。别是违禁品。

对方有点多管闲事了，好在他修养很好，在不舒适的情况下也没有释出不耐烦，他说："止痛的。"说完绕过她，往厨房走去。

他走路步态正常，没有瘸拐，但比之前慢一些。

阿姨回来了，正巧撞见池牧之，忙问他是不是又脚疼了，怎么出了这么多虚汗。

阿姨手脚麻利地找到药，叹气道："看来一颗还是不够的，你这个量还是大。"

池牧之干吞完药后没回房间，赤足往沙发上一踩，卧倒闭目。

随着药起效，他额上的汗珠慢慢风干，呼吸也逐渐平稳。

李铭心窝在对面一角，继续背书，念念有词时分，看看雨幕再看看美男，也不失为一种享受。

厨房里丁零当啷响起动静，头顶亮着一片温柔的灯带。房间里有一只小猪睡过头，没人舍得叫醒她。

一切的一切，美好得不真实。李铭心背着背着，嘴角浮起温柔的笑。

对面忽然出声："笑什么？"

"啊？"李铭心摸了摸嘴角，发现他仍合着眼，但睫毛颤动，是醒来的痕迹。

她随口说："想到好笑的事了。"

他牵唇："能说吗？说来听听？"

"刚刚你找药的样子，不像正经人。"

话说完，她就知道不好笑了。

池牧之单臂撑头，勾起一侧嘴角，给面子地笑了："你怎么知道我是？"

她不知道怎么接，眼睛转了转："还是你这个好笑。"

十一假期过得很快。

这期间，她几乎每天都去白公馆，陪池念看完了《小猪佩奇》，也和池牧之打过几次照面，但都没有第一个雨天说话多，来来去去不过是——

李铭心："早！"

池牧之："嗯，来了。"

李铭心："拜拜。"

池牧之："路上小心。"

池牧之："李老师辛苦了。"

李铭心："应该的。"

这几天，李铭心每天背着一部坏掉的手机和全新的手机盒子来来去去，过得又安静又舒适，疯掉的只有她的室友。

以前有事找李铭心还能打电话，现在好了，电话都没法打了。终于，在室友的指责中，李铭心复杂地拆开了那个新手机。

室友跟捧着个宝贝似的，大开眼界："李铭心！你居然舍得买这么好的手机！你原来那'文物'怎么办？是准备上交给国家？"

李铭心早有打算："跟学校后门的手机店说好了，他收，一百块。"

"就知道你一定会榨干剩余价值的。"室友帮她装好手机卡，问她会不会下 App，要不要帮她下。

李铭心笑了笑，没理会室友的打趣。

她抱着被子上到楼顶，依然没有占到她喜欢的那个东南角。她正仰头感受阳光估计位置，身后有人叫她——

"李铭心！我正要找你呢。"

说话的人是李蓝，她怒目圆瞪，语气很横，一副找碴儿的架势。

李铭心踮起脚，将被子挂上横杠，没有看她："嗯？"

"池家家教现在是你在做？"

"嗯。"李铭心利落地扯平被角，这才偏头看向李蓝，"怎么了？"

她十分平淡，倒使李蓝气势跌了半分："你是计划好的吗？"

"什么计划好的？"李铭心不解，"这个是中介介绍的。"

"是那个穿布鞋的女的吗？"李蓝一副要算账的样子。

"是个男的，不过他们是夫妻店，你说的女的可能是他老婆。"李铭心知道是同一家中介。主校区后街的中介没几家，大部分她都交过押金，算是认识。

　　李蓝因为补实习报告而错过了那次的家教课，本来没什么大事，她请过好几次假，那家人都没说什么，哪想到那次之后居然让她别去了。

　　李蓝坚持追问为什么。中介说，那家人对那天的临时家教更满意。她还挺委屈的，认为辛苦一年的感情错付了。但不知道为什么，当听到李铭心的名字时，李蓝有一种强烈的感觉——这是个陷阱。

　　此刻，李蓝没在李铭心脸上看到心虚，想想觉得没劲，就走了。

　　秋风叩醒皮肤的寒意，激起一片鸡皮疙瘩。

　　李铭心缩了缩身体，埋进被褥嗅了嗅，樟脑丸的味道淡了很多。现在的味道更偏木质，很像池牧之西装上的味道。

　　她没立刻离开楼顶，倚靠着水泥护栏又晒了会儿太阳。

　　手机上有无数条未读信息，上下拉了一圈，她只在那条农商银行贷款扣款的消息上稍作停留，其他都直接删了。

　　农商银行：本月扣款 2305 元，卡内余额 1809.81 元。

　　她面无表情，接收了这个讯息。

　　同学时常惊羡于她和手机的冷漠关系，但在李铭心看来，不是她不喜欢手机，是那些阴魂不散的东西化作手机信息，在纠缠着她。

　　微信是大部分人第一个下载的 App，这一点连李铭心都不能例外。

　　她生疏地登录，看着无数个红点热烈弹跳。

　　信息拉了一圈，没什么特别的。那些着急上火的人这几天几经周折都找到了她，至于其他的，嗯……李铭心过了一遍好友申请，发现了被压在底下的池牧之。

　　很意外。

　　不知道他是什么时候发出的好友申请，微信只笼统显示三天前。

　　她点击通过好友申请，却发现过了时效。

　　她又想了想，算了。

　　她捏着这部光滑美丽的手机，左右看了看，表情像是在看自己出卖的灵魂。

　　但转念一想，她的灵魂还在自己手里，不是吗？

第二章

农夫与蛇

这两年，外贸公司因故大量倒闭，教培行业遇上双减政策，翻译技术遭遇人工智能的冲击，体制内岗位竞争激烈。很多英专生都在拼命改命，选择考研的不在少数。

英专生和别的考研学生最大的区别在于——别的专业学生考研时花最多精力的英语，是英专生的先天优势科目。

不过，跨专业的同学一点也不轻松。跨法学，更不容易。

大量晦涩拗口的概念来回折腾，李铭心不上课的时候，睁眼背、闭眼背。偶尔不背书的时候，她都在算账。

四位数的加减法她做了一遍又一遍，每天放空时做，犯困时做。

她做的是同一道算术题，且这道题里没有出现新的变量。

她不喝咖啡不喝茶，提神全靠算自己的银行卡余额和未来的计划支出，因此，每次做完这题，李铭心都会很清醒。

决定考研后的第三个月，李铭心终于和裘红通了一次电话。

裘红输出了很多段带情绪的脏话，终于发泄完，那边一声没响。她"喂喂"了两声，过了会儿，李铭心冷淡地接起，声音由远及近："说完了吗？"

合着遛她呢！裘红火气噌地上来，又开启了第二波输出。

李铭心将手机丢在膝上，额头再次挨上302路公交车的窗户，一颠一颠地往白公馆去。

这路上的夕阳特别美，照得人仿佛在梦里，但配上裘红噩梦般的声音，李铭心这个梦的质量并不怎么样。她断断续续地听着这些早就免疫了的内容，情绪没有多少波澜。

在说到房子贷款时，李铭心捞起手机，对那头一字一顿道："我问过律师了，如果我不还贷款，那么房子就会被法拍。如果房子被法拍，那你也住不了了。"

她没有说如果法拍会影响征信。而一旦影响了征信，她接下来很长一段的人生也会被影响，影响考公务员、考编制，影响大公司的背景调查。

裘红根本不在乎她的人生。裘红只想她毕业后回老家干活，给自己养老。如果能因为征信拿捏住她，也许，裘红会乐见其成。

好在，裘红没有那聪明的脑子和法律常识，听说会没地方住，当即暴跳如雷，骂得更狠了："你个白眼狼，白养你这么大了！供你吃供你住，你就这么对你老娘？养你还不如养条狗呢，狗养大了还能对我摇尾巴，养你有什么用？"

"啊！养你有什么用！"

"啊！养你有什么用！"

李铭心麻木的表情下闪过一丝不耐烦，压低声音对那头说："养我是你该做的。"

她知道这是段没有结果的对话，不再恋战，说完这句就挂断了。

这样一通电话，换谁都会心气不顺。

李铭心愣了很久的神，缓过来时，人已经下了公交车，麻木步行，礼貌按铃，然后安然地坐在了池念的书桌前。

而东南角那张空闲许久的扇形办公桌前，赫然坐着许久未见的池牧之。

他什么时候在那儿办公的？一开始就在吗？还是刚来的？

"Miss Li不舒服吗？"池念指尖点了下她的额头，不可思议，"你出汗了？很热吗？"今天最低温度15℃，最高温度22℃，怎么也不像会热出汗的天气啊。

池念贴心地拿起本子，替李铭心扇风。

额前碎发被扇得来回飘，飘得晃眼，李铭心将碎发别至耳后："没有啊，怎么了？"

"你今天说话比平时慢很多。"池念恨恨地瞥了池牧之一眼。那厮的脸被电脑挡住了，她猜测可能在笑。

她这两日天天夸Miss Li，说她比小托福班的特级老师教得还要好。池牧之嫌她夸张，搞个人崇拜，气得池念非要拉他一起听课，证明一次。

可惜今天Miss Li不在状态，发挥失常，不然一定惊艳死他！

李铭心人晕乎乎的，心里不由得后悔上课之前跟裘红打电话了。她这个妈总是有能力搅乱她努力维持的状态。

她起身说："我去倒杯水。"

"叫阿姨倒就好了！"池念手刚拉住她，下一秒，就发出一声惊叫，"Miss Li！"

酒红绒布的凳子上印着一片更深的酒红色。

池念"哎呀"了两声，跑去房间给李铭心拿东西："啊！这个！我有！"

那一分钟，李铭心僵在凳子上，很想死。

至于池牧之办公桌的那个方向，她是一眼都没再看过。

池念的学校到底是国际中学，生理课的粉色礼袋里装的是卫生棉条。李铭心捏着那根长条棒，哭笑不得。

池念："Miss Li 会用吗？这里有卡通教学图。"

李铭心接过，有些心虚："那……我试试。"

那边融进背景的池牧之终于说话了，从屏幕后侧过头，说："要不要问问阿姨？"

阿姨五十四岁，去年绝经了，不过她很麻利，十分钟后就买了一包卫生巾上来："啊哟，我说你今天怎么脸色不好，肚子难不难受啊？"

阿姨贴心地给李铭心泡了个热水袋焐肚子。

"有点痛。"李铭心隔着衣服将热水袋贴在肚皮上，不由得惊讶道，"家里居然有这个东西。"

鱼形的橡胶热水袋在她家乡是老人才会用的东西。好多年没见过了。

"池先生雨天脚会酸痛，有时候我就给他冲两个热水袋。"阿姨拿出白色药瓶递给她，"这是池先生吃的止痛药，说是什么进口的。你吃吃看。"

当意识到生理期来的时候，李铭心后知后觉地感受到肚子一阵阵抽痛。想到自己这"姨妈"虽然极少光顾，但每次做客就跟她那个妈似的，非要她半条命，李铭心还是认命地把药吞了。

药效起得比她过去吃的任何一种止痛药都要快。

李铭心盘腿坐在落地窗前，感受到一条作祟的蛇游离她的身体，随后，一团绵软的云朵将她升腾，身体无比轻松。

池牧之过来时，她身上刚起了一层舒适的薄汗。

他没提月经的事，而是递了杯热水："又在笑什么？"

李铭心摸了摸嘴角，发现那处真的高高翘起，正露着谜之微笑。

她抿了口水，咽下这个奇怪的表情，长舒一口气，展颜道："笑今天天气不错！"

她一直是个不太笑的人，从小就这样，但池牧之总能捕捉到她的笑。

窗子朝向一片互相挨着的小足球场和小篮球场，再往外是太白大道东，宽阔的路上没有行人，只有稀疏的车流。

从拥堵吵嚷的市中心过来，看着这样的景色，人很容易感到荒芜。

他斜倚在沙发上，漫不经心地回应："那确实值得一笑。"

"池先生喜欢晴天还是雨天？"

"晴天。"

"我也是。"她低下头，掩饰住一丝苦涩，"不过，我是个经常会淋雨的人。"

"什么意思？"

"意思就是，别人的人生再不顺也有阳光灿烂的时候，我不太一样，我总遇到雨。"她低声重复了一遍，"我的人生一直在下雨。"

是吃了真心剂吗？她怎么说了这么多话。

李铭心真的要怀疑那药是不是违禁品了。

"一直淋雨的人适应雨，会对雨有所防备，这也不错。"

她琢磨着逻辑："真的吗？"

"我是这么认为的。"他喝了口水，沉吟半晌，吞咽了两次才开口，"人生没有雨的人，突然遇到雨，可能会措手不及。"

她没理解，回头看向他："怎么措手不及？"

"不适应摩擦力而滑倒？不适应低能见度而发生车祸？算吗？"

"嗯，可能。"

她确实适应力很强，放在哪里都能活，或者说怎么也死不掉。

李铭心问："池先生是那种人生一直都很晴朗的人吗？"

他倒也没谦虚："是的。"

在李铭心败兴地看向窗外之前，他又说："不过……也有过一场大雨。"

他捕捉到李铭心的诧异和好奇，眼里闪过一丝狡黠。在她开口之前，他掐准时机抬腕看了眼表："今天是个好天。我正好出去，顺路送你。"

"不用了吧。"晚上八点结束，城市还醒着，乘坐公交车还是挺安全的。

他语气没留商量："走吧。"

李铭心撑起身体，刚从靠枕上站起来，他已经穿好鞋在挑车钥匙了。

电梯上，他问她："现在有不舒服吗？"

李铭心摇头，夸他那药效果很好。

他低下头："阿姨说给你吃了那个药，我还担心……"

她好奇抬眼："担心什么？"

"担心药效太强。"他掩唇轻咳了一声，眼里闪过一丝促狭，"你会嗨了。"这比一般女孩子吃的止痛药要猛一些。

确实有点嗨，难怪刚刚他主动过来说那么多话。

"那你吃三颗？"

他语气依旧松快，笑意却未达眼底："我现在能走路都是奇迹，吃点止痛药算什么。"

铜面电梯里映着一双俊男靓女的身影。

她和他并排站着，双手自然垂在身侧。

下电梯时，他们一道抬步，手背不小心碰到了一下。不知道他怎么想的，反正李铭心自然地隔出了一臂的距离。

地下车库停满了豪车。

李铭心不太认识车的品牌，不过一眼就能看出，这些车比外面的车更精神、更锃亮。

身侧车灯没有预兆地亮了起来。

见她还在走，他提醒道："李老师，到了。"

李铭心一直在等他掏钥匙解锁，却没见他动作，以为离车还远："你解锁了？"

"猜。"

没等李铭心猜，他先一步为她打开副驾驶座车门，右手虚挡在车门框上："请。"

李铭心利落地抬脚，坐上了副驾驶座。姿势还没调整好，一偏头，池牧之刀刻斧凿般的侧脸贴了上来。

没有任何心理准备，他男性的气息向她压来。

李铭心本能地僵直身体，撞向椅背，以为这一切来得这么快。

还好，他只是帮她系安全带而已。

仅一秒钟，她的身体将其放大成一连串快速的心跳。连着不平稳的，还有她的呼吸。

那一惊动作不小，显然也被他捕捉到了。

这次李铭心看清了，他嘴角划过了一丝玩味的笑。

她下意识地眉眼微敛，认为那抹笑有点羞辱。

池牧之薄唇一抿，意识到失礼，不过并没有急着正色，口气有点吊儿郎当的："抱歉，唐突了。"

虽然很客气，但不是真心的，且没有好好修饰表情。

李铭心捏着安全带，垂下眉眼："嗯，没事。"

他们没说过多少话，估计是经常见面的原因，眼下的一举一动明显熟悉了很多。他的语气和小表情也多了。

李铭心怏怏地打盹，担心不说话失礼尴尬，一路上吊着根神经等待回话，好在他开了轻音乐，将这段安静铺满了惬意的音符。

车至半程，李铭心升腾起一股奇异的舒适感，手往真皮坐垫上一摸，还真是坐垫在发热。

她心头有些震惊，为科技的卓越进步，也为他细节至此的体贴。

感受到身旁持续的注视，池牧之没偏头，"嗯？"了一声。

李铭心在沉默中支离破碎，居然拼凑不出一句像样的话。

她想起那些蠢蠢欲动的阴谋，忽然无话可说："谢谢。"

"谢什么？"送你回学校？

她垂下双眸，没有解释："就是谢谢。"

池牧之失笑，打了个转，把车停在学校对面，陪她走了段路。

S大校门口这条路是知名的打卡圣地。

逢秋，两排梧桐树整齐如健壮的哨兵，漫天落叶随风打卷儿，纷纷扬扬，簌簌落下，铺成一条壮观的梧桐大道。脚踩在碎金落叶上，发出"嘎吱嘎吱"的脆响，十分浪漫。

他们随着回校的学生流踩过梧桐大道，一路上没有说话。

就这么静静走着。

池牧之的步子在接近校门口时变缓，李铭心察觉到了，也跟着站定。

她知道，他就陪她走到这里了。

温柔的街灯自身后逆照下来，他手抄在兜里，淡淡开口："还在学国际象棋吗？"

李铭心看着地面遥远的影子："嗯……"在池念向她表达真诚的喜爱之后，她就没再查过那些东西了。

"找机会切磋一局。"

她意外地仰起脸："啊？"

池牧之笑着看着她，压低了嗓音："嗯？"

"好。"

女生宿舍6B栋213室里亮着两簇白炽灯光，脚步声来来回回，忙得热热闹闹。

"考研果然是丧失人性的。"

"怎么说？"

"连李铭心这种书呆子都在玩游戏了，我们摸摸鱼又怎么了？"人之常情咯。

两个室友洗完衣服经过床下桌，对李铭心考研阶段下国际象棋的行为作出如上对话。

李铭心本人则钻在宽大的睡衣内，沉浸式学习，对他人的碎碎念叨充耳不闻。

她曾生活在极其嘈杂的环境中，练就了一套高深的屏蔽能力，等她人机游戏初学结束,室内已是一片黑暗。屏息静听,女孩子的呼吸声正均匀起伏着。

她爬上床铺,点开微信,通过了一个好友申请,是网上报了她口语课的学生。

有段时间,李铭心在网站上发布信息兼职,招收一对一考语言的学生。本来还挺顺利的,结果有一回碰到一个男孩,基础不好,课不肯听,废话还多,问她很隐私的问题,想约她见面,一个劲儿夸她声音好听人也一定很漂亮。在李铭心拒绝后,此人给她留了一条很恶劣的评价,高挂评价区。

尽管后来的同学给她刷了评价,但再也没人找她上一对一了,这份兼职就这么不了了之。

最近换了一部新手机,她下载回这个 App,意外又有不少人来询价。

估计是最近考试潮,很多学生考研、出国两手准备,正在撒网捕捞靠谱的老师。

她聊了一个女孩子,沟通很顺利,明天准备试课。不过,她不准备把这事透露给池家。

池念初三会参加小托福考试准备出国,池家肯定希望老师全心全意教书。自打上次提及考研,池牧之浮现出犹豫后,李铭心总担心自己会被换掉。

值得一喜的是,月中中介打来了一笔钱,分成后到手八千。

虽然这笔钱一直在李铭心的计划里,但钱这种东西,还是打在卡上才有实感。

如果这份工作能稳定做一年,那就够三年的研究生学费加生活费了。再做一份别的兼职,也许房贷也能凑合还上,那也就不用跟裘红较这个劲儿了。

李铭心生出了走正道的希望。

而那个浩荡的"阴谋",在这一天被她搁置了。

再坐上 302 路公交车时,李铭心迎着暖融融的夕阳,摇摇晃晃地找回了灵魂。

池家的一切都很舒服。

阿姨聒噪,但人很好。

池念爱偷懒,但人很好。

池牧之很忙很少出现,但他每次出现,人都很好。

李铭心在这样温水煮青蛙的环境中,生出了安逸——一种本不该属于她的按部就班。

这种安逸碎在十月末的一天。

那是个晴好的周日。

池牧之两周没出现,据说在上海和长春出差。门口搁了很久的高尔夫球袋没了,这天又出现了。阿姨和池念没提。不过李铭心根据这一线索,猜测他回来过。

她没多想，注意力全在如何哄池念多学十分钟上。

在完成五个主题的对话和单词默写后，池念开始讨价还价，并顺利陷入了猪猪少女的午睡。

她以为自己偷到了懒，开开心心，实际上李铭心暗中加了量。

李铭心照例给她盖上被子，抱起刑法书，又开始了一轮复习。

因为收了学生，需要及时回复信息，她的微信开了提示。

这严重影响了她世外高人一般的学习进度。

裘红问她有没有钱，说她外婆摔了一跤，小腿骨折，要做手术。

裘红打来十个电话，李铭心都没接，这件事是看微信消息才看到的。

她想了想，问了句严不严重。

裘红说，得做手术固定，再养养就行。死不了，就是要花钱。

李铭心又问没有医保吗？

裘红发了四条长长的语音，前半段骂她不接电话，到了中间才说正事。

因为外婆年纪大、有高血压，是高危病人，县医院给她转到了市医院，得先全自费，出院了才能回去报销。裘红骂骂咧咧，说这怎么也要十万块，谁家一下子拿得出这么多钱，医院的良心也忒黑了，就知道坑老百姓。

李铭心试图找出逻辑漏洞，但裘红的话不似作假。

裘红这么笨，一辈子没工作过，男人出轨，她也只会找人作法断他桃花，或者拿把菜刀架在自己脖子上要挟对方，这脑子，怎么也编不出这么有逻辑的假话。

裘红见李铭心很久没回复，以为她又在装死，追来了电话。

李铭心咬牙接起："怎么？"

"你电话能接啊！我以为不能接呢！"裘红破锣嗓子立马嚷嚷开了，说了一堆下作话。她骂人总爱骂娘。可她就没想过吗？骂李铭心的娘不就是骂她自己吗？

也是够没脑子的。

李铭心冷漠不语，等裘红自己找回主题。

好一会儿，裘红被身边人提醒，低下了声音，问她有没有钱，钱到位就可以安排手术了。

李铭心问："多少？"

裘红急了："你有多少？"

李铭心一口气堵在胸口，没说话。

"李铭心，你要知道，你从小就是外婆带的，要不是当初她说留你，现在你都不知道死在哪里。你不能这么没有良心！"

怕她不给钱，裘红加码："你还记得当初是谁让你复读的？"

是是是，上次说带大她的是母亲，现在说带大她的是外婆。怎么她烂泥一样的人生里，有这么多要感谢的人？

"你怎么不说当初是谁改了我的志愿？"李铭心不爱翻旧账。如果翻账，她就只能活在过去。

但高考是她唯一过不去的坎，就因为裘红太蠢太疯，才让她下定决心，一定要离开那里。

李铭心挂断电话，从微信里转了三笔钱过去，8000元、1200元、800元。

那边点得很快，见没有再多的转账，又打来了电话。

"就一万吗？你不是在打工吗？"不是口口声声说不回老家，会靠自己打工挣学费吗？她以为挣了多少呢，才一万？

李铭心气得颤抖，用淬着冰的声音对那头说："我一个学生，哪儿来的钱？"

裘红也没心思跟她斗嘴，匆匆挂了电话。

李铭心抱臂怔神，不知怎的，手一软，手机掉在了地毯上，发出闷闷的钝物落地声。

她下意识地弯腰，视野随动外扩。

半掩的门口，一双白皙骨感的赤足闲散地站在那里，也不知道待了多久。

见她发现了自己，池牧之朝她点点头："抱歉，路过。"

他没有安慰或者问候的意思，就这么站在门口，淡定地喝水。

一瞬间，呼吸凝住。

这是他家，所以他理直气壮。

李铭心看着他，心头涌上一股慌不择路的屈辱。

"好久不见。"

"嗯。"

池牧之刚洗完澡，面上水汽浮动，头发还在滴水，白色浴袍松松垮垮地挂在身上，虚虚系着个一碰就能掉的活结。

那个结很蛊惑人。

李铭心坏心地想，也许扯一下那个结，就可以打破他的波澜不惊。谁衣服掉了，都会吓一跳吧。

但下一秒，她意识到了什么，胸口的心跳疯狂如擂鼓。

漫长的静默中，池牧之小口啜饮的声音刺耳地灌入耳朵。

终于，李铭心没熬住，朝他鞠了个躬，转身往外走。到点儿了，她要叫念念起来了。

池牧之轻笑一声，手臂撑上门框，挡住了她的去路。

李铭心讶异地侧转过头："池先生！"

他没理会她的愠怒和防备，从门口的置物架上取了杯冰水给她："算算时间，应该可以喝了。"

他说的是她的月经。

李铭心愣了一下，才抬起手接过水："记性很好，谢谢。"

他们的第一次棋盘会晤很糟心。

他显然是高手，十步内就能弄死她。她有点输不起，每盘结束都会感到挫败。

这种高手与低手的游戏，双方内心都没有火花。一个没劲一个费劲，体验感一般。

三局之后，李铭心扮演着没有感情的夸奖机器："池先生真厉害。"

"多下下就会了。我刚开始下的时候也一直输。"

李铭心好奇地看向他："您第一次下是？"

他作势想了想，微笑道："五岁吧。"

李铭心面无表情，眼睛一眨不眨地定定地盯住他，直到把他看得绷不住，"扑哧"乐出声来才收回视线。

池牧之边摆盘边问她："还下吗？"

李铭心趁机起身，从书房撤退："不了，感觉我没什么天赋。"人机象棋和真人象棋还是有区别的。机器傻，人太活。她猜不到他要怎么走，也看不穿这局他是要带她玩，还是要放她水。

他揉揉眉心，笑得倒是很惬意："才开始呢，急什么。"

李铭心觉着他话中有话，垂眸想了想，抛下锚："我感觉我玩不来。"

"是玩不来还是玩不起？"

"您想说什么？"就是盘国际象棋，有什么玩得来玩不起的，又不来钱。那杯冰水压不下她此刻浮躁的心气。

"背了苏格兰开局和西西里防御，说明你还是下了功夫的。"

"谢谢！"

"李老师心里有杂念，一直在走神，所以才输，你试着集中精神聚焦在你所执的棋子上，也许能压我一头。"

李铭心就是心有杂念。这人又不是聋了没听到她打电话。

"知道了。"当然，她嘴上还是会对雇主卖乖的。

"我刚经过门口的时候，听到你手机微信提示音一直在响。"池牧之恍然大悟地笑了一下，"原来你用微信啊。"

本来人已经走到了门口，李铭心又被这句话拉回了头："我用啊。"

谁不用微信啊？她答得坦坦荡荡。

那一刻，他们目光相撞，如短兵相接。

她的平静和疑惑如一只利爪，捏碎了池牧之狐狸般的试探。

他在她清纯妩媚如白纸一样的脸上败下阵来，双手用力揉脸，拨了拨湿发，重重地叹了口气："那可能是念念理解错了。"

李铭心没理解。

再抬头，是他一脸正色的道歉："对不起，Miss Li。"

这次他的歉意端端正正写在了英俊的眉眼中，很真诚，倒是李铭心没理解为什么。

直到"小猪"起床后的补餐时分提到了微信，她才咂摸出缘由。

池念惊呼："Miss Li！你用微信了！"

李铭心正在问外婆手术的事，自然地点点头，继续敲字："怎么了吗？"

怎么今天大家都在说微信的事？

池念小声抱怨："可是……我给你发消息你十天后才回我。"

池念抓拍了几张李铭心的漂亮照片发过去，没有收到回应，以为李铭心只是不爱回消息，没想到十天后回了，夸她拍得真好。

李铭心平时倒也没有回得那么慢，那段时间正好手机坏了。

池念会错意，以为她不用微信。

李铭心笑笑，保证道："我下次会及时回的。"

池念无所谓，开始笑话起她敲字的模样："哈哈哈，Miss Li 你打字好慢啊。"真不像个现代人，更像个披着漂亮妖精皮的老灵魂。

"反正也不怎么发。"这个速度够用了。

池念感慨："你跟我哥好像哦。不过，他虽然不回，但看消息很快。"

想到那天车上的手机，李铭心眼神闪烁了一下："他不回你怎么知道他看了？"

"他看到了会打电话啊。"说着，池念又笃定了一遍，"对，他喜欢打电话。"

那个意味深长的下午，在十月底的最后一夜反复重现。

李铭心不由得好奇，如果她"经验丰富"或者"单纯无知"地扯开了他腰上的结，会有什么结果。她会立刻获得白昕心的结局吗？

其实……这样似乎也不错……

在和裘红的无效沟通中，这个好奇心像心魔一样，盘踞在她的一呼一吸中。

睡前，李铭心又翻了翻微信好友邀请。

通过群添加的同校同学数量太多，已经把池牧之那条盖过去了，倒是蹦出了一条金助理的。

她犹豫了一下,点击通过。

那边晚上十点多也没休息,简单问候后,开门见山地问她要不要固定做池家,这样跳过中介可以免去抽成。

不少家教做久了,是会这样做的,只是李铭心没想到他们会主动提。

毕竟李蓝在池家做了挺久的家教,一直是中介代理的。

金助理是效率派,见她没答,让她考虑考虑,又强调他们不会坑老师的,只要老师认真教念念,一切都好说。

十一月,秋深了。

同学们起床变得有些困难,睡前也陷入无意义的暴躁。随着考研日子的逼近,感觉楼里的人疯了一半。

李铭心最擅长的就是在他人疯癫的时候保持冷静。

她五点半起来复习,到了六点半晨光熹微,便抱着被子早早抢占了楼顶东南角。

她一直很喜欢这个位置,却很少占到。

此刻,她迎着朝阳,裹着厚袄子,抱着两套从学姐那里买的考研自命题卷子,站在楼顶开始模考。很多同学喜欢去图书馆学习,李铭心不然,她在哪里都行。心里有学习念头的时候,她能隔绝一切杂念。

做完一套模考,女生宿舍 6B 栋已然苏醒。

李铭心回宿舍拿起饭卡,刚走到门口,室友跟了过来,说一起去食堂。

室友欲言又止,磨蹭了一路,哼哼了半天,一句话没说。

李铭心知道她要说什么,室友们单纯的脸上藏不住什么心事。

李铭心要了一个菜包一个烧卖,舀粥时主动挑破:"你是要问我家教的事吗?"

室友"啊"了一声,松了口气:"哎呀,你知道啊。"

昨天李蓝心有不甘,来嚼舌根子。而李铭心的室友们对此一无所知,目瞪口呆地听了桩新鲜事。大家平时在宿舍八卦,虽然李铭心不参与,但眼下深入八卦中心,怎么能一声不吭呢。她们同寝几个人是有点失落的。

见李铭心表情平静,语气如常,没有被揭露的失措,室友松了口气——还是那个李铭心,没变没变,她就是不爱说话,性子冷淡而已。

嘈杂的食堂内,她们找了个角落坐下喝粥。

室友小心翼翼地问:"那家给的钱真的多吗?"

李铭心如实报价:"嗯,两百一小时,一周六到九个小时,工作日提供晚餐和茶点,周末是下午上课,不提供晚餐。钱月结。"

这个价格在大学生里是比较理想的价格。

室友并不是很好奇这个。她眨眨眼，有点不好意思："你见到那个富二代了吗？"

真实的那个富二代和李蓝口中的富二代完全不一样。李蓝说的那个跟个傻小子似的，实际上怎么说呢？坏得很？嗯……也不全是，总之不傻，一点也不傻。

李铭心点头："见到了，人很好。"

"他还爱白昕心吗？"室友想"吃瓜"。

李铭心想了想："这我没问。"

这怎么好问啊！室友往嘴里塞了口包子，来不及吞咽，含糊地甩出下一个问题："那、那……那他没说你长得像白昕心吗？"

李蓝说李铭心是故意去这家人家的，因为她长得跟白昕心很像。

"没有。"李铭心双手捧碗，一口一口将热粥灌进胃里，等放下碗，她歪头问室友，"真的这么像吗？"

室友将这张看了三年多的漂亮脸蛋又仔仔细细来来回回看了一遍。

像的，不说话时非常像！

"不像。鼻子嘴巴是有点，但她眼睛圆，你眼睛长，她比较甜美，你比较清冷。"室友又惜命地补充，"我喜欢清冷的！"

校园里又漂亮又甜美的女孩子还挺多见的，就气质这块，李铭心独一份。一开始大家以为她是内向，后来发现她眉眼不惧人，只是冷淡而已。

李铭心冷淡，对什么都冷淡，对男人也冷淡。

大概，也就对钱热情一点。

室友又好奇地问道："那个富二代帅吗？"

"帅的。"

李铭心这次的答案让室友很满意。

能让李铭心说帅，那就是明星级别了，看来李蓝没有吹牛。

去年某知名二线男星在S大拍校园戏，大家都去围观，李铭心路过人群看了一眼，说了一句"看什么呢，也不帅啊"，被系里几个那男星的"老婆粉"记恨了好一阵。

"他对你好吗？"

"他人很好，对谁都很好。"池牧之举手投足间修养十足，这样的人不管真欣赏还是假客气，都会展现出"很好"的模样。

室友忽然词穷了。怎么平时听来又狗血又刺激的豪门感情，从李铭心嘴里说出来干巴巴的。

"他没问你白昕心吗？"

李铭心摇头。

"哎呀，他能不能喜欢上你，然后帮你一把啊。"室友有点痛心，机会真就在眼前啊。

李铭心笑："帮我什么？我又不出国。"

"帮你找工作啊！万一考研考不上，他可以介绍工作吗？英专这种天坑专业，家里没矿怎么活啊。"李铭心不是本地人，找工作很吃亏的。

室友眼睛一亮，推推她："导师啊！天！李铭心！每年光瑞都给药学系赞助科研实验项目，他们跟医学院那帮教授经常联系，肯定也能认识法学院的教授吧！天哪！铭心铭心！铭心铭心！"

室友激动地摇晃李铭心，仿佛这事就这么成了。

李铭心面无表情，一口一口地啃着烧卖，听室友畅想未来。

几乎在一瞬间，李铭心离室友口中的"李铭心"远了很多。

过去，春夏秋冬，李铭心最不喜欢秋，尤其是深秋。

深秋万物凋零，枯叶混着烂泥，发出一股锈臭味。它像个小人，阴郁寒冷，对穷人尤其苛刻，怎么穿都不对。

但在大四这年，她喜欢上了这个季节。

大学的最后一个秋季，她无数次沉入绚烂的黄昏，随302路公交车摇晃到避世的岛屿。

她在302路公交车上背完了好几套题，那些知识点随温柔的夕阳装进脑海，下一轮复习时还泛着金子般的光泽，又牢固又美好。

十一月的第二周，李铭心借故将上课时间延迟一小时，改为下午六点开始上课。

这个点的夕阳更深，赤红得像她野心熊熊的眼。

池牧之在家的时候很少，一般都是晚上八点以后，而那很少的一部分时间里，多半碰不上面。

就饭桌上听阿姨和念念聊天的内容来分析，他去年一整年都在上海，今年春天才调回的S市。

如此说来，他跟白昕心也没认识多久。

以李铭心接触的几次来看，池牧之不像是这么容易"爱"的男人。

李蓝这人没事喜欢读点三流言情，平时上个课都能嗑老师CP（情侣），编得有模有样，估计这次也是把没趣的事情添了油加了醋，夸张成了爱情。

在李铭心无孔不入的教学下，池念的英语有了明显提高。英语一提高，各科全英授课的科目也跟着提分。这个进步很明显。

李铭心对着她全 A 的成绩单认真地拍了张照片。

池念噘起嘴巴说她夸张:"我们学校给分很松的。"

当初选择这个学校而不选普通中学,就是因为他们会为学生未来申请学校而修饰成绩单分数。60% 是出勤分,其他考试随便考考都能有 A。

"这可是这手机的第一张照片。"也是她的军功章。

李铭心要好好留着。

手机都用了一个多月了,才拍了一张照片。池念两手托腮,认真地看向她:"Miss Li,你真的好神奇。"

李铭心好笑:"哪里神奇?"

"英语好,人漂亮,还特别。"说到这里,池念难过地低眉,"我一辈子也做不到像 Miss Li 这么厉害。"

上课时,她看着 Miss Li 的一颦一笑,总错觉自己也这么漂亮沉稳,等到下课经过镜子时,照清自己,会双倍失落。

原来好看的是别人啊,她还是又胖又笨。

刚到 S 市读小学时,池牧之担心她融入不进集体,有时候会来接她。她高兴于同学们夸她哥哥真帅,伤心于别人怀疑他们的血缘关系。一喜一哀,渐渐地,她就不让池牧之来接了。

她是个有自尊心的胖子,不是个认命的胖子,这很挫败。

尤其她喜欢能力厉害和长得好看的人,这更挫败。

因为这样,她成了她世界里最差劲的人。

李铭心放下课本,替池念捋了捋碎发:"我跟你说过吗?刚入校的时候,我的成绩是倒数。"

有故事听,池念眼神一亮,赶紧摇头。

"我来自小地方,初中才开始学英语,那里师资很差,老师教的英语都是带本地方言的,这导致我基础不好。

"也因为来自小地方,没有看过大世界,盲目自信,所以报了英语专业。开学的第一场考试就把我砸醒了。"

池念:"后来呢?"

"后来我就拼命学习。"

池念等了等:"没了?"

李铭心果然没有讲故事的天赋。她稍作组织,总结陈词:"英语不难,和语文、数学比起来,英语是最不需要天赋的科目。它是肌肉记忆,你每天学每天学,自然就会了。就像你会说中文,是因为你每天说。这没什么玄妙的。"

考试是有规律可循的事。有规律可循,就没什么难的。怕的是那些怎么努力也做不到却误以为可以做到的事。

池念没有因这番话获得自信和学习英语的动力,她撑着头,沉醉在李铭心说话的神态里,情难自禁地说:"Miss Li,你真的好漂亮啊。"

或许,她有一天能学好英语,但她永远没法这么漂亮吧。

李铭心无奈地笑了。

现在的初中生真的很跳跃,她有些不懂。

池念强调:"真的啊!那天阿姨还说你和昕心姐姐长得很像。不过 Miss Li,我和阿姨一致认为,你更好看。"

更稳重,更迷人。

美女她都喜欢,她不比较,但她的心更偏向 Miss Li。

阿姨那天说这两个姑娘长得一模一样,池念立马跳起来,说不一样不一样,Miss Li 和别人不一样。池牧之说她搞个人崇拜,压根儿没好好学英语。

她承认,是这样的。面对这么好看的老师,谁有心思学英语啊。

李铭心饮了口水:"是吗?"

以为李铭心不信,池念眼睛特别真诚地眨给她看:"真的!"

李铭心沉吟:"白昕心是你哥的前女友吗?"

"啊?"池念愣了一下,"不是吧。"

李铭心疑惑:"学校里都这么说。"

"啊?真的吗?他们谈了吗?"池念开始翻白眼回忆,"不过我哥确实对她挺特别的。"

李铭心偏头撇嘴,果然。

"你们都知道他们恋爱了?"池念懊恼,眼皮子底下的事,她怎么不知道。完蛋,她一定在睡觉。

李铭心:"嗯。他辜负了白昕心,所以做了些补偿。"

池念正想质问池牧之,听到这里,马上精神了:"那不可能,我哥不是这样的人。"

李铭心好笑:"小孩子真单纯。"

池念非常想为池牧之证明:"哪里是我单纯啦!他真的不是!"

李铭心微微抬眼:"可是你哥一看就是那种有点坏的男人。"

池念"哎呀"一声,急了:"我哥前一个女朋友谈了很久的。他不是那种人!"说到这里,她马上站起来,拉李铭心去看东西,"哦!我知道了!一定是昕心姐姐长得跟他前女友很像,所以才会这样!"

池念对池牧之也属于盲目崇拜,她此刻完全拿出了帮失格偶像洗白的态度,陷入了为偶像拼命解释的状态。

池念拉李铭心去到主卧,一把拉开衣帽间的门,像无头苍蝇一样在西装衬衫那两排衣柜里转悠:"咦?怎么没了?"

来池家这么久,李铭心也进来过一次,这是她第一次真正看清主卧的内貌。

视觉上比池念的房间宽敞不少。落地窗通透,软装摆设极其简单,一张床,左右两个床头柜,一台内嵌电视。其余茶几小凳一律没有。

那天摸黑,李铭心就觉得那床和别的床不一样,今日一看果然——床是日式床榻,很矮,躺下去和睡在地上差不多。

她站在衣帽间的推拉门门口,不着痕迹地打量完,提醒池念:"念念,走吧。"

"可是……照片呢。"池念停在衣柜前,不肯走。

池念记得那照片一直在这里。

李铭心说:"可能收起来了吧。"

"不会的。"池念使劲回忆,"上次那个 Miss Li 和昕心姐姐衣服湿了,到这儿来拿我哥的衬衫穿。那次那张照片还在的。"也就是那次,白昕心看到了照片,以为是自己,吓了一跳。

"那张照片是谁啊?"

"我哥的女朋友啊。"哦,不对,是前女友。

池念不死心,从裤袋里掏出手机,一定要给李铭心看:"我给你看,我哥的女朋友和昕心姐姐长得蛮像的。"

怎么又有一个人像白昕心。

李铭心抱臂望向全身镜里的自己,一时无语。

一分钟后,池念将手机展示给李铭心看:"看!像不像!"

李铭心没当回事,先是随便瞥了一眼,等看清那张脸,才从池念手上接过手机,指尖将照片放大。

那是张瀑布前的三人合照。从左到右依次是池牧之、瘦小版的池念和"白昕心"。

照片上的"白昕心"穿着条碎花点缀的白裙子,笑得很灿烂。

白昕心和李铭心最大的区别就是,李铭心很少开怀大笑,而白昕心总是开开心心的。

尽管不怎么大笑,李铭心还是知道,自己笑起来和照片上的女孩完全不一样。

照片上的女孩嘴唇饱满,笑得很明媚,李铭心嘴唇薄,笑起来更偏气质型。

池念看她的表情就知道:"像不像!"

李铭心承认:"像白昕心。"

池念开心了："我说吧！"又叹了口气，"但这张不明显，我要找的那张更像。"

这张旅游照不行。池牧之珍藏的那张清晰度才高。

"但和我不像。"李铭心声音低了下去。

这女孩看照片就很高能量的样子，积极阳光，笑得毫无保留，跟白昕心确实像。

"啊，我没有说芝之姐姐和Miss Li像的意思。"池念只是觉得昕心姐姐和她很像。

是的，池念没有说，是李铭心自己在可惜。

怎么不像呢。人的长相怎么会如此玄妙，人人都说A和B像，B和C像，但拿出来一看，A和C居然一点也不像。这谁能料到。

池念找上了头，一个个抽屉拉开来找："咦，那照片哪儿去了？"

李铭心叹气，赶紧拽她："这是你哥的隐私，走吧，别找了。"

池念不死心，她已经跟Miss Li证明过昕心姐姐和芝之姐姐很像了，她现在就是好奇那照片哪儿去了。

"我哥不是坏男人，他一直留着前女友照片的。"

李铭心好笑，留前女友照片就不是坏男人了？那怎么解释躺在婚纱照下面出轨的男人？

李铭心抄着臂斜倚门框，目光落在透明玻璃下的那排手表上："那今天还学习吗？"

"哈哈哈，等我找完这个柜子！"池念甚至还拉开木梯，爬上去找了。

李铭心无奈，这小祖宗只要不学习，干别的事都很上心。

李铭心从牛仔裤后袋里抽出口袋本，准备就地记几个知识点。正遨游在刑法海洋呢，身后突然出现了一道微醺的喑哑——

"你们在我这儿干吗？"

池牧之饮酒了。

浓重的酒气打在颈窝，激得李铭心皱起鼻子，她往里头退了两步。

李铭心低头打了声招呼："池先生。"

半个月未见面了。

他向她点了下头，转头又问了一遍池念："你在找什么？"

池念一喜，居然自投罗网了。她照直说："照片呢？"

池牧之酒后身体发沉，将西装往地上随便一丢，手臂扶门倚靠："什么照片？"

池念指向衣柜中间的展示柜："你和芝之姐姐那张照片啊，一直摆在这里的！"

池牧之没想到她说的是那张，表情放空了一瞬，像倒带了趟人生。

静滞片刻，他蹙起眉宇，不耐烦地扯开领带，去解束脖子的衬衫扣，不紧不慢地说："死了的人，照片留着干吗？"

"啊？芝之姐姐死了？"池念肩膀一耷拉，赶紧从木梯上下来。

池牧之无奈地闭上眼睛，重说了一遍："在我这儿算死了。"

幸好他解释得快，差点就要陷入哀伤了，池念松了口气，翻白眼拍起胸口："哦，吓我！"

怎么连这种话都听不出意思，初中生真的好可爱。一旁的李铭心低下头，抿唇偷偷笑了。

她不想池牧之看到自己工作时间在背书，趁他们兄妹说话的时机，手不着痕迹地往背后缩，默默收书。完成罪证隐藏后，她头一偏，抬了一眼，恰撞上池牧之探究的眼神。

这厮脸颊酡红，眼神明灭不定，介于清醒与迷离之间，每一次眨眼都会切换一种状态。

一合聚焦，一掀虚焦。

一合洞悉一切，一掀醉眼蒙眬。

李铭心不确定他是否看到了自己藏书的动作，心虚地硬着头皮与他对视。

他呼了口酒气，牵起嘴角："又在笑什么？"

李铭心这次没有摸嘴角。他问完之后，她感觉自己嘴角垮了下去。

见她不笑了，他笑意扩大，有股得逗的坏劲儿。

热意爬上脸颊，心跳悄无声息地擂起鼓来，李铭心目光闪避，不肯再回视。

而这段时间并非是真空的。

池念先是用眼神记录了一切，很快拿起现代工具，"咔嚓咔嚓"疯狂拍照。

拍照声惊动了那对对视的男女。

池牧之转头想拿她手机，声音一沉："找照片干吗？"

"那你盯着 Miss Li 看干吗！"池念一边藏手机，一边将 Miss Li 护在怀里。

"说！谁让你找的？"池牧之眯起眼睛。

池念一哽："……我不能找吗？"

李铭心见池牧之有点动气，出声打圆场："念念，我们还有一篇短文没读呢。走吧，赶紧的，读完我好下班。"

李铭心拉上池念的手，一步都没来得及移动，又来了尊神——

"找件衣服找这么半天？"

衣帽间本来挺亮堂的，随着一声嗲嗲的"嗨"挤进空间，光线立马暗了两个度。

"这么多人啊。念念,看看谁来啦!"庄娴书张开手臂,带着满身酒气,夸张地拥抱住池念,用力在她脸上嗦了两个大红唇印,"好想我的胖囡囡!"

池念的肉脸蛋儿被亲得凹进去一个坑:"阿娴姐姐,唔,我的初吻。"

"初吻!"庄娴书眼睛一亮,当即捏住池念的下巴,"那不能便宜了男人。"说罢又多偷了两个。

庄娴书这次喝得少,能自理,杀伤力明显减弱了,盯着李铭心的脸,目光赞许,讲话没有上次刺耳了:"哟,老师还在啊,挺沉得住气啊。"

池牧之虚握的拳停在唇边,提醒庄娴书:"赶紧,我明早八点有会。"

庄娴书没理他,跟着池念回房的步伐,宣布自己要在这里短住,还自顾自地配合了一段做作的鼓掌:"哇哦!"

池念很惊喜:"真的吗?真的吗?那阿娴姐姐住哪间房,住我哥对面那间吗?"她的注意力集中在了除学习之外的地方,今天是唤不回来了。

两个小时,什么也没干,光聊天了。如果是李蓝,估计能心安理得地放鞭炮,李铭心不行,她有始有终,不管池念是不是无心学习,都对着那颗不停转动的后脑勺硬读了两遍课文,才结束了今天的课。

出门时,金助理跟在身边:"李老师,我送您。"

李铭心:"不用的,晚上九点,还有几班公交车。"

金助理笑得很官方:"这是池总交代的。"

还是那辆卡宴,一回生二回熟,这次后座显得很亲切。

上车后,金助理问她:"上次说的事考虑得怎么样?李老师一直没给回复呢。"

她问:"要我去和中介说吗?"

金助理知道她没进社会,不懂这些事,叫她放心:"李老师不用管,我这边直接跟那边说不需要老师,就没事了。您和原来一样,继续教念念,钱按原来的数给您。"

李铭心朝他的座椅靠背恭敬地低下头:"那……就麻烦金助理了。"

"小事。"

车子行驶平稳,轻飘如腾云,黑夜如巨鲸大口,带着李铭心驶离欲望的深渊。

回到宿舍,室友在哭。

李铭心问怎么了,室友说太难背了,政治太多了,背着背着就哭了。

李铭心边笑边往洗漱间走:"你睡到十点才起来,不怪这个点流泪。"

室友:"我六点起来,这个点也在流泪。"她背不进去书。

宿舍就两个考研的。室友考英专的研,要背的东西左右不过是政治,能有多少题，一两周就能搞定。

"你都怎么背的啊？"怎么不见李铭心背政治呢？

"大题早上看一遍，晚上再看一遍，一周不就过了。"主要是今年"红宝书"刚出来，她就开始学习了，到十一月，她已经过了四轮了。而室友"红宝书"就翻了一两页，现在雾里看花也不奇怪。

室友仍挣扎于李铭心学习方法的实践性："可是，早上那一遍我都看不下去。"晚上肯定直接摆烂了。

另一个室友插话："李铭心是一周手机都不用充电的人。你问她学习方法，不如直接戒手机。"

李铭心正刷着牙呢，忽然意识到了什么，回到床上点手机屏。果然，没电了。

这手机虽说是新款，实际上掉电很快，开了省电模式也维持不到三天。

再开机，唔……消息有点多，大部分都是池念发的。

今晚池念发来了二十条，全是池牧之和她的照片。

就画面来看，充满了调情，不对，潜规则的意味。

念念：警惕！

念念：Miss Li 你说得对！

李铭心无法直视照片里含羞带怯的自己，指尖快速划过，终于停在了最后一张。

这是唯一一张只有池牧之入镜的照片。他长臂一伸，难得蹙起眉宇，紧紧盯着镜头，眼神深不可测。

知道他是要拿念念的手机，也知道这只是一张抓拍。但那张照片，他的眼神仿佛穿过镜头，一直看到了她心里。

庄娴书是个很吵的人。

周末上课，她硬是闹得池念一个单词都没学。

庄娴书带了套工具，给念念弄美甲。李铭心担心这东西未成年闻了不好，被庄娴书那张利嘴无差别攻击为土鳖。

虽然李铭心对脏话有本能的屏蔽功能，坚持面不改色地保护池念，但她没能拗过庄娴书的不依不饶。最后，她选择牺牲自己，把双手双脚献给对方。下午两点到五点，庄娴书耗光了补习时间。

"这手怎么有点糙啊，不像个养尊处优的大学生啊。

"平时没少干活吧。家里情况怎么样？

"很穷？哈哈哈，我也是，鄙人大学能读下来全靠男人。你要不要也试试？

"又不说话了?

"这腿不错,平时藏得挺好啊,挺低调啊。

"有男人摸过吗?

"不说话?不说话就是装纯。

"现在哪个大学生不谈恋爱啊。装过了就有点'茶'了,我不喜欢'茶里茶气'的。"

她更喜欢上次那个"杀手小姐"。

李铭心将书摊在一旁,时不时地看一眼,抽出手揭一页,默默背诵,心无旁骛。

对方实在追得紧了,她会堵一句:"好的,你要我说什么?说我每三天换一个男朋友吗?"

庄娴书涂色的手一抖,僵硬地抬起头。

而对面小姑娘连得意的神色都没有,还是那副清教徒模样,装模作样地在看书。

天,自己被反杀了!

庄娴书深深地看了她一眼,流露出欣赏。

最后成品,不出所料,让人失语。修长的十指上,是纯黑饱满的色胶,黑得能照出人的脸。

庄娴书期待:"好看吗?"

终于结束了,李铭心低头穿袜子:"丑死了。"

果然没有客套话。庄娴书气绝:"丑也不给你卸,自己啃吧。"

庄娴书跑向懒鬼的房间,象征性地敲了敲主卧的门,等也没等就径直闯了进去:"太阳都下山了,你还不起来吗?"

"庄娴书,你给我滚出去,别开灯!"

庄娴书从房内退了出来,立在门外嘲讽:"你别是光着屁股。"

"谁没事光着屁股睡觉。"

"没光屁股睡觉为什么不让我进去?"庄娴书美眸一亮,原地蹦跳着兴奋起来,"里面有女人?"

池牧之无奈,暂停投影,从床下捡起一件衬衫,边披边往外走:"说好,约法三章,住我这儿不能随便进出我的房间。"

"你房间里有什么啊,就那张破床。要不是无聊了,我叫都不会叫你。"庄娴书嫌弃地说。

池牧之胸襟半敞,赤足走出房间:"刚不是看你们女孩儿玩得挺好吗?"

一堆工具摊开,像是在过家家。

"谁玩得好了。你这女老师是个禁欲系,非常没劲。"她瞥了李铭心一眼,娇哼一声,"下次找老师,给我找个美艳系的。"

"庄娴书,你当选妃了。这是教念念课的老师。"他深吸一口气,正要训她,想想最近的事,又把话咽了回去。程宁远这几年真的把她宠得骄纵无度目中无人,有些过了。

"不好意思,李老师。"他抱歉地走到李铭心身旁。

庄娴书拉过作品展示给池牧之:"快看,我做的!好看吗?"

好好的一双素净的手,被……

池牧之不好评价,只说:"你下次别欺负老师。"

庄娴书辛辛苦苦打磨修甲涂胶照灯,搞了三个小时,不挨夸她不罢休:"脚也做了,李老师,给他看看脚。"

李铭心皱眉,不想依庄娴书,抽出手继续收书,准备走人。

庄娴书觉得脚做得真不错,李铭心的脚好看,肯定能给美甲加分,于是弯腰去拉她的袜子:"就一眼,就看一眼。哎呀,早知道拍张照了。"

李铭心闷不吭声,左右脚换重心,不想让庄娴书脱她的袜子。来去之间,她一个不稳,膝盖打了弯。

好在池牧之手疾眼快,手臂一伸,拦腰稳住了她的身体。

他将李铭心护在身后,不让庄娴书再胡闹了:"庄娴书!我给你租套房吧。"

庄娴书本来嬉皮笑脸的,听他这么一说,闹腾的劲儿顷刻休止。她直起身体,表情颇为受辱:"池牧之,你怎么又这样?"

他有点疲惫:"是你太过了。"

空气划过须臾尴尬。

感受到庄娴书的低落,池牧之揉揉眉心,又软下声:"别欺负老师。"

庄娴书想了想,接过台阶:"我哪有欺负老师啦。"又问李铭心,表情半威胁半讨好,"李老师,告诉他,我欺负你了吗?"

李铭心不知道他们之间发生了什么,只知道递到她面前的,是一道只有一个选项的送分选择题:A. 没有欺负。

李铭心没有犹豫,配合庄娴书:"好吧,给你看。"

不知为什么,李铭心十分留恋池牧之捞她腰的那一瞬间。

肩膀宽阔,手臂有力,动作绅士,不留一点暧昧的空间,几乎在稳住她身体的下一秒就撤回了手臂。

这和上一个拥抱她的干柴完全不一样。

她手扶上池牧之的上臂,顺着衬衫挺括的纹路自然下滑,轻搭在前臂,借力稳住自己,单手拽掉袜子:"看吧,丑吗?"

回去的公交车上,李铭心的手酥麻不止,书本翻页时,指尖还隐约能感觉到异性皮肤的触感。这导致学习效率有点低。

下午六点多,又逢周末,宿舍没人。她懒得去食堂排队,遂开了袋饼干,随意应付。

她对食物是没有追求的人。如果不是因为人不吃饭会饿死,她三餐都懒得吃。

室友爱四处打卡食堂、小吃和餐馆,一开始见她不乐意去,以为是因为穷,小地方人怕露怯,后来见她吃什么都一个表情,也开始接受,世界上就是有她这类人——对吃不感兴趣。

只是今天,李铭心吃着饼干觉得有点无聊,她脑子里突然涌上一个想吃的东西——松饼。

她想在夜晚时分,想在此时此刻,捏住一枚软糯糯的松饼,一口下去,细细回味嘴里溢满的香甜醇厚。

这对李铭心来说是很少见的时刻。

她有了点欲望,借着冲动跑下楼,去到校门外的蛋糕店,进行了一次失败的购物。

外面的松饼长得和池家的松饼不一样,味道也不一样。除了名字叫松饼,完全是两种甜品。虽然失望,但李铭心没有扔掉,慢吞吞地塞进了嘴里。

本来这个量够她的晚餐了,今天却有点欲壑难填。她还想干点什么。

冬夜很长,李铭心在校园里漫无目的地转悠,最后买了包烟,上到楼顶。

可这也并没有觉得舒服,但为"欲望"努力这么多,够了。再有不满足,她也不准备满足自己了。

她起身回去看书,两个小时后洗澡睡觉,一切按部就班。

次日,她在床边叽叽喳喳的声音中醒来——

"桌上有烟。

"还做了美甲。

"太叛逆了!铭心!

"女人心,海底针。

"不懂,真的不懂。"

李铭心揉揉眼睛:"回来了?"

"再不回来要改朝换代了!"室友拿着烟,问她这烟是不是她的,又问她什么时候学会抽烟的。

李铭心承认:"压力大的时候抽过一阵。"

"那美甲呢?怎么做成这样?这种六十八块顶天了吧。"室友抓着她的手,来气了,"不会是那家新开的店吧,那家超级差,赶紧找她卸了重做!"

李铭心左右看看指甲，确实挺丑的。不过没事，她人生中丑陋的事情太多了，不差这一件。

李铭心外婆的手术很顺利，可惜住院不顺利，过程中查出糖尿病，又多出一笔转科治疗费用。裘红把能借的钱都借了，又问李铭心借了一千元。

李铭心对裘红说，把那小房子卖了吧。

一、可以解燃眉之急，不用负债；二、也可以解决她的困境。她真的不想为那破房子还贷了。

当初高中毕业买房子，她以为是母亲忽然爱她了。谁知是裘红替男人担保被限制了消费买不了房子。一个冤大头男人为爱冲昏了头，提出给裘红付首付，买一套房子，裘红第一个就把李铭心拖下了水。两年后，他们散了，那男人不继续还房贷了，裘红也没有良心发现，没有想为女儿减负。

果不其然，听到卖房子，裘红又开骂了。

十一月下旬，离考研很近了，时间宝贵，李铭心没工夫听裘红骂人，当即挂断关了机。

今日去白公馆，李铭心撞见了稀罕人。远远看就觉得气质熟悉，锁定他身边的庄娴书后，李铭心确定那是池牧之的舅舅，程宁远。

池牧之和程宁远，身高、气质相近，唯一不同的是，程宁远轮廓更深，给人的压迫感更重。李铭心想了想，那是一种成熟企业家的气质。

天气很冷，他穿着单薄的黑色衬衫，袖子挽至肘关节，露出的一截前臂外侧有条明显的刀疤。

庄娴书站在他面前，素面朝天，长发松绾，难得低眉顺眼，不见丝毫跋扈。

李铭心没有走近打扰，绕了栋楼才去的2栋。

很难得，主人在看家。

池牧之一身黑色高级西装，衬衫领口纽扣解了一颗，领带扯松了没卸下，正长腿交叠，躺在沙发上合目。

阿姨与李铭心打招呼的动静没惊醒他，他好像睡着了。

一样拥有好睡眠的是池念，她也在睡觉。

据阿姨说，昨天池念和庄娴书溜到外地去玩了，中午才到家，池念吃完饭就去补觉了，也不知道疯成什么样。

李铭心进房看了一眼，"小猪"睡得正香。床尾地上摊着个敞开的粉色行李箱，里头凌乱放着一堆杂物。

落地窗外，天色阴沉，乌云滚滚，像是要下雨了。

李铭心先捧了本错题集坐在主厅的地上，过了会儿腿盘麻了，回到沙发上，继续过专业知识点。

按照复习计划，今天要过一遍大题。法学大题知识点多，容易混淆，对基础不扎实的非法本学生来说，过程很痛苦。

背着背着，李铭心心乱，深呼吸了几口气，目光无意识地定在一处，继续掰手指默背条目。

她坚信，不管知识点多杂多乱，只要多花时间啃，就一定可以背下来。

她大三决定考法学硕士的时候，同学们都很惊讶，称这个考试不容易，要跟法本学生竞争入读名额，上岸率很低的——人家系统性学了四年，你自学一年，怎么考得过？

李铭心当时不知深浅，说，不是有个学姐考上了吗？只要这个考试有英专生能过，那么她就能。

她说完就忘了，能记得如此清楚，全拜室友的不断提及所赐。

这段话不仅鼓舞了盲目崇拜的室友，也鼓励了她。李铭心时刻记着自己当时有多狂。

既然如此，她不能辜负那时的自己。

"看什么？"对面的人忽然开口，声音带有睡意渲染过的痕迹，很性感。

李铭心不解："你头顶上长眼睛了吗？"

她的目光一直落在他脸上，几道大题下来，池牧之分明的轮廓和英俊的眉眼被她扫描了十几遍。这期间，他始终呼吸平稳，不像曾睁过眼。

闻言，池牧之笑了，随着嘴角笑纹的波动，他徐徐睁开了眼睛。

他眼里有鲜红的血丝，显然是刚醒。

她盯着他说："你很喜欢笑。"

"是吗？"池牧之闭上眼，缓了会儿劲，哑声道，"你不喜欢笑。"

"还好。"李铭心想到了那张照片，"你喜欢别人笑吗？"

池牧之眼神迅速变得清明，转头看向她："这是什么问题？"

李铭心不再回答，低头看向自己的书，她也不知道那是什么奇怪的问题。

对面丝绒沙发上传来窸窸窣窣的声音，须臾，池牧之说："刑法的效力范围。"

李铭心讶异地抬起头。

他面无表情地瞥了她一眼："背！"

她茫然，不理解他为何忽然抽背，眨巴着眼睛思考起逻辑。

池牧之换了个重心，将手枕在脑后，朝她丢了个小本子，失望地摇头："李老师，你很危险。"

是一本皱巴巴的口袋本，原来真的掉在了他那儿。

考研的书很多很杂，买一套大书会送一堆小书，李铭心没找到这本，就拿其他的背，倒是没把丢书当回事。没想到，被他拾到了。

她从茶几上接过本子："谢谢。"

池牧之坐起身，揉了揉脸，哑声问："复习得如何？"

李铭心拿捏分寸："按照原本的计划在复习。"

像答了，又像没答。

他倒是不在意，继续问："考本校吗？"

"嗯。"

"法硕好像有分类。"

"有法学硕士和法律硕士。"

"你考？"

"学硕。"

"有区别吗？"

"就业方向更广一些吧。"她比较现实。

"有几成把握？"

"一成。"

他显然不信："一成？"

"考研这种事就像摸黑洗衣服，一直洗一直洗，始终不知道衣服是干净还是不干净，只有等考完出了分，灯才会亮，才知道衣服洗干净了没。"

"考不过明年二战？"

李铭心摇头："不了。考不过就找工作，不二战了。"

他想了想："为什么不再考？"

池牧之的问题有些多，李铭心不知道他是今日得闲，抽空关心群众，还是仅关心她。

"我高考了两次，比别人多拼了一年命。考研的话，我不准备给自己两次机会。能行就行，不行的话就换条路。"穷人的人生坑洼洼，欲望一辈子也填不满。她不想过度浪费时间。

"挺佛系。"即便只有一成把握还如此努力。

"没有，我有点激进的。"

"哪里激进？"他看不出她身上有激进的影子。

李铭心笑了笑，没有继续答。

池牧之没离开，坐在那儿想了会儿事，又问："找好导师了吗？"

"稍微看了一下，不知道笔试能不能过。"她本科不是法学，跨专业考学硕得拿出一个像样的分数再去联系导师。现在她什么也不是。

他蹙起眉宇，食指在膝上来回点动："邱焱教授知道吗？"

李铭心怔然，仿佛搜索引擎经常浏览的界面被偷窥了："我……就是想选经济法方向。"

他了然:"那行。"

"那行"是什么意思?

她的漫不经心顷刻消失,取而代之的是心跳的警钟大作。

她想问,什么叫"那行"?

他顿了顿,鼓励她:"笔试考高一点。"

"啊?"李铭心眼神追随着他,寻求确认。

他牵起嘴角,这次没有回答。

李铭心双手搭在膝上,五指无意识地捏着膝盖:"我听不懂。"

他见她慌了,有些好笑:"哪里听不懂?"说完,也没有再逼迫她,语气轻松地说,"别想太多。"

什么?李铭心彻底不懂了。

池牧之小憩后就走了,周日也没在家,没有给她机会追问。

李铭心在学校和公馆之间两点一线,一直没察觉到季节交替。今日呵出阵阵白气,算算日子,才知道是冬天来了。

她知道自己不能乱,又没办法不乱。

山穷水尽风雨飘摇的人,真的经不住一点诱惑。

连阴四天,S市终于下了一场雨。

这场雨蓄势几日,来势凶猛。

半夜,李铭心被雨打窗玻窗的声音吵醒,静坐了会儿,没有睡意,于是点开床头灯,趴在枕上听雨背书。

心绪纷乱,杂乱无章。她拿起笔记下一些无聊的琐碎——

池牧之:三十岁/三十一岁,双子座,光瑞(S市、上海、长春)。

李蓝口述:五十万分手费or推荐信(?),不愿分手深爱白昕心(×)。

本人:英俊,亲切,常保持微笑,穿西装,健身,左上臂文身(数字)。

在家不喜欢穿鞋,房间极简,前女友照片,白昕心暧昧(?)。

腿上有伤,雨天腿疼,车祸(?),止痛药量三颗。烟(一次),酒(近日多)。

11月更新记录:

微信已读不回,看消息快,喜欢直接打电话。

下象棋很厉害。

谈恋爱很认真(?)。

前女友 zhizhi：爱笑，阳光，分手原因不明（池牧之很……恨）。
主观：有点色（？）。

写完以上，李铭心圈出了三个关键词："五十万分手费 or 推荐信""和白昕心暧昧""有点色"。

她又换支笔，在三个词下面对应写上："钱，帮忙""和我暧昧""回应他"。

这么一写，都对应上了，看似很简单。

然而，池牧之绝非简单的色鬼。

她见过急色鬼，从小到大，裘红处过的男人没有五十个也有十五个，是以，李铭心总当工具人，被领着去见各种叔叔伯伯，也常被带去各种人的家里。

因为是小孩儿，裘红也不尊重她，经常当她透明一样和男人调情。小县城里的情话比城市人要奔放很多。她看过很多男人急色的样子，绝不是池牧之那样。

也许他矜贵，和乡野男人不是一个路数，也许是他修养好城府深，和普通男人表达不同，但不管怎么样，李铭心知道一点——太容易追到，就不珍惜了。

裘红每次去抓出轨男，对方都下贱地偏向更难追到的那个，死活护着，当成心肝宝贝。

李铭心小小年纪就看穿了——裘红疯癫成性，自轻自贱，给得轻贱，不被珍惜。

以李铭心的年纪和立场很难提醒裘红，但长大后的她一直知道，男人要吊着，不能他要什么就给什么。

可关键就在于，池牧之给的信息太虚了，虚得她怀疑自己在自作多情。

这其中的尺寸很难拿捏。

她是有点放不开，但更放不开的是怕自己会错意，连工作都丢了。既丢芝麻又丢西瓜，太不划算了。

她涂涂画画，实在集中不了精神，便下床拿起英语书背单词。

中文在脑海中打架的时候，她选择逃到另一个语言世界。

五点半，考研道友的闹钟响了。

室友起不来，还想赖会儿床，关闹钟时感受到一束异常的光线，低下头拨开眼缝，恰好看到李铭心端正地坐在书桌前。

她立刻惊醒，支棱起身，连滚带爬地下了床。

经过李铭心这边，她压低声音："你几点起来的？"居然醒在五点半前头，太拼了。

李铭心醒的时候没看时间，摇摇头："忘了。"

室友抓抓头："你不会没睡吧？"

"那倒不至于。"

说着，她们一起进洗漱间刷牙。

镜子前，室友清晰地看到自己眼下有些发青，嘴巴自觉地倒苦水："我高中毕业的时候，以为这辈子都不会再吃这种苦了。谁能想到，三年又三年，这书读到何时才是个头啊。"

李铭心倒是觉得还好，高三时眼界浅，认为考不上大学就是死路一条，现在念了大学，打了工，她知道考不上研究生还有很多路。

很多很多路。

雨很大，302路公交车数量减少，李铭心等了三十分钟才来了一班。

开门的是池念。

"啊，Miss Li，这么大的雨，你居然来了。"池念吃早饭的时候就给她发了消息，称今天雨大，取消家教。

池念："你没看到我的消息吗？"

李铭心"啊"了一声，手往湿漉漉的帆布袋中一探，又放弃了："我没看手机。"

不是没看，是手机没电了。她淋得像只水鬼，沉重不堪，全身上下没有一丝干的地方。

玄关处昏黄的灯光下，一摊水迹慢慢扩大。

池念问："怎么没打伞？"

李铭心确实没打："伞在路上被吹坏了。"

池念手忙脚乱，花了五分钟翻找，拎出件池牧之的浴袍："完了，阿姨今天有事已经下班了，我找不到浴巾。"

池念打电话给阿姨，对方也没接。池念着急，怎么都不看消息呢。

见李铭心没动，池念道："你就擦擦身体好了。"

李铭心："你哥……"

"没事的，他不在家。"

知道没人，李铭心站在门口把湿衣服脱掉，裹着灰色华夫格的浴袍，随意擦了擦。

热水抚慰着冰冷的皮肤，她打了几个寒战。

冬天的雨真的淋不得，李铭心向来铁打的身体，淋雨后还打了几个喷嚏。她特意多洗了一会儿，直到把自己洗暖和才出来。

池念像小主妇一样忙碌，开心地向李铭心展示："这次有衣服了！阿娴姐姐买了好多衣服,你们的尺寸应该差不多。"

李铭心问:"可以吗?"

"问过啦,阿娴姐姐说可以的,随便穿,穿走都行。"她原话复述。

"她人呢?"李铭心想去说声谢谢。

"她这周不住这儿。"池念嘻嘻一笑,缩到李铭心耳边悄悄说,"她可高兴了。"

李铭心想到那天下午的画面,是不是和程宁远和好了?

庄娴书的东西很全,一次性低腰内裤,深V吊带睡裙,中长款睡袍,全是黑色丝绸质地。

很性感妩媚,很"不李铭心"。

李铭心盯着这套衣服看了一会儿,还是穿上了。裙子太成熟了,李铭心这辈子也没穿过。

她垂眸看向荡漾的沟壑,忽觉陌生,袍子倒是还好,及膝,露出一截小腿,中规中矩。

她系结的时候规矩地将这套衣服穿出了严防死守的样子。

这次书没有淋湿,出门前书被套了个塑料袋,这会儿滴水未沾。

李铭心打开备课的计划,叫池念来学习。

池念刚坐到书桌前,心思就远远飞走了,她附到李铭心耳边,偷偷摸摸地说:"Miss Li!我告诉你个小秘密!"

家里没人,不用这么小声。

李铭心被她神神秘秘的表情逗笑了:"什么?"

"我哥喜欢你!"池念说得斩钉截铁,语气十分笃定。

李铭心没当回事,注意力再次落回笔记本上,一手打开自己的政治书,一手确认池念这次学习的计划。

池牧之顶多是对她友好、尊重、不讨厌,小女孩说的"喜欢"二字当不得真。

喜欢?太纯洁了。她和照片上那个前任一点也不像。但凡像点儿,她还能把这话听进去。

"真的!"池念生气她怎么可以如此淡定,"我哥那天问我Miss Li有没有男朋友,我说这么漂亮肯定有啊。他还不信,问我'你问过人家了吗?'。"

李铭心怔住。

池念一锤定音:"我哥喜欢你。"

衣帽间找照片那次,池牧之看Miss Li的眼神就不对。

池念虽然没有吃过"猪肉",但电视看得多,她保证,池牧之的眼神不对劲。

李铭心苦笑，将笔塞进池念的手心："好。不管他喜不喜欢，咱们先来默写一下单词。我有布置作业的，你背了吗？"
　　池念苦着脸："Miss Li，你真的又温柔又无情。"怎么能在说八卦的时候，还这么惦记学习。
　　李铭心漾起属于老师的公式笑容："我要是一直温柔，那就该下岗了。"
　　这份学习计划她可是发给金助理看过的。那边不太信，跟她确认了一句，这些都能完成吗？
　　内容其实并不多，看来他们也知道，池念的学习执行力很差。
　　默完单词，池念的动力明显不足，一句话说三遍才能进耳朵。
　　李铭心熟悉她的性格，荤素搭配，及时调整计划，陪她一起看英文版《冰雪奇缘》。
　　池念看得专心，李铭心则有一搭没一搭地瞥自己的书。她一心两用，听到简单常用的句子会跟读一遍，加强池念的印象。
　　池念也知道是在上课，过嘴不过脑地跟读一遍，学习状态也算有模有样。
　　一部电影结束，池念电饭煲里煲的姜汤也好了，她们坐在宽敞的餐厅，开了盏小灯，聊起天来。
　　李铭心感谢了池念的姜汤："没想到你会做这个。"
　　池念嘻嘻一笑，称自己什么都会做，如果不是池牧之请了阿姨，一日三餐她都可以自己来。小学的时候，她就会了，每天都是自己弄的。
　　李铭心没继续问，埋头喝姜汤。池念的身份似乎有一点复杂。
　　池念嘀嘀咕咕，称自己饿了。
　　她总是饿，很饿很饿，烦死了。她扭得跟条胖蠕虫似的，撒娇问："Miss Li，你饿吗？"
　　李铭心摇头："我没吃晚饭，但不是很饿。"压力会让她失去很多感觉。
　　"没吃晚饭！"池念大惊，这可是大事！"想吃什么？我给你做！"
　　见李铭心想要拒绝，池念可怜巴巴："我做给你吃，顺便我也吃点。"不然她没有理由吃东西呢。
　　李铭心无奈，行吧。
　　冰箱里食材琳琅满目，收纳得整整齐齐，拾掇得干干净净，李铭心不知道原来真的有人家里的冰箱长得跟电影里一样。苹果艳得跟塑料的似的，蔬菜被质量极好的包装袋分类塑封，鸡蛋娇俏，每一个都印有蓝色的出生日期，每一个也都有安稳的家。
　　食物的日子都过得比她好。
　　李铭心失语了一会儿，说："下碗面吧。"
　　"面！我喜欢吃面！什么面？意大利面？乌冬面？荞麦冷面？这个天不

适合……噢噢噢！番茄肉酱面好不好？"话还没说完，池念已经在咽口水了。

李铭心刮目相看："这些你全都会？"

"不会！但我可以学！"

池念学做菜很有天赋，视频看两遍就可以上手，成功率很高。阿姨经常夸她，厨艺这么厉害，出国肯定饿不死。

金助理打电话来的时候，池念刚绞好肉，正在切番茄丁。她腾不出手，李铭心帮她点了接通，声音自动外放。

"念念，阿姨回去了吗？"是金助理本人的声音。

"回去了。"

"那你有空吗？帮你哥煮酸梅解酒汤。"

"哦，好的。"池念眼睛转了转，思考起酸梅汤的步骤。

以为要挂了，池念人都站回去了，那边又说："池总问，今天老师没来上课吧。"

池念和李铭心对视一眼。

"来了，在旁边呢。"

金助理似乎去传话了，声筒里静了须臾，很快又说道："那让老师别走，我顺便送老师吧。外面雨挺大的。"

"啊？老师的衣服都湿了，走不了，今天我让她住家里。"

对面气流明显暂停，一秒后又传出声音："行。"

李铭心切断电话，手机刚搁桌上，身后池念的菜刀"铛"地切在了砧板上："我就说！池牧之绝对不怀好意！"

李铭心笑了："就因为这个？也许他是周到呢？"

"他喝酒了还记得我补课，怎么可能！我所有的课，他只知道我在上英语。"他不关心她那个破马术课上得有多委屈，也不关心舞蹈课跳得多傻，更不关心健身课她逃了小半年了。他只关心英语。

李铭心茫然地想了想："好吧。"

池念又高兴又生气，显然进入了角色，菜刀使劲儿剁番茄出气："啊！他怎么可以这样！他怎么可以喜欢我的老师！"转念又开心起来，"天哪，池牧之动春心了！天哪天哪天哪！"

李铭心事不关己一样，托腮沉默。

池念根本不知道她哥是什么人。

池牧之对池念的好是毫无保留的，但对别的女人，都是有所图谋的。只有池念这种小姑娘，会陷在纯爱剧本里。

见池念忙忙碌碌，又要准备醒酒酸汤，又要熬番茄肉酱。李铭心上手帮忙，跟她打配合。

池念小心翼翼地看了李铭心一眼："Miss Li，你一直不说话哎。"

李铭心想了想："要我说什么？"

"你对我哥什么感觉啊？"池念不准备放过她的表情。

李铭心也不知道。但她喜欢池牧之有钱，人好，能帮忙。于是，她半真半假地扬眉："他挺帅的。"

"哈哈哈！Miss Li，你真的……"

番茄肉酱意大利面很成功。

酸甜口，肉香浓，就算是李铭心这样的冷血肠胃，也在晚上九点被激得食欲大动。

李铭心："晚上吃东西，真的很幸福。"

池念无声泪目："Miss Li 你懂我！"

池牧之像个粗鲁的访客，打破了姑娘夜食的温馨氛围，顺便带进来的，还有一室的雨腥气和烟酒味。

金助理和另一个中年男人把池牧之架了进来。池念帮忙引路开门，李铭心则取了两个杯子，帮客人倒温水。

中年男人将池牧之送进房里就出来了，看到李铭心递水，双手感激地接过："是池太太吗？"

说话时，他左右打量室内，显然对这里不熟悉，对池牧之的单身状况也不了解，而李铭心又是涂着黑色指甲油，又是穿着黑色睡裙，确实不像寄人篱下的家教老师。

李铭心笑了笑："不是。"但没解释自己是谁。

金助理动作很快，将池牧之扶到榻上就出来了。他接过李铭心递来的水，眼神专业，不露丝毫异样："谢谢李老师。李老师早点休息。"

池念一直没出来，李铭心意外担当了送客的角色。

她站在玄关，轻拢睡袍下摆，恭敬地送两位先生离开，确认电梯合上，才礼貌地关上门。

很长一段时间，偌大的客厅里只有她一个人，安安静静，只有她的呼吸一起一伏。

拨开厚实的绿丝绒窗帘，粗大的雨点猛烈地砸向玻璃。雨一直没停，室内二十四小时恒温，感受不到一丝冬天的气息。一冷一热对撞，玻璃如烟如雾。结界一样，什么也看不见。

李铭心抹开水雾，偷觑了一眼冰冷的人间，又面无表情地拉上帘子，回到天堂。

池念帮池牧之擦了把脸，跑出来拿止痛药。

姑娘也不知是心疼哥哥还是不心疼哥哥，很抠门，只拿了一颗，然后把药瓶藏在了冰箱冷藏室的鸡蛋后面。

李铭心问："要水吗？"

池念摇头："他衣帽间里有箱瓶装矿泉水。"又笑着朝她摆摆手，"Miss Li 早点睡！明天跟我一起上瑜伽早课。"

"晚安！"

李铭心住池牧之对面——原本庄娴书睡的房间。

这间房没有落地窗，是中规中矩的客房，最显眼的是一张红木复古梳妆台。

李铭心眼神定定地落在镜中的美人身上，没有被桌上散乱的贵妇化妆品吸去注意力。

镜子里的她太陌生了。

富丽的背景，妖娆的睡衣，让她一下子"贵"了好多。

她解开腰带，拨下肩头单薄的衣料，雪白的山峦顷刻间呼之欲出。

原来，效果是这样的啊……

不知走神多久，李铭心忽然意识到自己在浪费时间，她一点都没有变贵，比来时还要便宜。银行卡余额，连研究生入学都撑不到，遑论学费和房贷了。

从书房拿回复习资料，李铭心坐在床边地毯上看书。

错题本看完一遍，她画出过半的圈。

这些题是错了一次又一次，考前一个月依然在错的旧题。这些题无论看多少遍，就像改变不了的往事，对不回来了。

做完这些，她抿了口冰水，又打开一套卷子，刷选择题。

对照正确答案批改的时候，门外出现了声响。

很轻微，猫一样，一瞬即逝。

李铭心手上的红笔顿了顿，等完成批改，计算完选择题得分，她打开了门。

门口没人，但对面的门开了。

李铭心沿着壁灯微光的指引，径直摸到了餐厅。

一团晕光下，池牧之额上汗珠细密，头发湿得滴水，上身衬衫扣子全解，胸襟大敞，露出日照缺乏的苍白皮肤，下身西裤皮带松开，一副要掉不掉的样子。还未走近，她就闻见了熏人的酒气。

她抄起手臂，主动打招呼道："嗨。"

看到夜里浮现的黑衣美人，他没有意外，手腕蹭掉嘴角狼狈的水泽，勾起嘴角："巧。"说罢，皱皱脸，又灌了口液体。

李铭心问:"水还是酒?"

他盯着玻璃杯中澄黄的液面,表情也像是疑惑。

好一会儿,他说:"酒。"

"不是喝了解酒汤吗?"进房前,池念才端去给他的。

李铭心走近两步,看清餐桌上一片凌乱,补剂盘子上摆的瓶瓶罐罐东倒西歪。

池牧之执杯陷于顶灯暧昧的灯光下,很久没动,半晌艰难地出了口气:"不是很舒服。"他急于想晕过去,不管用什么方法。

李铭心意外地发现,池牧之疼痛的时候唇红齿白,配合上敞露的皮肤,是种活色生香的好看。

她抽出纸巾给他擦汗:"是腿疼吗?"

他没回应,合目忍耐。

看他紧咬的牙关,应该是来了阵猛的疼痛。

李铭心等他缓过劲儿,问道:"要扶您回去吗?"

他摆摆手,对她笑了笑:"不用,谢谢。"

他走得干脆,步伐不见凌乱,有股强装的风度。

李铭心不解,但没细究。她烧了壶开水,给他灌了个热水袋,进房前有些犹豫,但这份犹豫只在心里划过,动作上很果断。

她不知道自己下一步要做什么,但知道自己这一步要做什么。

黑暗中,划过一丝光,是门开了又关。

随之,池牧之酸痛锥心的脚背上贴上来一股异样。

他一开始没察觉,感觉到舒服后,调整姿势时才发现李铭心进来了。

他哑声:"你……"

"阿姨说热水袋有用。"李铭心用手背触碰他受热的那块皮肤,问他,"烫吗?"

"不烫,没感觉。"

没有开灯,窗帘拉得死死的,室内暗得没有一丝光线。

他双目紧闭,李铭心看不见他的表情,只能问:"热水袋有用吗?有用我再去灌一个?"

他挤出力气:"麻烦老师了。"

水都是现成的,灌起来很快。

李铭心明显感觉到第一个热水袋是有效的。

再回到漆黑的卧室,他的眼睛亮得像碎星闪耀的银河。

床很大,她没有像刚才那样靠他那么近,而是单膝跪在床尾,伸出手,将热水袋贴上了他的小腿。

"这次不吃止痛药吗？"李铭心明知故问。

"念念藏起来了……"估计上次阿姨跟池念提了，她这次长心眼了。

视线越来越适应黑暗，室内的一切呈现出密度不一的黑色。

池牧之请她拿瓶水，酒后口干，要喝点水。

李铭心从衣帽间地上的纸箱里取了一瓶，一转身，池牧之汗湿的衬衫已从身上脱落。

他很白，是男人里少见的白，剥掉衣服，更有股放浪形骸的妖娆。

池牧之脱掉衬衫再次倒进床榻，只留给李铭心一副诱人紧实的上半身和一张冷峻凌厉的侧颜。

她低头，手搭在腰间的系带上："好点了吗？那……我走了？"

厚重的窗帘隔绝了一切声音，这让池牧之此刻叹出的气异常明显、漫长。

呛人的酒气沿着黑暗的轮廓袭来，池牧之猛地起身，有力地抓住了她的手："等会儿。"

池牧之再次被丢进地狱。

热水袋通过高温刺激皮肉，掩盖骨头的酸痛，只能止一时的痛。皮肉的触感消失后，下一波筋骨的疼痛迅速袭来，他死死握住她的手，失控地发出一声低吼。

他用溺水之人死死攥住浮木的力气，抓着李铭心的手，大力到几乎将人半拖到床上。

他像受伤的野兽一样蜷缩，低喘，不断渗汗。

阵阵不可控的呻吟传来，李铭心关心道："池……"

他犹记得礼貌，可语气很霸道："对不起。"嘴上说着对不起，却没有松开手。

"没事。"

交握的手滑落了几回，又很快握了回去，交叉传递痛感和温热。

压抑的呼吸时快时慢，时压时收。

两人离得近，李铭心一抬眼就是他淌汗的胸口，泛着粼粼珠光，一转脸就是他炽热的呼吸，避无可避地呼在耳畔。她闻见皂香味、汗味、烟味、酒味，甚至幻嗅到了金钱的味道。

大脑某个理智的区域慢慢停止了运转。她知道他是疼得失控，汗水和表情不会骗人，又忍不住怀疑他在用声音蛊惑她。

置身于此，她也很热，她也在出汗。

"要我再换个热水袋吗？"李铭心试着商量。

手快被捏碎了，对方把五马分尸般的痛感传递给她，这并不好受。

池牧之缓过一阵剧烈疼痛，捏她的力道逐渐减弱，但始终没有松开。

她的手不算多粗糙，但肯定不细嫩。

他寸劲儿握着，指尖顺着她手的纹路，细细抚过，滑进掌心。

像在低语讲情话。

李铭心怕痒，一开始忍着，慢慢受不了了，随之吞咽失控，不得已往回缩手。他轻笑了一声，伸手捉她。

这下真成鱼儿戏水了。

李铭心大脑空白："不疼了吗？"

"疼的。"他抬眼，定定地看着她。

那双眼睛圈囿着一对黑曜石，曲径幽深，深不见底。

李铭心被视线的重量压得透不过气。她不知道他看到了什么，可他看得好认真。

这么黑，她什么也看不见，他又能看到什么呢？

李铭心打破对视："经常这样吗？"

"雨天。"

雨天可太多了。

"每一个雨天？"

"看情况。大部分时候都疼。"他牵起唇，语气复杂，"害怕吗？"

害怕吗？他疼的，她怕什么？

李铭心但笑不语。

手心再次被握紧的时候，她知道他又开始疼了。

他控制呼吸，抓着她的手抵上额头，提前说了声"对不起"。

李铭心担心他脱水，问他要不要喝水。

他缓了缓，松开她的手说："麻烦帮我拿瓶酒，衣帽间底层的柜子。就几个柜子，你翻开来找找，有一瓶开过的。"

李铭心试探地问："要把念念叫起来吗？"

池牧之摇头："那她下次防我更厉害。"

要是让池念知道他痛成这样，下次不仅会管药，还会管酒精。小孩子的世界很纯洁，没法理解应酬上的事。他最近因为应酬频繁，疼痛逐渐加重，这事他没让池念知道，准备自己调整。

"好。"

李铭心起身取完酒，他又麻烦她去厨房取冰块。

但每一句都带着"谢谢，麻烦了"，这让李铭心感觉自己既不是用人，也不是什么亲近的人。

她取出保温饭盒，打开冷冻柜，舀了几勺现成的冰，在动作时，扫了一眼冷藏室的门，旋即装作不知情般地挪开了目光。

池牧之几乎在灌自己酒。李铭心取冰的工夫，半瓶威士忌已经空了。

就算不懂酒，也知道那是烈酒，她吓了一跳："这样喝会死吗？"

他扯出一个疲倦的微笑："你怕我死吗？"

"怕的。我没有不在场证明。"

这次进来没有关门，她特意留了一道门缝，让壁灯的光透进来。

说实话，黑暗中的池牧之压迫感太重，她感觉自己的灵魂都被看穿了，透进点光就好多了。

池牧之很喜欢笑，也很擅长笑。他笑得不千篇一律，不敷衍，不程式化。不可否认，虽然不知道他每一个笑容背后对应的情绪和意图，但李铭心很喜欢他的笑容。

他的微笑确实可以让她不那么紧绷。

如同此刻，鼻息如醉酒的春风一样扑面而来，熏得她也有些醉。

喝了酒的池牧之笑起来和平时不一样。

不知怎的，庄娴书那句"真的会让人想把你吃了"冒上了脑海。

他安安静静地半躺在那里，长腿交叠，没有任何要动的意思，但看着她笑的时候，总感觉他下一秒要亲她了。

而她，也很渴望倾身迎接。

但……李铭心克制着吞咽的欲望："您喝多了吗？"

他揉揉眼睛想了想："五分吧，还是有些疼的。"说着，他很自然地牵上了她的手，像熟稔的情侣一样。

李铭心另一只手按住他的动作，眉眼冷淡如常，喊了他一声："池先生。"

"嗯？"他眼神又暧昧又清明，好像知道她在欲拒还迎什么，却不说，要她自己说。

她回视他，问道："您知道我是谁吗？"

他好笑："我不至于这么醉？"

"那我是谁？"她兵不血刃地与他谈判。

"你想是谁？"

说这句话时，池牧之眼里闪过轻蔑，锋刀一样，划破暧昧。

尽管一闪而过，很快覆上温柔，但那道轻蔑李铭心很熟悉。

她旁观过好几个看低裴红的男人。他们都用这种眼神看裴红，一边跟裴红好，一边看不起裴红，把裴红当泄欲的工具，而不是一个活生生的人。

李铭心意识到，原来自己拼命努力了十几年，到头来也是一个玩物，一个东西。

池牧之人看着再好，也是看不起她的。

很奇怪，这是明摆着的事实，她不该感到苦涩的。

李铭心忽然想逃。

你想你是谁?

对啊,你想你是谁?你能是谁?

你能成为他珍藏在柜子里的前女友吗?不会的。别说不像了,就算像,也没戏。

她没有回答,垂下了头,默默地做题,计算起自己的银行卡余额和读研费用。

发丝坠落,慢慢遮住了李铭心的整张脸。

那只手如有感应般伸了过来,替她将一绺一绺落发别至耳后。动作不算熟练,有些笨拙,但很温柔。

他在一点一点降低她的底线。

这种方式很舒服,谁能拒绝?

李铭心猜,白昕心也遇到了这样的时刻,而她,没能抵挡住诱惑。

她明明已经算出了自己的窘境,但不知道为什么,面对蔑视她的池牧之,反骨就这么上来了。

她打掉了那只手,冷冷地看向他:"我以为您是君子。"

酒精暂时麻痹了躯体的疼痛。

缓过劲来的池牧之就像农夫与蛇里反咬一口的那条蛇,他掌心游走至她肩头,顺着曲线下滑,目光又深邃又轻佻:"李老师,君子从来不是形容词,君子是选择题。"

他问:"你怎么选?"

李铭心冷笑:"是我选?"

他抬起眼皮:"对。"

李铭心错开视线:"您太失礼了,我选择现在回房睡觉。"

说完,李铭心用力甩手,挣开他的束缚,下一秒,池牧之反手将她捞回怀里。

他抱得非常非常紧。他的手臂将她的身体空隙箍死,就像刚刚他抓她的手一样,死死不放。

这是他们最亲密的一次接触,距离近到她的耳朵能听见他的心跳声,他的肋骨能挨到她的柔软。像冰与冰相贴,即将要焊死一样紧。

空气安静许久。

李铭心待在她渴望的臂弯里,始终防备地抵着他。

像是知道自己抱了块坚冰,没法融化,池牧之主动放低了身段,语气恳求:"不要走。"

李铭心惊讶地仰起脸,不解他的转变。

池牧之眉宇紧蹙，忍受着酒精未能压制的疼痛："不要走。"

感受到李铭心的挣扎，他又牙关紧咬地重复了一遍："不要走。"

认真的？

她讥诮地勾起嘴角："理由？"

额上豆大的汗珠滚落，模糊了眼睛，池牧之重重地叹了口气，拿她没办法，清清喉咙："今天按时间算给你。"

池牧之倒向床榻，果真松开了她。

李铭心周身滚烫的热潮消失，取而代之的是手心的触感。池牧之仍牢牢扣着她的手。

他下令般："坐下。"

"怎么坐？"

他笑："你想要躺下也行。"又好像知道她不愿意，主动妥协，"坐地毯上。"

李铭心照做了。

他手心微汗，呼吸虽然紊乱但有序，应该没那么疼了。

她问："好点了吗？"

"没好。"虽然这么说，但声音正常了很多，依然低沉磁性。

她心中发笑："需要我做什么？"

他深深地看了她一眼："别走就行。"

"今晚？"

李铭心的睡袍在挣扎中松了大半，此刻波浪起伏，汹涌诱惑。

但池牧之像个禁欲的君子，真的只抓了她的手，哪里都没有多留一眼。

"对，等我睡着。"他闭上眼睛，开始调整呼吸。

她试着挣开一根手指，马上被他捉了回去。

反复两次，他像是生气了似的，翻了个身背朝她，将她的手压在肩颈之下。

她又好气又好笑，对着他赤裸的背脊无语："您这算是性骚扰。"

握着她的手，怎么也不松，算什么？

池牧之嘴角漾起一丝笑纹，声音迷迷糊糊："困了，明早跟你道歉。"

第三章
猫狗游戏

李铭心一夜没睡,次日六点半坐车陪池念去上瑜伽早课。冥想的时候,她趁机昏睡了半个多小时。

池念本来计划上完瑜伽早课,就送 Miss Li 回学校,可路上她反悔了。

池念抱着李铭心的手臂,撒娇要求加一天的课:"Miss Li!我今天特别想学英语。"

不,她不想,她只是想 Miss Li 在身边。

池念没什么朋友,很寂寞,想有人陪伴。她小学五年级才转来 S 市,不漂亮不聪明,没朋友没同学,甚至连个邻居都没有。

她只有池牧之一个依靠。

而他是男的,还特别忙,肯定没有办法理解她的茫然,也没空与她分享琐碎。

别的老师人都很好,却没法亲近,他们就是老师这样的存在。要么把她当小孩子一样讨好,要么把她当笨学生一样卖力教。这些相处都很吃力。

Miss Li 真的是来拯救她的女神。

李铭心不信:"如果只是看电影的话,那这课我上的不安心。"感觉自己只是公主的陪读,不是教书先生。

"不不不!今天我们做阅读和对话。"她知道昨天的任务没有完成。

李铭心倒是有些受宠若惊,配合地歪头:"你说的哦!"

"嗯嗯!"池念愿意!

说是这么说,到家还是困了。室内温暖如春,池念又饱得打嗝,一篇阅读做完,立马哈欠连天。

李铭心换了件短袖,盘腿坐在一旁,见她头越来越低,拿书轻轻敲她额头:"Miss Chi!"

"到!"池念眨眨干涩的眼睛,坐直身体,想继续学。

李铭心淡笑，收回书："想睡就睡吧。"

"真的吗？"池念感动。

"真的。"李铭心知道她这人一旦困了，学习效率是零，如何挣扎在书本前都是白费工夫，不如睡一会儿。

"那我起来你还在吗？"

李铭心模仿池牧之："猜。"

池念这头陷入睡眠，那头她好命的哥哥睡到下午才醒。

书房的门没关，李铭心窝在书桌下的地毯上背书，几乎隐身。外面即便有人经过，只要不进到书桌角落，就看不到她。

她手边除了两套政治题和一本背诵宝典，还搁着本第四版朗文旧词典垫咖啡。

她大学期间喝过两次咖啡，室友参加买一送一活动凑不到人，非要薅羊毛，硬塞了她两回。室友喜欢甜，买的卡布奇诺和摩卡，李铭心当白水饮，味道尚算可以接受。

阿姨怕她看书辛苦，用进口咖啡豆给她打了杯蓝山，说这东西提神，效率高，池牧之爱喝。

李铭心抿了一口，认为这东西是要命，死得快，跟隔夜馊了的苦黄连水似的。

她很少浪费东西，但这"馊"咖啡，她是不准备喝第二口了。

池牧之起床就去餐厅吃饭了。

阿姨来来回回，忙忙碌碌，收拾起房间。她问池牧之，昨天是不是又痛了，池牧之声音很低，听不清。

阿姨回应的声调很高——

"没痛就好没痛就好，我说怎么早上有瓶药放在冰箱。"

"对啊，冰箱里。"

"啊？不是你放的？那就是念念。哎呀，妹妹心疼哥哥，不舍得你的胃。这个药很伤胃的。"

李铭心没动作，静静坐着，继续过卷子。接下来，庄娴书的登场也证明了，猫在书房里看书是对的。

和庄娴书一贯闪亮登场的风格一样，进门高跟鞋暴躁狂响，链条包甩出几米远，一开口照旧语不惊人死不休："我们结婚吧，池牧之。反正你也不结婚，我也嫁不出去，不如咱俩结婚气死程宁远。"

池牧之移步到主厅，声音变得清晰："气死他对我有什么好处？"

"他没儿女，气死他，股份不都给你妈了吗？给你妈不就是你的吗？"

"我外公还在,怎么会先轮到我妈?"池牧之懒得跟她胡扯,奉劝她,"你自己做事小心一点。"

庄娴书闻言明显一虚:"我要小心什么?"

"招标经办机构收到投诉,说光瑞有人透露标底和控制价。"

提到这茬就火大,庄娴书没东西摔了,拿起抱枕就往池牧之身上砸:"说了不是我!"

"那二十万哪儿来的?"池牧之本就不负责这块,随他们高层怎么内讧。但庄娴书出局是板上钉钉的。不管是不是她,她都不干净。

庄娴书是程宁远的枕边人。她飞升的这两年,陆续小额入账,累计二十多万。本来透标底的事没人怀疑她,毕竟这事不经她手,但程宁远突然把她调离总裁办,让很多人都把这桩无头官司往庄娴书身上联想。

她实话实说:"那是经销商的回扣。"不知道程宁远怎么会查她的账户,一查就查出了这些钱。

当然,没别人知道这事。

池牧之之所以知道,全赖那天她和程宁远吵架,池牧之在旁无辜围观。

"二十万的回扣?"

庄娴书骂了句:"没见过二十万吗?二十万的回扣算什么?每年PMS拨出去多少钱,你们敢报明账吗?"

池牧之能体会程宁远的无奈了,庄娴书根本不知悔改。

程宁远年轻又位居高位,多少不服管的老东西盯着他,如果他身边的人查出什么,接下来公司又是一波震荡。他上位的时候,内部已是元气大伤,庄娴书如果这时候搅事,把她踢出总裁办算是客气的了。

"一码归一码,你知道这根本不是一类事。"池牧之顿了顿又说,"别跟我吵,去跟程宁远吵。"

他不再与之口舌缠斗,话及此,转身进了书房。

池牧之反手关上门,赤着脚,抄着兜,一步一步,如有温度探测般,准确停在了靠窗的角落。

"偷听刺激吗?"

呃……

"刺激。"李铭心拿书遮挡住半张脸,露出一双猫一样勾人的眼睛。

原来庄娴书没骗她,对方真的和她是一类人,缺钱、失败……还有,都跟着男人打转。

李铭心差的,大概就是庄娴书那点儿嚣张,以及程宁远的偏爱。

大雨过后是晴好天气。雨水冲刷过的窗户干净明亮,他低头看着她,她仰头看着他,两人一站一坐,晒着冬日阳光,良久未语。

一时静好得几乎失真,如电影画面被定格。

李铭心没有在对视中败阵,相反,还把池牧之盯得避开了目光,旋即,眼神又错落地撞上,相视笑了。

他虚握的拳停在唇边点了点:"笑什么?"

她没掩饰笑意,弯着眼睛讽刺:"我以为你会脱个衣服什么的。"

池牧之蹲下身,坦然地与她平视:"我一般白天不脱衣服。"话音一转,手拎上了白T恤领口,虚势拽了拽,"但如果你想……"

李铭心脸红了一下:"不想。"她想。她很喜欢他剥去人类衣衫的模样。

他拿起字典上的咖啡,轻呷两口,戏谑道:"想的时候可以跟我说。"紧跟着又是一句,"抱歉,玩笑。"

他嘴上在说抱歉,语气依旧傲慢,李铭心不知道要做什么反应,便弯着嘴角,等他继续出招。

他把咖啡喝得那么自然,就像喝甜水一样。

李铭心的目光追随那杯属于她的咖啡,清晰地听到他喉间的吞咽和震颤。她一时没忍住,跟着吞了一小口唾沫。

喝到还剩最后一两口时,他礼节性地问她:"还喝吗?不喝我喝掉了。"

李铭心想,原来他知道那是她的咖啡啊。

"不喝。"

池牧之一饮而尽,咖啡杯随意地丢回字典上:"下班了吗?"

李铭心:"算是加班吧。"

"那下班吧,我正好出门,送你。"他利落地起身,同时向她伸出了手。

那是一只养尊处优的手,白皙修长,指缝干净,掌心纹路清晰。因为他穿着家居服,那只手也显得格外亲切。

她眼睛一眨不眨,盯着那只手。

时间超过五秒,气氛变得诡异起来。

池牧之无奈地笑着说:"这次只握一下。"

晴天时候的池牧之确实很好沟通。李铭心顺从,轻搭一把温热,借力站了起来。她想说其实不用送,公交车很快,谁知还没开口,手就被他很牢很牢地抓住了。

抓得没有昨天那么紧,但明显是故意的。

她秀眉轻蹙:"池先生。"

"我想想确定昨晚是不是李老师。握了下手,确定是了。"他笑得老谋深算的。

说完,他松开了手,等她收拾书。

"手很粗糙？"

他意外地说："当然不是这个意思。是说一握上，你就会叫我'池先生'。"像个开关一样。他摸摸鼻子，失笑地重复，"'池先生'……"

"不该叫池先生吗？"李铭心不解，明明别人都这么叫的。

池牧之摇头："太别扭了。"

"那叫什么？"

池牧之对上李铭心认真的眼神，那声"牧之"没说得出口。对于李铭心来说，好像是叫"池先生"更妥帖。

李铭心等了等，没等到他说话，低头继续收拾书。

她庆幸，幸好书带得少，没有显得她课业很重的样子。

主厅自动清场一样，没了人影。

李铭心张望了一眼："庄小姐呢？"

"你叫她'庄小姐'？"池牧之夸她，"李老师很适合做公职。"

"那要叫什么？"

"'阿娴'吧。"每个人都叫她阿娴，叫她这个名字，她会温柔很多。

李铭心"哦"了一声，但不准备这么叫。这么叫，她和庄娴书应该都会吓一跳。

池牧之没有走地库。

到公馆大门廊柱，他指着左边问："公交车站是那边吗？"

李铭心尽管疑惑，还是点了点头。

他们一路迎着夕阳，往公交车站走去。

晒了一上午的路面还带有些许湿意。道路宽阔，人流车流极少。影子长长短短，时而相贴，时而交错，两人却始终保持着社交距离。

池牧之主动开了个话题，打破了沉默的局面。

他问她："李老师，有遇到过比较幸运的事吗？"

李铭心回答得很实诚。她摸爬滚打至今，确实有一桩幸运的事："我在很糟糕的环境里长大，但没有遇到过违法犯罪。"

空气里刚沸腾起的人声，又沉默了回去。

他感叹了一声。

"你呢？"她倒是知道有来有往。

池牧之指骨在空中虚叩了两下，说："你这么一说，我的就显得有些无足轻重了。"

她浅笑："那也说说。"

他停下脚步，看向她，目光诚挚："我觉得，遇到你很幸运。"

对于他，对于池念，都是很幸运的事。

阳光穿过树叶，漏下片片斑斓的碎金，李铭心的瞳仁在夕阳里映成了浅琥珀色，漂亮得让人挪不开眼。

她看向他，揣着疑惑，也带着看破。

稍作斟酌，她想赌一下，于是不讲情面地戳破道："是又要玩弄我吗？"

他扶额："我果然给老师留下了这种印象。"

面对一张嗔怒的脸，面对这样一句话，池牧之很难坦荡如她。

天边的夕阳像蜂蜜布丁般，甜得人心都快化了，他们却如同两个铁石心肠的人，无心欣赏美景。

李铭心收回视线，假装没听见，面朝西沉的落日，继续往公交车站台走。

大四了，要是对明示成这样的勾引装不知情，不接受不拒绝，确实太"茶"了。

庄娴书提点得是。

池牧之穿了件随手抓的黑色休闲服，内里T恤松松垮垮，领口低垂，白球鞋新得像没下过地。

此刻，他一手闲闲地抄在宽松牛仔裤口袋，一手规矩地垂在身侧，余晖勾勒身形轮廓，像极了走错片场的男孩。

不知是特意调节的，还是着装衬的，不穿西装的池牧之更平易近人。

李铭心到站台，见他没有要走的意思，才敢问："您和我一起坐公交车吗？"

他看向她："可以吗？"

"那有公交卡吗？"

"手机不是可以支付吗？"他掏出手机，冲她摇了摇。

也对。

李铭心很享受这一刻。她必须承认，和池牧之在一块儿既紧张又舒服。这是她没体验过的陡峭的快感。唯一的缺点是，如果他不在，这段路换她一个人走，可以多背好几道大题，顺便还能把之前那两套试卷的选择题的错题再过一遍。

一寸光阴一寸金，陪男人这件事其实也挺费"钱"的。

太白大道的公交车站台有车辆时间提示，此刻站牌LED电子屏上显示，302路即将在十一分钟后抵达。

入冬的风很冷，而这对男女毫无察觉。

他们坐在公交车站的长凳上，目光错落在静止的建筑物上，晒着夕阳，良久未语。

李铭心很能熬，满肚子问号也不发问。

池牧之偏头看了她两眼，没有收到任何回应，先忍不住，出声关心她：

"冷吗？"

"不冷。"李铭心没有强撑，她确实不冷，甚至有些反常的燥热。

他松了口气，将休闲服拉链拉上："那就好。如果你说冷，我不知道要不要脱下来给你。"像是知道她无法获取这句话的笑点，画蛇添足补了一句，"我冷。"

李铭心看着他的动作，没有接话。

很好，冷了。

池牧之必须承认，八风不动的李铭心很特别，特别到他数度束手无策。

他问她："对我，没有问题吗？"

"有。"

"那问问？"

她从一肚子问题里随机抽了一个："你等会儿还坐公交车回来吗？"

空气里刮来一阵冷风，扬起尘土和落叶。

池牧之无奈，单手揉了把脸，叹气后选择先回答她这个傻问题："打车，或者叫人来接。"

李铭心点点头，表示知道了。

他眼底浮笑，继续问："还有吗？"

当然有！但她不问。面对这样的池牧之，她心头的狐疑越发加重，眼里逐渐露出防备。

池牧之："那我说？"

"你说。"

"昨晚有吓到吗？"

李铭心忖思："说实话吗？"

他牵起嘴角："这还分虚实？"

"虚的是没有吓到。"

"那就是吓到了……"他了然，苦笑着问她，"很吓人吗？"

很多人都被吓到过。

康复时期换过的几十个护工，有没经验的，吓得去找医生。池念第一次看到他痛，以为他要死了，哭了整整两天，哭到他都不痛了，哭到他哄她哄到嘴皮子开始痛。阿姨也是，总怕他会死，一到下雨，她就发愁。

这么多年下来，他以为自己很擅长忍耐，也很擅长装不疼，但昨晚破功了。他最不愿示人的一面被看尽了。

"你招我手的时候，还挺吓人的。"

不是，那段只是疼，并不吓人。吓人的是他那一眼轻蔑，轻飘飘一记目光，险些将她稀薄的自尊击穿。

"我痛的时候是不是很无赖？"

她说："像个疯子。"

池牧之失笑："疯子倒是不至于吧。"

李铭心试图告假状："和平时的您比起来，像疯子。"

他问："平时的我是什么样子？"

李铭心说："人很好。"

他又笑了："我只是痛，不是失忆断片，说的话做的事我都记得。"

李铭心问："那您说了什么？"

他反问："你还记得我说了什么？"

"一些不太君子的话。"

他目光如箭矢一样："那你怎么没跑？"

她抬眸看向他："唔……我也是为了钱。您说按时间算给我。"

一半玩笑，一半计较。

这个回答真是意外。

池牧之："李老师临危不乱，很理智，是……"

她打断："是成大事的人，是吗？"

"有人这样夸过你吗？"

"有几个。"实际上，她一事无成。她空有镇定，缺乏运气，缺乏天将降大任于斯人的"大任"。目前目之所及，全是屁事。

经过一番权衡，她还是问了："今天您忽然想坐公交车吗？"

怎么没有开车？有钱人的心血来潮？还是腿疼开不了车？如果是这样，那就别送了，没有哪家雇主会坐公交车送家教老师回去的。

"李老师好像不喜欢我那车。"金助理跟他提了一句，李老师每次都让停远一点。

李铭心大部分时候都是自己来回，偶尔金助理会送一程。头两回，金助理为了让她少走两步路，会交代司机停在学校正门口。

两点之间直线最短，人流也最多。

李铭心还没享受到金钱的福，也不想受流言的罪。因此，她会特意提醒，别停在学校正门口。

"不敢。"她还没那资格挑剔车。

"之前多有唐突，今天想专程道个歉。"他措辞礼貌到不行，但真的听不出歉意。

"没事。"李铭心想了想又说，"您知道就好。"

池牧之忍俊不禁，笑完又正色，直白道："很久没有追求女生了，不知道这样对不对？"

像是为了配合这种局促,手还在膝上敲了两下。

李铭心骤然蹦高,猛地脱口而出:"您也是这样追求白昕心的吗?"

这简直是十面埋伏,谁能逃生?

"白……昕心?"他愣了一下,随之恍然,伸出手指点了点太阳穴,"一时没反应过来。"

302 路公交车缓缓驶来,李铭心心头复杂,率先起身迎向了公交车。

他对这个名字竟然没有感情,真是够薄情的。

李铭心径自刷了卡,找到后排靠窗的位置坐下。

池牧身高较高,对公共交通不太熟悉,上公交车时险些撞到门楣,躬了躬身才上来。

他刷手机的动作很快,自然地走向她,落座在右手边:"怎么忽然问起她?"

李铭心将长发撇至颊侧,学了下白昕心最常做的动作——撩头发。

她利用剪影的相似,刻意掐尖了语调,模拟羞怯:"我和她像吗?"

她不喜欢长发披散,这样非常不利于做事,向来更偏爱利落的发髻。但自从去了池家后,她很少将头发扎起来。

他认真打量她,答得模棱两可:"有几分。"

"学校里有流言。"

"什么?"

李铭心抿了抿唇,将句式在脑海里删减了一下:"说白昕心和你好过。"

他低笑一声,压低了嗓音:"这就是你拒绝我的原因?"

这是我走向你的原因。

李铭心大脑闪过一阵空白,对上那双深不见底的黑潭,她不知道该不该试探深浅地探一脚:"我……拒绝你了?"

池牧之视线锁住她的同时,牵上了她搭在帆布包上的手:"没有吗?"

李铭心垂眸咬唇,摆脱掉那只温热:"这样啊。"

这就是他的追求?伸出手即可?

池牧之似乎知道她会这样,对此有预判。

看到她眉眼中的挣扎,他收回了手,低声说了句抱歉,又问:"说说看,学校还有我什么事?"

"还有……你很爱她。"对不起,她小人了。

池牧之乐了,脸埋进掌心低头笑了好一会儿。他的笑意震颤连着并排的座椅,传给了她。

李铭心心中有了数,转头看向窗外。他这双眼睛,不笑犹带三分情,小女生确实很容易误会。

"原来是这样。"池牧之被这段话逗得边笑边摇头,"要我解释吗?"

"不用了。"看他的反应,也知道多可笑。

他蹙起眉头,开始猜:"然后你同学说我甩了白……昕心?"

谁甩谁倒是没说。

"嗯……说有一笔不菲的分手费。"

池牧之显然被这个震惊了,停顿许久:"多少?"

"五十万。"

"五十万……"他喃喃这个数字,摇了摇头,"不可能的。"

李铭心偏头:"什么不可能?"

他弯起程式化的笑:"我不是慈善家。"

李铭心能听出来他语气忽然冷淡,遂不再说话。

他们陷入漫长的沉默。

李铭心睡眠不足,公交车摇摇晃晃,带她陷入昏沉。这两天都没有好好睡觉,精神掉线只在一念之间。

她先是竖着点头,险些撞到前座的靠背。很快有一只手扶住她,带她找到一片辽阔的港湾。

她警惕性高,醒来过两回,但池牧之的肩膀极舒服,味道也很好闻,李铭心还是纵容了自己。

迷迷糊糊的梦里,她看到五十万现金飘扬在天空,碎成了"不可能"。

但很奇怪,她没有失落。

她微笑地望着金钱雨,一动不动,淡定得像个有钱人。

最后一站到站前,池牧之手抚上她滑落的碎发,揉了揉,轻声提醒她:"到了。"

李铭心有军人般的素质。她即刻坐起身,手紧紧抓住帆布包,随时准备下车。

睡意甚至都没能让她的眼睛完全睁开,肿得翻了几层眼皮。

池牧之扶稳她:"慢点,来得及。"

她眯起眼,看清前头还有几百米路,才慢吞吞地揉起眼睛,整理凌乱的头发。

下公交车台阶时,池牧之牵上她的手,自然如情侣。

她以为他此举只是稳住她,搭把手,但站到平地上,他也没有主动松开。

他握得很虚,没有昨晚用力,此刻没松脱完全是因为摩擦力。

如果想,肘关节稍微一动,他们就会分开。

但李铭心没有挣脱。

好像冥冥之中,有一股隐隐相通的心意拽着她。她感受着陌生的搏动与温热，翻尽脑海中的经验与书籍，怎么也无法即刻消化成人辞典里的这一信息。

公交车站台前，学生面孔骤然多了起来，鲜活灵动地穿行左右。

池牧之这身行头自然地融入其中，不像大学生，也有副研究生的样子，很帅，很清爽，招来好多视线。

走到斑马线等红灯的时候，他们看向了彼此。

李铭心眨眨眼，将交握的手举起："这是？"

S大图书馆附近有几棵蜡梅树，它的盛开是冬天的信号。

李铭心常泡图书馆，所以和这几棵蜡梅树很熟。学到撞南墙的时候，她会抱膝坐在树下放空。她也有学到呕吐的时候，只是擅长咽下，默默消化。

如同此刻，她满腹疑惑，疑惑到冬日薄衫下冒出好几层热汗，但仍忍着。

十一月末，蜡梅仅绽放半苞，就香得能透肺。她停在蜡梅树前，深嗅一口，沉下呼吸，决意不让池牧之继续送了。

她抽回手，计较地揣回上衣口袋，对他说："就借你到这里吧。"

方才在斑马线前，他带了点力一握，说的是："借我牵一下。"

李铭心很想问"这也按时间算给我吗"，又没好意思说出口，有点市侩了。

这时到了校内，她并不想与他这样亲密。

池牧之自然地松开手，与她挥别。

到了尽头的分岔口，李铭心拐弯前回了个头，那里已经没有了人影。

她用力攥紧拳头，只抓到一把虚无的空气。

好像这一程他没来过……

李铭心恶狠狠地补了一觉，睡到晚上九点多才起来。

室友见她睡了，也跟着精神懒怠，刷了一晚上微博。等李铭心恢复精力爬下床看书，她又困了。

睡觉不甘心，看书又看不进，压力过大，室友哼哼唧唧开始哭。只要不学习，哭鼻子她都愿意。

她对李铭心说，刚在微博发完疯，这会儿没事儿发疯了，只能哭。

李铭心一边背题，一边给她递纸，铁石心肠得跟个教导主任似的。

室友流着泪，一直盯着李铭心，用眼神示意李铭心跟她说说话。

李铭心不擅长安慰女生，哄池念属于付费项目，不算在本能里。

她想了想，十分实际地提出了解决问题的办法："其实你哭的时候也可以看几道错题。做闲事的时候记题目，比专门坐那儿记题目要记得牢。"

这是经验之谈。

室友揩泪，默默坐回书桌前，一个人哭了没一会儿，很快安静下来。

室友发泄一通后，像把脑子里进的水放出来了一样，一坐就是两个小时，效率奇高。做完一套模拟题，她回头一看，李铭心的座位空了，往上看，人也不在床铺。

室友摸进洗漱间，对紧闭的那扇门兴奋道："铭心！我看进去了！"

浴室里开着很小的水，听着像水龙头没关紧。

李铭心"嗯"了一声，隔着门说时间不早了，让她早点睡。

室友："你干吗呢？"

李铭心："思考人生。"

李铭心这段人生思考了半个小时，出来时，虽脚下虚浮，但神清气爽。外头室友们已经熄灯了。

为了不打扰她们，她就这么走到水池前，开始刷牙。

在不开灯的空间照镜子有些可怕，人跟鬼似的。不过李铭心胆子大，不怕这些。她一边刷牙，一边盯着镜子里的自己，将眼睫、眉骨、鼻梁、嘴唇一一描摹，看完一遍，低头吐了口薄荷沫子，又抬起头，继续看。

她反复审视自己的脸，却越看越觉得空白。

这就是一张普通漂亮的脸蛋儿，没有什么特别的。她的五官既没有长出锋利的野心，也没有表现出柔弱的娇媚。她不知道池牧之盯着她的时候，看出了什么，能看出她内心的贪婪吗？能看出她对他的好奇和欲望吗？

唔……她猜他不能。

旋即，水流直下，泡沫与遐想打着旋儿，被冲进了下水道。

考研的同时，在校生也在经历期末考。

李铭心最近忙碌，失去了学生的节奏，周五上完西语课，经过图书馆想顺便学习，刷卡时直接显示没位置了。

她在蜡梅树前闻了会儿香，打道回了宿舍。

室友见她回来，提醒她："刚刚你电话响了，没有备注，是S市本地号。"

李铭心没在意，复习到下午才拿起手机。

她的手机没有认真设置过，总有一堆红点，多到让强迫症患者崩溃。上回池念看到还吐槽了一句，怎么会连壁纸都没有。

她倒是不在乎，反正每次用的 App 就那么几个。

她先点开微信，回复学生信息，再一次核对今晚课程信息，确认学生没有事情要请假，才不紧不慢地把未读消息刷一遍。

池念发来几张狗舍的照片：Miss Li，你喜欢萨摩耶还是金毛？

李铭心回：黄的吧，黄的耐脏。

池念秒速发来：Miss Li 跟我哥相反。

池牧之确实喜欢白色，那天误入衣帽间，他的衬衫、运动服和 T 恤一半都是白色的。

好友申请有好几个。李铭心没作多想，拇指随意划拉，意外看到了"池牧之"三个字。

是最新的好友申请。

今天或者昨天？她稍作犹豫，没立刻点通过。

今天学习任务比较多，下周一有考试，得完成两套模拟题，如果通过了申请，肯定要心不在焉。在池家耽误算是挣钱，是正事，在学校里，她得严格把控时间。

考研道友又多买了杯咖啡回来，左右找不到人一起共享，强行塞给李铭心："新出的生椰拿铁，好喝的，尝尝吧，尝尝！"

李铭心喝了一口，甜甜的，余香有股清新的椰子味道，是不错，比昨天馊黄连味的咖啡好喝。如果有下次，她会请池牧之喝一杯这个。

室友进不去学习状态，找李铭心讲闲话，问最近池家有没有什么好玩的事，还说李蓝每次去一趟都收获满满，怎么李铭心什么也没有啊。

李铭心想了想："他们冬天会去瑞典。"

"带你吗？"室友眼睛亮了。

"那不可能。"

"那说什么！"

李铭心扯了扯嘴角，没办法，貌似只有这一件有意思且能说的事。

室友问："那个小女孩是谁啊？"

李铭心："怎么？"

"是不是私生女？"池牧之是独生子，哪儿来的妹妹？而且只和妹妹住，没有父母一起，很怪异啊。

李铭心摇头称不知道："没问，问了会丢工作。"

想想也是，李蓝咋咋呼呼说人家不要她了，还把罪名安在李铭心头上，说李铭心抢同学工作。可回头想想这两人的做事说话风格，那有钱人也不傻，肯定得挑个嘴巴严的。

室友赶紧摆手："行，别问了，挣钱要紧。太阳底下也没什么新鲜事。"

李铭心晚上给学生上了两个小时课，上完挺累的，躺在床上翻了两个来回的身也没睡着。

她心头又开始躁动了。大冬天的，老躁动真的异常。

手心像有个尚未愈合的文身,又痒又热。

她索性按亮床头灯,从枕下抽出笔,继续梳理。

C:

三十岁 / 三十一岁,双子座。

50万分手费(×)推荐信(?)不愿分手深爱白昕心(×)。

和白昕心暧昧(× 不熟!)。

本人:喜欢笑,喜欢白色,好色(?),左上臂文身(数字)。

在家不喜欢穿鞋,前女友(?)。

雨天腿疼,止痛药量三颗,饮酒,量约三分之二瓶威士忌。烟(仅一次),酒(近日多)。

11月底更新记录:

谈恋爱很认真(?)。

喜欢说抱歉(不真心)。

杂:

1. 第一次送回校,有礼貌,胸前扣子松了(被误会了吗?)

2. 送手机(?)

3. 微信没通过申请(?)

4. 国际象棋邀请,睡袍,故意的(?)道歉(?)

5. 导师(?)

6. ……摸了他的手臂(故意的!)

7. 疼痛抓手(?)不疼牵手(?)

8. 追求(?)

她草草列出以上,通读了两遍,依旧迷茫。

没有五十万,不是慈善家,和白昕心不熟,那么,他追求她做什么?分开的时候会有分手费吗?

想到这里,李铭心还是很烦躁。她手向下探了探,又控制地塞到枕头下,顺便把草稿纸塞到了西语书里。

周六是晴天,云彩轰轰烈烈,荡漾在天边。

李铭心一进池家,就嗅到了气氛不对。平日清静的家里,来了一个陌生的中年男人,一身正装,气质稳重,眼神压迫感很强。池念像肉鸡崽似的端坐在沙发角落,一言不发。

李铭心朝他们鞠躬:"你们好。"

男人说话了："是老师吗？教什么的？"

池念介绍："英语老师。"

他语气严厉："那现在英语怎么样？"

池念不会骗人，老实说："就那样……"

男人显然不满意池念这个答案，鹰一样的眼睛扫射向李铭心："她英语现在怎么样？"

"念念挺用功的，保持这个学习进度，后面考小托福没什么问题。"全英教学，又有家教，不差钱的话肯定能上私校。

男人听到这话很满意，官腔地交代池念："那好好学！"

池念乖顺，轻轻"嗯"了一声。

主卧房门打开的时候，池竟正在问池念其他课程学得如何，语气很像审犯人。

池牧之刚洗完澡，头发滴水，浴袍松散，甫一拐出走廊，就和站立一旁的李铭心对上眼神。

李铭心的目光率先落在他骨节分明的手上，看清皓白的十指泛着湿漉漉的水泽，忽觉脸热，飞快闪躲到他俊朗的脸上。

"老师下午好。"他礼貌地弯唇。

李铭心朝他也鞠了一躬："池先生好。"

他点点头，声音一沉，朝池念扬起下巴示意了下："老师都来了，还不去上课？"

池念终于得救，暗中加速奔向李铭心，亲密地挽住她："Miss Li！我今天一定好好学习。"

"你说的哦。"

关门前，李铭心特意扫了一眼，池牧之浴袍腰间的结依旧松散，一碰就能掉，和上回一个风格。

她真的很想拽掉那个结。

应付池竟耗空了池念为数不多的精力。她很容易犯困，一学习就困，一困就自责，一自责就乱，乱了就更学不进去了。

李铭心夸她，其实你学习能力不错，进脑子的语法都在做题上有所反馈，问题就是老走神，像耳朵不好似的，会屏蔽掉老师的话。

一个语法点要反复讲很多遍，才能慢慢打开池念的听力，输入进学习系统。池念总说自己笨，是猪脑子。在李铭心看来不是这样的，笨蛋是耳朵进去，脑子进不去，池念的问题是没进耳朵，不是没进脑子。

池念往常收到鼓励会振奋一点，今日反常，听着听着，眼圈红了。李铭心凑近一看，不仅是眼圈，连鼻头也红了。

小丫头默默地在哭。

李铭心轻声问："怎么了？"应该没说重话啊。

池念低头抽噎，不说原因，只说想睡觉。

李铭心带她进卧室，替她掖好被子。

池念流着泪，拉拉李铭心的手，问她起来老师还在不在。上次她起来，Miss Li 就不在了。

李铭心这次没让她猜，捏捏她的手，点点头："在的。"

主厅无人。池竟和池牧之都不在，墨绿丝绒沙发中央那处陷落仍皱巴巴的，没完全回弹上来，人应该刚离开没多久。

李铭心担心池竟没走，便没逗留在主厅，拎着帆布包进了书房。

上回她坐在角落地毯上晒太阳，很是舒服。

今日的角落不仅阳光依旧好，还多出了片"英俊"的风景。

"李老师。"

池牧之趺坐地毯，两手搭膝，头都没抬。他知道她会往这个角落来。

"池先生。"

这时候的他穿戴整齐。

像是要出门，上身是白到晃眼的衬衫，下身是挺括的黑西裤，没穿鞋没穿袜，脚背那条霸道的疤痕蜿蜒直上，消失在她想看却看不到的地方。

他从地毯上捞起手机，按下了拨通键。下一秒，李铭心帆布袋里的手机发出振动。

他说："没欠费，手机有电。"

李铭心掏出手机，掐断电话，说了声不好意思："原来打来电话的是您。陌生号码，没及时接到，我一般不回。"

"好。"池牧之轻扯嘴角，朝她摊手，"那看下微信？"

李铭心心头一紧，低头解锁："呃……"

他冷冷地看了她一眼："方便吗？你点进去，我看一眼。麻烦了。"

池牧之此刻讲话像个恩威并施的领导。而这烫手的手机主权不是李铭心的，她拿人手短，一时忘了据理力争。

池牧之撑起身，亲眼看着她点进微信界面，左下方第二栏通讯录正好该死的没有新好友发邀请的红点。

她刚点进主界面，池牧之就收回了目光，对此似有预判。

李铭心无法解释这个被人诟病无数次的毛病，只能面无表情，微微抬眼看向他。

他微笑着说:"钓我?"

李铭心放弃解释:"那你上钩了吗?"

池牧之明灭不定地瞧了她好一会儿,再开口,声音带着丝涩意:"你还差点火候。"

他相当霸道地从她手里接过手机,替她点击通过了好友邀请。

完成这个步骤,他把手机塞回她手里,低下声叹了口气:"真搞不懂现在清纯的女大学生都在想什么。"

他很久没有这样猜不透姑娘的心了。在他运转的世界,很多东西不用下功夫,只消一个眼神、一句简短的话,就会自动成熟。李铭心像个谜,一个展开的谜。

"我不是清纯的女大学生。"李铭心想要打破他这个滤镜。她不喜欢被美好化。

空气划过静滞,中文语境自由生长出了话外话。

他意识到不礼貌:"不是那个意思,我是说,摸不透。"

这个停顿显得意味深长,李铭心立刻明白他理解到了哪方面:"我不是说那个清纯……"

"我也不是……"

他们看了彼此一眼,掩住笑意,点到即止地按停了对话。

这个下午很和谐。一直到池念起床,李铭心都在学习。

目前来说,很多东西都在脱轨,学习是唯一还在轨道上的事,虽然效率很低,但好歹她在做这件事。

池牧之则当着她的面推掉了一个局。他对电话那头说的是:"抱歉,没办法,今晚要追姑娘。"

他把话说得又直接又无赖。

李铭心保持低头做题的姿势,用力忽略他的话,也忽略狂响的心跳。

池念起来已是太阳落山,看到李铭心在,池牧之在,她惊喜得心情秒速痊愈。

每回池竟来,她都会挨骂。虽然池牧之说他从小就这么过来的,但池念依旧认为一切的一切都因为自己是个累赘。

因为她,池牧之和家里闹得很僵。

之前,池牧之为芝之姐姐的事和母亲断过两年联系,后来在他外公的调解下恢复来往,谁知道池牧之把她接到S市这件事让他们的关系彻底僵化。

去年过年,池牧之没有回家。虽然他说是为了陪她,但池念知道,他没家回了。

她从小就是个尴尬的存在。她在县城小学因为胖一直被边缘化，间接导致成绩差，老师找家长总没人来。催得多了，池竟会派个人来，基本上每回来的人都不一样。看到她的成绩单，池竟总生气，说不要她了。她真的很害怕被抛弃，越是紧张，越是考不好。

池牧之是她的天使。他第一次见到她就是在学校的办公室里。他听完老师抱怨她的丧气话和笨蛋判决通知，一点没像别人一样附和，求老师多担待她这个白痴。

他当着老师的面，摸摸她的头，对她说："这些考不好没事，我们可以出国上学。"

如果没有情绪问题就好了，她待在小县城也挺好的，这样池牧之也不用跟家里闹僵。

其实，出国对她来说也一样可怕。

池念拉着李铭心主动说："Miss Li，等会儿吃完饭，我们把今天的三篇阅读做完，然后你再陪我做会儿数学。"

池牧之正在低头发消息，头也没抬说："Miss Li 没空。"

池念讶异地看向李铭心："没空吗？"

李铭心正帮阿姨摆碗筷，朝她笑了笑："怎么会没空，当然有空。"

席间，池念问池牧之："爸爸几点走的？"

池牧之说："你进去上课他就走了。"

池念眨眨眼："你们没有说会儿话吗？"

池牧之面无表情："我们没什么好说的。"

阿姨感觉到气氛不好，主动给李铭心舀汤，问她最近是不是辛苦了，看着比来的时候瘦了。

李铭心摇头，说没有辛苦。

"上回的小姑娘一直说我们这里太远了，来回要一个半小时。"听意思是满意他们这里的薪资，但不满意距离。

李铭心："还好，公交车比较空，有座位。"

"男朋友没有送送你啊？"阿姨也有点八卦。

李铭心脱口而出："没有。"又说，"没有那东西。"

池牧之不疾不徐地舀了口汤，表情似笑非笑。

池念直接乐了，笑得埋进碗里，还喷出了几粒米。

饭后照例有松饼，今天池念反常地没吃，也没带进书房，吃完东西一会儿都没耽搁，拉着李铭心一本正经地学了一个小时。

这一个小时，李铭心讲的东西她全听进去了，有问有答，非常高效。

课结束时，李铭心问她："是下午睡得特别好吗？今天好棒！"

池念负气地低下头:"我想爸爸下次问我的时候,我可以自己告诉他,学得很好。"

当然,她知道自己坚持不了几天。池竟来完的头三天,她最努力。

晚上八点一刻,夜幕低垂,精致灯光被切成碎片,锁入昂贵的窗格。

李铭心收拾好东西走到玄关,没见池牧之人影,掏出手机看了下微信,没有新消息。

他们的对话框停止在下午的通过好友邀请。

下午的时候,他问她晚上有什么安排。李铭心大题默背到一半,没立刻答他,等那题在心里完整过完,才打破安静的空气,回答他,回宿舍看书。然后,池牧之就推掉了晚上的局,留在家里吃饭。

穿鞋的时候,李铭心往走廊那头望了一眼,又决定不问了。说得不清不楚的,别自作多情。

一开门,池牧之赫然站在亮堂的电梯间里,好整以暇。

他斜靠大理石墙,抄着臂问:"下班了?"

李铭心笑着打招呼:"池先生好。"

池牧之按下电梯键,背对她:"我一直以为我是个很有耐心的人。看来错了。"

他说:"给我个时间。"

"什么?"

"要追多久?"

李铭心再淡定,也在此刻皱起眉头。

"如果一两年,那我不会浪费时间的。"

他商量:"一个月行吗?"

书上没有教要怎么回答。

会有课本教这种东西吗?用男人的思维和男人谈恋爱?男人是这样的?

电梯停在了负一楼。地下一阵调皮的风吹乱李铭心的长发,她垂眸整理头发,没有回答。

池牧之谈判似的:"两个月?"这次不再等她回答,一锤定音,"就两个月。"

李铭心笑了。

她可以生气的。换个丑男人穷男人,她应该会掉头就走,但这人是池牧之,她只能笑。

上了车,池牧之替她系好安全带,问她看不看电影。

李铭心有些空白,她以为他只是送她回去,再体贴一些,也是像上次一样陪她进校园。

他明白在她这里是得不到答案的:"那行,就看电影。有感兴趣的电影吗?"他将手机界面送到她眼皮子底下,拇指上下划拉,仅顿了一秒,他察觉出了她的心不在焉,"行,没有感兴趣的,那就随便选一部。"

李铭心失笑,无奈地说:"这样是追女孩子?"

他故作不解:"那李老师能明示一下吗?"

李铭心眼波荡漾,勾唇道:"不能。"

地库光线黯淡,车内灯照得他轮廓很深。

他深深看了她一眼:"那就听我的。"

李铭心读大学期间看过十次电影,大概有五次是和男生一起。

大学生热爱的活动,她不太感兴趣。有时候出于社交礼貌,会在空闲时间应承下邀约,但到了电影院里,不感兴趣的事情就是不感兴趣的。

电影院里,灯一熄,屏幕亮起,她看了一会儿,知道是青春电影,讲的是高中生。

再然后,她意识模糊,眼前就黑了。

她也不知道自己什么时候睡着的,中间警觉地醒来过三四趟,电影里的学生在哭泣,家长在训话,老师在讲课,男女在暧昧。而她的头枕在他踏实的肩上,比电影里要美好太多。

灯光亮起,她坐直身体揉眼睛:"结束了?"

池牧之对着上浮的字幕活动左肩,若有似无地叹了口气:"睡得好吗?"

"还可以。"补了一觉,回去大概可以多看一会儿书。

他笑得很违心:"睡得好就好。"

李铭心没作他想。她也不是第一次在电影院睡着了,只是没想到,会为此挨训。

他们随人群步下楼梯,走出影厅。

"李老师,有人说过你很特别吗?"

有,当然有,不过李铭心没有这样回答。她问:"哪方面?"

"铁石心肠挺特别的。"电影院应该是滋生暧昧的场所,她倒好,睡得跟谈了十年的恋人一样,没有心动反馈,也没给他多余的机会。

铁石心肠?好吧,确实有人说过。

李铭心小时候也是小女孩,她弱小,爱哭,离不了人。可没人陪她,她就只能跟狗一块儿玩。

她养过一条狗,叫什么已经忘了,是条黄狗,毛色很耐脏。某天狗在路上被车轧死了,血流满地。裘红当时的姘头把死狗拖回来,左右权衡,在扔了和吃了之间选择了后者。他叫来几个男人,一起吃。

刁蛮之地,做事也很野蛮。

李铭心一直哭,他们一直吃。没有人顾及她的伤心。她哭着哭着觉得没意思,便回房睡觉去了。这副冷心肠,大概就是那会儿练就的。

周末人很多,电梯前是各色青年男女。池牧之见旁边有姑娘缩着身体朝男友撒娇,便主动脱下风衣,问李铭心冷不冷。

"不冷。"

"等会儿可能会冷的。"

"不冷,没事。"

他勾了下嘴角,又很快克制住,语气半命令:"说冷。"

她站得笔直:"不冷。"

很难得,李铭心看到池牧之的"绅士脸"崩溃了。

走出电影院,天上挂着一轮关不掉的月亮,又亮又圆,她仰起头,对着月亮"扑哧"笑了出来。

一场困顿的电影,却生出毫无道理的快乐。

一路霓虹闪烁,车灯喧嚣。豪车里看世界,那是真的好看。

池牧之将车停在学校远处的校医院,步行送她回去。

路上她问:"走这么多路,腿受得了吗?"

他说他还没那么弱。

她问:"那你冷吗?"

事实上,他的衣衫比她的要单薄。白衬衫加黑风衣,看起来只有风度没有温度,并不保暖。

池牧之乐了:"我说冷,李老师会把外套脱给我吗?"

李铭心点头:"会的,您比我更需要。"

他两手抄进兜里,垂首想了会儿,低声说:"原来是这样……"

梧桐大道落叶扫净,两侧只剩坚实的树干。他们从长路尽头一直往前走,在校门口默契地慢下脚步。

李铭心朝他挥手:"拜拜,池先生。"

她没有立刻走,站在原地等了等他。

池牧之一瞬不瞬地望着她,很久才出声道别:"拜拜。"

进了校门,李铭心走到阴影处又回了个头。那一眼,深深铭入脑海。

池牧之还在。

冰镇夜风中,风鼓起他的白衬衫。

他双臂垂在身体两侧,正隔着电子门栏与她相望。

第四章
饕餮之徒

周日，阴。

今天池念上马术课，所以没有排英语。李铭心起了个早，做了套考研英语真题，模拟分估算八十多，还可以。九点，她开视频给学生上阅读技巧，结束这些是上午十点半。

室友在宿舍学不进，见李铭心忙完了，撺掇她一起去市图书馆学习。

大四学姐干不过新生对期末的热情，想学习的时候，校图书馆预约满了。市图书馆是社会人学习的场所，学生比较少，地方也宽敞，很适合去学术避难。

李铭心算了算公共交通的来回时间，仅二十分钟，很近，可以接受，于是拿起公交卡和室友出发。

路上，她掏出手机，稍微看了下消息。

群消息多得可怕，"嗡嗡"一阵狂振。

室友凑头看了一眼，"嚯"了一声：" 99+ 消息，李铭心，你真牛。"

李铭心拉了一圈，没有重要的私人消息。

她收起手机，消沉道："又不是钱，有什么牛的。"

室友很乐观："钱早晚会有的啦。就算考研考不上，去教培也能'苟'住吧。"

李铭心知道赚点小钱不难，给学生做陪读先生也能五万一年，但太不稳定了。一旦和雇主闹点不愉快，或者教学方式和学生思路不同轨，很容易被换掉。

她一直搬家，没有属于自己的房间，没有安全感，总在跟又穷又蠢的人卖乖，挣扎在饥一顿饱一顿的日子里。就算上了大学，这一切也没有好转多少。

教育欺骗了她，学校没有告诉她，越是要往上走，越是要拼父母。

大一大二的时候，同学之间的悬殊还停留在籍贯哪里，高考几分，期末绩点多少，入党积极分子了没，履历又添了几个对外交流活动。这些都是付出努力可以回报的事。

到了大三大四,具体到实习单位的申请,雅思托福的刷分,出国留学的计划,工作单位的"安排",再到买车买房,都出现了巨大的悬殊。

对她来说,教育只是一级台阶。

有钱人在99层上登一级,穷人家在-18层上登一级。

拼了命学习只能让自己变得更好,但不能让她变得和别人一样好。

那天坐进卡宴,李铭心扒着车窗回望视野里慢慢缩小的白公馆,忽然意识到,要凭借自己的努力在这座城市锁住一个精致窗格的灯光,需要漫长的岁月。

有些东西,是她一辈子都赶不上的。

室友人在外头,心思开始飘,刷了刷手机问李铭心看不看电影:"最近有校园电影上映!图书馆后面有个文化宫电影院,我们学到晚上,去看电影怎么样?"她似乎忘了自己是因为火烧屁股才来的图书馆。

李铭心问:"哪部?"

室友以为她感兴趣,赶紧打开猫眼购票,给她看。

"这部我看了。"

"啊?你看过了!好看吗!"

李铭心努力回忆,想起来的只有忽明忽暗的光线,以及池牧之宽厚的肩膀。他一呼一吸平稳起伏,如风平浪静的海面,舒服极了。

"蛮好睡的。"

李铭心的高中和电影里的高中相差太多,毫无代入感。电影里暖洋洋的,上高中像在谈恋爱,她的高中却更像在当兵。

不仅是高中,她的人生都像在当兵,绝地求生的特种兵。

室友低估了社会人的学习压力。周日中午,市图书馆自习区坐满了抱着各类社会考试书籍的成年人,脸上写满了生活的不易。

她们随意抢到两个位置,各居一隅,不挨在一起。

李铭心旁边一个男人老咳嗽,体味很重,气味并不好闻,这让她想起了裘红交往过的那几个很劣质的男人。

背题时,李铭心默念这是抗干扰训练,要忍。待电话振动,她仿佛被拯救一样,暗自松了口气。原来忍耐已经到了极限。

她左右张望,没见空位,拿上手机决定出去。

李铭心边走边接起:"你好!"

"在哪儿?"池牧之磁性的声音透过电波传来,一瞬酥麻了李铭心半边耳朵。

她唇瓣一张一合,看着那串数字,反应了两秒:"图书馆。"

"出来，我在你学校附近。"他口吻不似命令，但听着真的很像跟助理说话。

明明头几回见他，他跟她讲话十分有礼……

这人是不是杀熟？

"我不在学校图书馆。"

"那在哪儿？"

"旁边的市图书馆。"

"等着。"

他后面没说话，也没挂断。

李铭心走到图书馆门口，见通话秒数还在计时，想了想，先按下了挂断。

她拐进条老巷子，找到一家本地人开的烟酒店，往脏腻腻的半透明橱窗扫了一圈。再扭头，手心里多了包东西，兜里少了二十四块钱。真贵，比学校后门要贵四块。

老巷子后头有条小河，颜色深杂，闻着不臭，应是活水。

李铭心在河边找了块台阶，吹着冷风拆烟。

小河右手边是一排老店，她所蹲的位置正对一家中介。

她就盯着那两张租房售房表。

这片比较老旧，一室一厅一千八一个月，两室一厅两千四一个月。五十平方米精装售价一百三十万，五十五平方米简装售价一百四十万。

碾熄烟头，她垂下了眼。不知道池牧之能不能找到这里？他现在就来吗？还是一会儿来？

李铭心点开微信，无消息。她等了等，又点燃了第二根。

没一会儿，电话响了。李铭心认认真真地确认完这串数字，才点了接通。

"几楼？"他的声音很空旷，听着像是在图书馆大厅。

"我在外面。"

"又在哪儿？"

"我同学在里面。"李铭心不想让别人看见她和池牧之在一块儿，也不全是为了名誉，主要是怕室友误会他们关系好，会多问私事。

她对电话里说："出大门左手边有条弄堂，不要走马路。你往里走会路过一家老烟酒店，再往里走有家门店很小的咖啡馆，沿着这条路继续走，路尽头是一家定制旗袍店，店前有条破旧的河，我在河边。"

池牧之语气中流露出温和的笑意："好。"

他没挂电话，她也没挂。

"在河边干什么？"

池牧之皮鞋踩在青石板小径上，发出空旷的响动。

"思考人生。"

李铭心举着手机，听着声音，知道他在朝她走来。他的脚步不慢，应该很快就到了。

"思考什么？"

"思考你来找我做什么？"

算算时间，他应该到了。

池牧之走到路尽头，一转头，就见李铭心束着松散的发髻，几缕头发随意垂落，两手忙碌地调整着手中的书籍，试图让它们保持平衡不掉落。

他将步子停在分岔路口，远远地看着她的脸在光线中显得格外柔和，没有靠近。

她望着池牧之嘀咕了声："这么快。"声音透过手机传过去，拇指按下挂断键时，听筒那头池牧之低笑了一声。

再抬首，他已经收起手机，长腿一迈，朝她走了过来。

李铭心腾出手将碎发拨至耳后，朝他打招呼："池先生好。"起身时，脚软绵绵的，似还踩在云里。

他回应她官方的礼貌，点点头："李老师好。"

"唔……你……"她思考要不要继续刚刚的问题。他来找她做什么？

池牧之手插在兜里，慢慢倾身："嗯？"

他面无表情，没有说话，且靠她越来越近。

他们的距离近到李铭心能清晰看到他喉结凸起的弧度，以及滚动时的上下轨迹。

她猝不及防，几乎要仰面迎接，可在唇要挨上的那一刻，他的鼻尖擦过她的侧脸。

下一秒，李铭心手心里的东西被他抽走。

"够冲的。"池牧之蹙起眉头。

李铭心低头捏紧拳头，有点像被老师抓包。

池牧之从西装内袋取出打火机，两指一夹，抽出一根，熟练地伸手挡风，垂眼打火。

池牧之抬眸那一刻，微皱的眉眼能诱惑一个良家女子下地狱。李铭心理智滑坡一半，又被他温润的眼神拽了回来。

缭绕烟雾中，他们静站了一会儿，目光时远时近，挨上了会避开，避开了兜一圈再挨上。

谁都没有说话。

空气静默许久。

目光太过灼热，仿佛有只手沿着喉管一路向下，在肺上挠痒痒。李铭心试图仰起脸与他对视,但过程很艰难。每一秒睫羽的眨动都是慢镜头,每一次喉咙的吞咽都像别有意味。池牧之的眼神很深,像是能看到她心里,她很想很想躲,但这回还是用特种兵素质扛了下来。

"您找我是?"李铭心每次说您,都很刻意。

他牵起嘴角,叹了口气:"我高估了我的耐性。"

李铭心直说:"也许您不用这么耐心的。"

他抬眼看向她。

"我没……什么值得耐心的。"她喜欢利落点,现在这个进度,有点磨蹭了。她习惯设定目标,往靶子上冲。眼下事情目的性模糊,她有点不知所措。

"还是要的……有些步骤没有,性质就不一样了。"他这话说得很低,声音哑得不像话,更像自言自语。

李铭心跳顷刻乱七八糟。

她听到自己心脏门枢上发出了道"吱嘎"的开门声。

池牧之笑着朝她扬了扬不知哪里变出来的两张长条纸:"今天再请你睡个觉?"

票是交响乐团音乐会,十九点三十分开场,还早。

李铭心阅读外国文学时有看到关于音乐会正装的描述,她没去过,不知道国内是否要穿正装,问池牧之,他也迟疑。

票面没有要求。

过去这种音乐会,都是约好时间地点,衣着自己规划。他所遇到的约会文化还没有女士提出过这样的问题。

这一点倒是欠妥。他说了声抱歉,问:"宿舍有吗?带你去换?还是现在去买一套?"

李铭心摇头。宿舍没有,她也不想买,觉得太麻烦。她问:"如果去了,没有正装,会把我赶出来吗?"

池牧之好笑,说当然不会。说是这么说,他还是打了个电话。

那边表示没有特别要求,不要衣衫不整就可以。

池牧之舒了口气,李铭心却没有。她觉得有点麻烦。

池牧之订餐厅的时候,李铭心算了下今天的学习计划,熬夜也不能完成。

她是计划狂魔,喜欢挡事,如果不能按照条目执行,会抓心挠肺般难受。这种难受别人看不出来,但她知道,自己的情绪会胀气,难受到不能入睡。

之前室友沉迷各种测验,给她塞过一个很长的测验题做。

测试结果显示,李铭心是自律的偏执狂。

后面的"偏执狂"一词室友们没看出来,但是"自律"两个字一出来,全宿舍都坚信：这个表测得太准了。

李铭心说，"晚餐能不能十五分钟解决，我需要看书。"

池牧之："什么能在十五分钟内吃完？"

"面包？"

他顿了顿："行。"

阴沉的冬风呜呜咽咽，像是要下雨了。

他们在图书馆门口的长阶上坐下，一起共度了一刻钟。

那是下午四点半，车辆来往，电驴疯走，烟尘低低扬起，慢慢落下，再如慢镜头般，反反复复。

池牧之撕开面包包装，将面包递给她。

她礼貌地说："谢谢。"

晚餐吃得简单潦草，很"李铭心"，不太"池牧之"。

"不客气。"

他不紧不慢地解开衬衫袖扣，替她拧开矿泉水瓶盖，盖子虚盖，放在了她手边，动作优雅得像在进行一顿西餐，这是个倒红酒的动作。

她又说："谢谢。"

"不客气。"

做完这些，池牧之才开始吃自己的面包。清甜的面包唤起了很多记忆，他的目光一下变得遥远。

李铭心双手举着面包挡住下半张脸，一小口一小口地吃着。见他盯着自己，她也盯了回去。

忍者疗法很有效。看着看着，没那么想逃了，甚至开始享受对视。

池牧之看着她说："上次陪女孩子吃面包感觉是上辈子的事了。"

"那一般都吃什么？"她疑惑，"早饭不吃面包吗？"有钱人不都吃面包吗？

"吃早饭？"他认真想了想，笑着说，"这个主意不错，以后一起吃早饭。"

李铭心明白他在笑什么了，默默地又咬了口面包："你健身吗？"

池牧之抬起手臂时，袖口往上收紧一掌宽，会露出一段明显的肌肉线条，很性感。

"晚上没事会去朋友开的工作室出出汗。"这几年一直在练，保持得不错。

李铭心已经没有什么问题要问了，硬着头皮社交："身体吃得消吗？"

他三口把面包解决了，正在仰头喝水，听她这么问，喉结滚动明显一顿："我在李老师眼里是这个形象？"

喝完水,池牧之嘴唇湿漉漉的,在白皮映衬下,更显唇红。

明明是剑眉星目,不显女相,怎么能这么勾人?是养尊处优的男人都这样吗?还是就池牧之这样?庄娴书那句醉话咒语一样缠绕,李铭心……真想把他吃了。

她避开眼,贝齿在自己唇上咬下两处陷落:"还好。"

十五分钟结束,她进去看书,他回了车上。

学习效率肯定是不高的。

李铭心很躁。下午的一切都让她很躁,但她努力克制躁意,硬是把自己的屁股钉在凳子上,做了套模拟题。

结束学习时,室友的手机电量刚刚耗完,正在借充电宝。见李铭心要走,都不用她打发,室友自动留下,说要待到图书馆关门,不然今天就废了。

室友总是在一天的最后一刻突然觉醒,李铭心见怪不怪,让她加油。

循着池牧之的指示,李铭心找到了图书馆地面停车位。

这两百米七绕八绕的路是她第一次走,这辆车也是她第一次主动去找,卡宴的车门也是她第一次自己打开。

可这些事无比熟悉,像前世做了好多回的动作。

车门一开,他惺忪的俊颜也像看了无数回。明明这也是第一次。

车内很暖,他西装脱掉丢在了副驾驶座,襟前扣子解得很低。见她来了,他拎起西装往后座一丢,揉了把脸:"走吧,时间差不多了。"

李铭心刚坐上车,他便靠了过来。

她垂眸未动,等他气息靠近。

池牧之手臂伸长,近如侧身低语,锁舌的金属闪过眼前,一条安全带"嘶拉"滑下,虚贴着她的弧线自动收紧。

撤离时带起的那股小风,掺着木质香味以及被风吹淡了的烟味。

"抱歉,这次不是故意挨这么近的。这个位置确实不太好弄。"他说得倒是坦荡。

"那上次是故意的?"李铭心调侃。

他偏头:"哪一次?"

"不记得了。"

池牧之噙着淡淡的笑意:"李老师,那就忘了吧。"

车子穿过半座城市,驶往大剧院。

李铭心一路贴着车窗,头也不回地认真看街景。那股劲儿,用池牧之打趣的话说,就是"比看电影还投入"。

他们来得晚,地面已经没有车位了。驶入地下泊完车,池牧之手摁上了右腿,喃喃道:"要下雨了。"一股酸胀隐隐袭来。

"下雨前也会难受？"

"看情况。"他走到副驾驶座，为她开门。

"可以问疼多久了吗？"

"五六年吧。"池牧之又问了她一遍，"害怕吗？"

你疼你的，我怕什么？李铭心还是这样想的。

她虽是不解，仍弯起了嘴角："不怕。"

池牧之为降低她的心理负担，说他也不常听这种，等会儿困了就一起睡。李铭心做好了附庸风雅和格格不入的打算，真准备补眠。

不过她还是低估了音乐的力量。音乐会比李铭心想象的精彩。她听得入神，一度忘了时间，忘了自己在哪儿、和谁一起、要做什么。浩大声势里，她化作一缕同音乐起舞的魂魄。

结束时，现场掌声雷动，持续了两分多钟。

他们在二楼贵宾看台，起立时才侧目，发现了庄娴书。

那女人爱四处看，估计早看见了他们，这会儿正鼓着掌，用"看，我说什么来着"的了然目光看向李铭心。

李铭心朝她点点头，继续看向舞台。

此时，指挥正在介绍那位英俊的首席小提琴手。李铭心很早就注意到了那位先生。他仪态好，气场强，在一众相貌出众的音乐家中依然是很拔尖的存在。

池牧之探身，往庄娴书旁边看了一眼，座位是空的，上面搭着件白西装。

"你和谁来的？"

这白西装一看就不是程宁远的。

庄娴书嫌弃："你管我！"

出场时，庄娴书也没避嫌，等那油头粉面的男人归来，给自己披上西装，大摇大摆地挽着他，做作地经过他们。

李铭心错愕，那男人不是程宁远。

池牧之没理庄娴书。对她的作劲儿，他见怪不怪。

大厅门口，灯火辉煌。结伴的男女正在穿外套，不少男士正在为女士服务。池牧之把西装披在了李铭心身上。为避免她拒绝，他弱下半分语气："别人都披，李老师给我点面子。"

李老师给了。但去地库的路上，李老师就出汗了。

和池牧之在一起，她总是很热。

她奇怪："这个冬天是不是不太冷？"

池牧之仰起头，闻了闻冷空气："好像比以前两年冷些。今年秋天就比去年秋天冷，没发现吗？"

"是吗？"怎么她秋天那会儿就觉得挺热的。

他问，是这个冬天有什么不一样吗？李铭心点头。他问哪里不一样？李铭心说，因为要考研要毕业，所以有些不一样。

对话暂停了十余秒。

池牧之："李老师真的很特别。"

"哪里？"她问。

他但笑不语，继续往前走。李铭心停下脚步，坚持问："哪里啊？"

池牧之回头："真想知道？"

"嗯！"李铭心真的想。她不理解他为什么要"追求"自己，也不理解"追求"的下一步是什么。她迷惑，到底是哪里不一样了？

池牧之距离她三步，朝她伸出手。他手臂微屈，手心朝上，五指修长，骨节分明，是邀请的姿势。

地库一片昏暗，衬得那只具有诱惑性的手格外白。

他明灭不定地看着她，没有说话。

李铭心眨眨眼，先没动，等旁边来了辆车压过听觉，才慢半拍地挪了两步，握了上去。

她听到一声轻笑，随之手腕被一股力带着，跌进了他怀里。

这是清醒时分的第一个拥抱。

池牧之扣住她的后脑，语气又温柔又疏离："真不容易。"

李铭心仿佛被巨大的海浪裹挟。

风起云涌中，她屏息等了等，什么也没等到，心想：就这样啊……

"李铭心，你和别人不一样。"他牵上她的手，再对视时十分郑重，"你知道你不一样吗？"

他认真的眼神让她一怔。

性格给她的表情在沸水之上盖了个锅盖，她连微笑都忘了释放。

"我每周会和很多人见面，但我对他们都不好奇。"他对人没有好奇心了。

李铭心不解："那对我有好奇？"不太可能啊。她除了是个穷困的女大学生，还有什么值得好奇的。

他瞥了她一眼，对她的不解风情来气："也没有！"

话题到这里就被庄娴书踩高跟鞋的声音打断了："池牧之，你再不来我都要冻死了！"

庄娴书身上已经没有了外套，此时单薄贴身的毛衣裙，勾勒着傲人的曲线，美是美，但看着让人打哆嗦。

池牧之一句骂人的话到嘴边，又咽了回去："你等我干吗？"

庄娴书盯着他们牵着的手,"啧啧"两声,冷笑道:"因为我要跟你回家!"又不在意地跳到李铭心面前,"不介意吧,妹妹。"

李铭心没说话。

庄娴书还算是有眼色的,径直打开后座,把自己塞了进去。

池牧之为李铭心打开车门,视线越过副驾驶座,问她:"你跟别人约会,程宁远知道吗?"

"我们散了。"庄娴书不咸不淡。

"又是狼来了,这话你说了八百遍。"池牧之不信。

"这次狼真的来了,不信拉倒。喊!你不也说了这辈子不会再谈恋爱,这又算怎么回事?"她抱臂回暖,提到程宁远一副已然放下的表情,神色自若地问他们,"你们这算是在一块儿了吗?"

池牧之努嘴:"问她。"

"哇!妹妹!"庄娴书看着池牧之给李铭心系安全带,红唇一扬,露出捧场的笑,"恭喜啊!"

李铭心笑笑,掩下心头的疑惑。

"之前于芝之不允许你跟我来往,我就来气,这个妹妹我看行!"她戏剧性地换了副嘴脸,讨好地扒着副驾驶座,"妹妹!你可以让池牧之有女性朋友吗?真的是纯粹的那种朋友!"

李铭心顿了一顿:"其实我们……"

池牧之关上车门前看了她一眼,再上到驾驶座,替她把话接了下去:"现在是我自作多情,这妹妹很难追,还没在一块儿呢。"

"这样啊!"庄娴书目光在两人之间游移,"那行,等你们在一起了,我再来跟妹妹请示。"

庄娴书真是人堆里打滚的妙人。原先李铭心是个家教,就说她勾引,眼下有正式交往的意思,马上换嘴脸,也不管连不连戏。

这一点,李铭心不是不佩服的。

池牧之及时转移话题,又问回了程宁远:"你们怎么回事?前天不是说不住我家了吗?"

庄娴书倒打一耙:"我这不是嗅到你恋爱的酸臭味,及时自保吗!你当年的行径真的伤害了我!我们光屁股就认识,但是那五年,完全没有联系!"又问李铭心,"妹妹,你不会伤害我吧。"

"放屁。"他并不想提当年,"程宁远问我拿了一百万,是给你的吗?"

"真够穷的,一百万都不肯从自己账户走,还要问你要,然后借你的口告诉我,他没有多的钱,要问人拿。"

他们高层大额资金周转本来就不方便。他问:"你开口要了这么多钱?"

"你管我！"

像是要拉拢人心，庄娴书直起身，贴到李铭心耳侧："妹妹，我跟你说！男人可能永远有钱，但他不会永远爱你。所以，不要心软手软，不要自尊自爱。该你的，就用力拿，别端着，是男人欠你的，是社会欠你的。"

池牧之想把她赶下车。

庄娴书话音一转："但是池总不一样的！我们池总谈恋爱很认真的，又搭钱又搭命。"

"闭嘴！"

李铭心低下头，有些茫然。她对"谈恋爱"三个字很陌生。这不是她该和池牧之发生的事。

等红灯时，池牧之倾身，小声说："别听她的。"

车子先到的学校，停在距离正门三四百米的营业厅门口，学生不多。

庄娴书在车上，他便没送她进校，不过特意下车牵了她的手。

他说："她太吵了，回去我给你打电话。"

李铭心走出两步又回了头："打电话说什么？"

"什么？"

"为什么要打电话？"李铭心不懂。

池牧之："不方便吗？"

李铭心想了想："几点？"

"你几点方便？"

"我十点半要睡觉。"

池牧之看表，现在是九点四十五分……

夜风里，他看着李铭心的背影，无奈地笑了。

李铭心和室友前后脚回来。李铭心向来忙，习惯最后收拾，今日搞特殊，赶在室友前头去把澡洗了。

温水拂身，搓出泡沫花子，冲去烟尘味，再拿干净浴巾潦草擦净。李铭心完成以上，抱膝坐在床下桌前，有一搭没一搭地看起错题。

错误的答案有点深刻了，比新题错误率还高。再做很容易像个熟人似的，以为眼熟顺眼就是对的，从而选错。她快速翻页，不做过久停留。

五分钟看完错题，一回头，室友在哭。

又在哭……

不用说也知道，估计后来熬到市图书馆关门，她也没学进去。不知怎的，李铭心乐了，笑得直颤。

室友感觉到自己被关注，刚要像祥林嫂一样倒苦水，见李铭心笑，气了一秒也跟着边哭边笑。

太可笑了,怎么会这么惨,连李铭心都笑她,她真的是没救了。她抽噎着说:"铭心,你考上研究生,发达了,不能忘了我。"

"考上研究生也不会发达的。"

"但我总觉得你会发达的。我有强烈的预感!"这么厉害的女的,又漂亮又聪明又能吃苦,肯定会发达的。

她哼哼完,李铭心的手机响了。

屏幕一亮一亮,那串号码出现了。

周日晚上十点十五分。

没想到真的会来电话,还赶在了十点半之前。

李铭心捞起手机,捏捏室友哭唧唧的脸:"借你吉言。"

借着屏幕光爬上楼,楼顶的门居然锁了。李铭心按下接通,侧头夹着手机,蹲下身往角落摸铁丝:"嗨。"

这个锁很老很傻瓜,她开过几次,动作半生不熟。

那头池牧之也回了声:"嗨。"

他声音低得让人呼吸荡漾。背景空旷干净,没有一丝杂音。

李铭心撬锁的呼吸有些急,解锁的那刻,她长舒了口气,不由得想,他怎么就可以拥有这么安静的空间。

"要说什么?"她当公事电话。

"可以说什么?"池牧之低沉的笑意响在耳畔,听着比面对面看他笑还要暧昧。

几乎在瞬间,李铭心就明白男女通电话的意义何在了。

她已经很久没有和男人聊过电话了。

她这样想,也这样说了。

他问道,上一个多久了?

李铭心的停顿很漫长。池牧之问不方便答?她叹了口气,说:"也不是。"虽是这么说,但她也没有回答,而是转了话锋,"你呢,上一个多久了?"

"很久很久了。"

"不会久到是那天照片上的人吧。"那张照片上,池念很小,是小学生模样,他和芝之笑容单纯炽热,还很年轻。

他想了想,有点无奈:"是。"

她笑了。

他也跟着释出声笑意,又自言自语地重复了一遍:"确实很久了。"

池牧之很长时间没有谈过恋爱。有段时间,对"女朋友"这个词甚至可以说是抵触厌恶。这种厌恶到李铭心来,都一直礼节性地持续着。

李铭心词穷："那……"

他打断："你还没有回答我。"

她差点都忘了。

事实上，并没有多少人关心她的感情生活，她也不太习惯回答这种问题。

"大一的时候，好像有通过电话。"

刚到一座城市，对一切都不熟悉，有男生示好，她会回应。当然，回应的节奏可能有违正常人的理解，很快进入误解，然后不了了之。

"好像？"

"不太记得了。"太久了。中间也有很多人路过她的人生，说不定也通过电话，只是匆匆来去，没有特别到值得记住的。

他低笑："不记得好。我心眼儿其实不大。"

"……哦。"

"李老师心眼大吗？在意吗？需要我做清理吗？"

你不都把照片清掉了吗？

李铭心认真思考后说："大的。"

声筒划过片刻安静："李铭心，你真的很特别。"

这是他第一次叫她的全名，像叫一个咒语。

"你在哪儿？"她想问"这么快就到家了吗"，从学校到白公馆，开车怎么也要三十分钟。

那边安静了一下，沉吟后再开口时声音异常喑哑："车上。"

"哦。"

"'你在哪儿'，这话听着像正常的通话了……"

"好像是的。"

他们两个像对学习已经失去兴趣又不得不硬着头皮学习的人。

电话很默契地截止在二十二点二十八分。

通话时，他始终漾着清澈舒服的笑意，声音低得让她呼吸发紧。仅仅十来分钟而已，挂断时感觉过去了好多年。

再回神，是二十三点十五分。

室友问："你半夜开窗干吗？"

李铭心穿着单衣，望着对面楼宇，站在洗漱间的窗边吹冷风："热，好热。"

没办法，她这一天跟池牧之打了三趟交道，澎湃得心跳不歇。

室友翻了个白眼："有病。"又理解地拍拍她的肩，"不过没事儿，考研的哪有不病的，都发疯吧，疯吧疯吧，考完疯病就好了。"

周一早上六点十五分，鸡刚起，李铭心也起来了。

外头天半亮，洗漱都是摸黑的。她裹上黑色厚外套，穿上黑色牛仔裤，脚踩黑色帆布鞋，拿黑色鸭舌帽压住未经梳理的长发，一路往校门口小跑。

昨晚挂断电话前，她问池牧之现在在做什么，池牧之介绍了一下自己的工作，表示这两年应该不会经常出差。李铭心才不是问这个，她要问的是"追求"是什么意思。

池牧之问她是不信吗？李铭心说不信，太假了，感觉你只是换了个方式玩弄我。

池牧之咀嚼"玩弄"二字，无可奈何地叹了口气，说："不信的话，明早六点半，校门口，一起吃早饭。"

李铭心不信。

她真的不信，这小跑的一路上她都不信，但她还是跑了过去。

这一路上，她经过树，经过楼，经过门，经过清晨，经过鸟鸣，经过公告栏，经过指示牌，经过她熟悉了三年的一切，感受却无比陌生，像第一次来。

跑到半路，李铭心停下来，双手撑着膝盖，失神地喘了喘。

她脑子里一片空白，但再迈腿，脚步明显慢了。

她控制住心跳，步行挪到大门口。

门口没有车，人稀少，空得像往常一样。

门卫大叔一边拉伸一边朝她问好，夸她起得真早。

李铭心走到校门外，呵着白气，左右张望。

确认无人后，她低头掏出手机，点了点屏幕，恼恨地闭上了眼睛。

很"李铭心"的事情发生了，手机关机了……

无语，她有点生自己的气。

看了眼门卫室墙上的钟，不早不晚，正好六点半，她站桩一样，静静站在原地等待。几乎每经过一辆黑色的车，她眼睛都会亮一下。

到六点四十五分，精神就有点耷拉了，有股劲儿随着怀疑渐渐松了下来。她打了几个哈欠，蹲下身，抱膝开始思考下一步。

池牧之是爱睡懒觉的人，往常她下午抵达池家，两三点他还没起，阿姨和池念都见怪不怪。

所以，六点半吃早饭对他来说应该是很困难的事。

来不了也正常，应该就是句玩笑吧。雇主开玩笑，她哪有资格生气。当真了才是她的错。

也是。

李铭心挤挤嘴角，活动冻僵的脸，心里想着算了，回去看书吧，反正不亏。

她站起身，两手往口袋里一抄，刚走出两步，身后冒出一道清晰的磁性声音——

"不是不信吗？

"那在等什么？"

李铭心震惊地回头，转了两个方向才看到池牧之。

失落的心猛地飘起。

他从左边那棵树后探出半个身子，没有掩饰逗弄的意思，冲她得逞地坏笑。

今日他套了件黑色羽绒服，气质因保暖措施而显得有些憨厚。不过不影响他又白又帅，像个大学生。

远远看着他，吹僵的眼睛里涌动出一股热意，李铭心眨眨眼，死咬住嘴唇，咽下喉头可耻的咸腥。

池牧之拉开羽绒服拉链，从内袋里变出了一个塑料袋，里面是热乎乎的馒头："给你买了早饭。"

冬风劲吼，秃枝摇曳。

不远处那个点先是一动不动，下一瞬模糊成一条奔跑的直线。

他的笑意在李铭心冲过来的时候，停在了嘴角。

池牧之愣住，一时忘了回抱突然撞上来的姑娘，等她戴鸭舌帽的脑袋撒娇似的拱了两下，礼节本能才迟迟苏醒——他半张双臂拥住了她。

李铭心是蹦起来抱的。因为穿得多，所以抱得非常用力。

抱上的那一刻，她发现他好高，比那天黑暗里相贴要高，比昨晚那轻轻一搂要高，高得她根本看不见他。

世界是黑压压的安全感。

池牧之指尖顶起挡她视线的鸭舌帽，低下头，冲她露出受宠若惊的表情："一个馒头而已，李老师真的要这么热情吗？"

对视那一刻，卸下武装的他们目光都有点闪烁，不是很自在，又有些情动。

他喉结滚动，垂目想了想说："馒头刚出笼，很香，我挑了一下，要了两个实心甜馒头。这个应该和面包差不多味道。"他不知道她吃素包子还是肉包子，拿不准，便买了实心甜馒头。

李铭心仰起脸，弯着嘴角，没有应他。

她很少笑这么久，很快发觉嘴角酸胀。

没有办法用表情表达开心，她便说话："池牧之，有人说你很好看吗？"

她面容清丽，音色清透，讲话字正腔圆，说话时眼睫轻眨，特别认真。

池牧之细细描摹近在眼前的漂亮姑娘，摇摇头："没有。"

"不可能！"李铭心不信。

他失笑:"很多年没人这么说了。"要是现在有人说他好看,就是怀疑他工作能力,或者性取向,这属于挑衅。

"那就是有过!"李铭心又蹦了一下,开心得像个小孩,"真的很好看!"

池牧之轻扯嘴角,收下夸奖。

他没有搂她很紧,在她手松脱的时候,他们的距离就有些拉开了。而他脸上的笑是礼貌的、温柔的,不是热情的。

其实那一刻,她情绪缓了过来,意识到自己的开心很傻。她小跑奔向他的表现是有点不合时宜的。但下一刻,脸上阴影的重量徐徐压下时,她还是决定沉溺一下。

清晨寒风穿梭身侧。

池牧之看着她,试探地慢慢低下头。

鼻息相触,呼吸悉数洒在面庞,惹得脸上的热意越来越盛,李铭心适时地垂下眼睫,避开对视,紧张地咽了小口唾沫。

太慢了,真的太慢了。

几乎要挨上唇时,池牧之呼吸紊乱,忽然变了个道,转而往她额角留了干燥温热的一触:"你也很好看。"

回去的路上,天阴沉得跟六点多没差别。

校园里的一切景致和日常重叠,恢复原来的感受。李铭心无法抗拒等待被回应的惊喜,心脏仍"扑通扑通"跳。

过去很多次,她都被母亲丢在一旁,被告知"我去找个人,等会儿来带你""打完牌来带你""跟叔叔说会儿话,说完带你走"。

李铭心总在等,等着等着就是一下午,等着等着人就长大了。而裘红的母爱太稀薄了,经常把她忘掉或者事后打发。

她以为自己无所谓,习惯了。

县城不大,哪里她都能摸回家,但没想到,心里的那个小朋友长大后还在等。

周一的图书馆很空,李铭心埋头学了一上午,心潮逐渐平静。

池牧之长身鹤立于清晨校门的画面偶尔会飘过脑海,她拦截一帧,稍作回忆,再面无表情地继续翻书。

下午犯困,她再次开始算提神醒脑的算术题。

想没有实感,她拿出纸,在纸上写——

本科毕业暑假两个月食宿约 5k。

研究生学费估 4w(补助 6k 一年,计 1.8w),住宿费估 4k,饮食估 1.5k～2k 一个月，计 5.4～7.2w。

房贷 2.3k 一个月，记 8.3w。

无论如何，她都需要十万元。

她这个陀螺"1"需要一串"0"来运转。有了这十万，三年陆续打工，才能维持生活不倒。

她在这张纸面前沉默了一会儿，又揭开下一张——

C：
二十三岁，天蝎座；三十岁，双子座
十万，导师；分手费（×）推荐信（？）
左上臂文身（数字？），前女友（不愉快）
雨天腿疼；止痛药，量三颗；饮酒，量约三分之二瓶威士忌。烟（无瘾），酒（多，应酬，止痛）
小心眼（？）
很久没恋爱（？）（应该有别的"恋爱"）
11 月 30 日更新记录：
追求（？）牵手—公交车—校园—电影院—图书馆—晚饭—音乐会—早饭—额角的吻……
不是慈善家（……？）

李铭心喜欢池牧之，但没有时间"谈恋爱"。她是一个按时薪收费的老师，很难不计较这种浪费。时间应付钱可以，恋爱真的应付不来。

想到这里，她又有新的犹豫——进展过快，会影响池家的家教吗？如果池牧之是戏弄，玩后就丢，会换掉老师吗？

如果他是认真的……不，不会是认真的。

李铭心不是幸运女孩，且常与好运气擦肩而过。如果有这样一位英俊富有、有修养又体贴的男士青睐于她，示好于她，她更愿意相信是交易，而非爱意。

这一点她坚信。

和池牧之无关。

李铭心写写画画，顺手夹进西语书里，继续看书。

她也没想到，这会是她关于池牧之的最后一张草稿。

李铭心的手机没电的两天，潜心背书，充上电是在周三去池家前的两个小时。

室友看李铭心慢条斯理地给手机插上电,无法理解李铭心的淡定。她手机只要电量不足 20% 就会慌得找不着北。

"铭心,你上课把我的手机也带走吧,这样我应该就能学三四个小时。"说着,室友把手机强行塞进李铭心的帆布包,双手合十拜了拜,"谢谢!感恩!女神!"

这种举手之劳,李铭心向来不会拒绝。

等公交车的间隙,她得空开机,点开了微信。

真有两条池牧之的消息,意料之中,也意料之外。

一条是周一晚上八点十六分:方便电话吗?

一条是周一晚上十点二十二分:睡了?

周二就没有消息了,一个未接来电也没有。

周三是个雨天,不大不小,欲说还休,淅淅沥沥的。

李铭心到池家,第一件事是低头看鞋。

池牧之有点少爷气,进门不会把鞋摆进柜子,这些都是阿姨做的。有时阿姨忙其他家务事,没心思整理门口,他的皮鞋、运动包就丢在门口整整一天。

池牧之不出房门的时候,李铭心都是通过鞋来观察他是否在家的。

今天,门口整整齐齐,地毯换新,显然阿姨勤快了。

她换好鞋,池牧之和池念一道从书房出来。

"Miss Li!"池念笑嘻嘻地小跑过来,张开双臂拥抱住她,"今天你好漂亮啊。"

这是老师说的,去拥抱和赞美身边重要的人。虽然刚刚拥抱池牧之,被他嫌弃了,但 Miss Li 肯定不会嫌弃她的。

李铭心没有准备,被池念"夯实"的拥抱撞得后仰:"这么热情……"

池牧之穿着黑色西装,一丝不苟,看起来是要出门的样子。

他往门口走去,目光越过池念的肩膀与李铭心相交,眯起眼睛露出不悦,发号施令地对她说:"李老师出来一下。"

池念勾住李铭心的肩膀:"为什么?为什么要叫 Miss Li 单独出去?男女共处一室,需要第三方在场。"

"大人的事,小孩子不方便听。"说着,他竟然自然地拉起李铭心的手。

李铭心下意识地双手负背,往后退了一步,贴墙勾起微笑:"好的,池先生,我先进去放一下包。"她端出距离感,朝他鞠了半躬。

到底是成年人,他不动声色地收回手,说:"好,稍微快一点,我这边赶时间。"

一梯一户独享的电梯门口，池牧之的等待稍显不耐烦。

李铭心出来时，他刻意抬手看了眼表，不悦道："说了我赶时间。"

他难得有点凶。李铭心忙低下头："抱歉。"

他抬手挑起她的下巴，"嘶"了一声："故意的？"

"我放个包就用了三十秒。"她是小跑着出来的，一点没浪费时间。

"你知道我说的不是这个。"

李铭心如实说："我不常看微信。"

池牧之蹙眉，认真盯着她的眼睛："你觉得我信吗？"

李铭心垂眸，翻了个大胆的白眼："不信算了。"

她也不知道哪儿来的底气，居然跟雇主翻白眼。

池牧之倒是稀罕她这表情，指腹压上她的下唇，暧昧地轻揉两下，无奈地笑了："晚上等我。"

过电一样，身体酥麻，李铭心睫羽轻颤，眩晕了一秒，很快拔出理智："是要干什么？"

他按下电梯键，理所当然道："送你回去。"

"我……八点就要走。"她计划好晚上还要做一套模拟题。

他回头瞥了她一眼："等我。"

他没说会不会准点来，她便也没回等不等他。

电梯抵达，池牧之长腿一迈，面无表情地走了进去。

李铭心咬着嘴唇，怔怔地走神，反应过来他进了电梯，迅速挡在门口："等等。"

因为着急，她的肩膀被开合的电梯门撞了一下。

池牧之虚揽一把，扶稳她："小心点。"

她往后退了一步："我有个事要说。"

他挑眉，等她说话。

"能不能不要在念念面前表现出什么？"她不确定使用什么词汇形容眼下的关系，但这么说他肯定能懂。

他眼风扫来："为什么？"

"你别就是了。"说完，她按下下行键，恭敬地目送他臭着张俊脸消失在渐拢的电梯门中。

再回屋，池念自己摊开了书，正在等她。

李铭心问："今天我们能坚持几分钟？"

池念吹牛："几分钟怎么行，怎么也要二十分钟。"

她今日精神不错，真的学了挺久，也一直没提睡觉的事。

李铭心保持微笑，每做一页题就鼓励她一遍。

池念很受用。

中间走神,池念问刚刚池牧之找她干什么,李铭心胡扯说:"改教学计划,因为你很棒,所以我们后面要多加一些语法内容。"

"他才不关心这些呢。"池念一听就知道 Miss Li 在骗人,笑得鬼鬼祟祟,"下午的时候,我哥问我今天上不上课,我说上啊。他说,那老师今天来吗?我说来啊,不来怎么上啊,刚刚才问过呢。"

说到这里,她眼睛一亮,兴奋地凑近:"他居然问这种事!还问我用什么问的,打电话的吗?我说当然是发微信啊!"

李铭心心中闪过一串省略号。

"Miss Li!我哥真的很少问这种事!"池念眼里写满八卦和撮合之意。

"好。"李铭心帮她翻页,"我们继续做一下这篇阅读。"

池念无语。

晚上七点吃晚餐时,李铭心主动发了一条消息给池牧之:今天下雨,腿疼吗?

到七点半再看手机,没回复,不知道为什么,李铭心脑子里冒出了那三个字——小心眼。

七点五十分,下班前夕。

池念拿出点心盒,帮李铭心打包她精心烤制的松饼,细心地塞得满满当当。她交代道:"Miss Li,你学习的时候饿了可以吃。"

"太多了。"李铭心不好意思。

"你上次说很喜欢吃的!我特意多烤了一些!你不吃掉,就是我吃,你也知道,我不能吃那么多。"池念捏捏自己的"Muffin top"。

李铭心上回提了一嘴,某天晚上忽然想吃松饼,结果买的很难吃。池念听后上心,认真学视频,烤了两次,说以后做给她吃。

李铭心无以为报,学池念下午的动作,送了池念一个大大的拥抱:"好。谢谢念念。"

七点五十九分,李铭心到门口穿鞋。她又看了眼手机,没有新消息。

好,走。

开门时,她满脑子杂念,等按了电梯键,才循着浓重的酒气往角落扫了一眼。

"终于看见我了,我在想你要进了电梯,我要怎么叫你。"池牧之拎着西装,将手机按灭,喉咙发干地轻咳一声,"是叫你李铭心还是李老师。"

李铭心笑:"都可以。"

他邀功:"为了配合李老师,我特意没进去。"进去再出来,池念肯定会怀疑的。

"谢谢池先生。"李铭心官方道。

听到这三个字,池牧之跟只慵懒的狮子似的,嫌弃地眯起了眼睛。

他扫了一眼电梯楼层,撑起身,往她身上跌去。

池牧之脚步并没有那么不稳,李铭心也知道他是故意的,但在下行的十几层楼空间里,他们安静地借力支撑,亲密地搂在了一起。

他衣衫单薄,身体却有源源不断的热意环绕。李铭心贴着他健硕的胸膛,听着稳定有力的心跳,轻声问:"今天下雨,腿疼吗?"

他酒后呼吸发沉,喉结上下滚动,好一会儿才回答:"吃了药,也喝了酒,不太疼。"

"那就好。"

他牵上她的手,说:"这样就真的不疼了。"说完自己也觉得肉麻,低声笑了。

她仰起头想看真假,倒是池牧之避开了对视。

她好奇地挠了挠他温暖干燥的掌心,很快被握牢,他制止了这个小动作:"不动……"

他们对这样的亲密都有不真切的感觉,但还是顺着这种不真切走进了雨夜。

池牧之说要陪她坐公交车回去。说实话,这份诚意在李铭心看来足得不像个事业有成的男人。

雨夜迷茫,绵软的雨丝如稀疏的网,漫不经心地兜捕都市里的空心人。

他们没有打伞,像欣赏夕阳一样,顺着一盏盏绽放的路灯,往太白大道公交车站台走。

等车时,他深深看了她一眼,扶着她的肩,在她颊侧落了一个吻,又将染着冰凉湿意的唇平移至太阳穴,落下第二个。

李铭心怔怔地望着湿淋淋的路面,感受到他在她眉心又落了暧昧一触。一连三个轻吻,把她神魂搅得酥软,如泡发的泡泡。

但一切就像这雨一样,始终没有浩大的声势。

车上,灯光晃过面庞,让一切迷离。

他哑声问她:"为什么取这个名?"

"因为我妈生我的时候很爱我爸,想要一辈子记住他,所以叫铭心。"很浪漫的开始,但她一辈子也没见过那个姓李的。

"刻骨铭心的铭心?"

"大概是的。"

"很好听。"

是还可以。她问:"你呢,为什么叫池牧之?"

"我也不知道。"

她不信。

他笑:"真的,我没问过。"

"好吧,下次问问。"

"有机会吧,问到了我告诉你。"

"会吗?"

"当然会。"他揉揉她的头发,亲昵得就像个男朋友。

李铭心偎依在他宽阔的肩膀上,仿佛正在经历短暂的恋爱插曲。不可否认,十分舒服,但她也知道,这不该发生。

所以电话来的时候,气氛急转直下的时候,她像个惯来的受虐狂,没有跳脚的意外——

下了公交车,池牧之问:"要不要喝杯奶茶?女孩子好像都喜欢。"

李铭心不是普通女孩子,她不喜欢,但她说好,随便买一杯。

池牧之去排队,李铭心掏出振动的手机,接起电话,语气还带着好心情:"怎么,急着要手机吗?"

室友了解李铭心的做事风格,没事不会找她。这会儿打电话给她,八成是急着问她啥时候回去,想拿回手机"堕落"一会儿。

"铭心,怎么办!李蓝晚上七点多钟来宿舍玩,顺手翻了你的书。"她急得要从电话那头钻进耳朵了,"我说你可能不考'专八',她不信,说看到你快递上显示'专八'真题了。然后……然后她就翻到了……翻到了你的那个!哎呀,你没回微信,我怕你在上课,一直没打电话。"

英语专业八级真题就算翻到了也不会急成这样,多半是翻到了西语书。那书里夹了很多李铭心记账和记事的稿纸,包括无数个池牧之的名字。

李铭心深呼吸:"李蓝人呢?"

"她要把纸拿走,我们没让,说侵犯隐私,但她拍了照片。呜呜呜呜!铭心,我不争气,没拦住。"室友压低声音,"怎么办,你会有危险吗?要不要我们去接你?"

她不知道李铭心有这么大的野心,说实话,她也被吓到了。

"不会的。"

"李蓝应该把照片发人家了,会不会影响那个家教啊?"

李铭心硬着头皮稳住呼吸,安慰室友说:"没事,工作多的是。"

"哦哦,也对。"

挂断电话,李铭心转头望向炽白的灯火处。

池牧之倚在一辆电动车旁,合目醒酒。大冬天穿件白衬衫,非常违和,不过帅得倒是有些惊心动魄。透过衬衫轮廓,能看出锻炼得当的好身材。好可惜，没摸过。

她怔怔地注视着他，认真想了下，一路上他们都没有掏手机。他最后一次拿手机，是八点她下班那会儿，而室友说的是七点多……

一阵风刮过，她眸色一深，猛地冷静下来。

"池牧之！"她喊了他一声。

亮堂的奶茶店门口，人来人往。

池牧之闻声先笑了一下，才懒洋洋地睁开眼，对她说："还有四个才轮到我们，我听着呢。"

李铭心小跑着冲向他，一头撞进他怀里："我忽然好喜欢你。"

他胸膛震颤，保持着笑意回应："是吗？"

细雨形成无数条虚线，连接天与地。

一道连着的，还有断断续续的对话，以及李铭心虚虚实实的试探。

她接过池牧之递来的奶茶，踮起脚指着路灯说，她很喜欢看路灯下的雨，像跳舞的细丝。

她又说，家乡时常下雨，一下就是一个月，有时醒来人就睡在水帘洞里。

他问："小时候很苦吗？"

李铭心很哲学："这种时候如果把自己当人就会觉得很苦，但是如果把自己当作一只猴子，一切就好很多。"

他沉吟："有点道理。"

这个道理他二十四岁的时候没看明白，导致痛不欲生，到三十岁的时候才稍微明白点。没想到，二十出头的李铭心倒像是已经参透了。

有点意外，又不那么意外。思及此处，池牧之轻嘲地勾起嘴角。

酒意在风中散了大半，见她一口一口喝得开心，他也吸了一口奶茶。

毫无准备，甜得腻人。

他背过身，艰难地咽下，清清嗓子问她："好喝吗？"

李铭心享受的表情和回答相反："不好喝。"

"那你还喝？"

"我不喜欢浪费。"

他话接上文，意味深长地夸她："真是只懂事的猴子。"

池牧之矜贵，奶茶不顺嘴，不肯再喝第二口，抬手要往垃圾桶扔。

李铭心嘀咕道："你的苦咖啡才难喝呢。"

"肯定比奶茶好喝。"

才没有呢，跟馊水似的。

"上回我喝到一杯青椰味的咖啡，忘了叫什么了，不过清新、好喝、不苦，下次请你喝。"她扬起脸，任风扬起碎发，眨着沾湿的睫羽，含情带水地看向池牧之。

雨丝纷飞,灯光朦胧,衬得她越发楚楚动人。

池牧之点头说好。

走走停停,不知不觉就到了校门口。这条路回头看好长,走过来感觉只用了几个瞬间。

池牧之呼吸紊乱,叹气声明显重了。李铭心敏感,问他是不是腿疼。

他挤出疲惫的笑,说当然没有,只是累了。

李铭心不信,握上他的手,果然一手心的汗:"骗人。"

接着就是她非要搀扶他,他拒绝搀扶,两人含笑抵达校门口。

真的没几步,她挺想牵他再走远一点的。

李铭心很没良心,并不体谅他。她知道他叫了人来接他,等会儿她一入校,他可能一步路不用走,就有车来接。

她迫不及待地与他十指紧扣,眼神描画他英俊的五官,特认真地唤他:"池牧之。"

"嗯?"

"很疼吗?"

"不是很疼。"

"疼了打电话给我。"

真够体贴的。

池牧之搂她入怀,将她的后脑勺按进胸膛揉了揉,旋即松开,没多作留恋:"有事打电话给我。"说完,他在她冰凉的额头落了个冰凉的吻。

李铭心入校走到半道又往回撤了一段。

他的车子应该来了,在马路对面,他还是要一个人走回去。李铭心望着他如常的潇洒步态,好奇他到底有多疼,又在忍着多大的疼。

这晚,李铭心感觉到了奶茶的效用。

十点多,她眼睛时不时瞥一眼手机,有些过度精神抖擞了。

室友担心的小眼神没断,每隔一刻钟往她那儿看一眼。

李铭心冷淡地跟她说:"你不想看书的时候,真的愿意关心世界上每一件小事。"

室友急了:"这怎么算小事呢。"

"这就是小事。"李铭心抿了口温水,继续做题。

另一个室友帮腔:"这对铭心来说就是小事啦!我们铭心虽然挣不到钱,但是一点都不怕事!"她算看出来了,天塌下来也拦不住李铭心考研。这姑娘湿漉漉地回来,第一件事不是看书桌战况,而是进去洗澡刷牙,换了身衣服,理由是考研前不能生病。

等一切就绪,这姑娘没事儿人一样收拾桌子,那些纸,她还如常夹回了西语书里。要是其他人,巴不得烧了吧。

十点三十分,没有电话。李铭心关上手机,不允许自己再等了。

第二天是个大晴天。李铭心起床时头有点晕,估计是昨晚风里吹的。就算是毛毛细雨,也不可低估冬天的威力。她问室友借了颗感冒药,吞下后抱着被子上楼。

起得不算太晚,东南角的位置没了,但还有几个不错的位置。李铭心找到根栏杆,擦去雨水后一踮脚,将被子挂了上去。

李蓝得意扬扬地跳到她面前的时候,她正在扯被角、拍被面。

"李铭心,你真的挺牛的。"以前只觉得李铭心装清高装刻苦,没想到是个野心家,李蓝看到那一张张纸,跟看电视剧大逆转似的,一整个五雷轰顶。

当时她惊了,完全没有顾忌同学脸面,迫不及待地把照片发给了池牧之。

她回头想想,更是脊背发凉。如果有这样的计划,那她的实习报告也是李铭心搞掉的。这个可怕的女人!不敢想象,李铭心还做了什么。

"谢谢。"李铭心笑纳夸赞,继续拍被子。

李蓝噎住:"你不怕吗?"

李铭心勾起一侧嘴角,阴恻恻地释出不解:"我怕什么?"

李蓝被吓得后退一步,脑子里冒出很多吓人的电影画面,思路倒是有些空白。

"你真牛。"

"还好吧。"李铭心换上善意的笑,亲切地歪头,"你发给人家,人家说什么了?"

她丝毫不见慌张,张扬地勾起嘴角,笑得摄人心魄,像一切尽在掌握。

李蓝掏出手机,怔吸了怔,有点反应过来了,问:"这些东西……他真的知道啊?"

"什么?"

"他说他知道的。"

李铭心抄起手臂,靠近李蓝:"什么?"

这女人太吓人了,笑的时候像要杀了她。李蓝连连倒退:"不好意思,好吧……"说完,逃似的下了楼。

李铭心仰头望向朝阳,深吸了一大口冷空气,忽觉通体舒爽。应是感冒药发挥了作用,此刻身体飘然,微微发汗。当然,也有一股只有她自己知道的刺激感。

池牧之两天未来一条消息，倒是可惜了李铭心积极补充的电量了。

室友问，那家人怎么说。

李铭心："周六上课的时候再说吧。"

"那个富二代喜欢你吗？"室友八卦的心要溢出来了。知道李铭心没那么爱讲这种事，但她真的受不了这种好奇的煎熬！

因为太想知道，她扒着李铭心的一条袖子，使劲地摇晃，求求了，求求了，真的要听！要听！要听！

李铭心思考了一会儿，斟酌出一个答案："有一点点。"

"天哪！哇！"室友当即跳起，一副要准备办婚礼的模样，"他喜欢你！他喜欢你！我就知道我们铭心出马，哪有拿不下的男人！"

男人根本吃不消这款。虽然大家明面上都喜欢白昕心那种爱笑的姑娘，跟她更亲近，但李铭心这种不爱笑的，一旦对谁笑了，那是真的让人毫无招架之力。

室友现在还记得，有回在食堂里李铭心无意跟谁笑盈盈打了声招呼，那人把这事翻来覆去讲了两个月，像是被例外对待了。

李铭心拽着室友坐下，十分无语："是真的只有一点点。"

池牧之的"追求"看似面面俱到，但热情是不如过往同她示好的男性的。

李铭心看不见他的真心。不过还是得感谢他对李蓝说的他知道的。

这四个字，解救了她。同时，也让她再次想起了那道一闪而过的轻蔑。

周六，依旧晴好。太阳照在干燥的柏油路面，反射着亮晶晶的光。

李铭心下午三点抵达白公馆，门口有鞋，沙发上有人。庄娴书和池牧之面对面坐着，正在下棋。

李铭心问了声好，欲往里面走。

池牧之朝她招手："念念在睡觉。"他弯起嘴角，笑得礼貌，眼神里有不加掩饰的亲密。

李铭心望着那只手，犹豫了一下，坐上了沙发。她先坐在一字沙发的另一侧，屁股还没挨上，就被池牧之一把捞进怀里，使劲搂了一下。

是两天没见的情侣的样子。

庄娴书没说恶心，就这么一言不发，直勾勾地看着他们。她没穿那天的性感睡衣，穿的是白色家居短袖，还印着卡通熊。卸下华丽装扮，她素得让人怪不适应的。

等池牧之在李铭心额上贴完一吻，庄娴书磨磨蹭蹭地动了个象。池牧之问李铭心还记不记得怎么下。

李铭心说记得,然后棋盘就归她了。

池牧之功成身退,拍拍手,走前还损了庄娴书一句:"臭棋篓子。"

庄娴书没理他,继续下。

李铭心从庄娴书动的棋子看出,她下得蛮差的。

李铭心动了个兵。

扫见李铭心的笑意,庄娴书提醒她:"不许笑我,咱们兵不许笑兵。"

"好。"

庄娴书漫不经心地问:"开心吗?"

"指下棋吗?"

"你知道我指什么。妹妹,别装蒜。"说着,她吃掉了李铭心一颗棋子。那枚水晶黑象摊在掌心,像古时的虎符。

"没那么开心。"李铭心实话实说。

"池牧之没让你开心?"庄娴书倾身,压低声音。

李铭心笑:"他让你开心过?"

庄娴书赶紧撇清:"和朋友不能试。男人多的是,朋友很珍贵。所以我现在也特别珍惜你。"

"我们是朋友?"李铭心倒是意外。

"可以吗?"庄娴书换上讨好的表情,特别做作地扭肩皱鼻子。

这个动作她华服浓妆时做艳丽迷人,此刻装扮清寡,倒是有几分小女生的娇俏。程宁远很有艳福。

李铭心拿车吃掉了她的王后,面无表情:"不可以。"

"狠心的女人。"庄娴书恨恨,不顾死活拿国王吃车。

因为她的失控无脑,李铭心用池牧之给的残局赢了她人生第一局国际象棋,有点爽。

池牧之换完西装,径直往玄关走,经过李铭心这边,手心宠溺地揉了揉她的脑袋:"走了,念念说三点半起来,准时叫她,别惯着。"

"好。"李铭心笑盈盈地趴在沙发扶手上,"池牧之,我赢了!"

池牧之星目一亮,特意在她额上落了一个吻:"我们李老师真厉害!"

庄娴书不掩饰地咽了咽口水:"好想接吻啊。"她有些寂寞了。

李铭心扭身看回既定棋局,垂眸叹了口气。她也好想。

打开天气 App,下周才有雨。李铭心莫名期待一场好雨,下得越大越好。

庄娴书熟练地摆好棋子,见李铭心掏出书,说:"念念还有一会儿才起来呢。"

"不下了,看会儿书。"十五分钟少说可以记五个要点。

"陪我下会儿棋嘛!"庄娴书好寂寞。

"你可以自己跟自己下的。"池牧之就会自己跟自己下棋。

"那不行,我没那脑子。"庄娴书见这丫头已经有入定的架势了,连忙出招,"你就没有对池牧之好奇的地方吗?身高?体重?小学、初中、高中在哪里念的?谈过几个女朋友?不好奇吗?"

不可能不可能!绝对会好奇的!

她对程宁远产生兴趣,立马查他个底朝天,连学生时代隐约有过好感的女同学都要看到照片,不然绝不罢休!

李铭心不为所动,继续看书。

庄娴书八卦:"他过去声称不再谈恋爱,你们之间真是他主动的?"

"其实我们没有在一起。"李铭心如实说。

"哦?亲亲抱抱没谈恋爱!刺激啊!"庄娴书更兴奋了,"这是池牧之干的事?我要录下来!"

说是这么说,她也没掏手机,仍笑眯眯地等李铭心问问题。

这姑娘还在看书,可真沉得住气,和程宁远一个模子。不过没关系,庄娴书最擅长搞定假正经:"他给你钱了吗?"

李铭心抬起头:"什么?"

"没有给?"庄娴书仔细打量李铭心的神色,不似作假,哼哼道,"那估计真是在谈恋爱。"

"给钱是?"给钱就不是谈恋爱是吗?

"给钱就是……"庄娴书望着眼前清冷如谪仙的年轻脸庞,有点可怜她,情绪低迷地劝道,"如果有钱还是拿钱吧,爱还是太虚了。它会消失的,钱不会。"

她过去有"钱"饮水饱,就算家道中落,日子打折,也不肯要程宁远一毛钱。

真的到了缺钱的时候,竟然张不开那张嘴,内心认为亵渎了感情。

她回头想,如果一开始就使劲薅,也不至于现在这么意难平。

见李铭心沉默,庄娴书继续话痨模式:"现在的女孩子张口就是合得来,闭口就是长得帅,再来就是三观合,事实上,一个都不顶用。人会变坏,变丑,变虚伪,但很难变有钱!有钱这件事,七分天注定!

"前阵子那个女大学生端着架子,觉得自己是个小仙女。池牧之倒是不费劲,甩手给我,说帮人家个忙。那姑娘挑这挑那,也不看看自己GPA(平均学分绩点)多少,又要QS世界大学排名前一百的学校,又要奖学金,怎么不拿面镜子照照自己。"

她翻了个白眼:"不过,我估计是照过了,发现她和于芝之像。池牧之大冤种,为这张脸买两回单。"

说到这里,庄娴书的目光不由得落在了李铭心脸上。

第一次见李铭心,怯生生的一美人,真就是复制前两张脸的感觉,但后来每回见都不一样,几句话、几个眼神就和其他人彻底区别开来,非常特别。

别看她现在话多,也不是对每个人都这么倒贴。庄娴书是被程宁远驯养的,只喜欢贴冷脸。

李铭心抬眼:"他给人家钱了?"

庄娴书帮好朋友撇清:"那倒没有,不过我牛,帮她申请到了六万美元奖学金。"就那个GPA的惨样,她文书给那姑娘改了几十回,愣是逆转乾坤。

李铭心眼睛一闭一睁,算术题秒速做完了。

原来是这个五十万……

"你看,左右男女这事儿都会落到钱上头。"

眼前的字开始乱跑,李铭心脑子再次做起事情排序题。

庄娴书问:"你不图池牧之的钱吗?"

她知道李铭心不同往日,是好朋友的准女朋友,马上减了半分强势,补充道:"虚荣是感情的一部分,你也别装作视金钱如粪土。那是腰包有钱,心里有爱的人才能拥有的奢侈行为。我知道,你我都是被钱困住的人。于芝之也是,别看她端得清高,拿正牌女友牌,但看到豪门路坎坷,立马聪明地拿着钱走了!"

李铭心恬淡的表情划过波澜,她被庄娴书吵得心脏扑腾,好奇心终于突破了镇定的外衣。

纸张作响两声,随之空气安静。

李铭心盘起腿,将参考答案本搁在膝头,放弃看无效的书:"他的腿怎么受伤的?车祸吗?"

"他没跟你说吗?"庄娴书立马坐直身体,"他出过一次车祸。"

"很严重?"

"对。那天我也提醒你了,雨天很重要,雨天他特别脆弱。"

"就是疼而已?"

"不是普通的疼。"

按照庄娴书的描述,池牧之的腿伤挺遗憾的。身体后遗症目前是治好了,但是心理后遗症一直在,还做过一阵创伤后心理咨询。医生说雨天腿疼可能是多处骨折导致的,也可能是创伤复健的痛苦产生的心理问题。

他是和前女友去贵州旅游的时候出的车祸。

那会儿他念研二,是个富家子弟,含金钥匙出生没吃过苦。

他们在当地租了辆车,遇雨路滑,地形不熟,发生了严重的车祸。按照后来警方拍的照,车撞得几乎变形报废。

车祸发生时，池牧之血肉模糊，失去意识，被送进当地医院。那位医生比较负责，知道他们医院收不了这么重的病人，直言设备不佳，要赶紧转院，否则耽误时间和治疗，很可能截瘫。

撞车时，因为池牧之急打方向盘往右保护了前女友，所以那个女孩伤得不重，仅轻微脑震荡和几处骨裂，额上和下颌缝了几针。她清清楚楚地听见了诊断。

池牧之再醒来时，人已在北京康复，那个女孩已经走了。

"走了？"李铭心没理解。

"换你换我可能都不会走，但于芝之就是走了。"庄娴书有些恼恨地说，"池牧之有点视金钱如粪土。他不差钱，所以看不起钱，找了个穷姑娘，以为这就是爱情。屁！"

于芝之拿了五十万走的。

事情也没那么戏剧化，中间还是挺多事的。

庄娴书具体也没参与，后来听程宁远提了两嘴，知道于芝之三次去池家都没收获好脸色。程斯敏是个狠角色，阴阳怪气一流选手，心高气傲的女孩基本受不了这种婆婆。

于芝之和池牧之一起时，池牧之能挡住他妈。但是池牧之晕过去失去了意识，于芝之马上就被程斯敏拿捏了——将资料一丢，钱一丢，让她离开池牧之。

于芝之当然拒绝，她和池牧之有几年感情，她陪他转院去了北京。

太多人蜂拥前来看望问候，她除了昏迷的池牧之谁都不认识。加上程斯敏有心给她冷板凳，她很迷茫。她孤立无援，和一群家属睡在重症 ICU 外面听天由命。

程斯敏绝对是狠人，晾了她两天，又把医生列的后遗症列表给她，问她是否愿意一辈子给池牧之把屎把尿打食管流质。

于芝之有课业，留在北京都是自顾不暇。

程斯敏没让芝之空手走，威逼利诱，让于芝之一定带着五十万，让于芝之一辈子抬不起头见她儿子。

李铭心有些震惊："这样啊……"

"池牧之在北京复健了一年，回来的时候于芝之研究生毕业，估计想明白了，已经拿钱付了房子首付。"

换谁都要呕死，但池牧之说，算了。

可能在病床上恨得要死，后来知道是母亲作祟，他迅速原谅了前女友，就这么算了。

"池牧之看不上我这种人，但他还是会跟我做朋友，帮我兜底。"庄娴书不是不感动，但这就是"光屁股友情"吧，"我有时候会想，他眼光又哪里好了？如果我爱的人出车祸，我是不会走的。"她会跟他母亲干到底，会等他醒过来，抢在所有人面前第一个告诉他，她爱他。

李铭心偏开脸望向远处，发出一声冷笑。

"笑什么？"庄娴书抓起杯子，喝了口白水，特小孩地鼓鼓嘴，挺萌。

"给你五十万也不会走吗？"

庄娴书忘了咽水，精明劲儿全无，傻傻地想了想，说："以前不会，给五百万都不会，但现在，给我五十万我会走。"她对钱对爱都看开了，"不是因为钱，我就想拿钱走，让他忘不掉我。"

池牧之是算了的人，程宁远不是，他睚眦必报。所以她要程宁远一辈子忘不掉她。

可惜，程宁远没出车祸。

和庄娴书说了会儿话，李铭心头脑中信息多到爆炸。早知道这些内幕，她真不会这么傻，更不会怀疑池牧之"追求"她的目的。他"追求"她，本质上就是一个对抗拜金女的复健行为。

她是他实验爱的道具。

不知道那些纸上的内容是否伤害到了他，写得似乎太赤裸裸了。

李铭心回去后，还是把手机充上了电。

周日，她和池念一起看了 Pretty Woman，讲一个英俊有钱的男人爱上了一个风尘女子。

池念这一代有自己的爱情审美，不会为这种灰姑娘剧情感动，也不相信这样的相遇会产生爱情。看完，池念对她说："Miss Li，这个故事好土哦。我要做自己的骑士！"

李铭心倒是难得看进去了。她做惯了自己的骑士，倒真想有命做一个随随便便就相信爱情的傻姑娘，跟着男人头脑空空地走入童话结局。

周六、周日、周一、周二，都没有电话，也没有微信。

那个"追求"的动作像忽然中止了一样。李铭心号称不信"追求"，但查看手机的动作还是暴露了她的在意。她有些烦躁，要是能进展更多就好了。

还有，她真的很讨厌微信。

周三，中雨。她给池念上课，结束后没走，留下吃了顿池念馋虫上脑、随机发挥的夜宵。

池牧之晚上九点十五分到的家，没有酒气，双目清明。

她非常清晰地看到了他眼里的诧异，随之他脸上浮起礼貌的笑容："李老师好！"

不见亲密，很有距离，是再正常不过的雇主先生和家教老师的距离。

有些东西悄无声息地结束了。

李铭心拉开皮筋,将长发束成舒服的丸子头,拎起帆布袋,朝他鞠了一躬:"池先生早点睡。"

冬天下雨挺糟心的。享用热乎夜宵有多幸福,面对冷雨冷风就有多失落。

电梯直下十六层,把李铭心从天堂送回了人间。

出电梯,撑开黑色雨伞,她独自走进雨夜。

复古廊柱两侧,值夜警卫朝李铭心鞠了一躬,亲切地招呼说现在雨大,姑娘路上小心。

李铭心走出两步回头对他说:"您也辛苦了。"

昏暗的雨幕中,白公馆灯火通明,富丽堂皇,她站在未来不明的黑暗里遥望这艘幸运的诺亚方舟,内心无限空虚。

雨把夜色加深了两个色号。世界是,衣服也是。

刚踏上太白大道,肩膀和下半身就湿了。雨从四面八方打来,十分"仗势欺人"。

她打伞本意是保护书,走了两步想想今天只带了两张卷子和参考答案,毁了就毁了,索性伞一收,冲进雨里,加快脚步。

每逢下雨,这八百米的路便显得特别漫长。

没走几步,身后车灯疾闪,由远及近,灯花在身侧徐徐绽放,亮得刺眼。

车速慢下,车窗降下,池牧之英俊的脸庞笼罩在一圈温柔的车灯中,有点骑士的况味:"上车吧。"

可惜她不是头脑空空倒进童话剧情的公主。

李铭心愤怒,并不想上车。她想发脾气,想淋雨,想清醒清醒。

但想到池牧之是雇主,她还是上了车。明天是十号,金助理还要打钱给她呢。

也许李铭心并不需要清醒清醒,她时刻都很清醒地知道自己该干什么。

踏上车脚垫,李铭心的头发衣服湿漉漉地滴水,破坏了车内高贵的和谐。

她轻声说:"对不起,我浑身是湿的。"

他手搭方向盘:"没事,上来吧。"

李铭心始终低着头,默默抽纸稍作擦拭。

池牧之没有即刻开车,她以为他有话要说,便继续清理自己。

下一秒,没有任何预兆地,男性的气息扑面而来——温热的呼吸洒在冰凉的颈侧,好舒服,像落了一个若有似无的吻,等安全带划过身前,一切又都合理了,这时候哪有吻。

车子发动,往城市中央驶去。

卡宴的密闭性很好,隔绝了暴烈的雨声。从挡风玻璃的情况来看,雨势不小。

他们没有说话,像两个坐在黑色铁皮箱子里的偷渡客,互相戒备着。

等红灯时,池牧之点开音乐,打破漫长的沉默。

是交响乐,轻松诙谐的小步舞曲。很舒服,很符合骑士救赎的背景音乐。

李铭心沉在黑暗、寒冷和宁静里,想起了他那句"我也不常听"的安慰话。

有点低落。

她翻阅头脑中的记忆,开始抽背自己题目。

死寂一直持续到驶到校门口,车子停在熟悉的建筑物前。

停稳车,他偏头看向她:"雨有点大,没带伞吗?我后备厢有一把。"

他看到李铭心淋雨走在雨里,以为她没伞。

"没事。"李铭心言简意赅,又说,"谢谢。"

他白皙的手在夜里特别晃眼。

极轻的一声"咔嗒",安全带贴着黑色外衣缓缓上滑。

旋即,车灯亮起。

湿发紧贴头皮,冷水浇灌脸颊,羞耻点燃眼神,李铭心精致的五官被雨水浇灌后异常鲜明动人。这一刻,他们发生了上车后的第一次对视。

她掀起眼皮,直直看过去,眼里装着一池倔强,清澈又混浊,生命力旺盛。

池牧之看了她半响,平静地错开视线,再对上,眼里是温和的笑意。

她看不懂,但知道,很遥远。

她抬手推车门,结果没推动,中控没开。

李铭心抱着帆布包,垂眸未动,静静等待。

雨刮停止摆动,窗户玻璃一片模糊。车里静得只剩微妙的雨声。

终于,他叹息一声:"你想多了,我不好色。"

呵。

"今天腿没疼吗?"李铭心答非所问。

一路上,她都在听呼吸,很沉很稳,是刀枪不入的池牧之。

手腕一动,药丸摇晃的俏皮声响起。池牧之手腕一甩,将药瓶丢到后座,淡淡地说:"找人新配了一瓶。"虽然药刺激大,也容易成瘾,医生不推荐服用超过两颗,但他不准备长命百岁,不准备走入婚姻,不准备繁育后代,凑活好当下就好。

"挺好的。"李铭心配合。

池牧之:"早点睡。"

"您也是。"

他解锁了中控:"李老师路上小心。"

"您也是。"

要是不说话，到这里，就很好。但池牧之人还是太好了，多余解释了一句，点燃了李铭心的话——

"以为可以试试，觉得你很特别，但是抱歉，还是很恶心。"

车门开了一道缝，滂沱雨势瞬时灌入耳朵，响得像抽人的巴掌。一下都没抽到脸上，但每一下都抽到了心里。

校门口车辆多，远近灯疾闪，刺得人睁不开眼。

李铭心内心秩序崩溃。她紧咬牙关，试图重建秩序，但愤怒让她失智到发汗。她眼神一凛，声音平静："不是说借我伞吗，麻烦池先生拿一下吧。谢谢。"

从这里到宿舍有十几分钟的路程，没有伞确实要淋雨。他转身下车，踏进雨里，从后备厢取了把伞。池牧之没有立刻合上后备厢，指尖在伞柄上轻点两下，犹豫后还是拿起了那个纸袋。

李铭心隔着模糊的玻璃，手捏成了拳头。

池牧之一身黑色西服，站在伞下，像一个王子，梦一样……

车门一敞，雨又大了几分。很好，一场很乖的好雨。

她想掐自己，看看是不是梦，又决定往前走，让自己留在梦中，狠狠做一场梦。

拉开车门，池牧之举低伞，为她挡雨。

交接伞时，他将纸袋送到她手上："我有的不多，你想要什么可以提，我尽量满足。"

补偿？她没有看那纸袋里的是什么，这时候也不好真的打开，但猜测是钱，不然总不能是袋糖果吧。

说实话，心脏狂跳……

有震惊，也有屈辱……

原来真的拿到钱，是这种感觉。要咽下他说的"恶心"，然后还要配合演出。

很快，受辱的感觉消失。李铭心绽开笑容，靠近两步，与他一道立于一朵伞花之下。

"谢谢！"她说得很真诚。真的谢谢，无比感谢。

池牧之眯起眼睛，一股海啸几乎要突破风平浪静的海面。

怎么这么坦然？

"十万，够吗？够你读完研究生三年吗？"

原来是十万……

不知道这钱是什么时候准备的。是那天看到纸上的内容就准备了，还是冷掉的这几天才准备的？或者，是疼痛时抓着她的手的时候，就预估了一个价码？

李铭心猛地抬头，撞上他深不见底的眼睛。

她看见试探、嘲弄，或者恶心？

她紧咬下唇，气得不能自已，骄傲地昂起脸："十万吗？我可以交换吗？"

"不够？"他语气轻蔑。

她摇摇头："不是，我想换一个东西。"

他没有问，撑着伞看向远处，等她继续说。

漫长的雨声，不休不止。

他的耐心真好，熬过了李铭心最擅长的沉默。

李铭心咽了小口唾沫，不遮不掩地用眼神凌辱他："我想你……亲我。"

他豁然抬眼，眸色骤深。

她眼神飘了一下："吻？"像是在试哪个词更精确。

他喉结滚动，呼吸变序，复杂地看着她，始终没有动作。

李铭心没了耐心，烦躁和欲望一道涌上，秀眉蹙起，拔高音调："不是给我十万吗？我不要了，我想和你……"

话没说完，她被铺天盖地的安全感拽进深渊。

人间奏响雄浑壮阔的自然交响乐！好听死了！

黑漆漆的雨夜里，冰凉的雨水混合着缠绵的温度，舒服得让人魂魄仿佛丢失。黑漆漆的雨夜里，冰凉的雨水混合着缠绵的温度，侵袭而入。池牧之撑伞的那只手扶上她的肩，倾身吻了上去。

她舒畅地后仰，让着力点无法深入，面颊急促相碰，两人都有些摇晃。

他索性丢掉雨伞，捏住她的下巴，奉上烫人的温度。

他的吻和他本人的风格不像，很用力，很有力。一登场，就搅得很深。但有一点和他很像，看着很认真，实际很短促。

李铭心眩晕了几秒，舌尖仍试着探索，尚未捕捉到快感，一切就结束了。

他一张脸被淋得晶莹剔透，帅得要死，却是在讽刺她："这样？"

他不知道这样只会更加刺激她吗？李铭心皱起一侧眉头，不屑地笑话他："这活儿就想挣十万？"

她不愿意看他眼里的讽刺，顺着雨势闭上眼睛，脚尖一踮，像挂被子一样把自己舒服地挂在了他肩上。

她的武器以一副随时准备就义的姿态冲锋陷阵。

每一滴入口的雨珠都是她的子弹，一口一口的温热液体沿嘴角溢出，滑过脖颈，淋在湿透了的身体上。

雨水配唇，又糯又弹。

没有人能在这场雨里睁开眼睛。

就像没有人可以在这样的吻里保持理智。

她渴得要死，下意识地抓住他的一只手，却被他有意按了回去。

温度接近零下，他们却热得沸腾。止痛药本就让人飘然，此刻池牧之松扣子撸袖管的姿态像是要久战。

傲慢在欲望的高度刺激中支离破碎，拼凑不起。

李铭心拉远距离看清他深邃欲望的眉眼，又意犹未尽地贴上，迫使他偏头，与她舌尖跳圆舞。

她喘了好久。他闭眼接吻的样子真好看。男人，就该闭着眼睛，为她服务。

池牧之缓缓睁开眼，放空地看着她，呼吸又粗又重，一张脸被欲望浇灌得既邪魅又清澈。

她附到耳侧，情人耳语般直白挑逗："池牧之，你知道你每次这样笑的时候，像什么吗？"

"什么？"

离得好近，他的声音哑得能感受到声带的震动。

他星目偏长，每次喝多了笑，吃药后笑，漫不经心地笑，都像在摄魂。李铭心明明意志力很坚定，却很难抵抗。

她伸手遮住他的眼睛，不许他看她。

嚣张的欲望消褪，他们慢慢冷静下来。

他深深看了她一眼，勾起的嘴角不再掩饰地换上了轻慢。

李铭心泄完憋了好久的火，没有心思再管他在想什么，又在轻蔑什么。她现在很空，又很满。

结束了！终于！

李铭心满足地笑了。

她手臂抹开额前与睫羽的水珠，吸了吸鼻子，退回到大雨里，朝他鞠了一躬："谢谢您！"

十万没拿是可惜的。

这种惋惜在快乐消褪之后尤为痛彻心扉。李铭心凌晨两点的时候醒了，摸了摸嘴唇，觉得亏了。

不值十万，顶多一万。这一定是她人生中最昂贵的奢侈品，太冲动消费了！

她翻了个身，揉了揉脸，点开床头灯继续看书。

当面拿钱真的感觉耻辱，尤其是他说她恶心。

多读书的坏处就是真把自己当个人了，谁说她恶心她就要恶心回去。

她想想有些难受,很轻微的,酸酸胀胀的,蔓延到四肢,表现为没有力气。

起床后,李铭心发烧了。

室友见她脸红红的,想到她昨晚湿透回来,便给她量了体温。

李铭心吃了退烧药,趁其发挥作用前修改了一下自己的学习计划表。退烧后人会很舒服,可以看会儿书,这三个小时就先睡一觉。

醒来,铁打的李铭心恢复了大半。室友笑眯眯地扒着她床头,摇晃一个礼袋:"刚刚有个很帅的男人来送了这个。"

李铭心打开礼袋,入目是甜点盒,装着池念做的松饼。

她正好饿了:"是松饼。"

"是那个富二代吗?"室友超惊喜,还给李铭心看照片,"我爬到二楼的时候拍了一张背影。是吗是吗是吗?好帅好帅好帅!"

李铭心挺意外的,一吻就能拿下池牧之?他专门给她送松饼?追求恢复了?

她看向那张照片,无语地撇了撇嘴:"是他助理。"

"啊?"室友很失望。李铭心睡觉的两三个小时里,她都在对着这张背影脑补剧情。

李铭心打开食盒,给两个没出门的室友一人递了一块松饼。低头再看时,发现礼袋底部仍有片异常的凸起,她拎起袋子,确实有点重,感觉还有东西。

她揭开那层奇怪的纸,十捆粉红票子整整齐齐地码放在下面。

原来,十万这么少啊。她以为有一卡车那么多呢。

男人心海底针,他们不爱你的时候很难猜。

但是钱,真的是明明白白的东西。

第五章

鱼与熊掌

考研进入全体冲刺阶段。该放弃的,自打九月、十月、十一月开始就陆陆续续放弃掉了,坚持到十二月的,多数是铁了心要考研的。

真到了火烧屁股的时候,室友连哭的时间都没了,认认真真地背书。

李铭心把一对一英语家教课停了,跟学生商量,如果有意向的话,十二月底可以继续。

至于池念的英语家教,在原本的计划里,是要继续上的。一是钱多,二是一来一回虽然远,但是路上都可以看书,工作量也不大,三则是她自己想去。

但揣着这十万块,她知道不用继续了也好,直接钻进书里,什么也不用想了。

面对池牧之,她没有办法伸手拿钱,真的太贱了,但池牧之不在眼前,她可以的,而且拿得毫无负担。这个纸袋子到手的时候,她笑得像个活到最后的反派。

拿就拿,还真当谈恋爱的吗?

她恨恨地捏着钱,窝在床头,数了又数,摸了又摸,闻了又闻。

她算过,这三年半打工,她挣了十万不止,可每一分钱都花在了生活开销和学业投资上,似乎没有留住过钱。这轻而易举的十万,让人复杂。

晚上,李铭心收到了金助理的转账。

说实话,她有点担心那边不会打钱给她。收到这笔家教费,脑袋下枕着十万块,她幸福得有些不真实。

李铭心给池念发了条微信,说明身体不舒适,请了周六的假。

池念回得很快:好的,Miss Li!请一定要好好休息哦!

她还配了三个兔子表情包。

确认完池念这边,李铭心打开金助理的对话框,提出辞职:很抱歉,池念这边的课因为我个人原因无法继续,麻烦金助理另外找老师,给你们添麻烦了。

金助理：老师是什么意思？

李铭心今日财大气粗，全无谦卑之心，膨胀得很，她复制了上面那段话，再次给他发了一遍过去。

金助理：老师确定吗？我以为我们合作得很愉快。

金助理：不好意思，我问一下池总。

李铭心没有等回复，将手机丢入角落，赶紧打起精神学习。

十万只是个开始，她的人生还有很多个十万。

这破手机电量很虚，周五就自动关机了。李铭心是个不需要手机就能活的人，时常活成世外高人。她身体里住着一个训练有素的闹钟，说几点起来，就能醒在那个点之前。是以，她经常承担宿舍的闹钟工作。

有一个活体闹钟，不怕没手机就失去时间概念，室友痛下决心，也把手机给掐了。决定和李铭心一起闭关的那天，室友郑重地跟父母和男友告别，搞得生离死别一样。

这样的日子坚持了四天，室友虽然每天都在学习，但一点也不痛苦，人还精神了许多，简直通体舒畅。她忽然不想念网络上的风风雨雨，不渴望爱豆那点蛛丝马迹，不想去跟对家吵架控评了。

她对李铭心说："我懂你的那种感觉了！我以后也要远离手机！"

李铭心也就听听，没有当真："等考完了，你还是会爱上手机的。"

"啊！你又拆穿我！"

李铭心看回书本，在心里回应：因为我有点喜欢那种感觉。

五天后开机，世界一点没有变化，只除了六通未接来电。

钱就是这样的，没有的时候从牙缝里挤也挤不出来，有的时候，连裘红都会大发慈悲，给她打三个月的房贷。

看着微信转账的六千元，李铭心一时不敢相信自己这么富裕。

她心头难以抑制地涌动出奇怪的温暖。尽管这很可笑，明明是裘红该给的。

裘红就是这样的人，对她像对条狗，赢了牌就扔点钱给她，姿态很高，输了钱就会靠骂她解气。

这钱一看就是裘红在哪里找到个冤大头，给她撒了一把钱。她得意忘形，又拿来喂狗嘚瑟了。

李铭心点收款时发现过了时效。

她问室友还可以收吗？室友说，让你妈妈再发一次呗。

仅三天，她没点收款，问裘红能再打一次钱吗，那边的回复是：已经输掉了。

奇异的温暖迅速撤退，母爱是伟大，但她偏是那个抽中下下签的孩子，这两个字对她来说比爱情还要虚无。至少，金助理还打来两通电话呢。

李铭心想了想，拨了回去，那边接通速度就跟客服似的，都没给李铭心听嘟声的机会。

李铭心："您好！"

"老师身体好点了吗？"金助理问。

应该是池念说的。李铭心抱歉："没什么问题，不好意思，这两天手机忘记充电了。"

"那就好，我们还担心来着。"金助理语气委婉，"那个……家教的事，老师改主意了吗？"

"我……"

李铭心刚张了个嘴，那边就打断道："李老师，您教念念特别合适，我们也是难得找到既负责又合拍、教学方法还特别适合念念的老师，并不想放弃争取您。在您之前，我们其实找了很多英语老师，履历都非常厉害，但在念念成绩上没有体现。念念心理素质不是很好，看到老师会害怕。后来我们尝试找大学生家教，很幸运，遇到了您，这一点，我们一定是非常肯定您的能力的。"

李铭心笑了。

"这边希望您再考虑一下，为了表示我们挽留的诚意……"话及此，金助理刻意顿了顿，放慢语速，"我们这边把时薪提至三百元一小时，您看怎么样？"

听他的语气，李铭心预料到了内容的走向，但当真的入耳，依然有被钱砸眩晕的感觉。

李铭心闭上眼睛，缓了缓情绪。

那边以为她不愿意，赶紧说："请别急着拒绝，李老师，认真考虑一下。我们不急着要答复。这段时间念念也不找老师，我们等您。"

诚恳至此，谁不心动？

不会是梦吧。

李铭心撑着下巴，眼睛一眨不眨地盯着专业书，一个字没看进去，脑袋里那道算了几百遍的算术题也磕磕巴巴，怎么也算不出结果。

距离考研也没多久了，计划再详细，准备再周全，临到最后一刻，人还是有些虚。李铭心大着胆子决定，把这事晾着，最坏不过是失去这份工作，池牧之总不会差劲到会把钱要回去吧……

最后那十天，考研人过得跟行尸走肉似的，分不清白天黑夜。

李铭心很忙，也不总想到池牧之，她没那么情种。

只是再下雨,她会失神,就好像,雨也跟她有关一样。

考研结束那天,是个晴天。

冬风如刀,可夕阳好温柔。李铭心从银行存完定期出来,掏出她余量不足的"百忧解"。

这段日子,大概就这样了,不管结果是好是坏,目前来说,都是有收获的。校门外人来人往,距离银行一百米的奶茶店生意红火。

李铭心不想喝奶茶,但特意蹲在了这家店门口,抽最后一根烟,跟打火机告别。

李蓝举着杯奶茶经过她身后,停下脚步:"你果然抽烟。"那个表情就像是在说"你果然是个坏女人"。

这姑娘四处散布谣言,却敌不过当事人李铭心两耳不闻窗外事,以不变应万变。

李铭心没有理李蓝。

李蓝戒备地距离她两步,来回踱步,最后还是没憋住,问她:"你跟那个池牧之在一块儿了吗?"

李铭心望向远处,肉身分离般放空:"白昕心和池牧之在一块儿了吗?"

"啊?"李蓝没料到李铭心会提白昕心,李铭心这样计划,提到白昕心三个字不应该心虚吗?

"李蓝,"李铭心叫了她一声,在对方渐渐焦躁的呼吸里,才不紧不慢地说道,"以后少提我,不然,你和白昕心在池家那些事……"

她点到即止,没再看李蓝一眼。至于李蓝自己想到什么事儿,她就不知道了。

晚间,金助理发来消息,恭喜她考研结束,问她考虑得如何。

就课程本身来说,李铭心没有问题。她喜欢池念,喜欢阿姨,喜欢白公馆,也喜欢摇摇晃晃的302路公交车,就是不知道池牧之会不会反感。

思及此,李铭心皱起眉头,打开微信,果然没有池念的消息。很奇怪,小丫头不上课的时候总爱给她发点琐碎,拍些美食。这十来天没上课,小丫头安静得诡异。

李铭心:念念。

对面没立刻回,"对方正在输入……"来回闪现,几分钟后才终于形成文字。

念念:呜呜呜!

念念:Miss Li,我好想你!

念念:我松饼烤得越来越好了!你看到我朋友圈了吗?

念念：你不在我又吃胖了好多！

李铭心：好。

那边又追来几个哭泣打滚的表情包。

李铭心不知道的是，池念收到消息真的哭了。她老问池牧之，是不是Miss Li嫌她笨不想教她了，Miss Li很上进，会不会看不惯她好吃懒做？是个笨蛋？

池牧之告诉她，Miss Li在忙，忙完了就来上课了。还说，Miss Li是拿钱干活，不是免费慈善，你享受的是付费服务，别这么大讨好意识。

池念不信，不过看他们没给她找新老师，她便保持半信半疑。这阵子，只要池牧之在她睡之前回来，她就跑去问，Miss Li什么时候来？Miss Li还来吗？你们没有问Miss Li吗？

池牧之嫌她烦，说你们不是有微信吗，你自己问呗。

池念失落，万一人家就是不想教她，她还自己贴上去问，多厚脸皮啊。她又嘀咕，再说，Miss Li不怎么用微信。

池牧之："不怎么用？"真的？

池念点头："我们Miss Li是很特别的人。很酷！"

李铭心睡了周一一天，晚上跟室友去泰式按摩消费了一把。

一重包袱卸下，一重包袱背起。室友盘问一路，问她和池牧之到底如何了，联系导师搭个线，怎么也能帮个忙吧。

李铭心舔舔嘴唇，保持了沉默。而这沉默的路上，她舔了好几回。

到宿舍，她回复金助理消息，表示周三按照原定时间上课是否可以。

金助理做事滴水不漏，当即说好，还谢谢她能帮这个忙，希望后面合作一切顺利。

李铭心好奇，这么高的职业素养，金助理的工作岗位有什么背景要求？

助理听起来不算什么高级职位，但刚看庄娴书嘴上堕落，张口闭口靠男人，实际上她本科211，硕士虽说是"水的"，怎么也是个全球前五十高校的英硕，前两年还读完了一个MBA（工商管理硕士）。

这些履历傍身，再加上程宁远，她才能在二十九岁进总裁办。

这些人看似平平无奇，各个拎出来都是象牙塔学子口中的"学霸"。她点进光瑞主页一看，果然！虽然搜索后没有详细学历介绍，但显示金助理曾在S市人民检察院第一分院工作。

李铭心坐在二手电脑前，忽觉自己渺小得像一粒沙砾。

冬天是十分素描的季节，哪里都是铅灰色的。

十余天过去，再坐上 302 路，仿佛走过四季，李铭心以为自己心境不一样了。

只是，十万无法给人生带来太多戏剧性。进入华丽的白公馆，电梯直上十六楼，一进门就遇见出门的池牧之，人性的直接逼弯了李铭心的腰，她礼貌地鞠了一躬："池先生好。"

几秒而已，心率陡升。

对面无波无澜，脚踩进皮鞋，拎起运动包，出门时才朝向她低着的头，不咸不淡："好久不见，李老师。"

关门声利落划下静止，门合上了。一切像回到了一开始。

李铭心踩掉帆布鞋，踏进舒适的拖鞋，未及抬头，池念闻声飞奔过来，一把将她抱住，哼哼撒娇，连说想她。

课程开始前，池念非要拉李铭心享用果盘，确认她吃过饭了，转身掏出装好的点心盒，向她展示最近的成果："Miss Li，本来是要给你装松饼的，但总吃，怕你腻。今天上午学校有活动，我做了这个巴斯克芝士蛋糕！佐了红茶，简直绝了！太香甜了！"

池念拔高音调，异常热情，一双眼睛里写满了讨好。

过去她们相处得很舒适，今日明显有些刻意。李铭心生出做客之感。

她拉过池念的手，笑着皱鼻子："干吗啦！"

池念今天原本准备用力讨好老师，猛然手上挨了温柔一击，委屈冒出，眼泪扑簌簌就出来了："Miss Li！呜呜呜……"

池念哭了，又哭了。

自打知道李铭心不想来教课，她就老哭。手机里有好多李铭心的漂亮照片，她不停地看，不断地看，越看越喜欢，难过得像失恋。她边哭边对李铭心说，要给老师加钱。

她私自决定给老师加钱。上回池牧之说给家教老师加钱会破坏市场，也会影响老师对未来收益的预估值，她知道，大人有大人的权衡，但她真的不想失去老师，她决定自己争取。

Miss Li 不是富裕的姐姐，和李蓝、白昕心比起来，她穿着过分朴素，黑白灰色调统一，是很有自己的风格。可池念在私立学校读书，知道富裕人家和普通小康的女孩子都穿什么。

Miss Li 在穿着上的投资应该很低很低，钱一定可以打动 Miss Li 的！如果没有打动，那就是钱不够。没关系，她有小金库！

"Miss Li，五百块一小时好不好？"池念张口给李铭心报了个严重破坏市场的时薪。

李铭心愣住："念念，怎么了？"

"Miss Li！你不可以不管我！"

人在眼前真好。感受到熟悉的漂亮姐姐的温柔，一个人想东想西的担忧立马消褪，池念抱着李铭心的细胳膊来回摇晃，撒娇道："我只有你了！不要走！"

李铭心当然拒绝了池念的涨薪。她对池念表达抱歉："考研压力大，所以请假了，没想到会有这样的误会。"又如实说，"这期间，金助理提到了三百块一小时，非常好的价格，我很满足。谢谢念念！"

池念超惊喜，也有点意外，嘀咕："池牧之真是！之前还跟我说提薪会破坏市场平衡……喊！说话做事两副面孔！"

唔……看来还是疼她的！

她马上摆摆手："算啦算啦，不重要！啊啊啊，我今天一点都不困！我们好好学习吧！"

李铭心从帆布包里取出备课笔记，动作比往日慢了半拍。

这半拍，像漏拍的心跳。

李铭心不在的这段时间，池念光顾着焦虑，一点没学习。和室友一样，为逃避学习，池念愿意关心世界上一切鸡毛蒜皮。池念之前能说流利的东西，如今再对话，磕磕巴巴，阅读速度也降低了很多。小托福需要大量的原著阅读训练，按照池念这个速度，考试估计够呛。

上了一小时课，吃了顿简餐，池念的学习冲动耗空。

感受到她的涣散，李铭心多安排了一部电影，看完拽着犹在兴奋的池念读了十页原著书。

阿姨下班前，书房里飘进来一股酸甜的味道，催得池念又饥肠辘辘。她倒是没喊着加餐，只是骂了池牧之一句，又喝酒，烦死了。

八点四十五分，池牧之回来了。酒气不重，人算清醒，经过书房门口时，他正在讲电话，声音平稳低沉，掺着点酒后的懒洋洋。

两声礼貌的敲门声。

金助理探出半身，问："老师要一起走吗？"又抬腕看了眼表，"我可以等半个小时。"

李铭心稍作收拾，搭上了金助理的车。

不是卡宴，是一辆白色七座商务车。金助理为她拉开车门，伸手防止她磕到头："老师小心。"

路上，他们聊了一会儿。

李铭心没想到金助理是S大法学院硕士，不好意思地说自己也报的法学硕士。

金助理笑，说他知道。

他问："笔试考得如何？你们英专的考英语应该很容易吧，我们当时最头疼的就是英语。"

李铭心保守地说："英语再好，满分也就一百。非英专生考六七十，英专生考八九十，差不了多少分。总分大头还是专业课。"

金助理道她谦虚："非法本考学硕的人很少，我相信李老师。"

李铭心腹诽：完全没有递进关系，胡乱相信。

他问："现在还是自命题吗？"

"嗯，跟学姐买了真题。五十块钱。"学生价格真的太过良心。学姐附赠了厚厚的学习笔记，给出的星号重点里还押中三道民刑原题。

金助理问她是否查过导师。

李铭心沉吟，学他说话那套："看过，法学院导师挺多的，不过我非法本，不是很了解，请问金助理有推荐的导师吗？"

金助理说他的导师不知道有没有人联系过，如果她想的话，可以帮忙发消息问一声。

"敢问金助理是什么方向的？"

"民商法。不过，你英专的话学国际法也很好。"

"都有考虑，还是得等笔试分数出来。谢谢金助理。"

"没事，我帮你关注一下。"

这是一个平安夜。街灯比往日亮堂，圣诞老人和圣诞树一路招摇，可爱得没魂。

下车时，不知是基于良好的聊天状况还是温馨的节日氛围，金助理拎了个礼品袋给她："平安夜快乐，李老师。"

李铭心礼貌地接过，道了声谢。

说实话，看到礼品袋时，她呼吸窒了一瞬。全粉红包装，右上角上系着一个红色蝴蝶结丝带，和那个装十万的礼品袋一模一样。

她避至黑暗处打开，里面是一颗硕大饱满的蛇果和一盒进口酒心巧克力，底下没有凹凸不平的纸，也没有粉红色的票子。

李铭心拿出蛇果，揭掉标签，随便擦了擦，用力咬下一口。

很甜，很硬，不是很好吃。

没有那天亚当和夏娃"共享"的那颗果子来得好吃。不过可以当作润唇润喉的代餐。

听着沿途的圣诞歌，吃着红彤彤的大苹果，李铭心点开池念发来的消息：Miss Li！蛇果！

她点开照片，和她正在吃的一模一样。

李铭心：有巧克力吗？

念念：啊！你怎么知道！

念念：我哥还给了我一盒酒心巧克力，不过说有酒小孩不能吃，就给我看看。

念念：下次你来给你吃。

李铭心拆掉锡纸，喂了一颗入口，回她：好。

紧锣密鼓的考试后，人会犯贱地轴在学习节奏里，难以抽离。

李铭心就是。

她本来不想考"专八"了，看另外的室友在准备，又拿起了书一起学。习惯了似的，去白公馆不带书，人生就像浪费了一样。不然总不能池念撒娇睡觉，她这个老师也跟着睡觉吧。

周六上午的马术课，池念早起两个小时去马场，下午一点半到家吃了点东西，熬到李铭心来，脑袋就点得跟敲木鱼似的。

李铭心无奈，牵着她的手进卧室，这丫头倒头就睡。她还没出门，身后就传来了"猪猪"的鼾声。

李铭心抱着真题卷子，坐到落地窗前，望着萧条冬景，放空了好半响。

身后轻微如猫一样的脚步声穿过，带起一阵微妙的小风。她一动没动，继续坐着。

咖啡机疯狂躁响，没一会儿，醇厚的咖啡香飘满主厅。池牧之坐在沙发上，小口啜饮，声音很小，只能靠意识感受。

风景看疲了，李铭心低下头，开始看卷子。

沙发那边声响不断，还有外放语音，全是公事。

他回得漫不经心，都是"嗯""好""这人不能要""下周走人事"等等。

李铭心听了两句觉得没意思，再度看回卷子。

好一会儿，估计微信消息查看得差不多，那边说话了："坐这么久，腿不酸吗？"

李铭心正盘着腿，要不是他说，她都没感觉到。经他一提醒，她突然觉得膝盖和腿肚子真有点麻。

她撑着站起身，那边也抬起了头。两人目光对视。

池牧之朝她微笑地点点头："李老师，下午好。"

笑得深不可测的。

换以前，李铭心会想，真英俊，真礼貌。现在，李铭心想的是，那张嘴，很好亲。

"池先生好。"

丸子头扎得有点散，在颈后额侧松了几绺。李铭心懒洋洋地将散下的发丝挽至耳后，拖着双腿，把自己挪到了他对侧的沙发上。瞬间，屁股深深陷入丝绒沙发，真舒服——软沙发到底比硬地毯坐着舒服。

室内没有开灯，窗帘拉了一半，他坐在半明半暗之间，目不转睛地瞧着她，眼神晦暗不明。

李铭心咬牙低头，熬过腿部不舒适的麻意，再抬头，他仍皱着张脸，剑眉之间隐有不悦之意。不算失礼，但让人不舒服。

空气很安静。

说点什么吧，说点什么气死他。

李铭心抄起手，不解地歪头："这副表情干什么？是觉得自己亏了吗？"

池牧之轻嘲一声，看回了手机，似乎对这话很失望。看样子，他本来指望她能说出一个什么正确答案。

一拳打在了棉花上。

手机的按键音起起落落，他故意冷落她，却又没有立刻离开。

李铭心看着手机屏幕的光在他白皙的脸上交替变幻，调整呼吸，又起了挑衅之意。

她左右一扫，确认无人，脚踩茶几，越过障碍，飞一样跨坐至他腿上。

她声音冰冰冷冷，往他喉咙眼丢冰碴子："没事，我不坑人，这半年我是你的，随取随用。"

钱是不会还的，但这钱确实拿得不地道。没有什么付出，收人这么多钱。

她贴他贴得很虚，他只要有意，她便无处可逃。

很遗憾，他像个君子，没有乱动。

她的降临太过突然，像一朵昙花在眼前绽放。池牧之挑开挡住眉眼的扰人发丝，冷淡地露出讽意："这是第几次？"

他这么一问，彻底把李铭心点燃了。她贴向他的鼻尖，用阴影掩去脸颊泛起的酡红："你试试不就知道了？"

白昼徐徐滑入黑夜。

卸下绅士包袱的池牧之依旧风度十足。他不悦地推开李铭心之后还虚扶了她一把，等她稳住身形，才面无表情地离开主厅。

池念醒来，摸索到书房，又转回客厅，找到缩在沙发角落的黑点，唤了李铭心一声。

"Miss Li，怎么没开灯啊，下雨了。"

李铭心摘下耳机，才发现落地窗上荧光点点。就说今天天怎么黑得比平日早。

"Miss Li，我现在去阅读。"池念主动翻开书，一边揉眼睛，一边看原著书。

那边阿姨午觉起来,丁零哐啷地正在准备晚餐。

这里的一切都好慢,像一个文明世界,人人都有漫长的睡眠。就连最忙的池牧之周末也能睡到下午。

李铭心不时瞥向窗边的雨,希望它懂事一点,再下大一点。

下午挑衅时,他们鼻息交织,僵持了很久。李铭心猜他挣扎了,猜他的尝试还没有走到过这一步,猜他跨不出去这一步。他内心秩序被扰乱,又被更高的意志重新支配。

然后,他甩开了她。

前面花活这么多,当他是个人物呢。她猜测,后面他甩开的原因是她往下坐了。

她是很躁,不过内心还熬得住,当时只是腿麻刚褪去,又压迫了这么久,力量真的撑不住才往下坐了坐。

李铭心问池念:"下雨了,你哥的腿是不是要疼了?"

池念点点头,跑去找池牧之。他正在房间看电影,腿还没疼,见池念来了,提前摊手,问她要药片。

池念斤斤计较,给了一颗。池牧之逗她:"池小姐今日不大发慈悲吗?"

"上次你说养我是为了给你送终的事,我认真考虑了一下,不行!我拒绝。"虽然知道是玩笑,但池念还是很在意,"我还是希望你可以活得久一点。"

门合上的瞬间,池牧之把药吞了下去。

一般下雨前腿就会不舒服,今天雨淅淅沥沥飘了下来,他都没太察觉。不过为避免等会儿太难受,他还是吃了药,吞得急,没完全咽下去,卡在嗓子眼好一会儿。

衣帽间地上的矿泉水没了,储物间也没有。

他行至厨房,问阿姨:"还有水吗?"

阿姨在炒菜,油锅乱响,没听见他的话。

盛饭的李铭心指给他:"那个柜子里有几箱瓶装水。"

男性健硕的身躯在脚边蹲下,打开橱门。

"怎么放这儿了?"

李铭心解释:"那天阿姨不在家,我让送水的人放这儿的,后来跟她说了,她没说什么。"她也不知道要搬去储物间。

他拎起两箱水,冷淡地擦身而过:"我也没说什么。"

借他拎水的动作,李铭心看清了紧实的肱二头肌以及那串文身。八个数字,她估计了一下,应是出生年月,且不是他的,比他大三个多月。她想起了他上次电话里问的,要处理吗?她以为是处理前女友的照片,现在想想,这东西确实还挺张扬碍眼的。

可惜，她好像错过了说"那请麻烦处理掉"的机会。

席间，池念话很多，张罗李铭心吃这吃那。

上回李铭心吃过晚饭，就没上桌吃饭，今日一起吃，阿姨就打开了话匣子，她问："怎么李老师前阵子没来啊？"又调侃，"念念一直哭鼻子。"

池念不许阿姨说了："我们 Miss Li 在考研！人生大事！现在不是回来了嘛。"

池牧之吃饭很安静，之前也不怎么说话，现在更加不会加入她们的话题。

李铭心想она放尊重点，但这厮吃东西的样子太斯文。如果咀嚼东西没有声音且不张嘴是礼貌，那他一手扶碗，一手拿筷，前臂稳稳搁在桌沿绝对是严格教养的产物。

她忍不住想，饿他三天，他也是这么吃吗？

她的目光太过直勾勾，擅长使暗招的池牧之始终没有抬眼，明显在避她的意思。

李铭心浮起笑意，双手捧碗，仰头灌尽鲜美的鸡汤。她搁碗时，他正换公筷夹菜，两人眼神短促错过，呼吸生了微妙。

那一刻，李铭心决定，今晚留宿。

她站在水珠爬行的落地窗边，叹了一句："雨有点大呢。"

池念马上说："那就不要走啦！外面这么冷，又下雨，别又生病了。反正明天是周日，老师没有课吧？"

李铭心眨眨眼："可以吗？"

池念做了个宽面条泪的感动表情，飞奔向阿姨，拉她去给 Miss Li 铺床。

池念跟池牧之提过，班上同学家里有寄宿家庭老师，全天陪读，她是否也可以拥有。

池牧之嘲她，两个小时你都学不进去，找个二十四小时的浪费钱？睡觉这种事，你自己倒头就能睡，没必要请个老师陪你睡。

呜呜呜，被伤害了。

上回李铭心留宿，池念就高兴坏了，做梦都特别美。今日又碰上一次，她双手攥拳，小心翼翼地问明早要不要再一起上瑜伽早课。

李铭心笑着说好。

池念看着李铭心日渐明媚的脸，勾住她的肩，说："Miss Li，考完了是不是很开心，我觉得你开朗了！"之前似乎总有阴郁之气压在头顶。

"是吗？"李铭心嘴角弯得越发厉害，"是挺开心的。"

巨石重担松解，身体轻飘、空虚，会很渴望一场放肆。两人一拍即合，商量决定在客厅看电影。这也不违背学英语的初衷！

池念捧出一堆零食，悉数摊开，满满当当地搁了一茶几，完全忘了自己刚吃完饭。

烤箱里暖灯高亮，正烤着甜品。诱人酥甜的香气阵阵飘来，搅得刚吃饱的李铭心有点反胃。

她抿了口凉水，将U盘插入池念的电脑，拉了下选单，从备选电影里挑出 Zootopia，挺有名的一部电影。

李铭心先说的英文，池念听着陌生，以为自己没看过。李铭心又用中文说了一遍。

池念"哦哦"了两声，立马懂了："《疯狂动物城》！我哥和芝之姐姐带我去看的！"

李铭心点击播放："那这遍就磨磨耳朵，培养语感。"

事实证明，池念的记忆力根本不够存储这么多年前的电影，看的时候就跟没看过一样，几分钟就进了故事，忘了自己在哪儿。

没一会儿，阿姨下班，跟她们说了拜拜。

后半程，池牧之出来拿冰块和酒，经过她们，掠了一眼五彩斑斓的屏幕。他没有问怎么这个点没走，也没有问你们在看什么。他就像个不关心孩子的家长，径直走向了自己的目的地。

李铭心遥望他修长的背影，又咽了口小唾沫。

在这样的空间里共处，很难没有荷尔蒙发生。她克制欲望的能力算是好的了，真不知道别人是怎么忍住的。唔……她又想到了白昕心。

电影结束，李铭心对池念说吃得太撑了，得洗个澡消消食了："晚安念念。"

池念拥抱住她，恬静地拱拱脑袋："谢谢 Miss Li！晚安！"

如有感知。

李铭心推门而入，池牧之没有惊讶，甚至没有偏头往她那里望一眼。

他长腿交叠，看着电影，沉默喝酒，就好像她是透明的。

投影仪正放着一部战争电影，慌张压抑的节奏死死压住室内的气氛。

隔音很好，外面根本听不见室内的立体声环绕。室内则是沉浸式体验，打仗逃难声很吵，吵得心有鬼胎的人心脏突突跳。

看样子是打扰他看电影了。李铭心立在门口，生出退却之意，没有下午的莽劲儿。

刚合上的门又被拉开了一条缝。刚转身时，李铭心余光扫见他抬眼往这里看了过来。

浮光掠影划过他静默的英俊脸庞，像极了八十年代电影镜头里的落魄小生。

黑丝绸睡衣，很矜贵，却更禁欲。

他蜷起一条腿，直起身往后靠了靠，继续将目光投向电影，依旧没有说话。也没有像上次警告庄娴书一样警告她，不许随便进他的房间。

和下午主厅沙发的境况截然不同，进卧室是很无礼的举动。

李铭心垂眸，拿捏其中的分寸。

她喜欢他笑，他笑起来无害又养眼，而不说话的时候，真的有点看不透。

她主动开了口："疼吗？"

电影很吵，吵死了。不过借他胸膛起伏的变化，她猜他看清了口型。或者，至少看到她说话了。

电影歇声的空隙，他哑声道："如果疼呢？"

"我去帮你泡个热水袋？"

他偏头看向她，饶有兴味地又问："不疼呢？"

李铭心弯起嘴角，手从下摆一捞，池念宽大的家居T恤剥离她的身体。

"谢谢你，我是需要钱。我有犹豫过、贪婪过，但是对不起……对不起……"李铭心的声音清透，听着很真诚。

池牧之不动声色，灌了口酒，眼神却再也没法看回投影电影。

枪林弹雨中，他们隔着光影视线胶着，将对方生吞活剥。

"你跟白昕心在一起过吗？"

他没答。

"别说不认识，我知道你知道她。"

他笑了。

"只拿钱不好，"她闲闲地抻开裤子，手腕一松，又借松紧束缚弹了回去，漫不经心地在光影之前闲晃，"要把钱还给你吗？你要理解一下人之常情——入袋后很难再拿出来。"

她一边弹腰带一边思考，眼睛骨碌碌转得很专心。

投影仪那边的剧情开始紧张，演员克制的呼吸声像她小时候躲在柜子里听一整个潮湿悸动一样，压得很低，生怕惊动。

现代文明讽刺的戏剧性。

长大成人的李铭心，表情嚣张，笑得风情万种。她将发丝挽至耳后，一左一右，目光焦点始终在他的脸上。

池牧之的声色不动在光影交错间看着像兴奋，又像愤怒。

几秒后，电影里炮声轰鸣，无数巨石砸在耳畔，震得人脚下几乎站不稳。音效真实到她都想立刻逃难。

有钱人真好，在家看个电影都跟普通人不是一个感受。

她勾起讽刺的笑意，落在他眼里像是挑衅。

池牧之握着杯子转了转。冰块脆响，撞击玻璃内壁。像心上被划了一道口子，冷气携欲望直往里灌。

很快，下定决心了似的，池牧之喉结滚动，灌尽余酒，长舒一口气将杯子一丢，反手捞住纤细，将她狠狠摔进床榻。

光影流泻，倾倒，旋动。

人也生出飘浮的幻觉。

大炮在头顶轰下巨响，顷刻间，泥沙俱下，血肉模糊。

电影花了大血本的画面特效，在无心电影的人眼里，一文不值。

整个房间都在震动，心跳、脉搏、呼吸。

恍惚中会迎来凶猛的攻击，但热烈的只有面上的呼吸。动作嘛，一下都没有。

李铭心被那道吃人的目光逮住，不由得有些放肆。美色在前，个人意识消遁，仅动物性在主宰她。

她眼波流转，试图往下放肆，却怎么也转不出鼻尖相贴的那片阴影，只能指尖开小差，触上那突起的喉结。

很奇妙，看过它无数次上上下下，真摸上去，未及细细感受形状，它就动了，足够诱惑。

光标下移，点击至她第二个感兴趣的起伏。

临近心脏，但只要他用力，一下就会离心脏很远。

她不满足于指尖的享受，换上了手掌心，轻轻揉了一把。这是她第一次知道，原来只要掌心这么大的地方，就能有这么足的安全感。

望进他深邃的眼睛，她浮起笑意。

"笑什么？"

好熟悉的问题。

李铭心笑得像醉了："你很英俊。"他们离得好近，这种视觉效果太有冲击力了。

池牧之盯着她斑斓闪烁的眼睛，仿佛在看层层嵌叠的圆镜。

手撑在深渊上方，他听见身体的搏动，看见无数个自己，但没有英俊，只有愚蠢。

光影中，人群逃散，尖叫四起。

光影外，他平静地道："你很熟练。"

李铭心清纯、高冷、好学、勤奋、远离社交等一系列行为，现在在他这里看来，都是花招，都是伪装，都是计划表上的一部分。

池牧之冷着脸，任她亲着，没有回应她。

等李铭心意识到不对劲，迟疑地放慢动作后，池牧之直起身，冷淡地说："你先回去吧，今天不太想活动。"

他说得风轻云淡，留李铭心身体慢慢冷了。

暧昧消遁，无影无踪。

"恶心吗？"她不解，不过仍保持微笑。

"很恶心。"他拇指一横，用力碾过嘴唇，表情嫌恶。

李铭心一噎："那……"

"走吧。"

他又说："我想的时候会通知你的。"

见她没动，池牧之不耐烦地催道："听不懂吗？"

她没聋！

李铭心皱着眉头咬着牙关跳着爬起，拎起衣服兜头一套，气得忘了回击。

捋乱头发时，他稍稍恢复绅士风度，压下呼吸，问要不要给她叫车，还是今天住下。

"要我现在走？"李铭心气血倒涌，想揍他，"我、自、己、可、以。"

原来被人赶出来是这种感觉。

李铭心想起裴红爱受阻拿她出气的往事了，她这会儿也憋着好大的郁火，非常想拿个什么东西撒气。她很想摔门，又没办到，礼数地合上门，还得窝囊地钻进次卧，冲进浴室，拿冷水浇自己。

冻死了，比方才身上猛地一凉还要冷，她颤抖地又换成了舒适的热水。

很快，热气蒸腾，灯光流泻。她踩在属于池牧之的房产中，默默咽下了情绪。刚刚离得那么近，她知道他情动了，反应不会骗人，但他抽离得太迅速了，眸光一闪，厌恶不遮不掩地流露出来。

洗完澡，她随意擦了擦湿发，有些饿了。想起烤箱里飘出的香甜，她想在深夜塞点甜味进胃里。

对面就是池牧之的主卧，她扭着脖颈，一眼没看。

她打开烤箱，果然池念只烤了，没有取出来。她挤一泵奶油，叠了两块松饼，拉开凳子，缩在餐桌角落抱膝发呆。

她很喜欢这里，宽敞舒服，应有尽有。受尽委屈也喜欢，何况这委屈还是她自找的……

夜里安静，能听到口腔内湿漉漉的咀嚼声。

吃到半块，门口传来指纹解锁的滴答声，两道脱鞋声一响，沉重的脚步拖着过来。

李铭心愣怔，这时候谁来了？

呼吸很重、很沉、很压抑，一步步往厨房靠近。

冰箱门被拉开，池牧之的侧影被暖调灯光照得通亮。

下一秒，一瓶矿泉水被取出，厨房再次恢复黑暗。

没想到是池牧之，他刚出去了？

李铭心还没来得及反应，池牧之突然倒下，顺便牵连了一个骨瓷盘和一个玻璃杯，丁零当啷碎了一地，打雷一样。

他坐在地上喘息，憋着劲儿等待药效发作。

夜无声漫流，餐厅和厨房是两个房间，不过是通的。此刻虽然室内没有开灯，光线暗淡，但不至于到看不清的程度，偏偏池牧之痛到没有看清蜷在凳子上吃东西的她。

李铭心垂眸盯着自己的松饼，稍作犹豫还是继续吃了。

夜里，嘴巴抿再牢，吃东西的声儿也不小。池牧之自然听到了，他喘息的动作一僵，与她一道保持沉默。

再起身，他背挺得很直，脚步如常稳健，姿态很潇洒："早点睡。"

李铭心望了眼窗外的夜雨，猜测此刻是零点。她经过墙钟时，看见时针指向一点半。

这里一定有奇怪的磁场，让她的生物钟都失去了作用。

李铭心转身烧水，装了个热水袋。

手搭上主卧门把手，她想，他不会恶心到锁门的地步吧。她腕部一压，又邪恶地翘起嘴角，还是小人之心了。

室内很黑，她熟门熟路地越过障碍床角，跪坐在床边，将热水袋贴上了他的小腿。

毫无准备，一声失控的哼喘溢出，随即止住。

不知道为什么，刚刚离得那么近，都觉得挺远的，这会儿隔着一臂的距离，还处在他床尾，却觉得他们很近。

听到他趋于平稳的呼吸，李铭心出声自嘲："我真贱。"

他沉声道："你可以走。"

"我不！"李铭心犟了，将热水袋死死贴住他，想烫死他。

他低笑，朝她勾了勾手。

池牧之的手在暗处是荧光棒一样的存在，白到反光。

李铭心盯住那只手，想了想，够身搭了上去。

几乎在握上的瞬间，他回握住了她，与她牢牢牵住。

"别怕，不会死的。"

"我不是怕你死。"

闻言，他稍稍松力，但仍牵着。

"是我还没尽兴。"

他弯起嘴角,没有回答,很快借药力陷入了睡眠。

周日早上,雨停了,天还阴沉着。

李铭心这次冥想没有睡着,满脑子都是昨晚的事。他的喘息,他的苍白,他的克制,还有奇怪的要强。疼就疼,有什么好遮掩的,又不是第一次被她看到。

周日下午,她带着池念做听力,一直到她走,池牧之都没起来。

回去的路上,她想,他不会真死了吧。男人的喘息声大,痛的时候确实像要断气了。

接着两周五次上课,一次都没有遇见池牧之。有时,他的鞋在门口,有时鞋不在门口,但不管在不在,他都没有出现。

窝在主厅沙发等池念睡觉的间隙,听到走廊有点动静,她误以为是他出来了。

待迎来两次失落,她转到书房去了。

经历完考研这种生死大战,再准备大四期末考,有点拳头打棉花上的轻飘感。

李铭心考完两门,中介发来消息问她要不要做两天模特。有家高级会所过年那会儿开业,需要美女,价格很好,一千块一天。很多学生有意向,只是逢过年时间对不上。

李铭心想也没想就拒绝了,不是她现在阔绰,而是这活她以前做过两次,体验太痛苦了。会所要求多且虚,不是化个浓妆穿得好看点站那儿就好的。需要社交,需要奉承假笑,需要说假话。这些已经很麻烦了,最关键的是,消费者虽说家财万贯,一夜消费几十万,但毫无例外都很丑,肥头大耳,嘴脸油腻,肚子大得跟油壶似的,西装扣子都扣不上。对着他们,李铭心很难笑出来。

可这活儿又不能板着张脸,如是两回,她确定这事她干不来。

她问中介,有没有只干活的工作,像上次暑假箱包厂的活儿,或者,餐厅过年应该缺人吧。

中介说,餐厅都要熟手,你之前没做过,而且过年餐厅太辛苦了,你一个女孩子,没必要。中介又问她,游泳馆打扫卫生去不去,过年人少,活应该不累。

李铭心问了下时间,答应去试工。

最后一门期末考考完,学生大批量撤退,校门口拥堵成灾,李铭心绕了两条街坐上公交车,往太白大道西去。

太白大道东和太白大道西听着是一条路，其实两头相隔两三公里。李铭心没想到，这种地方也有熟人。

试工的地方是高级健身馆的负一层泳池。

她见过经理，被分配给场地管理员，管理员再把她介绍给阿姨。一整个流程七绕八绕，走了好几个办公室。

阿姨领她在清洁间认识各个清洁区的拖把和洗剂，让她进泳池先熟悉一下环境，等到了整点，开始打扫，再来带她。

闲晃的时候，李铭心环顾几圈，低头把阿姨说的几个需要注意的点速记在本子上。

泳池不大，没什么稀奇的，和电影电视里看过的唯一区别是人很少。

正随意闲逛时，李铭心扫见一个熟悉的人趴在泳池边，戴着粉红色贴头皮泳帽，一副盯她好久的样子。

庄小姐双手托腮，美目骨碌碌一转，不走迂回套路："你是有多缺钱？"挣这种劳动力的钱，在他们眼里十分不可思议。

李铭心也没打招呼，冷淡地回应："还好，我只是比较空闲。"

庄娴书上下打量，嫌弃的目光落在李铭心身上的灰色工作服上："刚刚池牧之往你这儿看的时候我还想，他真是寂寞了，连泳池小妹都要看这么多眼……"

"池牧之？"

"对啊。"

李铭心惊愕地望向泳池，一下就捕捉到正在游泳的池牧之。雪白健硕，速度如箭，随着手臂挥动，身后漾开一圈浅蓝色的粼粼波光。

李铭心来到这座城市三年多，一直不懂商圈。但她猜，太白大道附近住的应该都是富人，而富人消费的场所，左右就这些。

她无语地又晃了一圈，停在池牧之泳道的一端，抱膝看他游泳。

池牧之又游了几圈，逐渐力竭。距离岸边五六米处时，他慢下来，向她游近。

撑住岸沿，池牧之肌肉一紧，利落地跳坐上来。

揭掉泳镜，抹去短发上的水，他动作顿了顿，叹了口气。眉眼打湿后，眼神显得更为深邃。他朝李铭心转过头，目露不解："你……"他算有修养，没好意思问出庄娴书的话。

李铭心朝他笑了笑："我跟踪你来的。"

白公馆有健身房和游泳池，李铭心一直以为他就在小区内健身，没想到他还大费周章在健身馆办了卡。这些人，她不懂。

跟着阿姨学了一会儿，认了认休息间，李铭心再次被领去了管理员那儿。管理员说了下工作时间，表示这里是会员预约制，工作量不大，人不多，就是时间长了点，没事做、没会员的时候，可以下去游会儿泳。

沟通完以上，李铭心拿到五十元试工费。她挺意外的，以前试工不管成不成，都没有钱。

结束试工，李铭心循着指示，一路从办公区往公共大厅走。

一到敞亮处，她就看见池牧之一身休闲服，湿着头发，正在打电话。

看到李铭心，池牧之放下手中的电话，往她身上扫了一眼："你真的不用手机？"给她发微信、打电话都没回应。他在大厅守株待兔，等了一刻钟，逮到她时已经有点不耐烦了，"那要手机干吗？"

他礼貌的时候，李铭心没有对抗能力，但他有点脾气的时候，李铭心胆子变得很大。

她手往帆布袋里一掏，摸到手机，面无表情地丢进他手心，还给他。

乘电梯下行，一路到地下停车场。

李铭心于沉默中缓过劲，先发制人："找我做什么？"

池牧之："那你跟踪我做什么？"

李铭心撇嘴，没回答。小孩拌嘴，她不太参加。

地下豪车很多，卡宴依旧醒目。在众多方正的车群中，它的弧线有点骚。

池牧之捏起手机，试探地问："给我？那我看了？"

李铭心板着张漂亮的脸，一副任君处置的模样。

池牧之来回确认她的脸色，吓她似的，真刷了一圈。手机没有设密码，没有秘密，相册里都没什么东西。手机主页干净得像新机子，没有花哨的壁纸，App两页就滑到了尽头。

三十秒后，手机被丢还给了李铭心。

池牧之长了见识："这么多未读消息，上市公司总裁都没你忙。"

"都是群消息。"学生话多，表情包多，网络语多，有时候翻半天都翻不到重点，她一般都不翻，班委有事都会通知她。

"没担任班干部？没加入学生会？"

"加过，有点累，就没做了。"刚进学校，她也有过野心，很快发现这是个社交属性强的耗能之事。关键是，没钱。

"班干部做的是团支书。在英专，做这个就是担个虚名。"没什么实事。

辅导员一开始也找李铭心做学生苦力，但李铭心经常打工，回消息也慢，渐渐地，师生就有了默契。同学熟悉她的路数，必要事通知到人，不必要事也会知会一声。她记事周全，不需要人二次提醒。所以，她没什么大碍地，高效地"活"到了大四。

池牧之虚伪地赞许："李老师确实能成大事。"

"借您吉言。"

池牧之拎着运动包丢进后备厢，随后径直上了车。

他没给她开车门。

李铭心左右看了看，斟酌后上了后座。她的理解是，副驾驶座是尊贵的位置，被赶下床的人没资格坐。

池牧之扶着方向盘直视前方："李老师这是？"

李铭心坐在驾驶座斜后方，朝他靠近一点："怎么了？"

他蹙眉："你坐后座？"

她打量他的神色。

"当我司机？"他眼色一凛，"坐过来！"

不可否认，带点脾气的池牧之很有人味，好过假亲切时候的他，但李铭心总归是市井里长大的嚣张小人，对方可拿捏的时候，她一定要伺机报复回来。今日见到他，她压着股郁郁之火。上一个让她屡次狼狈的，还是裴红。

"那能麻烦您给我开一下车门吗？"

后视的视角很特别，李铭心第一次把目光落在他的耳垂上。原来，人生没雨的人耳垂也不是很大。

池牧之人生第一回听到这样的要求："什么？"

"腿不好，耳朵也不好吗？"

他掰过车内后视镜，眯起眼睛，借镜子跟她确认眼神："李铭心，你很贱啊。"

李铭心不说话。等他打开后座门，请她下车，再为她拉开副驾驶座，替她系好安全带，她才算满意。

他撑着副驾驶座门："Miss Li，这样 OK 吗？"

李铭心面无表情地看看他，像是要说话的样子。池牧之微笑，等她说两句什么。好一会儿，她勾起嘴角，看向前方，又一句话没说。

春节前十天，肃穆的冬日染上喜庆。

一路上，他们都没怎么说话。毕竟上一次坐进这车，关系就很僵。

待车子驶进市中心，人流越来越密集，速度放慢下来，李铭心在一顿一刹中，看向了他的腿。刚刚在泳池中，她看到了那道完整的手术疤，比想象的要好。

她以为他整条腿都被切开，伤疤到大腿根。真正看到，也就左腿伤得重一些，伤疤蜿蜒至膝盖上方，右腿小腿只有两处十厘米左右的疤。

李铭心打破沉默："你游泳不腿疼吗？"

"雨天腿疼，不是不能沾水。"下身关节不能过度负重，游泳很适合他。

想了想，池牧之又补充道："我并不常疼。"

不常疼？像听见了鬼话似的，李铭心特意偏头看了他一眼，不知道他在伪装什么。这种话，也只有池念会信。

感受到她的视线，池牧之问："怎么？"

"不常疼就好。"李铭心笑了笑，随他便，反正他疼他的。

自打出院后，池牧之做了半年多的康复。ICU医生很保守，说可能会瘫。他一度以为自己无法再正常行走，后来在康复师的建议下进行下半身的小负荷肌肉训练，逐渐能一点点控制自己，这中间疼痛缓解过一阵。但应酬真的很伤身。今年调回S市，饭局太多了，高层频繁变动，引得人心惶惶，都来套话。

程宁远不想去的饭局就让他去，说年轻人锻炼锻炼。池牧之拒绝，他舅舅说，那就找个女朋友，不然单身就逃不掉这种应酬。

池牧之三十岁了，不能再像小时候一样指着程宁远说，那你怎么不撒泡尿照照自己。他不能对总裁说这种话，这种话只有不知死活的庄娴书能说，他只能去。

金助理第一次看到他疼得失控的模样，打了120。路上，金助理还让他再坚持一会儿，马上就到医院了。

这种时候池牧之特别不愿意被外人看见，他不想被当作快要死的人。

等过完年，他计划再去趟北京，拍个片子看看，看看还能走几年路，过几年正常人的日子。

他又问："害怕吗？"

李铭心："……不怕。"

市中心的路，李铭心是熟悉的。卡宴绕过学校，驶向本地地标酒店。两尊镀金飞天雄狮贴着挡风玻璃，由小变大，金碧辉煌扑面而来。

一个上坡后，车子自旋转门门口经过，右转泊车。

整个过程，池牧之都没有通知的意思。

李铭心迅速偏头："带我到的哪儿？"

"酒店。"

"为什么？"李铭心心脏"扑通扑通"跳。

感受到她的紧张，池牧之勾起笑意，抛出正经答案："带你吃顿饭。"

"是吗……吃完了呢？"

"吃完了，上楼。"

李铭心换了个坐姿，想了想："那直接上楼吧，我不饿。"

池牧之扶方向盘的手一紧，闭上眼睛压下无名业火。

她不懂池牧之的挣扎，更不懂他为什么车位近在眼前又开了出去。

视野再次出现 S 大附近熟悉的街道，她不再说话了，已经失望透顶了。

她开门下车，没说再见。

室友们正在化妆看剧，等李铭心一起出发吃小火锅。

大四毕业在即，未来不知方向，她们和几个今天不回去的同学约好，等李铭心试工回来，一起聚顿餐。

李铭心在接到"上楼"通知的时候想，等会儿要通知室友先去吃。而这一切在脑子里转了一圈，手机都没掏得出来付诸行动。

冬风将一切吹得摇曳不定。

池牧之驶离 S 大，于路边停下，抽了根烟。最近他火气有点大，抽根烟泄泄。

吃饭前，李铭心收到裘红的消息，问她今年回不回去过年：你外婆身体不好，你不回来看看？

那语气，隐含着道德绑架的意思。

李铭心给她转了五百块过去，回她：不回，帮我跟外婆问声好，说我忙。

裘红没收，把李铭心骂了一顿，说要钱有什么用，养女儿是图你这点钱的吗？

李铭心咬咬牙，又添了一千五，凑了个两千整：买点补品和骨头补补。

那边收了，没了声音。

她以为结束了，正要收起手机，消息框又弹出一条：你在学校也别苦着自己，多吃点，太瘦了。

这是她最讨厌的母女间的伪善时刻。比起面对龇牙咧嘴的凶悍，难得的温柔会让李铭心没有战斗欲，产生错觉，觉得妈妈是对她好的。

李铭心按灭屏幕，拒绝廉价的母爱，不再看微信。

夜晚，八点半，室友们卸妆洗澡。宿舍里公放 B 站的咋呼片段，姑娘们吵闹成一团。

李铭心吃饱喝足，忽然渴望安静，便坐上楼顶吹风。

一排晒衣栏杆空空荡荡，她像悬在底下的游魂似的。

很难不在这个时候想到池牧之。

兜里手机发出响动，李铭心仍在放空，没有接。很快，第二个电话来了。

一般能急着打第二个，那就是有事，她总算释放出手机。

是那串意外的数字。

尽管未接来电里显示他下午打过两个，但这么快又打来，别是又改什么馊主意了。

李铭心接起电话，搁在耳边。

"这次接得挺快。"

她不语。

池牧之柔声问:"过年一个人在学校?"

李铭心不想说话,压下复杂的情绪:"嗯,正好准备'专八'。"

他低下音量:"现在大学生都这么辛苦?"

大家并不都像她这样劳碌,但考试都是差不多的。她淡淡地说:"现在大学生不值钱。"

"也是。"

光瑞主页上,池牧之的履历是本科,庄娴书说他是研二出的车祸,说明他后来没读完。李铭心想问他,为什么后来研究生没继续读,想想又算了。等会儿发现连他的学历和恋爱史都被知晓,他别又不高兴,说她恶心了。

电波连接着一对憋着千言万语,相顾又没话可说的男女。

他们保持沉默,维持呼吸,像是要熬死对方。

一分钟后,池牧之呼出口烟雾,下了决心似的:"下来。"

她有点不信:"你在校门口?"

"宿舍楼下。6B是吧。"

李铭心意外,没想到他进来了。

学生寒假期间,校内进出车辆多,放行估计比较松。

她起身飞快,下了一层楼,眼前还晕得有些花。她步下轻浮,人也轻浮。

最后两层,她走得很慢。

到一楼花圃时,李铭心姿态如闲逛。

她没有像上次在校门口一样,左右张望,寻找池牧之,生怕他失约,担心是她自作多情把话当真。几次交锋下来,她多少了解这人的风格了。

她事先识破,笔直地站在空地,等他出场。

以为会很久,但池牧之没有戏弄的意思。

她出现没几秒,他就由路灯后闪身而出。

池牧之走近,没有预兆地拥她入怀:"李铭心,跟我吧。"

李铭心圈在安全感中,有一瞬以为自己听错了。

池牧之箍住她的腰往上一提,偏头深吻下去。

李铭心发现,这人愿意吻的时候还是挺会吻的。男人和男人之间的差别挺大的。虽然带着烟味,他唇齿之间还有着清新的薄荷味。

悬着颗心,李铭心忘了沉浸进去。

这个吻里,深浅、方向、节奏全由他掌控,就像他一贯的姿态一样。李铭心想拿回主动权,却发现灵魂已被出卖,喉咙里的拒绝失去了发音的机会。

第六章

暗度陈仓

李铭心心中的问号在第二天金助理联系她时，得到了确认。

金助理驱车至 S 大，带了个中介大哥，一起去看房子。

他说，临近过年，房源不多，问她有没有中意的房型，如果今天看的不喜欢，过几天他再找找。

房产中介大哥热情似火，不停地明示最近房子紧俏，好的房子更是稀缺，今天带他们看的肯定是最好的，整个市中心的房产中介，他手上的房源是最好的。

一套两室一厅，一套三室一厅，全是精装修，距离太白大道和 S 大差不多远。

李铭心中间两次拿起手机，又都放了下去。

说实话，明明这是第一次，她却无比熟悉。

小时候，被妈妈和叔叔领着去看房子的情形随着陌生的房子，又浮现在了脑海。

原来不管大小地方，男人的这套流程是差不多的。

看完房子，金助理见她没有喜色，打断唾沫横飞吹嘘的中介，称他们回去再考虑考虑。

回去的路上，金助理问："李老师有喜欢的房子吗？"

李铭心好奇："金助理帮白昕心找过房子吗？"

"什么？"金助理反应了一下这个名字，很快从脑海存储中调动出数据，"白小姐？那没有，李老师是第一个。"

李铭心不吃那套："金助理除了上班，还负责池总这么多事情吗？"

研究生毕业，还要帮上司收拾感情烂摊子？

"池总事情不多。"金助理不仅严谨，还懂得做人，给李铭心抬轿，"之前池总很多东西都是我这边负责购置，以后就由李老师代劳了。"说得暧昧又礼貌。

李铭心问:"内裤也是吗?"

没想到她问得这么直接,金助理笑道:"出差的时候会帮忙买一下。"

李铭心撇嘴。池牧之是个废物吗?

房子的事三天也没定下来。金助理问了李铭心两回,她都推搪。

经过一番个人权衡,她问可不可以在学校附近租,那两套房子很好,但是离学校太远了。

金助将信息转给池牧之。

池牧之问金助理:"市中心那片有新房子吗?"

市中心是老商业区,出于文化保护考虑,十余年没有大动干戈的建筑项目获批,新房可以说是几乎没有。

金助理:"应该没有。"

池牧之:"那就再找找,在她学校附近找个新房子。"

不考虑房型,最近的也要两公里。

金助理问:两公里行吗?公交车十几分钟。

李铭心给他发了两个链接:这两个小区就在学校旁边,挺多房源的。

金助理看了,犹豫后说:太旧了吧。

李铭心终于咂摸过味来:是池总要求新房吗?

她对住宿没有要求,有张床有张桌子就好,如果位置方便,那就更好。倒是没有考虑过池牧之也有需求。他都有这么豪华的房子了,外宿的居所居然也这么挑剔。

金助理依然很严谨,回道:这倒没有。李老师发的两套房子我会看一下,稍后给您回复。

池牧之当然不可能去住老破小。

金助理组织语言,给他发去,很快,收到了一个问号。

金助理知道多此一举,但还是按照流程走了一趟,回复李铭心:李老师,要不要再看一下其他房子?

李铭心并不急房子的事,池牧之也不急,全程跟进并付出劳动力的只有金助理。

他们两位主角在那天之后没有直接联系,仿佛在恪守一种上下级关系。下级没事不打扰上级,耐心等指示就行,上级姿态要高,不能太没架子,不然会被骑到头上。

按照计划,池念年前还有最后一次家教课。

李铭心早上五点半赶早班车到健身馆,按亮灯光,和负责急救的工作人员填好工作记录本,一起坐在工作间吃早饭。

这个救生员见她是勤工俭学的大学生,很热情,介绍说有个救生员也是 S 大的兼职学生,下次碰上了可以认识认识。

李铭心不是很感兴趣,不过礼貌地谢过。

下午四点下班,李铭心坐上公交车,往太白大道东去。

坐上电梯,李铭心隐隐感觉到不对劲。到十六楼时,她又下去了一趟。上次麻烦阿姨给她买卫生巾,这次要是再麻烦,就有点没头脑了。

穿过绿化和公共健身区域,走了约五百米,李铭心抵达一家超市,她往货架上随便一抓,快速拿了包卫生巾。

结账时,她排在一个男人身后。

看电视给人造成世界上帅哥很多的错觉,而实际生活里,其实没那么多。李铭心敏感地察觉到英俊人类的气场,抬起头来,认出是程宁远。

他穿着一身黑,表情严肃,像个杀手。而结账柜台上,赫然是两包八宝糖和六袋虾片,像是买给女儿的零食。

李铭心心中好笑地接在后面结完账,沿着一路行来的轨迹,跟着程宁远走到 2 栋楼下。他顿下脚步,李铭心不好不走,经过时朝他礼貌地点了下头。

程宁远偏头:"你是?"

"我是池家的家教老师。"她刻意避开念念的名字。

"那现在是要上去吗?"他将超市购物袋给她,"帮我带上去。"

"好。"

上到十六楼,一出电梯,李铭心特意往通风窗口看了一眼。程宁远已经走到了地面停车位,准备离开。

一进门,庄娴书一身简约白色真丝睡裙,弯着腰肢,贴在落地窗边,美得不可方物。

又落寞得像老了十岁。

李铭心将塑料袋递给她:"程先生让我带上来的。"

庄娴书一愣,慢慢地转过头,看清里面的零食,一时没控制住,很丢脸地流下眼泪。

她不肯给李铭心看,抽泣着把脸埋进了塑料袋。

李铭心倒退两步,飞快离开女性情感事故现场。

池念鬼祟观察,见程宁远没上来,松了口气:"Miss Li!你来啦!"照旧是一个温暖的拥抱。

一天班的疲惫登时卸下,李铭心扬起笑容,指导池念:"你要不要给阿娴姐姐一个拥抱?"

那边哭泣的声音明显有些放肆。

池念赶紧歇声,拽她进屋:"不行,抱过了,没用。这时候只有池牧之的舅舅来了才能有用。"

李铭心换完卫生巾,问池念有没有止痛药。

池念特意给她垫了块松饼,才允许她吃药:"这个药对胃刺激性很大的,得吃点东西。可惜没有别的止痛药了,下次我一定备一盒。"

李铭心:"难怪你这么计较你哥吃药。"

"我哥?"池念重复了这两个字,消极地摇摇头,"Miss Li,我觉得男人都不是好东西。你说得对,他确实是坏男人。"

"怎么?"

"你知道池牧之跟我说什么吗?他跟我说,接下来不一定每天回来,叫我不要等他了。"她不解,疏淡的眉毛拧成八字,"不每天是什么意思?"旋即自问自答,"就是外头养花了呗。"

池念没想到,池牧之也是这种人,亏她还卖力洗白,维护他在 Miss Li 面前的形象。

她瞥了眼紧闭的门,朝那边努努嘴:"阿娴姐姐的男朋友……就是我哥的舅舅,要结婚了。"

"啊?"李铭心意外。

庄娴书、程宁远这么多年的感情,折腾了那么久,最终一场婚姻都不能兑现。

池念小大人似的摇摇头,又愤慨起池牧之,他看着像个洁身自好的好男人,可酒肉局混迹多了,免不了学坏。调回来才多久,就有人了!明明前阵子对 Miss Li 还挺上心,谁知马上没了下文,对她的英语课也不闻不问。现在好了,学坏了,配不上她的 Miss Li 了。

池念想想就生气,来了学英语的动力:"还是出国吧,我要远离国男!"哼,一点也不困了!

池念这边是来了劲头学英语,李铭心那边却难得精神懒怠。

上完阅读课,池念提出温顾 *Zootopia*。

片头放完,李铭心就眼前一黑,抱着热水袋歪在沙发上睡着了。

池牧之开完线上会议从书房出来,见三个女人一人占一张沙发,形成和谐三角,不禁好笑:"电影好看吗?"

池念今天不想理男人,没回答他。

庄娴书肿着眼睛,看得挺投入:"这动画片还蛮好看的。"

他索性倚靠沙发,看向大屏电视:"是吗?那我也看会儿。"

池念抠手指,纠结地开口:"这电影我们一起看的,你忘了吗?"

"是吗?我看看。"他抿了口水,眼神瞥向蜷缩打盹儿的李铭心。室内恒温恒湿，应该不会冷，但看她抱着热水袋，像是不舒服的样子。

"和芝之姐姐一起看的呀。那次你们来，专门开车带我去县里看的。那天你还被蚊子咬了一腿的包，中间去买花露水了。"池念想唤起他的记忆。

那会儿，池牧之还是个好男人。

池牧之不记得，不过点了点头，又说了句："是嘛……"

饮尽水，搁下杯子，池牧之回房取了条毯子，给李铭心搭上。为避嫌，他没有多逗留，盖上就走了。这换作平日就是绅士举动，但今日落在池念眼里，妥妥死罪。她有点难过，感觉偶像"塌房"了——这人外面养了朵花，同时，还觊觎她的漂亮老师，无语……

李铭心中间醒来过两回，一回睁眼，看见池念白白胖胖的脸上光影跳跃，知道一部电影没完。

还有一回，有人靠近，给她搭了条毯子，木质香味填满了她整个后半程的睡眠。

睡醒，饭菜香飘来，阿姨与池念的说话声隐隐传来。李铭心抻了抻腿，躺在温柔的灯火中，恍惚仍在梦里。

庄娴书目光呆滞地坐在李铭心对面，仿佛穿过她看到了另一个人："睡得好吗？"

"还不错。"

"那天游泳池是怎么回事？"

"我在打工。"

"这么缺钱？"

"还好。"李铭心坐起身，顺了顺头发，利落地束在脑后，"但钱永远都是不够的，不是吗？"

庄娴书换上欣赏的表情："很好，有觉悟。"然后又劝道，"但如果吃不消，还是开口吧，年轻漂亮就是本钱，别浪费了。工作是一辈子都打不完的，理直气壮撒娇耍赖也就这么几年岁月。"说着，她又嫌弃李铭心的手不如其他漂亮女孩的嫩，打工会让手变老的。

李铭心垂下眼睫："跟谁开口？"

"还能有谁啊？妹妹，我说过，别跟我装傻。"庄娴书讽刺地眯眼，"你知道他肯定会帮你的。"

有钱男人的剧本里，多数写过为女人花钱的情节。

不管是真情，还是假意。不是你，也是她。

李铭心没提十万，只说："好。"

"希望你不会走我的路。"庄娴书陷入了怨妇的情绪。

"不会的。"

李铭心的第一集剧情开场,就站在了庄娴书的尾声。不至于。

话题结束,两位女士陷入安静。池牧之由走廊暗处走出来,语气淡淡地通知她们:"吃饭了。"

房子年前也没有搞定,后来成了一桩戏言。

程永贤病重住院,池牧之这个外孙出国过年的计划泡汤了。

池念给李铭心打电话的时候,李铭心正在操场跑步。

"Miss Li,你没有回去是吗?"池念的瑞典之行跟着泡汤,虽然期待去往圣莫里茨,在冰天雪地的世界里坐火车,但家里有人生病,旅游总归是不好的,"要不要一起来过年啊。"

李铭心绕着操场跑了五圈,气喘吁吁地消化完消息,答应了下来。

她本来已经预订了学校的年夜饭,收到池念的邀请后,跟同栋楼另一位留宿的同学说了一声,把饭票给了对方。

年三十上午,游泳馆临时通知,有一位预约客户要来,得上半天班。李铭心起个大早,和救生员、技术人员一起,专门为那位客户一个人服务。

庄娴书九点到达,游了三圈,发了一会儿呆,找李铭心说了几句废话,轻描淡写地走了。

庄娴书待了半个小时,他们却前前后后忙了四个小时,这种时候真的很难不仇富。

李铭心拿水枪简单刷洗防水垫,正在思考等会儿去池家要买什么水果带上时,有人走了过来。

收工前清扫,没有特殊禁止男工作人员进女浴室,有时候会有好心的同事来帮个忙。

同事童家河问她:"忙完了吗?要不要帮忙?要不要一起回学校?"

李铭心摇头,说:"等会儿有事。"

"是在本地有亲戚吗?"童家河问。

李铭心打马虎:"算吧。"

童家河是S大体育系大三的学生,之前在室外游泳池兼职救生员,将一身阳光腱子肉晒得黝黑。他说最近流行小白脸风格,他要赶时髦,便到室内游泳馆来了。

李铭心不是很敢看童家河,这人长得很像她当年的那位初恋。尤其是他们第一次见面,他就叼着烟,吞云吐雾地在上电梯前掐掉,模样很痞。李铭心当时生出穿越的错觉。

还有一个不敢看的原因很简单——他们是同类人。

他和她一样,是把欲望和野心写在眼睛里的人。

方才庄娴书跟她讲话时，高坐救生椅的童家河一直往她这里看。错身时，他问："你们认识？"

李铭心兜圈子："都是女孩子，能说上两句。"

等结束清扫，公交车站台还有他，像个阴魂不散的流氓。

他指尖转着手机，痞里痞气："一个学校的，加个微信吧？"

李铭心礼貌地回答："可以。"她报完电话号码，对方发送了申请。

终于上了公交车，李铭心才获得被松绑的自在。

她掏出手机，刷了下消息，没有立刻通过他的好友邀请。她烦无效社交。

程老爷子生病，程家陪夜排了班，唯一的孙辈池牧之基本每天都得去，年三十更是逃不掉。

阿姨做了一桌丰盛的饭菜，赶在下午五点前走了。李铭心和池念看了会儿原著书，晚上七点挪到桌边，冷冷清清地吃起饭来。

阿姨的作用在这时候显露出来了。人不在，餐厅过于安静。

晚上八点春晚开始，由于热闹实在与心情不符，她们看起了Coco，译名《寻梦环游记》。

不知道这部电影哪里好哭，池念哭得上气不接下气，坐都坐不稳。李铭心铁石心肠没理解泪点，默默给她抽纸巾，拿了两个靠枕给她左右塞上。

"Miss Li有过世的亲人吗？"

"没有。"也许有，但她忘了。

这是池念第一次给李铭心讲自己小时候的事。和猜的差不多，池念的妈妈三十多岁得了癌症，早已过世，池念很长时间都跟池竟雇的一个阿姨住在县城，没爹没妈，不过有钱。如果不是池牧之，她肯定还在县城，等着各种奇怪的叔叔来帮她应付老师。

李铭心不会安慰人，只说："那现在挺好的。"

池念哭得一愣一愣，跟着说："唔……挺好。"

不对！好什么好呀！她以后出了国，逢年过节就真的只有自己了，在语言不通的国度求生存，她都不知道怎么熬下去。

池念想了想，低头又抹了两滴眼泪。

晚上十点，池念哭累睡下，李铭心坐在落地窗前看了会儿烟花。

这里不在市中心，虽有禁烟火明令，但依然有几个不知死活的有钱人放起烟火。

她蹲坐在十六楼，看着天空，看硕大银花贴着脸绽放在眼前，心头划过巨大的惊叹号。

池牧之发来一条消息：睡了吗？

李铭心回复：准备。

池牧之：行。

她洗了个舒服澡，从十点半睡到十二点左右，直到外面有极其微小的老鼠拆家的动静。

窗帘严丝合缝地遮住了光线，李铭心在一室黑暗中坐起身。

池牧之举着杯水，边喝边回房，经过对面门口时，犹豫了一下，门由里打开了。

李铭心散着头发，额侧有几丝凌乱："回来了？"

"嗯。"他的声音隐含着疲惫，很低很轻，"没睡？"

"睡了。"

"嗯。"

稀疏的烟火在零点变强，透过落地窗映照，忽明忽暗，宛如巨大的闪光灯咔嚓拍照。

李铭心往走廊尽头的小窗望了一眼，又问："你现在睡吗？"

"洗个澡就睡。"

"好。"

说完以上，两人又都没有走的意思。

夜晚让呼吸变得暧昧，滋生泛滥的温柔。池牧之抬手，为她抚平额角的碎发，指腹温柔地一下一下，又舒服又抓人。李铭心眨眨眼，呼吸越来越急。

他稍稍倾身，吻还未落下，手机的振动响得和烟火一样突兀。

李铭心以为是池牧之的，鼻尖相贴，见他盯着自己，才迟疑着回头，发现梳妆台上的手机正一闪一闪。

黑夜里，这光好刺眼。

没可能啊，不会有谁打电话给她，骗子这个点也应该在过年。

她拿起手机，是一串陌生号码。

接起，她不说话，等对方开口。

那边声音清亮，健康的少年感穿过声筒，扩响在夜里："新年快乐！铭心！"

李铭心知道是谁了，呃……叫得真亲切："嗯，新年快乐。"

她声音冷冷清清，没有同龄人的亲热。

"打扰了吗？我本来想给你发微信的，但你没通过我。"又像想起什么似的，"哦！我 ID 叫'狼狗 18'。"

李铭心："不好意思，我不怎么用微信。现在去通过一下。"

池牧之斜靠门框，垂眼小口抿水，眼神明灭不定。

"没事没事，不知道你不用微信……"

那边又说了几句什么,李铭心没再听,有点烦。尤其是池牧之的气息越来越近,呼吸交颈,让她酥麻,逐渐失去了思考能力。

电话挂断,她的手脱力,重重落在他腰际。

"谁?"这一个字,气很长,他问完,李铭心已被逼到背贴镜面,被迫仰起了头。

"同学。"

他轻笑:"挺晚的。"

"可能想说句祝福吧。"

"你十点不是用了微信吗?怎么没通过人家?"

李铭心没想到他会问这个,目光怔了一下:"我故意的。"

一声嗤笑讽刺地在耳侧呼出一片温热。

昏暗的卧室里,池牧之的皮肤自带柔光效果。这么一笑,唇红齿白的,有点邪乎劲儿。

李铭心察觉到他的不悦,拉拉他的手,问他:"怎么不去洗澡?"

池牧之又喝了一口水,闭上眼睛:"累。"

再见到程斯敏,让他感到疲惫。这两年,他和她没有联系过。

"那不洗吗?"

"怎么?"

"我帮你洗?"她没有这么想,只是想找个空子与他亲近,想贴牢他,想被他圈住。

空气回落到属于夜的安静。

好一会儿,腰上搭来一只无礼的手,捏了捏。这劲儿有点像威胁,也有点像暗示。

他哑声道:"李铭心,我是个有点老派的人。"

"没事,我很随便的。"她风情地半垂下眼睫,脚尖一踮,不由分说地吻了上去。

上次意识走失,没有很好地享受他的投入,今夜她要再来一次,尽可能地索取。

池牧之也累了,彻底没了周旋的心思。

扣子一颗颗松解,郑重掉价成放肆。

"行。"

他平时穿衣做事很利落,今日动作倒是有些慢。

李铭心心脏剧烈跳动,期待得分秒不能耽搁。脚下打转时分,她上手帮他松衣解带。

她拽住领带,让他靠近自己,央求道:"能不能快点。"

池牧之眸色一深,将她摔进被褥。

云歇雨收。

李铭心按亮池牧之的手机,四点,真的有点晚了,居然这么久。

她推推犹在喘息的池牧之:"你回房吧。"

他目光空远,声音犹带哑意:"什么?"

"念念等会儿就起来了。"

池家作为雇主,人确实很好,这一点无可指摘。他特意交代阿姨初一不用来上班,在家好好过年。

这种工作,李铭心要是考不上研究生,她也想来做。

天蒙蒙亮,池念早起。

她蒸了年糕,煮了白粥,贴心地叫李铭心起来。

可怜李铭心睡眠不足两个小时,四舍五入等于一点没睡。

"好的,这就起来了!新年快乐念念!"李铭心揉揉脸,没有精神也强打起精神。

没办法,她没有池牧之的命。

粗粗洗漱,挪到桌边,李铭心端起碗,喝了一口粥,不无坏心地嘀咕了一句:"听说大年初一不能睡懒觉的。"

"为什么啊?"池念好奇。

"我们那边有个说法,如果大年初一睡懒觉,一年都会睡不醒,昏昏沉沉,精力不济。"昨晚她数度求饶想睡觉、想喝水,池牧之都没有怜香惜玉,和平日完全不一样。

不需任何多余揣测,他在报复她。

池念觉得有理,很捧场地惊叹了一声:"哇!"

接着,她想想不对劲,跑去叫池牧之起来:"起来吃饭,吃好了再睡。"

走廊的光线刺入暗室。

池牧之一把拉过被子,蒙住脸,睡意蒙眬犹记得严肃警告:"出去,不许进我房间。"

"可是大年初一不能睡懒觉。"

池念知道他有起床气,不敢动他被子,怕被误伤,只能围着床榻一圈圈地走,嘴里碎碎念叨:"这样不好啊,身体本来就不好,睡到下午会阳气不足的。你就起来一天!一天!一天怎么了!一年才几个大年初一啊!"

三分钟后,池牧之被烦醒了。

他面无表情地拉严被子,敷衍道:"知道了,你先出去。我没穿衣服。"

池念捂住眼睛,嘻嘻一笑:"那你来吃?我和 Miss Li 等你。"

"行。"

池念一走,门被由内反锁。池牧之倒头继续睡。

年糕冷了,粥冷了,池念的脸色也冷了。

池念无语,一边收拾桌面,一边对李铭心说:"说得好好的,最后还是没起来。男人的话,真的不要相信。他居然锁门了。"

李铭心睡眠不足,心跳"咚咚",响得像昨晚跳跃的皮带扣。

池牧之歹毒,关了灯完全像换了个人。

池念正对着教程做山药狮子头,视频开着,手头忙碌着,嘴巴也没停,一个劲地数落池牧之。

从池牧之说可能不经常回来那天起,好男人形象基本就没了。

李铭心漫不经心地回应:"嗯,你记得就好。"

池念坚定:"我会记得的!Miss Li,你就是我的偶像!"

李铭心疲惫地抬手,重新束发:"我又怎么了?"手腕转动,关节有些疼。池牧之使了不小的力,真是小瞧他了。

池念说:"因为你做什么事都很坚定。你来这边家教,风雨无阻,没怎么请过假,也没迟到过;你说要考研,就一直在看书,我每次过来你都在看书;你说不怎么用微信,我无论怎么给你发消息,你都按照自己回复的节奏来,没有谄媚或者跟风。还有啊,你一眼就看出池牧之是坏男人,我怎么说你都没信。现在,真相大白了!Miss Li,你就是知道自己要干什么的人!"

李铭心多少有些惊诧,没想到池念观察如此细致。

到最后一条,李铭心心虚地笑笑:"谢谢念念!"

"是谢谢你!Miss Li!"

李铭心连打两个哈欠,有点站不稳。池念问她要不要喝咖啡。

李铭心反正无聊,双手托腮看池念倒入咖啡豆,打了两杯香浓蓝山。

一杯池牧之的,一杯李铭心的。池念倒咖啡的时候无心使用了一对情侣咖啡杯。

李铭心端起蓝色那只男款的,抿了一口,咖啡依旧很苦,便放弃了。

池念见状,从冰箱取出椰子水,给她兑上:"估计你不喜欢苦的,喝不惯。来,尝尝加了椰子水的!"

李铭心再抿一口,和上回室友给她带的好喝的咖啡差不多味道。

李铭心喜欢,又商业性地夸了池念一句:"念念好能干。"

"嘻嘻!"

有时候看人这样互相说"谢谢""你好棒",会感到虚伪,认为没必要,但沉浸在语境中,打开自己,释放鼓励,渐渐能在这样的互动里感受到积极的能量。

李铭心在正能量中稍稍清醒，回房间去拿"专八"的书。

走近主厅，熟悉的手机铃声回荡在走廊。

她手机很少开声音，显然不是她的，但声音又明显是从她房间里发出来的。

她快步走入卧室，床头赫然是池牧之的手机，他凌晨忘了拿走。

屏幕在李铭心拿起时黯淡下来。

再亮起来时，显示有四十六通未接来电。这架势看起来像是有急事。

回头看向那扇紧闭的房门，李铭心束手无策。

她的手握上门把手试了试，果然锁住了。

她站在门口，轻声喊了一句："池……池先生？"

"咚咚——"她敲了两下，没有回应。

李铭心咬牙又敲了几下。

如此六七回后，里面有烦躁的脚步声传来。

池牧之猛地拉开门，猩红的睡眼燃起怒意："说了……"话音未落。

快速打开的卧室门带起的风吹起她几缕发丝，飘荡在面颊上。

李铭心站在一只没睡醒的"狮子"面前，一点也没有露出怯色，礼貌地弯了弯唇，把手机递给他："不好意思，您有很多未接来电，我怕有急事。"

池牧之一抬手，刚触到手机，那边就传来了拖拖沓沓的脚步声。

池念忙不迭问道："怎么了，怎么了！"她听到敲门声，惊奇于 Miss Li 为何如此胆大。

池牧之再次恢复臭脸，拿过手机，一句话没说便关上了门。

池念压低声音问："怎么了？"

"他手机在沙发上响，我拿给他的。"

"他凶你了吗？"

李铭心告状道："凶了。"

池念生气："坏男人！别理他！"

年初一上午，天空温柔。

遥望太白大道那条路，和往常一样；不见多热闹。

李铭心做了几题改错题，心气浮躁，放弃了无效学习。

她拿起手机，微信里童家河发来几条消息。

狼狗 18：新年好！

狼狗 18：今天回学校吗？

狼狗 18：后天我去游泳馆，你在吗？

看时间，有凌晨发来的，也有早上八点发来的。

李铭心知道，对待过分热情的人，只要晾着就行了。

她回他：不好意思，忙，才看到。

至于他的三连问，她一个字都没答。

抢了会儿红包，赚到四块六，群里惊呼李铭心诈尸，她发了个老年人常用的微笑表情，祝大家新年快乐。

手机还有 5% 的电量，李铭心向池念借了充电器，回房充电。

床头柜边有插座。

插上充电器，搁下手机，李铭心扫见一个原本不属于这里的东西。

她眨了眨眼，先抬头看了眼半掩的门，才迟疑地、慢慢地拿起了那张银行卡。

她将银行卡正反看了三遍，心脏跳得和昨晚一样厉害。

李铭心为数不多的金融知识都用在了这个中午。这是一张 Luxury Card 黑金信用卡，额度不详。但这是池牧之给的，总不会就一两千吧。

这个念头冒上来，李铭心怔住了。

明明之前一两千元对她来说是很多的钱，是一个月的兼职劳动所得，但今日，她却轻描淡写地看低这个数字。

她变得贪婪了。

她目光扫过脚边的垃圾桶，昨晚的一幕幕又浮现在脑海。

他数度回避，表现得很君子，但掏出它们的时候，就意味着他有准备。

也许每次靠近，每次调情，他都是有准备的，只是一直没有突破心里那道防线。

这种揣测，让人兴奋。

谁不喜欢拉君子下地狱。

李铭心和池牧之有微信，却像较着劲儿似的，对话框里空白，好似不太熟悉。

他初一下午去了医院，到初二也没回来。初二晚上，金助理一身便装羽绒服前来，给他取了两件衣服。

沙发一隅，李铭心抱着抱枕，正在看池念投放的综艺节目。

她没有热情迎接，只是简单招呼了一下。

金助理倒是要了杯水，慢条斯理地喝，还在沙发上小坐一会儿，看了五分钟的综艺节目。

池念没有察觉到异常，局促地表现自己的礼貌，问程老爷子身体如何，你们是不是过年很忙等等。

池念也不好说她要不要去探病,这肯定不合适,但又不能不问,只能干巴巴地打听打听。

金助理安抚池念:"老毛病住院,没大碍。老爷子年纪大,身体太好儿孙会远,偶尔病一病,拉近距离,挺有威慑力的。"

高调住院五天,远近亲戚、高层中层都来了一遍,就跟进宫觐见似的。程宁远的婚事也在这期间确定下来。

金助理同层级的人都未必懂老爷子的病,托池牧之的福,他年没过成,前前后后把几个分公司的头儿都见了一遍。

公司同事都说,别看池牧之待在研发部门,远离高层风波,实际上池牧之是最可能空降的管理者,大家让他好好把握机会。每次人事大变动,大家都在猜池牧之要上去了,结果都没有。

池牧之是老爷子唯一的外孙,除非公司被上面一锅端了,不然萝卜青菜,不管荤素,肯定有他一份。

但跟池牧之久了,金助理发现,池牧之和程宁远还是不一样的。程宁远是韬光养晦的阴谋家,池牧之是真正的理想主义少爷。

老爷子生病,程宁远低头结婚,顺利调了几个高层进分公司,等几年,翅膀硬了,一切皆有可能。程斯敏虽然与池牧之关系僵,但爱子心切,不想他吃亏,安排了一门相亲,请老爷子从中斡旋,做他的思想工作,借以增加他这个外孙在外公眼里的存在感。

人老了,放权了,程永贤无法免俗,还是喜欢掺和这种事,仿佛一切还在他掌握之中。

池牧之倒好,让金助理转告李铭心,买件漂亮衣服去。

金助理踌躇了五分钟,没能单独跟李铭心连上线,跟池念告别后,他在门口给李铭心发微信,问她能不能出来一下。

李铭心:出不去,打电话说吧。

她看出金助理找自己有事,但池念在旁边,她便没装聪明。

此刻,池念和她仍挨坐在一起,依然没法出去说。

金助理言简意赅,决定还是发微信:池总请您买件衣服。

发出去又马上撤回了,他改成:李老师最近要买衣服吗?如果有的话,方便买条正装裙子备着吗?

发完这条,他又撤回了:方便电话吗?

李铭心盯着手机屏,看明白了,又没看明白:好。

电话里,金助理生疏地交代,过几天可能有局需要她出席,问她是否方便购置裙子,如果不方便,他可以请女同事帮忙买,她告知他尺寸和偏好就行。

李铭心问:"什么场合穿?"
她脑子里第一个冒出来的,是明星走红毯的画报华服。
金助理:"普通连衣裙就行。"
"冬天穿的连衣裙还是夏天穿的连衣裙?"
金助理:"冬天。"
"可是,我冬天不穿裙子。"李铭心没有这样爱美的体验。
金助理难得磕巴:"那……麻烦李老师试一次?"
李铭心应好。
挂断电话,那边发来六个数字,没有多的一句话:151910。
是信用卡密码。
李铭心默默记下。

初三,白公馆十六楼来了尊瘟神——池竟。
池念跟只肉鸡崽似的,战战兢兢,前后操劳,端茶倒水,伏低做小。
明明成绩单很漂亮,可他依旧不满意,认为这样的学校和公立学校差远了,全部满分也不可能赶上那些学生的素质,都是用钱买的。
李铭心身贴书房房门,隔条门缝,默默听着池念越来越低的声音,很想冲上去拥抱她。
终于送走池竟,池念魂飞魄散,横躺沙发好半天,一句话没说。
李铭心拉了拉她的手,分散她的注意力道:"要不要去逛街?"
"逛街?"
"对呀,我过年没有买新衣服。"
"啊!好啊!我们一起去买衣服!"
池念衣服多,但很多不是她喜欢的。
去年,池牧之身边是个女助理。姐姐人很好,就是太社会了,一直给池念买衣服。池念因为体型,也懒得买什么衣服,平日没有同学会邀请她逛街,慢慢就缩起来了。
出了门,李铭心发现,池念没有基本生活能力,她甚至都不会坐公交车,也不会看公交牌。
她身上有零钱,帮池念给了两个钢镚儿,领池念找到位置。
李铭心:"平时都怎么出门的?"
"有司机。"池念的课很多,活动很多,不是简单的线程日常。
"出国也会有司机吗?"
池念想了想,摇摇头:"不知道。"
父亲和母亲带孩子是不一样的,而哥哥带孩子更不一样。

李铭心曾问过一次，池念在什么期限之前要考出小托福，池牧之的回答是，不要给池念太大压力，实在考不上还可以在国内读民办学校。

退路太多，很难前进。李铭心作为习惯施压的人，听到这种宽裕的人生并不羡慕。她为池念感到焦虑。

下了公交车，她教池念看公交牌，又讲了几个池念背过但不会具体运用的简单词汇。

池念称记下了，马上拉着李铭心，开心地冲进商场购物。

池念买东西没有节制，随便刷卡就是了。

走进精美的橱窗世界，池念想为 Miss Li 买东西，又怕太俗太直接，吓到老师，于是一边买，一边观察老师在看什么。

李铭心在空调环境中逛了一会儿，逐渐缓过神来。四季常温的环境中，冬天的裙子和夏天的裙子没有区别。

这日，她只看了一圈，没有买裙子，添了套保暖内衣就结束了行程。

池念大包小包买完，打了辆车，颇有千金出行的风范。回到家，李铭心陪池念拆盒子，拆着拆着，恍惚间仿佛误入了电视剧画面。

这生活，太不像她的了。

年初四，李铭心出发去游泳馆打工。好巧不巧，庄娴书也在游泳馆。庄娴书的东西没有搬离池家，梳妆台上仍摆着几瓶贵妇化妆品，但她似乎在附近也有住所。

庄娴书热身时，李铭心拎着拖把经过，顺便打了声招呼。

"看习惯了，你这套衣服还可以。"庄娴书皱皱眉。

"谢谢。"李铭心还没习惯，每次穿上，她都知道很丑。

"二十岁的清洁小姐，怎么会不好看呢。"庄娴书阴阳怪气。

李铭心走出两步，被庄娴书拽住。

李铭心："怎么？"

"最近池牧之是不是不在家？"

李铭心装蒜："雇主的事，我不好随便说。"

"装什么！"庄娴书瞪她。

李铭心呛不过庄娴书，只道："不在。"

庄娴书漂亮的脸蛋上飘过阴云，转身入了水。

李铭心简单拖完岸边的水，回头收了个饮料瓶，也就慢了两步，泳池里传来巨大的跳水声。

一回头，湛蓝的池子里水花高溅，健硕的救生员快速游向庄娴书，一黑一白，身影相叠。

李铭心以为庄娴书真的寻死，那一刻，脑海里快速闪过几个裘红为爱寻死的片段。

她两天不回家，裘红不会找，但若两天找不到男人，裘红就要发疯——虽然最后去到医院只是皮肉轻伤，连包扎都用不上，但是血流出来的那一刻，还是能吓到少不更事的小孩。

李铭心怔在岸边，目光关切，等童家河抱着庄娴书游了两米，松开臂膀，才知道是个误会。

庄娴书跟自个儿憋气，头埋进水中央半漂浮，跟自己闹着玩呢。

她笑眯眯地感谢童家河，问他叫什么名字，等会儿要去前台表扬他，上班居然上得这么认真。她一直以为上面的救生员都在假寐呢。

童家河这时候倒像个腼腆的男孩，不好意思地挠挠头："名字有点儿土。童家河。儿童的童，家庭的家，河流的河。"

"没有啊！很好听！"庄娴书认真地打量他，笑容没有从嘴唇上消失。

李铭心默默地拖掉刚刚溅起的水花，回到休息室。

清冷的半成品空间里，折叠桌上摊着一本"专八"的书，旁边放着一个白色保温杯。

杯子底下印着一行漆字，是大二时参加S市旅游文化推广博览会翻译工作获得的赠品。

当时，她忙活了一周，熬夜背稿，最后只拿了一个杯子。

不过这个杯子她用了两年半，也算是把辛苦喝回本了。今天游泳馆又送了她一个新的，她对比了一下，决定把旧的丢了。

喝完最后一口水，用了两年的杯子被她丢进了垃圾桶。

洗新杯子时，她又往垃圾桶里看了一眼，心头仍有股酸溜溜的感觉，但她面无表情。她知道自己不会再捡起来。

她成长的环境，一直在搬家，且没有自己的房间，这就注定她没有空间像其他女孩子一样，拥有很多东西，她习惯只留最基本的生存用品。

再多的，只能是钱。

经过两日思考，李铭心没有刷卡买裙子。

她决定问庄娴书借。

卧室柜子里有几条裙子，她打开看过，没有试穿。如果庄娴书同意，她准备挑一条合适的，借穿一次。

她拿着手机主动去找庄娴书，问能不能加个微信。

庄小姐大方得很，想也没想就报了串手机号，还嘀咕："我们居然一直没有加微信，神奇！"

李铭心加完，礼貌地问，能不能借她一条裙子，穿一次就好。

庄娴书都忘记丢了几条裙子在池家："行啊，随便穿。"又瞄了李铭心两眼，"不会太成熟吗？"

她的衣服比较张扬露骨，李铭心非艳丽款，穿得也偏保守，想想怕不合适："我有几条比较清纯的裙子，要不要去我那里看看？"

李铭心正思考妥不妥当，那边童家河走了过来。

"嗨！"他皮肤黝黑，嘴角一咧露出一口白牙，别提多阳光帅气了。唯一的缺点就是中等个头，好在比例很好，肌肉加分。

庄娴书扬起笑，回以活力："嗨，帅哥！又见面了！"

男人计划靠近一个女人，居然这么简单。这性别可真占便宜。

接下去他们聊，李铭心默默退场。

庄娴书与童家河打趣了一会儿，坐在大厅专程等李铭心下班，要带李铭心去挑衣服。

她最近寂寞，想要人陪。

李铭心有求于人，低眉跟随。

上了车，庄娴书特别损，说这辈子都没想到会和清洁工做朋友。

李铭心："你有很多朋友吗？"

"我没有女朋友。"是有朋友，但不真心。

庄娴书在男性权力下讨生活，脑袋里根植了一套过时又前卫的思想，和口号里的独立女性说不上话，和走入婚姻生活的朋友渐渐没话说，至于那些和她一样在男性权力下讨生活的女的，她又看不上。

所以没朋友。

李铭心："不奇怪。"

庄娴书噎到，哼了一声，过了会儿问："你要衣服干吗？见男孩子吗？"

"池牧之让我准备一套衣服。"

"哇！"庄娴书眼睛一亮，车速都加快了，"准备了干吗？"

"不知道。"

"出席什么场合穿？"

"不知道。"

"你没问？"

"他没说。"

庄娴书这时候想到了一个问题："他让你来问我借？"

不可能啊，池牧之不会这么抠门的。

"没有，他让我买。"

"哈哈哈！预算多少？为什么不买！这钱为什么要帮他省！"

"没有预算。"李铭心取出卡,递到方向盘边。

"副卡啊。"庄娴书慢下车速,接过卡正反看了一眼,冷笑道,"池牧之真的,学坏真快。"

为了确定状况,她问李铭心:"你们现在是在恋爱吗?"

"唔……不知道。"

庄娴书好笑。上回池牧之说要追求李铭心,她还以为和尚破戒,这厮真的动感情想恋爱了,原来也就是哄女孩开心,逢场作戏罢了。男人果然没有免俗的好货。

她冷下声音:"妹妹,别感动。"

"我没有感动。"知道要付出,心里把它当班上。

最后,李铭心挑了条波光粼粼的黑色鱼尾裙。

坐上庄娴书强行叫的网约车,李铭心回到了白公馆,扫见门口的白球鞋,她意识到自己有两重身份。

主厅大茶几上搁着张成绩单,侧边摆着盘下到一半的棋。

沙发上,池念鼓着张脸,正在看电视。

池牧之则全神贯注,自己跟自己下棋。他看着像刚洗完澡,额尖头发仍在滴水,沾湿一片白色T恤,远远能闻见洗浴后的清新。

两人安安静静,气氛诡异。

"池先生好。"李铭心往那边鞠了一躬。

池牧之低头沉思,动了一枚黑棋,好一会儿才回应:"李老师好。"

以前听着好磁性好低沉,耳朵痒呼吸痒心也痒。经过那一夜再听,充满了装蒜的绅士味。

她换完鞋,抿唇忽略掉那股奇异的偷情感,径直往里走,把裙子送进了房间。

仅一分钟工夫,再出来,池念的脸色多云转晴,尖叫着双手鼓掌:"啊啊啊!真的吗!真的可以吗!"

池念扭头飞扑向李铭心,超大力地拥住李铭心摇晃:"Miss Li!Miss Li!Miss Li!真的吗?真的吗?真的吗?"

池念没刹车的力道差点把李铭心撞飞。和池念比起来,李铭心实在有点弱不禁风。

"什么真的?"李铭心被摇得差点看不清世界。

"住家家教!啊!我要有住家家教了!"池念原地转圈圈。她已经预见到自己和Miss Li和谐美好的幸福生活了!

李铭心下巴搁在池念肉墩墩的肩膀上,眼神狐疑地投向池牧之。

他始终没回头,背朝着她们,像是仍在下棋。

但李铭心怀疑他在笑,就算嘴角没笑,眼睛也一定在笑。

阿姨笑嘻嘻地从厨房探出头,很有长辈姿态地扫兴道:"你哥给你找住家家教是让你学习的。"

池念不听:"我知道! Miss Li 一定会监督我学习的!以后我们会一起学习的!"

但,先让她快乐一下嘛!

烤箱"嗡嗡"转动,暖融融地点亮晚餐气氛。

第一波甜酥的黄油小饼干在消灭之前,已被池念晒至朋友圈,成功获得二十个友情赞。

这几天,池念疯狂试水美食,李铭心的食量在不知不觉中撑大。十几块饼干下肚后,她居然还干掉了一碗饭——这在过去,不太可能。

池牧之不喜甜食,尝一块就结束,拍拍手上的渣子,开始吃晚餐。一顿饭,他吃得慢条斯理,动作像在做精细活。

在李铭心老家,筷子下晚了,菜都会没了,他这么吃饭是要饿死的。

她端着碗,小口饮汤,中间找了几次机会,恨恨地拿眼神拷问他。

池牧之不时地抬起眼,对视上,会闪过笑意。

隔着两米宽的餐桌,他们始终保持不熟的姿态,没主动对话。

"Miss Li,尝尝!"池念取出第二批黄油小饼干。

因为阿姨血糖高,这批特意少加了二分之一的糖,味道差了不少,和第一批正常糖的完全不能比。

李铭心想了想,说:"嗯,阿姨吃正正好。不甜不腻。"

池念尝了一口,脸色一黑,好难吃啊。甜点果然少不了糖!

但阿姨吃不得甜,说要少放糖,池念这时候就不能说"不好吃"这种话,于是附和李铭心,大声说:"嗯,不错。这个味道很健康!"

带着对说话艺术的欣赏,池念再次崇拜起李铭心:"Miss Li!你好漂亮啊!"

水晶吊灯是暖光,光斑在聚拢的光晕处碎成一片一片,映得李铭心清冷的眉眼温温柔柔的。

李铭心意会地睇了池念一眼,把礼品袋和蝴蝶结推至她手边,暗示她快点装袋,美美地做个人情,给阿姨带回家。

池念笑嘻嘻地朝李铭心皱鼻子,拱猪脸。喜欢死她了!

正眉飞色舞呢,池念余光不经意地扫见池牧之皱了下眉,不爽地道:"干吗?"

"不干吗。"

"不干吗你皱什么眉？是 Miss Li 不漂亮吗？"

他耸了耸肩："我有这么说吗？"

"那我夸 Miss Li 漂亮你为什么皱眉？"

"觉得夸得没有艺术。"他的眼神直接递给池念一句信息——又在搞"个人崇拜"。

池念知他在意指什么。之前她常夸赞 Miss Li 教书好声音好听人漂亮，从头到脚每日洗脑，池牧之嗤之以鼻，说她哪里是在上家教课，完全就是搞个人崇拜。

池念哼哼道："那怎么夸才有艺术？"

"那我不好说，不礼貌。"说着，他对李铭心礼貌微笑，示意自己没有认为她不漂亮。

"喊！"池念觉得他阴阳怪气——一定是 Miss Li 没理他，他在报复。

她一扭头："Miss Li，你这么漂亮！学校没有帅哥追你吗？"

"有。"

"哇！人怎么样？"

池牧之也向李铭心投去了目光。

李铭心歪头："你问哪个？"

"还有很多？"池念喜晕，"有中意的吗？"

李铭心摇头："没有。"

"啊？为什么？"

"不好看。"

池念笑疯了，朝她比了个大拇指："Miss Li 你真的是这个！"

池牧之嗤笑一声，喝完最后一口汤搁下碗走了。这种女孩子聊天的场合，他久待不太适合。

吃太多了，池念饭后主动去跑步机上走三十分钟。

李铭心则打开池念的笔记本电脑，插入 U 盘，挑起新电影。

刷了一圈，她问池念想看《第六感》还是《本杰明巴顿奇事》。池念身躯摇晃，不好意思地说："我们能不能还看 Zootopia？"

能，当然能。

李铭心笑："重复看能让你熟悉台词，效果更好。"

投放妥当，按下暂停，李铭心拎着几张打印的"专八"单词纸，坐在沙发上等池念。

池牧之出来，室内半明半昧。电视屏亮着，厨房灯亮着，李铭心缩成一个点，又在看书。

感知到走廊尽头有道修长的身影站着没动,李铭心开口:"你没有告诉我。"

他笑着走近:"现在告诉你来得及吗?"

她也没有选择权不是吗?虽然她很喜欢这里,也肯定会答应,但被先斩后奏的感觉还是很不舒服。

她讽刺道:"谢谢你,很及时。"

原来之前给她转钱是住家家教的费用。

他说:"我后面可能比较忙,那事先放放。"

"哦。"没明说,但她听出来是租房的事。他们明人果然爱说暗话。

池牧之行至她身侧,左右扫视,谨慎起见:"念念呢?"

"在跑步机上饭后散步。"

他放松地坐下,五指虚扣,搭在膝上。

他沉吟半晌:"今天念念说你去打工了?"

李铭心后知后觉地意识到什么:"是做了住家家教就不能打工了吗?"

她是出于职业考虑问的,二十四小时住家家教,被雇主知道她在外面接另一份活,确实不妥当。

但在池牧之听来,像是反问。

"行,都行,随便你。"他保持礼节性的微笑,但很明显,不是真心的笑。

李铭心低下眉眼:"对不起,通知得太突然,我结束这段寒假工就辞职。"过年期间临时也找不到别人,不能影响人家正常排班。

"嗯。"池牧之顿了顿,又拉开茶几下靠右的抽屉,拎出一沓文件,"这是美国运营总部那边的研发进展资料,没翻译过,你翻译一下。"

就当打工了。当然这句话他没说。

除了那次雨里,他几乎没有明确跟她提及过钱。

李铭心粗粗扫过一遍,迟疑道:"我不擅长翻译医疗文件,专业词汇太多了。""专八"都没过,这种文件翻译不了。

"人做事,都是从不擅长做到擅长的,没有人一开始就擅长。"

李铭心仍在犹豫,脑子有点蒙:"急吗?"

他说:"不急。"

"多久要翻译好?"

他柔下声:"随你,都可以,慢慢来。"

"哦。"

话到这里,公事停顿,大段落的空白让无声的呼吸沦为主角。背靠丝绒沙发,他们能感觉到对方的起伏。

目光再次对视,有异样情绪滋生,李铭心不自然地错开目光,下颌还是没能逃过被他钳住的命运。她装作慌不择路，左右避了避脸，实在避不过了，抵住他心口，迎着滚烫的呼吸与他翻云覆雨。

室内很静，口腔中的声音却很吵。

这个吻有点儿斗法的意味，逐渐重心偏移，呈现压倒性趋势。

健身室发出微不可闻的开门声，一道光打破了走廊的黑暗。

池念走了三十分钟，不仅胃里的东西消化了，还微微出了身汗，感觉蛮舒服的。她开心地往主厅走去："Miss Li，看电影吧！"

拐出走廊，她看见池牧之也在，正屈腿刷着手机，马上改口："我们看电影学英语！"

李铭心和池牧之之间保持了一个人的空距，沙发上搁了个抱枕，一切都处理得很好。

李铭心的反应比他快，毕竟，她比他更在乎池念是否知晓此事。电光石火间，李铭心清醒地中止热吻，一把推开他，脚下一蹬滑到沙发角落。

几乎在瞬间，他们迅速抽离，面色沉静一如往常。

池牧之捞起手机，拇指反射性地随便乱滑，气息微微凌乱，也不知道看了些什么，点进了哪个 App。

李铭心拿起遥控，点击播放："开始了！"声音带着和小孩子说话时特有的伪装甜。

剧情很熟悉了，池念一开始看得不专心，叽叽咕咕地问池牧之这几天在干什么，是不是很忙。

池牧之低头看手机，表情严肃，应付得很马虎，看起来很忙的样子。

没得到回应，池念转头看电影，慢慢进入剧情，神情专注起来。

微信上，池牧之发来一条：李老师，你很擅长。

几分钟后，李铭心看了消息，但没有回复。

她咬住下唇，用实际行动，加深了这一印象。

在沙发边，茶几的遮掩下，纤瘦的手指擦过骨感白皙的肌肤上的疤痕，像是无意蹭到的，很轻，又没有马上离开，停留了片刻。

酥麻直升，挠上喉咙眼，他往她相反的方向偏过头去。

光影闪烁间，李铭心清晰地看到他上下滚动的喉结。

真经不住逗。

电影声立体，盖过很多轻微的声音，但有心听，能捕捉到卡通人物对白间隙，池牧之克制过的粗重呼吸。

一个高潮片段咋咋呼呼地闹腾着，池念跟着电影里可爱的狼嚎紧张地坐起身，投入得就像第一次看。

池牧之左右看看觉得没意思，起身回了房间。

三十秒后,李铭心手机亮了一下。她仰起头,深呼吸,抓起薯片吃了两片,打破前后离开的时间差,等待了约五分钟,才点开微信。

池牧之:来。

李铭心抱着文件,对池念说,自己回房洗个澡放份文件,等会儿回来,继续陪她看。

小丫头嚼着口香糖,目不转睛地吹泡泡,随意地点了点头。

李铭心先进了自己的卧室,搁下文件,翻了几页纸,随便一扫就是好几个生僻词。她为难地皱起眉头。

她以前只翻译过海事文件,那边对内容要求不高,没有语法错误就可以。池牧之给的这份文件一看就高深晦涩,医学名词专业性太强。

她眯起眼睛,认真读了几行,看出这是一份最新的前列腺癌诊疗指南,明白主题是什么再往后翻,看到后面附了一份两年前的国际诊疗指南,立马明白这不是简单的翻译。

要在翻译之上理解总结,区别两份指南之间作出的更新和修订。

这是专家做的事!

李铭心翻了翻前两页,一边眉头紧锁地看,一边机械地刷牙,越想越觉得自己干不了这事。

手机振动时,李铭心正在做洗澡前的准备,没听见。

洗澡的这十分钟里,她想好了,等会儿见到池牧之要把这事推了。她的翻译能力不能驾驭这种文件,会误事的。

心中揣着重要事,李铭心粗粗披好浴巾,没作旁想。

手刚按上门把手,那头一股推力。

洗浴后温热湿濡的背脊贴上墙面,凉得她反射性后仰。

池牧之不耐烦地蹙起眉宇,严丝合缝地将她箍于手臂之间:"又不接电话?"怎么老是不接电话、不回微信,他都不知道她是看见了还是没看见,是真高冷还是在钓他。

李铭心正要说话,一开口就被他啄吻的动作吞去了话语。

李铭心耽溺片刻,迅速偏头,挣脱出一口气,犹记得要事:"那个……我不擅长,专业性太高了。"

池牧之没听明白,什么专业性太高?

他压抑呼吸:"什么?"

"翻译。"

"不擅长?"他笑着摇了摇头,不信似的。

"嗯,我看了一下……那个……"她呼吸不匀。

"没事的，我相信你。"箭在弦上，他不想说这事。他的指尖穿进她的浴巾，左右一挑，切入主题。

李铭心认为自己的能力被高估了："不是，我的意思是……"

池牧之挑起她下巴："没事。"

"不……"

他贴至她耳侧，蛊惑地压低声音："这事，做做就熟练了。"

不是一回事！

但是，算了……李铭心被打乱理智，掉进了他的陷阱。

但"迷药"作用只有十五分钟。

十五分钟后，她失去耐心地抽离出来，把他丢在房间，利索地套上 T 恤继续陪池念看电影去了。

答应了池念洗完澡就继续看电影，她不能食言。

李铭心争分夺秒地钻进动画片的跳跃光影中，盘腿坐下后，身体持续了长达几分钟的错位感知。

池念看上瘾了，超喜欢兔子朱迪和狐狸尼克！电影结束前的十五分钟，她哼哼唧唧地打开手机买周边玩偶，还非要给李铭心买个树獭闪电。

"Miss Li！你好像闪电哦，尤其是手机打字的时候。"

李铭心算正常偏慢，但哪有那么慢。

她与池念调笑几句，催促池念进去睡觉，明天还要上瑜伽早课。

池念照例拥抱她，精神世界仍沉浸在电影的氛围里："哎，我好想住进 Zootopia，它们有好多朋友哦。"

"会的。"

再回到房间，池牧之正在打电话，面色显然不快。

池牧之大概没遇见过那种时候脚一踮真走了的人，挂断手上这通电话，冷冰冰地问她："电影好看吗？"

"还不错。"她知道这时候要干吗，上前贴住他颈窝示弱。

"李铭心，你很贱。"他没被人这样晾过。

"那你也贱给我看看。"李铭心踮起脚，半挑衅半勾引。

有些坚韧的东西很快被撞碎了，像瓷器一样碎了。

…………

这个夜晚明亮吵闹，烟火持续闹腾了两个小时。

凌晨一点结束后，他们相拥缓了一会儿。

李铭心拉着池牧之去看烟火。

池牧之房间的落地窗视野和主厅一般好。他们躺在地板上，碎碎说着话。

他轻抚她纤瘦的背脊，问她在这里住得开不开心，还需不需要添什么。

李铭心回答："开心，不需要。"

好似知道会是这个答案，他没有意外地低笑了两声："李铭心，你是怎么长大的？"

李铭心："什么意思？"

他说："你不怎么笑。"

她埋进他胸膛，想了想："你知道高考考过两次的感觉吗？"

考过一次的人，十年后依旧会把梦回考场称之为噩梦，考过两次的人，人生的快乐就像被直接剥夺了一半。

她的快乐本来也比别人少，如此就更稀薄了。

池牧之不懂，不过——"你知道在 ICU 里躺一个月的感觉吗？"

开放伤口，身上全是管道，不知道是通向器官还是通向静脉。不敢乱动，没人说话。疼的时候，手边有个镇痛泵，按两下就可以舒服，可人是空白的。他像是科幻电影里的实验人，不死不活地活了一个月。

每周的一次探视，他都以为可以见到女朋友，但没有。头顶悬着的一张张脸都是亲近的家属，但没有她。到第三周的时候，他有点明白过来了。

但他也还是会笑。

李铭心："我讨厌考试。"但我，只会考试。

一般自己能掌握的事，李铭心都不会失败，比如考试。而一旦人类加入变量，事情就会开始糟糕，于是只能挑走最能风险控制的路径走。

她会有生理冲动，会有情感依赖，但本质上，她谁都不相信。

她不喜欢人类，不管是男人还是女人。

"我讨厌下雨。"但以后还有无数场雨。

ICU 是听不见雨声的，它像个小仓库。

但医护走路推车的动静，仪器报警"嘟嘟"的声响，头顶盐水无声地滴落声，二十四小时此起彼伏，吵得像一场一下一个月的雨，怎么也不停。

她说："不过，我习惯了雨，也习惯了考试。"

"所以不笑？"

"我的不笑和你的笑，本质上没有区别不是吗？"

池牧之笑了："怎么会没有区别？"

她仰起头看向他，平静地说："可是我们心里都不在笑。"

不是吗？

她喜欢池牧之笑，无害又养眼，但他偶尔露出伤感的消沉，比如此刻，竟比笑还抓人。

颊上搭来一只手，彼此深深对视一眼，唇齿再度纠缠起来。

财神日清晨，天蒙蒙亮，李铭心冲了个澡，背了页单词。

池念起来时，李铭心已经坐在餐桌前，在吃阿姨包的肉包子了。

初五她还得去游泳馆上班。

坐上公交车，她收到金助理的微信。

那边发来份电子档的CSCO（中国临床肿瘤学会），对她说，不需要逐字逐句精确完整翻译，这是线上会议的材料，中美两边都会有人汇报，这边翻译的东西只要池总能看懂就行。

李铭心问：万一翻译错了呢。

金助理很自信：没事，池总有数的。

如果只是翻译给池牧之一个人看，那就好办了。会议在二月三号，其实也不是很宽裕，亏池牧之还说慢慢来，不急。

丢下帆布包，倒了杯水，李铭心换上丑兮兮的工作服。

她倒出四片消毒片冲了桶水，艰难地往泳池走。她力气不算小，但拎着桶走路的姿态总不会优雅。

童家河也刚到，跑过来帮忙拎到泳池边，问她吃早饭了没有。

李铭心回答完，他又问："今天你回学校吗？"

她想了想，说："回的。"

他咧嘴一笑："那下班等你一起走？"

现在初五，预约客人多了，不像年三十和初一那会儿能不按时间走人。李铭心换班比童家河晚半个小时，如果一起走，势必要他等她。这就没必要了。

李铭心拒绝："不用了，我这边比较慢。"

"没事！我等你。"说完，他一蹦一跳地走了，没给她留拒绝的机会。

这边不仅包吃，还包一张休息床。每次出去巡视环境，签个字，空余时间全在休息室，她有大把时间学习。

如果不是住家家教，李铭心觉得这工作做做也不错。

下午五点，李铭心下班。童家河站在工作人员休息大厅拿着手机打游戏，旁边坐着几个同样黝黑健硕的人。见她出来，他立刻切换了屏幕，迎上来："走吧。"

休息室的人齐声惊呼，像是见证了什么了不起的事。

李铭心一向认为这种起哄很无聊，朝他们点点头，背上包走了。

等公交车的时候，童家河说了很多话。大意是他觉得这里的薪水不错，也不累，毕业后可以做救生员，或者还可以考个健身教练证，去做教练，现在私教课也挺贵的。

还说，他同学都进学校当老师，但他不想，学校管得严，太累了。他不喜欢束缚。

李铭心沉默地听着，没有应声。

他讪讪地看了她一眼，走到一边点了根烟，倒是没继续再说废话了。

上了车，他坐在她身侧，终于问起了庄娴书。他问："你是不是认识那天那个姐姐？"

李铭心说："都是女孩子，所以能说上几句话。"

童家河："可是她对你很好。"一见面就一副熟人的样子。

"是吗？真的吗？"李铭心装愣。

她全程装作内向和不善言辞，熬过了一趟公交车程。

童家河的体育系在南校区，比她早一站下，李铭心跟他说完拜拜，下一站也下了车。

假期的校门口很萧条。

李铭心经过校门口那条学生最常逛的街，比往日多逗留了一会儿。

一贫如洗的人和拥有十几万的人走在路上，状态是不一样的。

李铭心过去走过路过，从不看橱窗内的衣饰，再琳琅吸睛、优雅华丽，对她来说也仅仅是地标一样的符号。这日，她的目光胆敢投向橱窗，愣神般看了好久。

这衣服用鲜红大字标着特价"399元"。这个数字她完全消费得起，但还是捂住手机，没有入内。

她的衣服刚好够穿，不必添置。

她不想变得贪婪。

一旦钱花出去，养成习惯，就会需要更多的钱来维持这个水平的生活。

沿着这条街走，尽头有两家房屋出租中介。门店破烂，即便是女孩子也要躬身才能入内。

李铭心没进去，立在门口看了会儿租房售房表。

这边好像是什么学区，单价比图书馆后街要高一些。

1998年建成的老小区，五十平方米都要一百六十万，好遥远的数字。

她专程回学校拿笔记本电脑。池念的笔记本电脑是苹果的，她用不习惯，有些翻译插件没有，装起来麻烦。

她刚收拾好，手机又响了。说实话，自从认识了池牧之，她的手机老响。

一接起，金助理公式化礼貌的声音传了出来："李老师，在忙吗？"

"不忙。"

"您现在是在哪里，我这边需要去接一下您。"

"怎么？"

"那边女方临时改了时间,约在今天晚上见面,池总叫您现在去。"

女方?池总?叫她?去哪儿?

李铭心一脸蒙,但主题还是听清楚了:"我现在打车三十分钟到白公馆换衣服,换衣服时长约五分钟。金助理四十分钟内到白公馆接我,来得及吗?"

安排得很好很清晰,半句废话都没有。

金助理笑了一声:"李老师会化妆吗?"

"我会稍微弄一下。"

金助理理解为她会。

李铭心一年前参加某女性国际交流活动,赞助商之一是迪奥,活动结束后主办方给学生翻译一人送了一个礼品袋。

这支迪奥 999 口红也就成了她最常用的化妆品。

室友大二大三做过两年自媒体,每周出视频研究化妆,李铭心当工具人上过几次镜。

繁复的她试过,太妖冶了,她更喜欢简单的,比如这个妆——

李铭心利用眼型狭长、眼尾上挑的特点,轻点口红,在眼皮上晕开片极淡的粉色作打底,再涂上高饱和红唇,不需要多的,气场立马出来了。

每次要化妆,她都这么干,又偷懒又正式。

金助理见到李铭心时,明显怔了一下,尽管很快专业敛色,仍被李铭心捕捉到。

她问:"怎么,是有什么不妥吗?"

"没有,很好看。"再多的形容词就不能说了,金助理为她拉开车门,礼貌地为她挡了下车门,问,"衣服?"

"念念在家,我就没换,等会儿找个洗手间一穿就是了。"

"好。"

见了面,李铭心终于可以问了:"请问,我们是要去做什么?"

她脑海里有假设,然而金助理的回答还是证明了她的想象力很有限——

"李老师去那儿,阻止那顿饭就行。"

"什么?"

金助理也觉得荒唐,声音低了半分:"池总不好当面驳对方面子,只能借您出场。"

李铭心问:"那我需要做什么?"

"池总说您知道的。"

她知道?知道什么?

李铭心当即掏出手机,划开屏幕顿了几秒,又没打电话给她。

明明昨晚有一晚的时间可以跟她说，偏偏他没说。

他一定有他的恶意吧。

金助理也不知道怎么阻止这餐饭，只传递了几个信息：今日女方是一位女精英，比池先生大三岁，叔叔是光瑞无锡分公司的一把手。这次吃饭是家里给安排的，又是共事的同事，他推拒显得不礼貌。

李铭心隐隐明白，却还是没懂怎么阻止。

或者说，她不知道自己是以什么身份去阻止。

是女性伴侣？还是女朋友？抑或是女打手？或者扮演一个女疯子？

没有任何交代，更像是让她自己认领一个身份。

一路红灯，商务车开开停停，到达预约的餐厅已是夜晚七点多。

李铭心在金助理的引导下，坐直梯上三楼，先找到洗手间，进去换裙子。

酒店的洗手间亮得像礼堂。

李铭心被四面八方的镜子环绕，看到无数个自己。这是她完全不熟悉的一种生活，梦一样。

她像一个 Book Smart（在安全的环境下，能探寻更深智慧，接触更高精神境界）的学生被丢到一个需要 Street Smart（在不安的环境下，不仅能生存下来，还能站稳脚跟，牟取所需）的考场。接下来是她完全不熟悉的事，一片空白。

灯火中心，李铭心闭上眼睛，默默捋过事情，择出重点，给事情轻重缓急排序——最重要的是结束这顿饭，其次重要的是保留池牧之礼貌，最不重要的是她本人的脸面。

再睁开眼，李铭心懂了。

镜子里那张脸明丽依旧，眼神却一下子疏离起来。

她闪过一个对比，如果她是正牌女友，池牧之会这样指挥女朋友来结束相亲吗？不会的。一定不会的。

他会堂堂正正地牵着她，或者直接拒绝掉。

李铭心知道自己不是，也知道自己等会儿要演的是个祭品。

经过一番思考，裙子没有穿，辛苦金助理在门口等的那两分钟了。李铭心又补了一次口红，朝他微笑："我们走吧。"

她没管金助理眼里的不解，再次走向电梯，按下上行键。

餐厅位于八十八楼，电梯直升导致耳膜不适，李铭心皱眉忍了忍。

W 酒店是新地标建筑之一。李铭心大一时它就在建，去年竣工，没想到大四竟然有幸来此荒唐一趟。

脚下每一步都是地毯，软绵绵的。帆布鞋踩在上头，简直要升天。

雕廊画艺，每一方寸都是金钱的味道。

李铭心左右看看，并无紧张。

尽管对于如何阻止并无思路，但坏人一桩婚不是什么难事。她是裘红的女儿，搞破坏这种事，她打小耳濡目染。

按照金助理的指示，她在餐厅西北角的一张圆桌坐了下来。

灯光温柔，李铭心迷离。

和凳子产生三十秒感情后，她慢慢转动视线，寻找池牧之。很失败，一百八十度范围内，没有他。

这是家氛围极好的西餐厅，布置和电影里差不多。

置身其中，会有自己很优雅的错觉，要不是这身衣服很市井，李铭心怎么也要摇曳红酒杯感受一把上流人的滋味。

缺点也有——为营造私密氛围，椅背极高，几乎把客人遮挡。

她视野高度受限，只能发消息问金助理：座位号多少？

金助理：8。

"8"是哪里？

桌角金属上，她的座位号显示37。

稍作犹豫，李铭心破罐子破摔地探出头，确认右手边的情侣桌是27。

按照这个排位，8号怎么也隔着两排客人，难怪看不见。

服务生递来柠檬水和菜单。李铭心随意打开菜单，又光速合上了。

一千八一位？算了。

她双手托着精美玻璃杯，小口啜饮柠檬水。

李铭心点开手机屏，一遍又一遍地确认，池牧之那边一条消息都没有。

他催催她也好，这样一句话不说，还真要她揣摩圣意？

服务生第二次过来，温柔亲切，问她要点什么套餐。

李铭心："不好意思，我等人来了再点。"

"好。"

十分钟过去，李铭心想打车回去了。她问金助理：池总催你了吗？

金助理：什么？

金助理：李老师还没找到池总吗？

原来金助理真的什么也不懂。

下一秒，电话响起，是尽职尽责的金助理来电。

李铭心掐断电话，回复信息：我打电话给他吧。

这是她给池牧之打的第一个电话。

她脑子里有一套很老旧的记数字系统，不用存储号码，不用翻通话记录，指尖不做任何准备，流畅地输出十一个数字。

第一声嘟声响起，李铭心站了起来，往东南方向走去。

8号应该在那里。

又是五六声嘟声后,她看到了池牧之。

靠墙的两人桌私密性很好。

这对男女笼在一束暧昧的灯光下,眉眼带笑,相谈甚欢。

池牧之穿着纯色毛衣,下身是同色系灰色休闲裤,简单舒服。

对面女人妆容精致,一身纯白,成熟美丽,脚上的细高跟镶满水钻,闪得像灯球,优雅的精英气质扑面而来。

一眼可以看出年龄差,但怎么看怎么和谐。

李铭心低头看向沾了泥的帆布鞋,心里划过一句:晦气。

耳边嘟声还在继续。

餐布之上的手机发出振动。

池牧之没有立刻接,不紧不慢地指了指手机,朝对面说了句什么。

李铭心提起一口气,待耳边电话一通,没给他反应机会,由后穿出,果断地端起桌上的高脚杯,精准地泼了他一脸红酒。

如果说事前是紧张的、空白的,那真到办事时,李铭心可以说是心跳都没多跳一下。

像个冷面杀手。

餐厅音量猛地被按成了静音,很快,再次喧闹起来。

池牧之嘴角噙着笑意,抹开眼睫上的红酒,缓缓睁开了眼睛。红酒珠沿着他英俊的脸庞鲜红滴落,又狼狈又性感。

感受到箭矢般射过来的目光,李铭心倒退两步,啐道:"渣男!"

闻言,池牧之笑意扩大。

周围几桌察觉到动静,纷纷扭头张望。可惜椅背很高,他们看不清楚。

对面的女精英站起身,急忙取出几张纸巾,替池牧之清理毛衣上的红酒:"天,没事吧!"

池牧之摆摆手,朝她苦笑:"抱歉。"

很熟悉的抱歉,他很擅长这么说。

站在弥漫金钱硝烟的八十八层,李铭心意识到,不管将来如何,她永远会是那个下风者,是钱权的下风者。

机会没几个,不如赊个爽。

在池牧之伸手拉她前,她手疾眼快,退出一臂距离,手心一扬,一个响亮的巴掌抽了过去。

裴红过去找男人,总是先赶女人、骂女人,再摔东西,然后哭天喊地,膝盖一软,给男人跪下,哭诉自己为他的付出。

一旁的李铭心总想,你打他啊,抽他啊,你给他跪下做什么?

落荒而逃的李铭心这时候才知道,大闹一场后,脚下是真的会软。裘红也许不是真的跪下,只是没注意保留精力,后面腿软了。

有人说,女孩会在长大后理解母亲。

李铭心曾坚信自己不会,她的母亲不是普通母亲。但没想到会在这种时刻涌上理解。遇见男人,真的会变蠢。

李铭心急按电梯,等待时不停地回头,确保没有人来抓她。

走廊里每出来一个人,都会引起她的对抗反应。

电梯抵达,手机也响了。她紧张地走进去,等电梯门关了,才接起电话。

"在哪里?"

她不说话。反正他昨晚也什么都没说。

"B1等我。"

池牧之结账买单耗了点时间。女方这种时候完全能看出是什么事情,尴尬地笑笑:"没想到。"

他没让女士不舒服,礼貌地微微欠身:"我的错,抱歉。"

金碧辉煌的电梯间,池牧之顶着火辣辣的左半张脸,盯着2号电梯数字直下,停在B1。

他慢条斯理地解开毛衣下衬衫的袖扣,稍作等待,坐了同一部电梯下去。

李铭心没有在电梯间等。她站在玻璃门外,眼神警惕,两手紧攥身侧,随时准备反击。

被抽巴掌这种事谁都不能忍,尽管心中快意,她也知道这是冒犯。

出电梯后,池牧之板着一张脸快步向她走去。

他很擅长伪装表情,李铭心分辨不出他是盛怒还是普通怒。

等待的几分钟里,她分析了眼下只有撒娇和装傻两条路,无奈身体太紧绷,没有放松神经。等他一步步逼近,她的第一反应是不断后退,与他保持距离,防止被反击。

池牧之面无表情地冷笑:"你果然……"

李铭心睁大眼睛,想挤出一句娇弱的对不起,没想到话没说出口,就被他箍住腰阻住了去路。

世界陡然混乱,天旋地转。

她脚下步伐一片凌乱,挣扎间,忽然眼前一黑,下一秒呼吸被夺去。

池牧之将她拽进了一间破旧的施工间。

宽阔的肩膀挡住了光线,他将尚未弥散的红酒涩味浸入她的唇齿。

顷刻间,气息灼热地喷洒。

感受到她的失神,池牧之顶开她倔强的防线,轻佻地深吻。

这个吻里，李铭心感受到了他毫无道理的快乐。

他吻得深入而兴奋，吞噬掉口红和呼吸，还反剪她的双手，不许她挣扎。

她本背靠凹凸不平的水泥墙面，后因无法承受他放肆的力量，脖颈后仰，身体弓成半弧的形状。

在暗室里，他们的意识走散，亲得忘了方才的荒唐事。

好一会儿，她逐渐瘫软，左右借力乱攀，不巧挤到他的左脸。

池牧之低喘着"嘶"了一声，埋进她肩头咬牙："李铭心，你真倔。"

唇上的血红杀气被吞噬之后，李铭心就蔫了。

中途，她有心示弱，指尖穿入他毛衣下摆，试图增加情趣。

可惜，池牧之按住她的手，并狠狠甩开她示好的"咸猪手"。他并不总是那么享受她的主动。

一阵惊涛骇浪的呼吸收束，他们啄吻彼此，乱七八糟地留下记号，此起彼伏地等待风平浪静。

在水泥腥味极重的施工间里，池牧之附至她耳边，压低声音说："李铭心，记住你今天做的。"

她以为要挨训了，谁想到，这句话之后又是几记意犹未尽的吻，分外温柔。

这句话，好像是鼓励。

她想到没扛住压力离开的于芝之，以及那五十万，猜测池牧之是不是在暗示她这个。

不过这事不好自作多情，遂也没问。

下次要还有机会，再抽他就是了，谁让他不说清楚的。

池牧之喝了酒，不能开车。他问她会不会开车，她摇头。

他掏出手机联系代驾，一边操作软件一边对她说："去学一个。"

她没应，问道："金助理呢？"

"走了。"

"啊？"李铭心意外地"啊"了一声，"我的裙子还在他那儿呢。"

池牧之这才上下将她扫了一圈："怎么没穿？"

她出现时，一张脸过于惊艳，与往日素淡形成强烈反差。池牧之倒是没注意她穿了什么。

"做这种事不需要穿裙子吧。"

旧事再提，李铭心谨慎地往后退了一步。

池牧之轻嘲一声，倒是没就此事深入。他不想提家里那些事。

"知道是做这种事，我都不会去借裙子。"她庆幸没换上。这裙子若换上了，还跑不快呢。

若不是她脚下够快,争取到几分钟冷静时间,让他消气,谁知道结果会如何。

这人看着情绪稳定,有时候翻脸不认人也挺没个前兆的,她拿不准。

"什么借的?裙子?"

代驾来得很快。池牧之靠近一步,正问她话呢,手机振动起来。

李铭心见代驾到达,主动坐上副驾驶座,门没合上,窗外阴寒的脸提醒了她。

她只得又推开门,站到他身边。

池牧之牵唇,这才满意,帮她拉开后座车门。

李铭心没直接进去,斜睨地指挥他:"你门框那儿要帮我挡一下。"

金助理很专业,每次见她,都会帮她开车门,并伸出手,挡在她头顶上方的位置,防止她撞头。

刚认识池牧之的时候,他也很绅士,礼节动作总是很到位,并且做得很得体,现在就有点偷懒了。

她能刁难他的事不多,有几件算几件,全给他绑架上。

池牧之酒意未褪,抬手帮她挡额角的时候,笑得有点失控,手颤得厉害。

李铭心就看着眼前那只手晃啊晃啊,挡她视线,好不容易避障似的猫进后座,还没坐稳,便被他压在身下。

"裙子是借的?"

李铭心没正面回答:"重要吗?"

他撩开她内里的单衣,漫不经心地问:"在哪儿借的?同学?店里?"

李铭心观察他的神色,看着像闲聊,便如实回答:"庄小姐。"

她浑身酥痒过境,"庄小姐"三个字一出,她立马挨了粗暴一击。

他抬高音量:"庄娴书?"

不说还好,说了池牧之真气了。

他端坐起身,眉宇紧蹙。

这事好像比打他巴掌还让他不高兴。

她眼珠骨碌碌一转:"同学……姓庄。"

车厢内划过一阵安静。

旋即,池牧之笑了,气笑了。

好笨拙的谎言……

好吧,李铭心主动不打自招,低下头,也偷偷笑了。

她没理解:"怎么,不可以吗?"

"不要问她借。"

庄娴书的家当多和程宁远有关,他不接受李铭心穿程宁远买的衣服。他们对这种事很敏感，衣服有时是一种身份牌。

李铭心知晓了，安静地点头。

他看了她一眼，低下声："不是让你去买吗？"

"唔……那条裙子很漂亮，很特别，买不到。"

确实很漂亮很特别，但这份漂亮和特别是她决定去借裙子之后发生的。

她认为池牧之不会察觉到什么，说得面不改色。倒是话音落下后的死寂让这句话的拙劣自露马脚。

见池牧之一直盯着自己，李铭心吞了小口唾沫："怎么？"

他深深地看了她一眼，没有回答她。

幽暗车厢内，指示灯亮了一圈。

司机保持高素质的沉默，一言不发，一动不动，没有对一会儿好好说话、一会儿忽然安静的奇怪男女产生半点疑问。

没有预兆地，后座忽然降下一片帘布。

指示灯的灯光徐徐消失。

李铭心的视野暗得只剩下欺身压来的他。

池牧之握着她的手，送到唇边，轻吻了一下，接着掀开她的衣服，给了她一阵凉风。

密闭空间里，吮吸的声音十分刺耳，李铭心不敢发出声音，抗拒地推他："干吗？"

"说实话。"他口舌一挑，刁难起她。

李铭心不好说。

没买衣服就是嫌麻烦，没做好刷卡的准备。

他威胁："不说？"指尖一拨，找到她身体的纽扣。

李铭心咬唇，倒抽一口冷气，五指穿入他的头发。

他的发质比女孩子要硬不少，来来回回挠得她手心痒。

李铭心是很能忍的人。

不管什么情况，她都认为自己可以忍。有时候还犟，错过了最好的服软关口，她的死不松口呈现不撞南墙不回头的倔势。

池牧之面无表情地坐起身，隔开一臂距离观察安静颤抖的她。

车子近乎无声地行驶着，隧道骤暗骤亮，把羞耻的时刻袒露于光线。

明明悄无声息，李铭心的感知却放荡而狂悖地扩张着、肆虐着。

他们沉默地彼此较这股劲儿。

痛苦又享受。

池牧之能问，就说明他也猜到她为什么没买，还非要她说，摆明了刁难她。

李铭心逐渐失控,她倾身含住他的耳垂。
池牧之呼吸一紧,冷眼旁观的表情被欲望冲破了。

夜灯花儿一样,晕成一片绚烂。
卡宴穿过太白大道东,徐徐抵达白公馆。
司机问了声:"是停到地库还是地面?"
池牧之没说话。感知扩大的时候,外界的声音会变得很低很低,低到他们只能察觉到百转千回的隐秘跃动。
司机等了等,局促地问:"那我先走了?给您停地面?"
十秒后,池牧之声音清明:"走。谢谢您。"
李铭心埋进臂弯长舒一口气。
方才,真的无法发声,无法抽离意识,无法与真实世界对接信息。
明知道要回应,要对话,但他们在鲸波中急速波荡,只能探测到彼此的信号。
司机推门。李铭心立刻推池牧之,她还衣衫不整呢。
他倒进她优美曲线的肩颈,一下一下地轻啄:"没事,他看不到里面。"说罢,深埋此中,闭眼恢复精力。
李铭心抱着他,迷茫地眨了眨眼睛,倒带记忆。
差点忘了他们是怎么开始的,也不知道池牧之还要不要她回答那个问题了。
此刻的他又恢复成风平浪静的海面了。
第一次接触,只见他"表面"平静温和,如今走近,才知他"深处"风浪迅疾。
礼貌的迷雾可真会作祟,让她差点真当他是绅士了。
确实小心眼,睚眦必报的。
只是一个无伤大雅的小谎,居然这么折腾她。
当然,她也不虚。
李铭心在他一片白皙之上留下了十几道触目惊心的红。
她说好看,喜欢,他不解,频频闪身。
她说受不了了,他就任她抓了。
激烈之下,美不胜收。李铭心垂眸欣赏,心头饱足。
好久好久,他都没动。
她感觉到他的睫毛一下一下,羽毛般划过皮肤。
她抱着他喊了一声"池牧之",随之又是漫长的空白,后面好适合接一句情话,但他们搂得很紧,又谁都没说话。

两分钟。

李铭心:"好了没?"

"再等会儿。"

五分钟。

"唔……"她出声。

他没回应,将发烫的脸换了个面,面向路灯。

八分钟。

李铭心心脏被压得有些跳跃困难:"池牧之。"

他像赖在襁褓中耍赖的婴孩:"不想上去……"

灯光如雾帐般晕开。

她和他放空,静静地躺着,像两个都市孤儿。

第七章

雨过天晴

耗时五天，几经修改、查阅文献，李铭心把上一版诊疗标准的原文和国内官方译稿研究了一遍，再看回新版标准，逻辑十分通畅。

她趴在电脑前完成了第一版翻译。

非常粗糙，质量并没有比机翻好到哪里去。

不过，李铭心逐字逐句，死磕硬泡，算是初步了解到了前列腺。

之前模模糊糊的片段也因为一些名词变得逻辑通畅，为她揭开童年时期疑惑的面纱。

记忆中，裘红有个谈了两年之久的男朋友，是个长得精神抖擞的叔叔。李铭心老听他说"药没了今天不行""没药别弄"，然后就是裘红问"怎么一颗不够吗""今天怎么不行啊"。

李铭心看他健健康康、白白净净，却总提药，便以为他有什么毛病，吃饭都偷偷与他分开碗筷。

县里很多人有肝炎什么的，裘红认识的人又都是三教九流，李铭心一不懂传播途径，二对妈妈极其不信任，只能小心翼翼地盲目保命。

这件事后来埋进更多乱七八糟的蠢事里，轻描淡写地飘了过去。

这次看这份材料，倒是明白是怎么回事了。

李铭心认真保存好 Word 文档，退出去又点了一遍进去，确认没有丢失，才放心关机。

大二时丢失过一次文档，之后李铭心十分谨慎，再也没有也不允许自己犯这样的错误。

行至洗手间，她挤了点洗手液，白白黏黏的液体慢慢摊开，填进手心缺断的爱情线。

那日，池牧之发现她手心有条线是断的。

断得很突然，像一截刀伤。

他问:"这是什么线?生命线吗?"

他的左手也有一条断裂。那条线很悬,断裂处有条微妙的细线连接,总体是连贯的。只有串联过人生大事,再回头解读,才能体会到其中玄妙。

"这条是感情线。"

李铭心因着这条线断,还被裘红嘲笑过。

裘红手心的爱情线绵长深刻,横贯一整个掌心。她总拿这事出去吹牛,说自己男人运好,老天爷追着送姻缘。

裘红有时当李铭心是拖油瓶,有时当她是争风吃醋的姐妹,非要在言语上占几毫便宜,反衬自己好。

都说爱情线断成这样,少说离一次婚。

在偏僻的小县城里,十岁的小姑娘得知自己未来会离一次婚,心里不是不绝望的。

池牧之换她左手一看,纹理竟是一致:"这感情线真奇了。"

李铭心指向手心深刻蜿蜒的生命线:"可是我命很长。"

池牧之:"一个人活这么久?有意思?"

"有啊,我一直是一个人活的。"

他轻嗤:"你是石头里蹦出来的?"

"可惜不是。石头里蹦的倒也好了。"

真的可惜,怎么就不是石头里蹦出来的呢。

热闹劲儿过后,游泳馆人多了。

英俊帅气的男人和热辣美丽的女人每日在眼前晃,李铭心看都看不过来。

这么多美女摇曳,童家河竟还惦记着庄娴书,就多少显得有点痴心了。

他对李铭心依然很好,帮她拎桶,有礼品活动第一个提醒她,拿饭的时候总帮她留一份菜色好的盒饭。有回看她下水游泳,他还夸她游得很好。

李铭心保持同学的礼貌,始终不远不近,微信上他发来的消息,她能不回就不回,保持"不爱回微信"的人设。

按照规定,工作人员,尤其是异性,最好不要跟客人有太多私人接触。童家河不好总靠近,但庄娴书来,他一定下救生椅,来回在岸边踱步,存在感极强。

庄娴书不傻,也寂寞,嘻嘻哈哈,偶尔主动跟他聊两句。

二月初的某天,李铭心就这么眼睁睁地看着他们,暧昧咬唇对视一眼,一前一后地走了。

说不震惊是不可能的,但也就维持了三四秒,很快她把拖把一甩,又干回了不需大脑的体力活。

检查完最后一遍翻译稿，确认语序和排版，李铭心提前两天交了作业。

文档传输完成，李铭心伸了个懒腰。

舒展完，手机又响了。

是她万万不想接的电话。

裘红昨天在微信上问她在不在，她没回。

听裘红问"在吗"，李铭心额角神经反射般，突突直跳。

今日，早上、中午、下午，裘红共来了九通电话，这串数字让李铭心想要关机。

要不是怕金助理和池牧之有事找她，她可以做到立刻切断与世界的联系。

她一点也不好奇裘红找她什么事，她身上能榨干的价值不多，除了漂亮，就是金钱。

李铭心第一天没接电话，裘红打来电话的数字还不够夸张。第二天，李铭心从洗手间捞出自动关机的手机，充上电，界面显示有四十通未接来电。

她再点开微信，那边发来两条语音。

李铭心呼吸吐纳两个来回，才按下播放。

那头声音不见彪悍，罕见的柔弱消沉。

裘红这次说得很简单，一点没兜圈子。她确诊了宫颈癌三期，要动手术，后面可能要放化疗，要很多钱。

李铭心愣了一下，敲下：要多少钱？

裘红就等在手机那头，李铭心一回消息，一个巨额数字就发了过来：怎么也要二三十万吧。

李铭心：医保报多少？

对面一刻钟后慢吞吞地回：没医保。

阿红红语音："个人医保不是断缴了嘛……"

阿红红语音："后来我去弄，非要我补，我没补……"

阿红红语音："前几年你要上大学，家里没钱，我就把医保的钱取出来了。"

言外之意，都是供你念书了。

放屁。

李铭心大学头一年的学费是裘红一相好牌友兴头上给的。

她只身前来S市读书，就拿了一笔两千块生活费，其他都是自己攒的。后面几年，裘红不仅没给她钱，她大三时裘红还倒过来要她出房贷。真不知道裘红怎么敢用学费来绑架她，直接说取出来打牌花掉了还坦荡一点！

李铭心失语，丢下手机，继续准备毕业论文去了。

论心狠,她不逊于裘红。

手机插着电源,间断传来来电振动。

洗手间隔音好,什么也没传出来。

李铭心专攻一下午翻译题,磕到头痛。休息五分钟后,她又快速阅读了十篇文献,拟了几个可行的论文主题。

池念昨天去参加学校组织的为期五天的冬令营活动,据说有篝火晚会。

李铭心以为池念会很开心,谁料池念当天就哭哭啼啼地打电话给她,说想回来。

李铭心问怎么了,池念抽了会儿鼻子,最后也没说怎么了,只说哭完就好了,谢谢 Miss Li 听她哭。

李铭心能猜出原因,左不过是青春期女孩的心思。

池念很渴望加入集体的。每一次被集体排斥,她都会伤心。而李铭心习惯了站在集体之外。

完成学习任务后,李铭心去洗手间给池念发了个群里偷的表情包——一个小女孩朝恶霸丢屎的动图。

念念:哈哈哈哈哈哈!

李铭心忽略掉那一百零三个未接来电,一点也不心疼,只觉得对面愚蠢吵闹。

池牧之很忙,好几天没出现。

她把翻译文件发过去,那头也没来反馈。

二月三号过去后,李铭心主动问金助理:如何了?

金助理:李老师做得很好!月底按千字二百给您结款,您看行吗?

李铭心:麻烦金助理了。

池念不在,她一个人待了两天,还是回了宿舍。

302路公交车摇摇晃晃,带起了她脑海里那道计算题。银行十万定期,手上两万活期,再富裕也不够裘红一出心血来潮。如果有医保,这些钱妥妥够,没医保是要害死谁?

李铭心一遍遍地算题,越算越烦躁。

真希望自己是石头里蹦出来的。

二月下旬考研出分。

月历大字刚弹成"2",学子心头都紧了紧。

李铭心上楼时,提前到校的学生三两聚首,已经在讨论国家线了。

她被拉住,问了几句。听语气,大家都很紧张,也都做了两手准备。

"铭心,你考不上还考吗?"

"法学太卷了。"李铭心消沉地挤挤嘴角,"不考了。"

李铭心被裘红的新炸弹炮轰,晕乎乎只听见耳朵里老式计算器发出的一声声"归零、归零、归零"……

真是个倒霉鬼!

手机静音,倒扣在书桌上。

李铭心浮躁,选择劳动。

她将宿舍打扫一遍,完成后掏出素描笔,开始画画。

裘红之前有个男友是美术老师,他相对浪漫,从不空手来,有时是一枝玫瑰,有时是一瓶汽水,有时是一套蜡笔,有时是一本小朋友画册。

后来,他们分开了,他没再来,但那套蜡笔和画册陪了李铭心很久,直到完全消耗完毕。

大学李铭心买得最贵的一本书不是教学书,而是一本画册。

这本画册价值四百二十元,昂贵又精美。她一直将其放在桌角,每当特别烦恼时就会拿出来翻翻,临摹几页。

室友书桌上贴着的一张梵高的《向日葵》,就是李铭心临摹的。今天,她静下心来,在书桌前坐了四个小时,画了一幅原创作品。

这一夜,李铭心没有看手机。

入睡前,她拟出一套应急方案,又做了两遍计算题。

她面无表情,对自己一遍遍陷入沼泽的人生,冷漠、平静。

池牧之这几天去医院,听到的都是关于相亲那日的关心,或者说是审问。

他始终一言不发,保持微笑。

温和的孩子咬死了不说话,比犟孩子还要难拿捏,从他的表情和语气中,你根本无法猜出这事有多少让渡的空间。

结婚这件事谁也不敢再推进。

程永贤拿他没办法,也知道他和他母亲关系差,于是老谋深算地做起了和事佬,打着哈哈问:"是什么时候认识的姑娘啊?多大年纪了?"

池牧之给外公续了点水,笑笑没有说话。

"不会没几天曾孙都抱来了吧。"

池牧之:"那不会,我不结婚。"

程永贤这出病是给程宁远生的,不是给他。二月初出院时,池牧之自然也不是主角。

程宁远和未婚妻并行,孝顺有加地帮程永贤推轮椅。到高级住院部一楼,等候已久的闪光灯一顿乱闪。

池牧之和研发的另一个主管站在角落,看大部队浩浩荡荡送行,心里不是不逆反的。他一直厌恶这种形式主义。

他没有回家吃饭，坐车去了S大。

这两天应该是要下雨了，腿又隐隐地疼了起来。过年酒局多，这次估计得不好受了。

下午四点二十分，正逢开学学生返潮，校门口人山人海。

池牧之下车，走到路边透气。原来那家奶茶店被新门店替代，门口排了很多人。他掏手机给李铭心打电话，想问她喝不喝。

她没接。

他轻笑，无奈又打去第二通。

无聊的嘟声里，池牧之漫无目的地张望。

他看见李铭心穿过人群，看见她走向一个男孩，看见他们在说话，和谐而美好，看见她走出两步，男孩拉住了她。

嘟声还在继续，池牧之敛去笑意，目光渐冷。

李铭心自闭两日，别的不说，论文大纲倒是编了出来。

室友提前回来，她帮着收拾完床铺，才不急不缓地打开手机。

裘红的电话量在第四天骤降，微信里的咒骂语音累了一百多条。

李铭心随便划拉，点开两条，裘红竟然从小时候没把她打掉说起，真是有够没劲的。

比较意外的是池牧之来了条微信，是下午两点半发的。

池牧之：在哪儿？

李铭心翻看未接来电，发现他下午一点十五分来了两通电话。下午一点半换金助理给她打电话，打了四通。

李铭心赶紧给那边回过去，担心是自己的翻译文件有问题。

金助理很温和，问她是不是在忙。

李铭心说没有，只是不巧，没看到电话。

金助理："那四点多李老师有空吗？池总约您吃晚饭。"

"可以。"李铭心是住家家教，家里没人，离岗回校那天知会过金助理一声。如果没有别的事情，她会在池念冬令营结束后回白公馆。

当然，这里"别的事情"，只能是池牧之了。

金助理让她四点半到校门口的老地方，他来接她。

"好。"

李铭心挂断后又刷了圈微信未读。两天没看手机，别的消息没有，童家河来了一条：能帮忙联系一下庄小姐吗？

她是传话筒吗？

李铭心问：怎么？

见她回消息，童家河即刻打来电话。

大意就是他不想打扰庄小姐，庄小姐这两天似乎很忙，不怎么回消息，他路过一家甜品店，看到一个樱桃小蛋糕，很漂亮很像她，于是买了。唔，想给她。

之前他们单独相处时，庄小姐大方表示李铭心去过她家、认识她家，所以他就想请问李铭心，能不能帮他把这个小蛋糕带给庄小姐。

李铭心听完，问他蛋糕在哪儿。

童家河激动扬声："你在哪儿？我去找你！"

李铭心跟室友打了声招呼，拎起帆布包，往校门口走去。

童家河说他跑步很快，从南校区骑车到主校区，只要五分钟。

李铭心边走边发微信问庄娴书，童家河给她带了个蛋糕，怎么给她，同城送行不行。

她猜庄娴书并不想暴露地址给童家河，这黏人精，知道庄娴书的地址怕是会去堵门。

庄娴书一点也不忙，回得很快：不用送啦。妹妹，辛苦你吃掉吧。

快到校门口，李铭心就被拥堵的景象震得顿住脚步。

正逢有学生换宿舍楼，学生们像蚂蚁搬家，大包小包摇摇晃晃，扎营似的杵校门口等车。

李铭心找了一条道，猫着身子穿越人群。

和童家河对接信号，花费了三分钟。

他肤色健康，不算很高，很容易淹没在人海中。

李铭心找到他的时候，心里想，池牧之站在这中间一定很显眼，即便穿着黑色羽绒服，也能一眼看到。

"谢谢啦，铭心！"童家河朝她露出个笑，"你这是要去哪儿？吃饭吗？"

李铭心接过蛋糕："有事。"

帆布包里的手机一直在振动，她猜是金助理。走出两步，她又被童家河拽了下胳膊。

她回头："怎么？"

"你什么时候……"他不好意思地挠挠头，"把这个给庄小姐？"

"等我忙完了。"

他问："哦，行，你送到之后，能给我发条微信或者打个电话吗？"

李铭心说好。

童家河仍欲言又止，李铭心假装没看见，果断地走向斑马线，径直过了马路。

车停在校医院对面。

李铭心遥遥望见熟悉的卡宴，嘴角不自觉地翘起。这是她这两天露出的第一个笑。

不然，真没别的高兴事了。

她小跑着奔向池牧之，心头跳跃：他好帅，怎么几天不见更好看了。

但走近时，他面无表情，眉间甚至隐有怒色。李铭心的嘴角也在一步一步靠近时耷拉了下来。

最后三步，他们之间莫名形成了气压极低的磁场。

早春风刮过，一点生机都没留下。

池牧之揉着眉心，试图压下火气，但李铭心毫无愧色的表情还是激怒了他。池牧之："不接电话不接电话！你手机到底干什么用的！"

李铭心摸向帆布袋，默默咬住下唇。

走近校门口，她感受到手机振动，心知车来了，想着拿到蛋糕就来，便没浪费时间接听。她喜欢效率。校医院外滚动的 LED 屏上，时间显示四点二十五分，根本还没到约定的四点半。

李铭心倔强地瞪着池牧之，呼吸起伏极高，像要反击了。但下一秒，她说的是："对不起。"

池牧之看上去似乎很生气，争这五分钟也没什么必要。

听到她的退让，池牧之笑了一声，不过不是和煦的笑，是冷笑。

他瞥向她："那男孩是谁？"

李铭心没想到他会问这个："同学。"

"这蛋糕他送你的？"

"不是。"

他又听了个拙劣的笑话："那你拎着这东西干吗？"

李铭心："什么意思？"

蛋糕是普通连锁店的切块蛋糕，logo（商标）和包装一看就不贵。不光池牧之，李铭心看到的第一眼，心里都生出一声叹息，庄娴书一定看不上的。

池牧之勾起嘴角，李铭心恍惚又看到了那抹轻蔑。他恢复得很快，但穷人对此是很敏感的。

他走近一步："李铭心，你知道自己该做什么吗？"

她下意识地往后退，胳膊肘撞到电线杆，触到了麻筋儿。"咚"一声，蛋糕掉了，端端正正地掉在地上，没有倒，没有塌。

金助理不明情况，见他们半天没上车，下车来看情况。两人一站一蹲，气压极低，他有点尴尬："池总……"

李铭心蹲身捡起蛋糕，指尖拭去灰尘。那个姿态，像在擦拭廉价的自尊心。

池牧之打开车门，不再耽误："掉了就别吃了。"

二十块钱是不到一小时的时薪。虽然庄娴书看不上，池牧之看不上，但李铭心不打算浪费粮食。她拎着蛋糕，快步走到车旁，心里憋着一股气。

池牧之扶着车门，冷淡地道："掉地上就别带上车了。"

金助理经历了他从业以来最不可思议的三十秒。

冷风中，李铭心一身黑衣，站在车边，硬是四口吃掉了甜腻的奶油蛋糕，嘴里塞得鼓鼓的，咽也咽不下去，然后一头钻进后座，半天没说话。

池牧之顿了一下，亦面无表情，坐上了后座。

有一小段路，金助理完全在盲开。

他没有主动打破寂静，待行驶到主路，自己适应了车厢内的分贝，才开口询问："池总我们是？"

池牧之偏头望向车外："没看到她已经吃饱了吗？"

金助理："那？"

"回去吧。"

李铭心保持沉默，缓着劲儿，消化喉腔急咽的甜腻。

出门前，她特意将裘红的电话设置成免打扰，不知道是不是没设置成功，手机一直在振动。

嗡鸣在车厢内回荡。

本就僵滞的气氛在她持续装死的状态下越发难堪。

李铭心擅长装死。她始终垂眸，捏着手指。

池牧之忍了半晌，听不下去了："平时也是这样没接到电话？"

"嗯，我故意的。"李铭心声音冷冷清清，听不出情绪高低。

他轻嘲，没再问。

学校到太白大道东不堵的话，二十多分钟车程，他们这个点正逢晚高峰，车开开停停，三十分钟也没到。手机嗡鸣也硬是持续了三十分钟。

每两三分钟一个，像是阎王爷来找她催命的。

近白公馆的最后一个弯道，池牧之冷声问："是刚刚那个男的吗？"不然没有理由死活不接。

他语调平缓，伪装风度："接吧，别让人等急了。"电话打成这样，别等会儿追过来。

李铭心不是会被激将法激怒的人。她蹙眉掏手机，准备关机。

只是，屏幕上跳跃的号码不是裘红的。

她闪过疑惑，拇指按下了接听。

那头反应了一秒,大概没想到会接通,随即,尖厉的"狗东西终于接电话了"扬开。

李铭心迅速按下挂断,关掉了手机。

这次,车厢内终于安静了。

池牧之有很强的情绪传递能力。不知道这是他个人的能力,还是作为上位者的特权。

他不需要说话,眼神便能施加压力。

方才在路边就是。他一言未发,仅微蹙的眉宇便释放出不悦。

此刻,电梯里,他没有看李铭心,李铭心也没有看他。但能感觉到,气息微妙、柔和,气场陡然降得很低。

她察觉到了他的软化。

李铭心没有主动打破僵局,任步伐吞吞吐吐。两人一前一后,各自入内。

这是池念冬令营的最后一天,阿姨和池念都不在。

屋内漆黑,落地窗上碎开星星点点的细珠。夜色透入,别样迷离。

方才地下风拂过,就觉着湿漉漉的,原来是下雨了。

李铭心垂眸,掩下微不可察的情绪波动。

池牧之一字沙发处,停下了脚步,食指指腹摩挲丝绒,像在等她。她没停,按原先步伐往房间走,错身时,他伸手拉住了她。

五指紧扣,温温柔柔的。

他俯下身,在她额角贴上一个吻。

李铭心勾起抹假笑,动手剥离衣服:"这里吗?"

池牧之没理解:"什么?"

她单手脱完外套,又去解牛仔裤。

一番动作带起她额侧的碎发,看着风情万种。

很随性,很冷静,像熟练工一样。

没开灯的主厅,漆暗勾勒他挺拔的身形轮廓,描了一圈没有情绪的边。

池牧之没有说话,也没有动作,就这么静静地看着她。

这时候的李铭心,眉眼有股异乎寻常的鲜活灵动,像变了一个人似的。

"是要我来吗?"她主动扶上他窄劲的腰际,挑衅地半拽出他的衬衫,脚尖一点,吻上他紧抿成一条线的薄唇。

这种触餐式的索吻像一个油腻的男性在欺负一个无力反抗的女性,而他闷声不响的柳下惠行为让她内心绞紧,产生了嗜血的快感。

李铭心在"自己不要,对方偏要"的沉默者视角待太久了,原来"对方不要,你偏要"是这样的感觉。

她抬起头，矛盾地撞进他依然正经的眼神："怎么？"

"你休息吧。"池牧之手一推，结束了她的自轻自贱。

说完，他稍作整理，拽了拽皱成一团的衬衫下摆，径直回了卧室。

李铭心手臂一横，揩去嘴角的湿润，冲他的背影说："我知道我在做什么。"

"你最好知道。"门"嘭"地合上，非常不绅士。

寂静流淌。

李铭心半躺在沙发上，缓了会儿神，等身上那股冲动劲儿褪去，还是打开了手机。

夜晚七点十五分，雨珠扩大，在窗上滚成片珠帘。

电话接通，那边情绪没调动起来，干巴巴地说了声："怎么？"大概习惯了主动出击，接电话的时候没进入备战状态。

李铭心冷淡地道："能不治吗？"

她冷血的声音让这通电话特别冷静。

裘红没想到她会这么说，顿了几秒。

很快，李铭心察觉到对面气息不对，像是要发飙了，又出声道："我这边没有钱，想了下，卖房子吧。"

"房子……"

"我一个学生，哪儿来的钱。"

裘红知道，李铭心掏不出大钱，但是——

"我想的也是卖房子，但没想到你会让我别治了。"她低吼地指责，"你还是不是人！"

由音量听出来，裘红这会儿在别人家里，不方便太大声地骂人。

李铭心面无表情地说："不是人，那你在找鬼帮忙？不是人，是鬼在帮你还房贷？"

那边不说话，过了会儿，语气可怜兮兮："那你……什么时候回来？"

"你先挂中介去，当时首付十万，分十六年还，现在就算急卖，怎么也有十几万，足够你治了。"

"不够吧，进口化疗药挺贵的。"裘红声音委屈。

"那就挑国产便宜的用。"

"你是不是人！"

李铭心不回答，她不喜欢这种没劲的拉锯战。

裘红也烦了："那我这几天找人卖了，你赶紧回来。"

"卖房可以由亲属帮忙代办，钱交易到账后我会打给你的。"

"不回来？"

"我要准备考试和毕业，回不来。"

"你……"

在对方骂她狼心狗肺之前，李铭心主动道："我就是白眼狼，我就是养不熟的，你自己养的东西你自己不知道吗？你花了几分精力几口粮食养我，没点儿数吗？

"就你那个养法，我变成魔鬼都不奇怪。"

她没有失联，还在解决问题，简直是良心大好。

手机屏亮了会儿，不知多久，自动暗了下去。

那边沉默切断，没再打电话来。

余光中，走廊那边开合一瞬，扇形光一隐一现。

李铭心解决问题的方案里，是要给裘红几万块钱的。裘红大手大脚，挥霍无度，生病了肯定脆弱，会需要好一点的生活，不然一有点不舒服就要纠缠于她。

但李铭心不准备一次性喂饱裘红。如果一下子给了，裘红一定贪婪，认为自己有可以剥削的余地。房子如果卖掉，她肩头轻松了，每个月给裘红一两千不是难事。

又在黑暗中凝固良久，李铭心回房洗澡。

洗完出来，沐浴的芬芳之上混合着食物的味道。

池牧之在厨房弄吃的。他会煮泡面，煮得还挺香。

汤面"咕嘟咕嘟"沸腾着，番茄牛腩味弥散开来。

他取出四袋，拆了两袋，另外的就丢在一旁。感受到李铭心的靠近，他也没问她要不要吃。

李铭心机械地擦拭着湿发，声音软得不似她："生气了？"

池牧之像是没听到，继续动作。

他熄火，关上油烟机，单手持锅，将面利落倒入日式汤面碗内，动作很熟练。

他也洗过澡了，身上套了件白色浴袍。

腰际结是他一贯的风格，松垮耷拉，走每一步都像要散开。

李铭心就这么看着，等着，它还是没散。

在他吸溜面条的声音里，她抠着手指，低低地道了声歉："对不起。"

姿态很低了，她知道一定会有效的。

池牧之真的饿了，蹙眉急咽几口下肚，将筷子一搁，抬眼看向她："家里有什么事吗？"

他没有提她放浪挑衅的行迹，仿佛那是小孩子才做的幼稚事。

李铭心："有人病了。"

"什么病？"他坐直身体，问得认真。

"癌吧。"她轻描淡写。

有片刻恍惚，像声画不同步。

池牧之想了想："癌？癌症？哪个癌？"

"宫颈。"

"晚期吗？谁？"

"我妈。"

见他盯住自己不说话，李铭心主动拉上他的手："池牧之。"

"嗯？"他回握住她。

很奇妙的一刻，像嫌隙全未发生。

李铭心勾起嘴角，指尖一扯浴袍，内里白皙的肌肤像光一样，由敞开的大门透露出来。下一秒，被他迅速盖上了："说说，怎么回事？"

李铭心抱住他，撒娇地蹭蹭："我们回卧室吧。"

池牧之承认，她是个十分棘手的交锋对手。缠上来的时候，明明力气不大，却根本推不开，羽毛似的，将人包裹住。哪里都是自由的，又哪里都出不去。

他压低声音，哄她似的："说说你妈怎么回事。"

李铭心摇头："不说她。"

她感受到他一呼一吸较往常深重，问道："你腿疼了吗？"

他沉吟："有点。"

"很疼吗？"

"不太疼，还好。"他偏过头，揉揉她湿软的发丝，"是准备外科治疗还是内科治疗？"

"不知道。"

"哪家医院？"

"不知道。"

"什么都不知道？"池牧之不解。

李铭心："再说吧。"

"不想说？"他以为她伤心。

"跟我没什么关系，所以没问。"现在你问，我也不知道。

池牧之试图找到她伪装无情的痕迹，但没有，她对这话题很不耐烦，看来是真的对此事没心没肺。

她被他盯得讪了脸色，没劲地低下头去。

再就是无法推进的束手无策。

香气徐徐淡去，连碗里没喝的泡面汤也跟着气氛冷了。

主卧投影着一部电影,又是战争片,性感帅气的汤姆哈迪在画面定格。

池牧之开了瓶水,倒进玻璃杯,优雅地半躺下身。

李铭心又问了他一遍:"你腿疼吗?"他倒水的动作比平日慢一些。

他回房步子很稳,看不出来,但听他的呼吸,她猜他有点不舒服。

"还好。"他垫了点面,吞下一颗药。这次没有多吃,想看看一颗能止住多少疼痛。

酸胀不断蔓延,李铭心吻上来,池牧之回应了几下。

他没有表现出力有不逮,静静合目,努力控制呼吸,回应她的亲吻,同时也束住了她的手,说看电影,别闹。

她伏在他肩头,声音软得能掐丝儿:"今天忽然很想睡你。"

"睡我?"池牧之笑,"你当我是什么啊?"

李铭心勾勾他下巴,调情道:"你的服务意识不是很好。"

池牧之笑笑,垂眸说今天不行。

"是下雨没力气吗?"她撑起身,亲了亲他鼻梁,很体贴地说,"我有力气。"

"不是。"池牧之箍住她,不再让她乱动。

"那是?"

"不是想。"他冷淡地瞥了一眼,想用眼神冷却她的燥。

兴奋会让血液循环加快,一定程度上麻木下肢的不适,但也因感官的放大,生出另一重难忍的胀痛,像缝合口要裂开了一样。

他蹙起眉宇,喉结滚动:"非要今天?"

李铭心冷冷地抬眼:"是雨天不可以吗?"她犹记得那个夜晚。

池牧之像看小孩似的,亲吻她的额角,依旧笑笑,没说不行。

在这事上,他保持沉默,选择冷处理她。

影像播放,声效轰至耳边,瞬间震碎了欲望。李铭心的头被他死死按在胸前,咬牙翻了个白眼。

眼皮上光影一闪一闪,音量猛地拔高,李铭心脑子里有一会儿是空白的。

直到侧脸下的胸膛呼吸起伏越来越明显,李铭心勾起了嘴角。

"疼吗?"

"还好,看电影吧。"他松开臂膀,与她一起躺着。

李铭心看了他一眼:"池牧之。"

"嗯?"额角的汗滚了下来,他无力地闭上眼睛,完全腾不出力气回应。

枕头汗湿一片,池牧之精疲力竭,伸手拿药:"一定要这样?"

"很神奇。"

她本来逆着光,掩住了表情。

光影闪烁间,池牧之恰睁眼,捕捉到她眼里的好奇。

"非要?"他知道她在挑衅。傍晚未遂,这会儿再来。

"说痛!"

测试是有点准的,李铭心确实偏执。

她沉迷于看他失控,如热衷蹲点看炸楼的人一般,爱看精致物件由高处倾覆。

她嗅着金钱的硝烟、男人的脆弱,行为越发放肆。

她捣蛋地攥着他的手腕,试图阻拦池牧之吃药,不许他拿药瓶,不许他起身。

她抱着他,握着他的手,反败为胜地压着他。

池牧之半笑半怒,依旧维持好脾气:"变态。"

他能感觉到李铭心欺侮他的时候格外活跃,手上掐她的劲儿不由得加大几分,将痛回敬给她。

十指紧扣,汗津津地交织着,一滑一滑的。

"嗯!变态!"她享受雨天和他一起。

他极力控制呼吸,紧咬牙关,明灭不定地看着她,没让呼吸过多曝露。

电影里,炮火声猛一攻陷,火光冲天,沙尘飞扬。

一瞬间,坦克碾过沙地,画面一时高亮得刺目。

声效太大,刺得神经直跳腾。

池牧之疼得发抖,终于没忍住,暴力地将她反压,摔进床榻,伸手拿到了药。

投影仪的世界里,正映着一片碧蓝的海洋。

海浪拍岸,异常响亮。真实世界和虚拟世界抢夺音量,一声盖过一声,风浪卷进海中央,迸射出热辣的岩浆。

感官放大,一时冷一时热。

她的世界如电影般快速转场,从海岛到了雪山。

眼前一片雪白,她压在雪山之下,感受到雪山崩塌般的颤抖。持续的,像痛一样。

雪崩后世界死一样安静,连电影也配合着进入了无声。

迷迷蒙蒙间,她听见他用很低的声音说了句对不起。

李铭心以为听错了,身体回应弱下,抬眼不解地望向他。

他看着她又说了一遍:"对不起。"

"什么对不起?"她明知故问了。

"下午的事。"他埋进她颈窝,一下一下吻着她表达歉意,湿腻腻的吻像狗狗在撒娇拱鼻子,"我不想隔夜。"

李铭心微微怔神。

其实她只是想报复、欺侮,但没想过要他道歉。

太多人对她凶了,她经常算了,或者随性回击,消一下火就行。她完全没设想过,有人会为这么小的事向她低头。

她甚至都没有真的生气,顶多就是小小的赌气。

"哦。"

电影原声对白再次咋呼开来,好多人在说话,她都听懂了,却都没进脑子。

她想了想,说:"我给你准备了个礼物。"

他意外:"什么礼物?"

她抱着他:"睡觉吧,明天早上一起来就看到了。"

他想翻身,被李铭心压住,不给动:"睡。"

"什么?不能说吗?"

"不能。"

"为什么?"他愈加好奇。

"吊你。"

颈间吹开春风化雨似的温热鼻息:"行。"

凌晨三点,耳畔呼吸终于平稳踏实。

李铭心拎起床角的衣服和拖鞋,关掉投影,帮池牧之盖好被子,回了房间。

李铭心趴在床头,捏着单词表默默背诵,看着看着,疲倦上涌,不小心睡着了。本来她想睡前把画拿到他房间的,谁知道他醒得比她还早。

池念扑床式叫醒李铭心,李铭心揉揉眼睛:"念念回来了?早安。"

"Miss Li,我好想你!我下次可以带上你吗?这次有两个家教老师一起随行的呢。"

她去的是荷兰,同行有两个同学带着老师一起,她一路羡慕死了。那两个同学把老师当保姆使唤,但她不会的,她不舍得 Miss Li 鞍前马后。

"哈哈,好。"李铭心问几点了。

池念说八点,又长长地伸了个懒腰,说自己等会儿要去睡觉,冬令营累死了。

八点,唔……李铭心看向梳妆台的帆布包,等池念走了,捏着画蹑手蹑脚进了对面的房间。

很意外,不是一室漆黑。

阴沉的天色照进来，亮堂堂的。

她看着空床，愣愣地放下画，转身离开时，池牧之端着一杯咖啡，斜倚在门口，姿态闲适："李老师有事？"

他笑得春风和煦，又变成了假君子。

"没事，池先生早。"

其实房内没人，但家里有别人，他们就自动调节成了这样的模式。

李铭心正要走，他上前一步拿起床角的画，目光一怔。

在他说话之前，她快步离开。

吃早饭的时候，微信来了消息。

池牧之：这是我？

李铭心：不像吗？

池牧之：买的？

李铭心：我们女大学生不给男人花钱。

池牧之：今天想做慈善家了。

李铭心拿面包挡住脸，偷偷笑了。

以为话题结束，几秒后一个红包发了过来。

心脏奇异地跳动。

她指尖犹豫，尽管好奇数额，终是没有点。

二月飘忽，陪池念看完二十部电影，便到了下旬。

池牧之很忙，除了周末，他很少在家，在家的时候也经常开视频会议。

去北京前一晚，他没回家，直接从公司去了机场，登机前特意打来电话。李铭心接起，他意外了一声："接真快。"

也是响了几声才接的，只是这几秒对于李铭心来说，确实很快。

"池先生好！"她故意这样打招呼。

他很接招，自然地漾开笑意，没有噎到。

李铭心等了等，他没有说话。

那边背景音空旷，隐隐能听到风声和播报的登机消息。

"怎么了吗？"她主动问。

"我一会儿去北京。"

"那……一路平安。"

这次他噎到了，在电话那头笑了很久。

李铭心并不觉得好笑，但好像随便说句什么，他都能回应这样的笑。

"李铭心。"

"嗯？"

"你未来有什么想做的事情吗?"

"没有。"

"没有?"

"事情会来找我的,我不急着去想我要做什么。"她只做短期计划,粗框架至多规划三五年。未来这个词,对她来说太远了,有没有未来都不一定。

他说:"那现在想一个。"

李铭心像被布置了作业,垂眼想了想:"我希望未来是一场好雨。"

那头的池牧之意外。

"不是因为你。"她捂嘴偷笑,补充道,"我的人生一直在下雨,下太久了,下到我已经不渴望晴天了。太晴朗我应该也适应不了,毕竟,欠虐的人会一直找虐。不如继续下雨,但我希望它是一场好雨。"

她给了一段很不李铭心的回答,太长太虚了。

池牧之假装听懂了:"好。"

挂了电话,李铭心才想起来奇怪,他打电话干什么,来问她的未来计划?

李铭心未来的方向在当日下午考研查分时得到初步确定。

池念吵着要帮忙查,她便把网址、准考证、证身份证给池念,双手搁在膝盖上,郑重地背过身去。

也许这是个错误的决定。

池念心理素质很差,手抖着输错四次,李铭心问了两声好了没,却只听到池念"咦""啊""怎么会",这种语气词实在太考验人了。

三分钟后,李铭心没忍住,自己上去输了一遍。

她打得很快,界面突然更新,刷出分数,她的大脑都没有和那个数字产生信号连接。

尽管模拟的时候无数次估过分,每个部分能拿到的分数也都心里有数。她一直很保守,把自己的总分往低里算,按照平日压低了的算法,政治至少65分,英语至少75分,专业课210分。爬上学硕的分数线是没有问题的,但非法学最好能拿个高分去面试,不然无法说服面试老师。

学院没有明确招收非法学的学硕,有几个例进去,都是极高的分数。李铭心知道,最好能上380分才稳。

画面跳出最终成绩,李铭心很陌生。她没敢给自己392分这么高的预期。

像高考查分似的,梦一样。

她和池念并排躺在床上,听池念碎碎念叨。

池念夸她怎么做什么成什么,怎么这么厉害。李铭心也跟着飘了,心头真的划过"我怎么这么厉害"的感叹。

她请了一天假回了趟宿舍,想去收集一些学生之间的"信息"。

室友已经疯了,她考了331分,借着本校本专业优势,联系个学院导师,读个专硕没问题。

李铭心在路上就接到了电话,卖关子没说分数。等到了宿舍,她报出392分,室友激动得哭了,尖叫,跺脚,仿佛听到神迹。

李铭心没哭,室友搁那儿揩眼泪,像家里有出息孩子了一样。室友坚称,没有李铭心,后面的冲刺自己肯定熬不过去,自己的331分里有李铭心半份军功章。

李铭心脑子里在盘下一个计划。跟她们随便说了几句,她去找那个卖她考研卷子并标记重点的学姐去了。

学生之间约饭地点很简单,定在最豪华的一号食堂三楼。李铭心点了三个炒菜,和学姐聊了一个小时。

学姐开始准备法考,顶着一张娃娃脸自称老了十岁。她念的是国际法,听说李铭心有意经济法,连忙告诉她,经济法那边很卷,每年有上四百分的大神。

李铭心关注过录取信息,知道很难。

学姐又压低声音偷偷说,邱焱老师手下有个博士生,女朋友要考研,提前问过今年还要不要人,邱教授说,早都联系过了,加不进来人了,让他等明年或者换个老师联系一下。

李铭心垂眼:"是吗?"

"是啊!哎,看看我!咱国际法香呢!我们学院有国际法出境项目,我还没问怎么申请,但对外交流机会挺多的。"

池牧之早前的暗示有点像心魔,反复干扰李铭心。她回去,打开笔记本电脑,整理专业老师的名字,将自己的意愿、能力、优势和老师方向匹配,又爬上知网、万方看了些发表论文。

池牧之在北京待了一周,第一站骨科,第二站疼痛科。

当年的主治医生说他恢复得很好,ICU住一个月能这样健健康康真的很少,大部分有很多后遗症。

又提了一段,池牧之当年入院在急诊耽误了一天,进ICU时呼吸困难,脉氧很低,本来是要做气切的,但抢救的时候听说他女朋友离开了,家里人交代如果他在里面问起来,不要提女朋友走了。几个医生稍微想了一下,没切,换了气插管,损伤小一点。他们想着,小伙子活下来估计还得去追女朋友,颈上留个碍眼的伤口怕是要追不到女朋友了。

医生记性真好,还问,后来那个女朋友呢?

池牧之顿了顿,无情地笑道:"哪个?忘了。"

说完,他和医生都笑了。

疼痛科医生推荐了一种临床试验中的新药，称原先的药对胃肠刺激太大，这个温和一些。又说，这药不要钱，不过得入组。

在医生大费周章地解释目的前，池牧之按停了对话，说他就是做这个的，他知道，入组吧，没事。

回去的飞机上，手边多了几张影像片子、几页电子病历，还有几盒止痛药。

至于微信，李铭心愣是一条消息都没发来。

池牧之发去的那张故宫养心殿照片，她也没回。

真够跩的。

裘红是个贪图享乐且贪生怕死的人。

过去她得过一次肾结石，结石很小，小到医生说不用治疗，根本轮不上手术，多跳跳绳、喝喝水就行。可就这毛病，她愣是装了十年腰痛。一搬家，她就装死，活儿全留给李铭心。

最近，裘红像是忽然明白世界上的男人都会离开她，只有亲生骨肉才不离不弃。她开始每天给李铭心发消息，态度较之以前一百八十度转弯。

李铭心先当裘红是病中脆弱，对她产生依赖，等过了几天，一个"钱"字都没听裘红提起，一些奇怪的设想不由得冒出。

裘红住院排得很快。她到省会医院，第三天就住进去了，还开心地跟李铭心说，大医院就是比小医院好，窗外风景都好，一日三餐应有尽有，还有阿姨帮忙打水铺床。

一个负能量过多的人得了大病如此积极，十分诡异。

李铭心主动问：房子呢？怎么说？

裘红：挂中介了，看看吧。

李铭心：哪儿来的钱？

裘红：手上有点。

李铭心不信。

微信上心平气和的好消息全部指向了一个方向。那个县城里，没有哪个男人能在困难时，可以把裘红哄得不暴躁不发火。裘红如果受了恩惠，也一定用尽全力把男人捧上天，有一夸十，绝不藏优。

这几日她太异常了。

李铭心指尖划到池牧之的对话框，又烦躁地刷了过去。

裘红是她的底线，难堪的底线。

学法的时候，她专门查过如何断绝亲子关系。在知道法律上无法断绝关系后，李铭心做好了不管裘红，只应付裘红的准备。

不管未来大富大贵还是山穷水尽，她都不会报答母亲。而如果有人替她报答，她会反过来恨。明知道对方是好心，大大的好心，但她仍忍不住别扭，很难受很难受。

这种难受，甚至高于她拿下那十万块。

她可以为了自己的未来低下头颅，但不愿意为裘红矮人一截。裘红根本不配。

考研出分上了热搜。金助理尽职尽责，看到热点，主动询问李铭心的分数。李铭心没报具体分数，只说还不错。

他问她是否需要帮忙联系导师。

是金助理自己的人脉，还是池总的人脉？

之前，李铭心真的很渴望有人帮忙，能帮她的人生一把。

但不知道为什么，这时候金助理再问，她忽然觉得难堪，很难堪！

不知道裘红住院的事，是不是也是他联系安排的。

李铭心：谢谢，我先自己试一试。

她在三天内做出决定。

通读文章后，她主动联系了国际法的一位导师，万分斟酌，编辑了很长的邮件。她没有选择最感兴趣的方向，而是选择了自己最优势的方向。

本以为水很深，没抱期望，却意外在当天下午收到回复。

老师说她分数很高，非常优秀，如果她对国际法有兴趣，可以到办公室，见面聊一下。

老师非常好，交流很愉快。他没有明确给出一定会收她的回复，只官方地表示，如果能过复试，那么很欢迎她加入他们组。

李铭心告别时鞠了一躬，跟他说了声谢谢。

走出法学院，她有种颇不真实的感觉，回头看向鼎鼎有名的法学院大楼时，她感觉人空空的。

她到校门口，坐上302路公交车，池牧之打来电话。

他问她晚上想吃什么。

"都可以。"

"在哪儿？"

她想了下，给他报了个最近的公交站台。

李铭心下一站下车，坐在站台等他。

春天来了，寒意依旧。

她愣愣地吹着冷风，晒着夕阳，莫名地想起了去年深秋。他语气傲慢，说要追她。她没有相信，却配合了行为。

他们坐在太白大道东的公交站台，心意不通，无话可说。

"追求"很假，却意外走向真实。

不知道池牧之是不是自己也没有想到。

白色商务车驶来，甫一停稳，李铭心主动拉开车门，用力抱住了池牧之。

他本来低着头，正在回复消息，被她冰凉凉一身抱住，慢半拍地回应了温热，笑说："这么热情。"

金助理坐在副驾驶座，跟隐形人似的，头都没有回。

李铭心点头，嘴角调动出职业的依恋："嗯，我好想你啊。"

池牧之当了真："那一个电话都没有？"

"池先生日理万机，我不懂哪个空当可以。"

"李老师聪慧过人，多打几个就能摸索到规律的。"

晚餐在一家日式料理店。

李铭心说随意，池牧之也没刻意低调，人均两千的日料就像吃便饭一样。

他很懂吃，认真介绍，试图唤醒她对美食的热爱，可不管他如何强调新鲜或是口感、产地或者原材料，她都吃不出来，只知道十几口后，精美的东西入胃，饱了。

池牧之没有笑话她。她吃东西一向毫无享受的表情，在家也是。以为出来吃会不一样，但李铭心就是李铭心，吃什么都能吃出吃馒头面包的平淡，会夸句"好吃，不错"，别的奉承一句不多，不会额外捧场。

他很习惯她的特别，毫不意外。

中间，他很淡地提了一句，问她考得如何。

李铭心饮茶漱口，想了想，表示自己考得不错，已经联系导师了。

他很意外，问她联系了谁。

她说国际法的老师，章岩，你可能没听过，刚评上副教授带学生没几年。

池牧之定定地看了她几秒，垂眸往嘴里塞了块寿司。细嚼慢咽完之后，他点点头："行。"

饭后，池牧之说有礼物给她。

李铭心随口猜，你不会买了个养心殿的纪念品吧。

这下池牧之口袋里的养心殿冰箱贴算是拿不出来了。他笑说，当然不是。

他从七座的后排拎出个袋子，里面有四部新手机，全是人家送的。

他拿出一个白色的给她。

李铭心奇怪，说她有手机。

池牧之："这是新款，换个玩玩，系统都一样的。"

她说不要，他非要给，左右推搪不过，只能无奈拿下。

"买个新卡，以后用这个手机接电话发消息。所有的通知音都调到最大，不许静音不许关机。"

真霸道。

李铭心假装不情不愿，撇下嘴角："好。"

回去的路上，正好经过一家营业厅，门店极小，招牌发灰，也不知道他怎么在一晃而过的街上捕捉到的。他叫司机靠边停，拉她下去买手机卡。

池牧之办事很效率，进去就说买卡。李铭心没带身份证，用的他的身份证。

营业厅里，他装卡开机，知道她不玩手机，还帮她一键转移数据，把自己的两个手机号给设置成了特别来电。

搞完这些，他低头笑了。

尽管他再抬头的时候一本正经，但那抹笑还是被李铭心捕捉到了。她奇怪："你笑什么？"

"笑自己二十岁都没这样，三十岁居然玩这种。"

"哪种？"

他也没想好哪种，见李铭心认真在等答案，随口说："给人当爹。"

"那你年纪不正正好？"

回车上的途中，他忽然接道："也对。"像是这十来步路一直在想这事。

晚上九点，阿姨已经下班。

李铭心和池牧之错时间回家，先后洗澡。进池牧之房间前，李铭心特意到主厅巡逻一圈，确认池念关灯睡了，才进了他的房间。

他不在的时候，总感觉很远，等见到面，又好近，都不神秘了。李铭心抱着他，迷迷瞪瞪。这种感觉她特别喜欢，因为能忘掉身份证号码，能忘掉家庭住址，能忘掉英文单词。

降低李铭心理智的事情太少了，这算是一件。

难怪裘红喜欢。这算是动物性，还是遗传性？

她能感觉到，池牧之也很享受。

这种享受表现为他对节奏的迷恋。他享受慢，享受在她耳边说一些和本人很不匹配的话，然后等她吃惊发抖。

他们奔驰在神秘的丛林，马蹄踏破山河。

第一次光影会晤，她有惊讶："池牧之。"

"嗯？"

"为什么老天爷对你这么好？"

"哪里好？"

"本钱好。"

"嗯？"他先没反应过来，想了想，"你又懂了？"

她咬他："什么都给你好的。"

他问："腿也算吗？"

"哈哈！"这倒是。

他又问："你也算吗？"

李铭心的笑止住了。

下一秒，她如愿倒在白衬衫堆里。

没听到她的回答，池牧之束住她的手。

也是在这一刻，她半坐在衣柜二层，看到了两个衣柜当中的空隙里，卡着一个掉落的木质框。

她立马想到了那是什么。

她攀着他的肩，借力手指一勾，慢慢扒出了那个相框。

拿出来的时候，他们都愣了。

相框玻璃碎了，在美人脸上炸开一朵玻璃花。

李铭心问："可以取出来看吗？"

他说："随你。"

拨开相框反面固定的拨片，于芝之的脸露了出来，挺好看的，很舒服的长相，没有攻击性，和池念上回给她看的差不多，确实和白昕心像，圆溜溜的甜。

很难想象，这样的姑娘还没毕业，就能拥有一段刻骨铭心的感情和五十万巨款。人生不可谓不顺利，且丰富。

李铭心眼睛一眨不眨，看了好久。

池牧之缓回神，从她手里抽出相片，丢进了垃圾桶，顺带丢的还有相框，和几片碎玻璃。

她笑话他："丢了干吗。"

他横倒在地上撑起头，理所当然："留着干吗？"

"纪念嘛。"

"你会留着前男友纪念吗？"

"我不会。"

"那我也不会。"

"真的吗？"李铭心张口咬住他手臂内侧，在那串数字上打圈。她眉眼一挑，讽刺很明显。

池牧之不是没有想到。他捏捏她的肩头，轻轻戳下两个吻，哑声问："要我遮掉吗？"

"我没有这么说。"

"我愿意。"他说得很郑重，目光格外坦荡赤诚。

李铭心不愿对视，不自在地别开了脸。

他追着她逃开的眼神："我在等你问我。"

他穿短袖时，文身若隐若现，她不问正常，但赤诚相对的时候，文身颜色很明显，如果她装傻不问，那他陪她装死，若她提了，他就去处理。

他一直在等。

有两次温存，他能明显感觉她盯着文身，表情疑惑。但要撬开她的嘴，真是不容易。

李铭心不说话。

他拥住她，觅猎般试探着压低声线："你想文身吗？"

李铭心警铃大作，立刻拒绝了。

她蹙眉："没有谁的生日值得留在我的皮肤上。"

话音一落，大腿根挨了个巴掌。

"不许抢答！"他只是问她想不想，又没让她文！也没让她文他的生日。

李铭心被打得又痒又麻，只能挑衅："文这东西真的挺蠢的。"

完全能想到，当初文的时候，这人智商有多低。

晚上十一点，对池牧之来说还早。他问李铭心困不困，要不要看部电影。

李铭心心知睡不着，便应了。

还是看的战争片，很奇怪，这人有瘾似的。

他说："你看过自己的腿完全被剖开，看到内里组织的样子吗？"

李铭心当然没有。

"你看过就爱看战争片了？"

"为什么？"

他深吸一口气："治愈。"

李铭心笑了好久。本来池牧之没觉得好笑，见她难得笑成这样，抱着她跟着乐。

片头放完，电影名都没看到，他们又吻作一团。

李铭心是一个东西少到像是随时准备人间蒸发的人，多带一部手机都很不方便。

早上拎起帆布包，她的肩膀都被压得塌下去半分。

七点，302 路公交车迎着朝阳，驶过逐渐复苏的城市。绿色穿过清晨的雾霭，朦胧中透出新意。

大四下学期,课非常少。李铭心边准备"专八",边报了托福。

室友大三考过一次托福,分数高不成低不就,不能带课也不能申校,勉强够将来面试时在简历上添一笔。

李铭心用二十块钱收了她的学习废料,凑合着学习。

英语说是一门语言,实际上各种英语考试的准备思路各不相同。IELTS(雅思考试)、TOEFL(托福考试)、CAE(剑桥高级英语证书考试)、PTE(培生学术英语考试)……确认考哪个后,再着手准备。就算是英语专业的学生,也做不到不看题型和考试侧重,冲上去就盲考。

李铭心选择托福不是想去美国,而是陪池念准备小托福这么久,对托福这两个字有了感情。

她抱着书坐在最后一排,等老师点完名,她就溜了。

今天是游泳馆最后一天班,她上午十点要到。

九点十五分出发,坐公交车的话,时间上有点悬,为了不迟到,李铭心为了这一百二十元一天的活儿选择了打车,花费四十六元。

抵达游泳馆,换好装备,前面一个负责女浴的阿姨已经泡好消毒水,见她来了,还拱拱手,说今天有活动,去拿一下礼品袋。

这事以前都是童家河提醒的,这个念头刚冒上来,阿姨就说:"你那个同学刚刚走,特意让我提醒你的。"

现在是十点,就走了?什么班啊?她问:"是辞职了吗?"

阿姨就等着她问呢:"那个……你那个同学……被开除了。"

李铭心刚走到门口,回头问:"小童吗?"这里大家都叫他"小童"。

"对啊。"阿姨好奇地盯着她,"你知道为什么吗?"

李铭心不解地问:"为什么啊?"

阿姨表示自己也不清楚,都是听别人说的,但语气却很肯定:"听他们教练说,是客户要求的,让他今天就走。"

"哦。"

李铭心的排班表上写着"大",负责外场游泳池。

这活不累,只是比较显眼——客户们都穿着很少的布料,而她则裹得严严实实。

一走出去,她就看到了池牧之和庄娴书,他们的外貌、肤色、体态都很引人注目。

两人的表情都很不愉快,看起来像是在吵架。

他们站在岸边,气氛紧张,不知道池牧之说了什么,突然激怒了庄娴书,她紧握秀拳,大喊一声"去你的",然后一脚将他踢进了水里。

水花激翻,细皮白肉跌进碧蓝,画面很像青春广告。

李铭心认真欣赏,直至水面恢复平静,才拎起拖把将周围拖了一遍。

池牧之远远地浮在水面,看向李铭心的方向。

她以为他有话说,结果他没有。

他将泳镜拽至眉眼,头往下一沉,游了六圈才上岸,灌了半瓶水,又下去游了六圈。后半程速度慢下来,不过很有自制力地游完了。

结束耗能极大的运动,池牧之摘下泳镜跳上岸,手肘搁在膝上,垂首喘气。白皙的背肌上不知在哪儿刮到了,红晕晕的。

他有半个多月没来游泳了,不知道李老师神神秘秘还在这里打工。

感受到李铭心磨磨蹭蹭地走来,他沉声问:"年不是都过去了吗?"

哦,他说打工啊。李铭心说:"这是最后一次班。他们一直没找到人。"

清蓝的水波一重重荡漾。身侧有人下水了。

"行。"他终于满意,对她笑了一下。

他说了句他等她下班一起,就进了男更衣室。

庄娴书游了几圈,开始犯懒,笑眯眯地走过来,拉着她说话:"妹妹!这工是不是要结束了?"

"你怎么知道的?"

"哼哼,看不出来啊,池牧之控制欲还挺强的。"庄娴书在门口碰到他,问他是不是来找李铭心的。他说李铭心已经不做了。庄娴书说李铭心今天来的,昨晚发微信问了,他嘀咕了一句"怎么还在做"……

李铭心划过讪色:"哦。"

庄娴书暧昧兮兮地贴至李铭心耳边:"妹妹。"

庄娴书每次叫她"妹妹",都有怪话要说。

庄娴书毒舌吐信般,绕着她的侧脸蛊惑:"要人,还是要钱,还是鱼与熊掌你都要,想清楚了吗?"

李铭心垂下眼睫:"没有。"

"不想清楚,后面很难。"庄娴书直起身,话音一转,"我跟你道声别吧。"

李铭心看向她。

"我要走了。"

"去哪里?"调岗吗?

"我准备出国念书去了。"庄娴书嘴角一勾,抛了个媚眼,"要不要一起啊?"

李铭心如实回答:"我没有钱。"

"没事,池牧之有。"庄娴书知道这个玩笑不好笑,嘻嘻哈哈起来,"后面要是寂寞了来找我玩呀。"

"好。"李铭心客套回应。

庄娴书一定是有钱的。她的缺钱是相较于有钱人来说的缺钱,而不是李铭心这种温饱线边缘的缺钱。

庄娴书的"钱途"经历过两重打击。先是家道中落,小公主落魄成灰姑娘,再是父亲受不了打击,开始赌,先是怡情,后是大赌。

她也想逃,甩掉赌鬼。但是她爸从小把她当公主,捧在手心,架在肩上,一点苦都舍不得她吃。是以,养了她一身娇纵的同时,也在她心里插进根软肋。

她没有办法抛弃爸爸,看他被追债的打得鼻青脸肿。没有钱的时候,她真想天上掉钱,补上这个窟窿。

第一次收回扣,她吓得半死,第二次心态就好了,然后脸皮越来越厚,直到被程宁远发现。

过去纠葛不再提,反正这次的分手是真的,离开也是真的。

庄娴书说:"程宁远的未婚妻来找我,问我怎么才可以消失,我说给我一千万我就消失。"

庄娴书转向李铭心:"你知道她回了什么?"

李铭心:"她说好?"

"是的!"庄娴书咬牙切齿,"她答得太迅速了。她答应的那一刻,我就知道,价格开低了。"该死!

人还是得有钱,不然关键时刻码都开不合适。她和程宁远纠缠十余年,分的时候拉拉扯扯,尽人皆知,那么她的存在即便在婚后也是很大威胁。谁知道她哪天想不开,又和程宁远死灰复燃了呢。

庄娴书太懊恼了:"应该开两千万的,或者再开高点,慢慢往下谈。一张口就是一千万,后面让我签字的时候,我真的揪心死了。"

"所以真的要走?"李铭心一开始听她说出国读书,当又是一时兴起。

"不走也会有人来赶我的。"庄娴书弯弯嘴角,帮李铭心扶正灰色工作服的领口,"看开啦,妹妹!"

李铭心要到下午五点才下班,池牧之得等到什么时候啊。

她发微信:别等我,我下午五点才下班。

池牧之:那我过来找你。

李铭心飞快环顾四周:什么?不可以!

消息刚发出去,电话就来了。

空闲的那部专属电话一响,李铭心站得笔直。他设置时把所有提示音都关了,就留了个电话的音量调至最高。这是新手机第一回响,效果震撼。

休息床上的阿姨正在睡觉,也被吓醒了。

李铭心按下挂断,又给他发消息:我这边不方便,职工休息室,有人呢。

他没再回复了。李铭心猜他应该回去了。

下班前一刻钟,她到职工休息的地方领礼品包——清扬赞助的洗浴用品。一瓶洗发水、一块毛巾和一块肥皂。李铭心用不上,但还是拿了。

李铭心拎着东西往公交车站台走,很意外,童家河在那里。他似乎在等人。

李铭心打了声招呼:"嗨。"

"铭心!"他脸上看不出被开除的不开心,"下班了!"

"你……等车吗?"

"没,我等老大换班,一会儿去喝酒。"

LED 屏显示公交车还有两站到。李铭心估算还有十分钟,见又无话可说,低头看起影子。

童家河:"你是不是听说了?"

"什么?"李铭心抬起头。

他挠挠头:"那个,我要走了。"

她无效安慰:"哦。没事,工作哪里都有。"

"你知道我为什么被开吗?"他欲言又止。

春风有点暖意了。

三月初,风拂起发丝,不冷,反而有点躁。

李铭心看向他那双充满情绪的眼睛,一时不知道要不要问下去。他似乎有些愤怒。

"唔……为什么?"

童家河不甘地撇起嘴角,靠近半步,紧盯住她,恨恨道:"有钱人只手遮天,牛呗。"

他看她的时候,像在看一个有钱人。

池牧之的卡宴驶近,车子刚洗过,锃亮得晃眼。

他算好时间,也知道她会来等公交车。

他不动声色,也没降下车窗,等李铭心自己上车。

童家河那话跳跃在耳边,像是对她的指责。

而在童家河的注视下,她一步一步走上这辆车,基本就坐实了她是有钱人的帮凶。门一合,李铭心始终低头,没看窗外。

她像背叛了她的工人阶层,无法面对工人兄弟,也无法调动起对资本家的笑意。

池牧之瞥她:"这副表情看我干什么?我什么也没说。"他这次压着火,但没凶她,知道没必要。

她问:"你知道他是谁吗?"

"游泳馆的救生员。"他一眼就认出了这是那天校门口的男生,也认出他是游泳馆的救生员。

"那你知道……"她斟酌用词。

"知道什么?"

李铭心认真打量池牧之,又觉得不太可能,遂没问。

池牧之单手握着方向盘,利落地转了个弯,轻描淡写地说:"知道他被开了?"

一瞬间,心沉到了底。

李铭心不是故意不说话的。素养要求她说点话,她也想说话,可坐上电梯到达十六层这漫长的安静里,她始终没说得出话来。

她不敢置信,整个人气得颤抖。

因为熟悉,不用说明,他们也知道彼此在想什么,所以她气的同时,他也在气。

池牧之臭着张脸,左右脚踩了鞋,径直入内,没再说一句话。

池念听到开门声,探出头:"哎?你们一起回来的?"

李铭心弯起嘴角:"在电梯里碰到了。"又此地无银地与雇主强调,"后面我游泳馆的工就结束了。"

"哇!"池念叼着酥饼开心,"可以不用打工啦!"

李铭心催池念去背单词:"我去洗个澡,等会儿来抽查哦!"

池念今天的效率很高,背完规定的单词量还模拟了一次考试。

尽管是题量减少的模拟,但效果很不错。李铭心说,过阵子看看有没有考位,可以正式考一次,看看分数。

"考得好是不是就要走了?"

"唔,有语言成绩了,去哪里都很快的。"

池念赶紧摇头:"那我还不行,我这个英语不行的,明年再考吧。"

她说完就不学了,跑去厨房找东西吃。李铭心也被硬塞了两块松饼,吃得有点撑。

到晚餐时,谁都没胃口吃。阿姨说见鬼了,今天的菜像没动过。

池牧之舀了碗汤,喝完回房间了。李铭心此时已缓过劲,等阿姨下班,池念睡下,她主动去了主卧。

顶灯敞亮,他摊着两台电脑,坐在地板上,正在看文件。

"很忙吗?"她微笑。

他平淡地回应:"还好。"

"下午我错了。"她趴到他身边,找了个空当儿坐下,"我以后不跟男的说话了。"

池牧之盯着电脑键盘,想了想,打了几行字,按下回车,才不咸不淡地回她道:"所以特意整理了行李,本来准备走,想想还是决定为了工资,忍一忍?"

李铭心讶异。下午怒极,她确实把书桌上的书整理装箱,将衣服收拢到一处,装完明白自己在干傻事,又拍拍手去找池念了。

她怎么可能离开,她离不开,只是那种被严格掌控的感觉太窒息了,一时没适应。

没想到池牧之进了她的房间。

"你……"

"李铭心,你真幼稚。"他失望地摇了摇头,

"那你不幼稚吗?"就因为和她说句话,把人家开了?

空气静滞半晌。

池牧之掰过她那张倔脸,怒火中烧:"我没那么没品!"

李铭心眨眨眼,刚要说话,池牧之近乎震怒地加大了捏她下颌的力道:"还有,这事不是你想开始就开始,想结束就结束的。"

进房间想跟她说事,看到地上摊着的行李箱,他才是真的怒了。一句话能说清楚的误会不算什么,但一句话没说清就要离开,才燃起了他真正的掌控欲。他不允许!

李铭心坐直身体,看向他:"什么意思?"

他紧抿嘴唇,不再说话,意思很明显。

李铭心低头抠手指。

旋即,她没有预兆地腾然起身,快步走出房间。

她的动作非常迅速,头发一甩,就像今夜就要结束。

情感瞬息万变……

池牧之手往地上一撑,慢了几步追了出去。

李铭心手忙脚乱拎出《刑法》,表情看不出情绪:"你别急,我翻给你看!"

池牧之站在门口,等她翻找。

"我念啦,《刑法》第二百三十八条,非法拘禁他人或者以其他方法非法剥夺他人人身自由的,处三年以下有期徒刑、拘役、管制或者剥夺政治权利。具有殴打、侮辱情节的,从重处罚。"

她合上书:"念完了。"

池牧之没有接下这个笑话,只是疲惫地叫了她一声:"李铭心。"

他上前一步,搂着她倒向床上,狗一样埋入她肩窝,发狠地拱:"本来

想说什么,但现在不想说了。"

"我也想说什么,但决定不说了。"

"嗯,刑法都替你说了。"

"嘻嘻。"

李铭心又被东西绑住了。

她有恋爱的错觉,同时,也知道这不是。恋爱是有随时抽身离开的自由的,她还不行。

她的前男友确实给过她依靠,是她郁郁时第一个会想到的人。

后来,他们没了联络。

隐隐记得有过一通电话,无奈李铭心太冷漠了,就像天性里没有爱的绳子拴着,享乐过就可以做到一拍两散。

这样的结束算是一种选择。

和池牧之一起,李铭心是真的一点选择都没有。她不能离开,没法离开。

就算他不强调十万,她也认为自己欠他东西了。而裘红那事,她憋在肚子里,心里的债更是越堆越高。

她真的被东西绑住了,身体和精神双重束缚住了。

这次他们有点儿赌气,池牧之没铺垫便占有她,直到把她折磨到声音发虚也没罢休。

李铭心无法回避。

她吁着气儿,挣扎着发愿:"好想下雨啊,下一场很大很大很大的雨。"

她要偷走他的药,听他喘到世界荒芜。

这次绝不心软!

池牧之发泄完怒意,调整完情绪,开始照顾女士。

光影变幻,温度骤然冷却,恒温恒湿似乎也失效了。

池牧之特意暂停电影。

在无声无息中,投影定格在一片模糊而美丽的海边,战争片中的美丽景象往往是暴风雨前的宁静。

电影外,空气中,先是三四块冰相互碰撞的清脆声,很轻,很低,接着是高速融化,噗呲噗呲全是水声。

清晰而深邃,湍急打着旋儿飞流直下,节奏以前所未有的音质呈现,震撼人心。

这是一种感官效果微妙,但声效却相当高级的游戏。

他和冰块非常熟悉,无论是喝酒还是喝水,他都喜欢加冰,还有——"以前腿疼得厉害,什么方法都试过。实在熬不过去,就在浴缸里倒满冰,把腿放进去。"

特别疼的时候,他不无绝望地想过,还不如截瘫呢。

"然后呢?"

"然后冻伤了。"他的亲吻碎碎地划过她的下颌颈线,蜿蜒而下,"冰不能用超过二三十分钟。别怕,我算着时间的。"

光自墙面倾泻,斑斓碎成一片片,游移如波浪滔滔的河面。

光尘冉冉。互动中,李铭心感觉到渴意汹涌,决定释放技能:"你上次问我,除了画画还会什么?"

"嗯?"他鼻音哑得有如沙尘过境。

"我很会亲。"

下一秒,面上的光影陡然一动。不知谁把电影按下了继续,极富情感的人物对白炸出声效。

地转天旋。

电影里入夜,气氛是大战来临前的紧张。

冷风呼窗,如山谷咆哮。

电影外也是夜。

他们热汗淋漓,身体在过夏威夷的夏。

最后时分,春夏秋冬的寻常体感已不再重要,李铭心的世界下起了雪。

小雪,中雪,最后掉下来一颗雪球覆住视线,让一切彻底朦胧。世界像电视上的雪花一样,静音了。

随着呼吸,雪滴流溢。眼睛一眨一眨,睫毛上的雪点遮住了视线,像近视两千度的人在看世界。

李铭心在这场人工降雪中一度放空,越过斑斓的光影,能看到他睥睨欣赏的姿态。

背朝炮火,顶天立地,像罗马神话里的神。

她拽过君子,一起下地狱,邀他尝雪。

特好的时刻,好舒服的发泄,两人心里却都有点儿空落。

第八章

月色正浓

程家的订婚宴准备得十分盛大。本地新闻媒体报道就算了,据说还震动了股价。

池牧之从三月开始忙,忙得脚不沾地,偶尔在家吃顿饭,池念问起,他对于婚礼的不耐烦已经到了饭桌上不许提的程度。

"吃饭,别说扫兴的事。"

他本来吃饭就不喜欢说话,这话一出,池念立刻闭嘴。

李铭心乐得他忙。她每天早睡早起,偶尔去上课,"专八"准备得七七八八,也算能上战场。

春意盎然的四月,李铭心考完"专八",拉着池念坐在落地窗前听英语爱情小说。

阳光真好。她享受着白公馆的特殊风景,一点也不愿错过。倒是池念缩在沙发旁防晒,不理解她晒太阳的行为。

"Teddy 怎么这样,又跟那个在一起了。"池念不理解,"为什么啊!我不理解!"

李铭心给她放的是加拿大某小言网站的言情。对白多,剧情简单,用词生活化,很容易进入故事,就是逻辑很不符合中国叙事,男女关系混乱。

池念不乐意了:"Miss Li,还是听昨天那个狼人的吧。都市的我听不了,太乱了。"狼人的乱就乱了,反正不是人,人类还是得有感情秩序的。

庄娴书来得正是时候。

池念听故事听困了,刚去睡觉了。

李铭心去开门,还没打招呼,就被庄娴书风风火火的架势撞开了。

庄娴书进主厅,第一件事是找窗户:"这边能死吗?"又死攥着手机,往门外探了一眼,"那边能死吗?"

她刚结束了一通电话,抵达时怒气冲到了顶点。她从没想过,有些感情会有开始没结束。一次次结束，怎么也结束不掉。这下别说别人疲了，她都疲了。

"怎么了？"李铭心贴墙角站立，观察她今天又是闹哪出。

"我要在程宁远婚礼前跳下去，送他一个大礼。"说完，庄娴书抄起手，将无助的眼神甩向李铭心。

李铭心冷淡道："你真的要这样吗？"

"是！我受够了！"庄娴书没有想到，打钱这种事都会有幺蛾子。

程宁远太绝了，一句话就让女人私下调和的计划告败。

他不许庄娴书离开，也不给她钱。他不给她翅膀，还说要一起死。

她的新生活还没开始，就死了。

程宁远对未婚妻表示，结婚后他会低调。

意思就是钱和女人他都要，顺带还要维护好体面的婚姻。而未婚妻得到这样的保证，欣然答应，表示以后可以请庄小姐来家里做客。

庄娴书见过大风大浪，别人讲这种事，她就笑笑，当故事听，但作为主角，她不肯走这样的剧本。程宁远不是纯粹的钱的化身，她办不到接受这样的关系。

"我还是死吧。"庄娴书本来都想好了，出国逍遥自在，现在好了，泡汤了，还得演狗血剧。

李铭心上下打量，见庄娴书妆容完整、意气风发，斟酌后给她指了个地方："外面逃生通道挺宽敞的，可以试一试。"又顿了顿，"十六楼，应该可以死得掉。"

有人冷眼看你去死，你会忽然不想死，想跟她拼了。

庄娴书吃瘪，没动，心里莫名其妙有把火在烧。

李铭心知庄娴书的意图，顺带还断了她另一条念想："我不会转告给池牧之的。"

你死就死，我不报信。

裘红为爱寻死的次数太多。看到人为感情大喊自杀，李铭心多少有些麻木。

她知道，喊这么大声的，是真不想死。

当年裘红为了爱情，惊动过两次警察，闹过好几回自杀，医院、局子都进过。但这么多次折腾，她身上愣是连个真疤都没留下，叫人不敢相信这情到底值几分。

李铭心十五六岁的时候，在一个条件尚可的居民楼里短居过一年。

对门是一对夫妻，很年轻没有小孩。男人长相白净，女人性格温柔。夏天天热，他们不关铁门，常虚掩着纱门，偷享楼道里的穿堂风，偶尔，会卿卿我我。

李铭心觉得夫妻俩关系甚好，以为这就是琴瑟和谐。

有几回放学，男人站在楼下抽烟。泛黄的白衬衫，灰色的长西裤，腰间束着黑皮带，画面像首粗犷又忧郁的诗。

没多久，话不多的男人自杀，并且死掉了。

等他死透，故事清晰。

他外面有深爱的女人，对方要求他离婚，他又舍不得相亲相爱的老婆。县城就这么大，风言风语多，他没扛住压力。

和他相好的女人是裴红的牌搭子，李铭心认识。后来男人死了，相好待不下去，进城务工去了。他老婆也整日郁郁，瘦得不成人形。

李铭心看着对面门上挂着的白布，心想，死掉的那个竟是最快活的。

他闷声不吭离世的事让李铭心知道，寻死的人原来不都是大喊大叫的。

两个漂亮女人站桩对峙，一时如情敌交锋。

几分钟过去，庄娴书没扛住这股眼风，风情万种地撩了撩头发，大赞她："妹妹，你能成大事，你知道吗？"

"谢谢。"

"你给出的反应都是反派的反应。"一般正派就算知道寻死是假，也要陪着作一番戏。一般刚认识就被认定为勾引男人，不管真假，都得拼了命否认。李铭心总剑走偏锋。

庄娴书又说："电影里反派都得死，但是现实里，在不违法的情况下，人格越反派，越能站得高。"举个例子，程宁远。

李铭心听腻了："哦。"

有钱，有闲，还有一份十来年的爱扯着，庄娴书舍不得死的。

见庄娴书第一波疯撒完，李铭心走到厨房，夹入两块冰，倒了杯白水，想给庄娴书去火。

庄娴书气渴了，三口吞完一杯水，问："还有吗？"

李铭心又去帮她倒了一杯。

第二杯下肚，庄娴书喝饱了："在这儿还住得习惯吗？"她难得问出句人话。

李铭心点头："还成。"

"恭喜你，听说你考得还不错。"

"谢谢。"

阿姨午觉起来，见庄娴书来了，问庄娴书留不留下吃晚饭，庄娴书笑嘻嘻地说好。

李铭心有会儿没说话，等庄娴书向阿姨报完想吃的菜，她才慢半拍出声：

"童家河……是你……让他们开除的吗？"

庄娴书愣了一下，随即又恢复正常神态："不懂。"

她说得满不在乎，言下之意，就是她没主动，但也知道，拿着程宁远的信用卡、贵宾卡和另一个男人在程家持股的酒店消费，就是送死。

她是死不了，童家河肯定得献祭。

程宁远没有给她释出一点不悦的信息，也没有警告，只是把人默默从她的生活里清理掉了。这让庄娴书又气又喜。

"庄娴书。"

"嗯？"庄娴书偏头，将大波浪拨至耳后，动作媚态十足。

李铭心面无表情："你和程宁远其实很般配。"你们是一类人。

庄娴书："可能吧，人和人待久了，就会变得同化。我和程宁远久了，越来越漠然，也越来越会玩弄人心，你要是和池牧之久了，也会变得和他一样。"

李铭心不说话。

庄娴书抻了个懒腰，望向窗外的夕阳，笑得懒洋洋的："之前于芝之不许池牧之与我来往，把我气坏了。我喜欢你，你没让我远离池牧之。"

李铭心抬眸，冷淡道："如果真有这么一天，我也第一个踢了你。"

她可做不来损人前女友，巴结庄娴书的事。

晚霞低垂，浓得晃眼。

李铭心背朝夕阳，发丝低绺，纤瘦的身躯装在宽大挺括的牛仔衬衫里，将侧颜线条衬得越发利落。

她表情平静，说得坦然，一点不像在开玩笑，配上眼里得逗般的笑意，低调狡黠一如初见。

她就是个很直接的反派。

庄娴书看得怔住，竟一点也不生气，心脏怦怦跳，莫名地有点兴奋。

庄娴书勾起嘴角，点点头："好，我喜欢你这么直接，你能成大事。池牧之可能没法驾驭你。"

庄娴书欣赏："如果将来你牛了，能罩着我了，我一定选你。你比男人看起来靠谱。"

李铭心意外："你太看得起我了，我也不过是在讨生活。"

庄娴书看着李铭心尚未褪去青涩的美丽轮廓，沿着收拢的睫毛往里，在瞳孔里找到了那股熟悉的偏执和冷漠。

那是过去她阅读程宁远眼睛上万次，所捕捉到的眼神。

难怪，一见如故……

晚上七点五十分，池牧之带着酒气回来。

一进门看到庄娴书，他眉头登时就皱了起来。程宁远结婚在即，谁都怕她闹事。

庄娴书没事人一样，收拾完行李，站在走廊左右看看："你们这家教和雇主住得未免也太近了。"就三四步距离，谁敢这么安排！

池牧之瞥她一眼："有两扇门隔着，想什么呢。"

庄娴书跟听了个笑话似的，死死盯住池牧之："我？多想？"

池牧之呼出口酒气，低头想了想，确实此地无银，只能在唇上比了个手指："嘘。"

她嫌弃："嘘什么嘘？"

"念念不知道。"

"啊？"

庄娴书一边说他们搞得奇奇怪怪的，没必要这么地下情，坦然谈个恋爱怎么了，池牧之搞地下情就不是池牧之了，一边又说，程阿姨要是知道你谈恋爱了，不知道是高兴还是不高兴，这么多年一点信都没透，以为你出家了呢，一边还脚下跟进衣帽间，非要看他出席程宁远婚礼的礼服。

池牧之："你找虐啊。"

他没有特意准备西服，现挑了一套给她看。

中规中矩，和平时没差。

庄娴书左右扫了一圈，另挑了一套丝质西服，布料不挺，偏软，穿上去有点浪："这件吧，这件你穿帅。到时候里面衬衫扣子别扣那么上，低一点。这种衣服露得越多，越禁欲。和程宁远那张死脸打个反差。"

池牧之看吊牌还在，知道没穿过，不准备在这么多镁光灯的记录下尝试新风格，把它又挂了回去："又不是我结婚，我挑什么西服。"

房间门没关，尽管李铭心结束课程回房的脚步猫一样，一道被光拉长的狭长人影还是打破了这对青梅竹马的对话。

庄娴书扬声："妹妹下班啦？"

李铭心低应："嗯。"

她转身回房，没准备进去打扰他们。

那边庄娴书就怕没事，主动找事道："我下午说于芝之不许我跟你来往，求妹妹大人大量，不要赶我走，你猜妹妹说什么！"

李铭心脚步一顿，咬牙关上了门。

死女人。

"什么？"池牧之饶有兴味。

后面的话李铭心没听到。庄娴书兴冲冲继续了下去："她说，等你们确定了关系,第一个踢了我!"

她佯作焦虑地踱步:"怎么办,你们什么时候确定关系?舅妈做不成,朋友也做不成!我这可怎么办!"

池牧之迷蒙的醉眼划过清醒,脸埋进肘弯醒了醒脸,下一秒,笑意一闪,又像醉了:"她这么说的?"

"我今天就收拾好东西了。"庄娴书往外探了探头,嘀咕,"怎么就关门了,正好玩呢。"

池牧之把她一推,时间也不早了,行李箱就在外头,废这么久的话:"那行,你滚吧。"

啊!

浴室里,雾气氤氲。李铭心站在水压充足的花洒下,机械地搓着泡沫,心里做起计算题。

这题有点负担,很难算。

李铭心给湿发裹上浴巾,打开电脑,想登录银行系统查询,网站提示她没有开通查询功能。

她又使用搜索引擎,查了下攻略,开始下载 App。

一周前,卡上有二十万金额汇入,她精力聚焦复试的笔试面试,随意划过那串数字,以为是诈骗,没仔细看。今日,消息提示金额扣光,余额四千六,她这才注意到,是银行官方的号码发来的消息。

她一步步按照指示,人脸识别,确认信息,进入到余额查询的环节。

果然,房贷清掉了。

李铭心按灭手机,沉默了会儿,继续改毕业论文。这是终稿,辅导员修改过,基本就只剩排版了。学校打印店排版一页一块钱,有点贵,她正好不忙,不如自己学着排。

操作了一会儿,她的目光落在了凹凸不平的西语书上。

翻至夹纸的那页,取出大小各异的记事纸,指尖轻拨,准确找到了池牧之的那张。

陌生又熟悉,好久没翻了。

一张一张,愚蠢又天真。

纸上好几条未经查证的假消息,她的记事性格没忍住,还是揭开了红笔笔帽,在原本的信息上做出标记——

一笔一画,涂涂改改,池牧之从一个神秘人,变成了一个具体的人。

他们之间的牵绊越来越多。

仅半年,李铭心得到了过去不敢想的东西,就这张纸来看,她完全是个赢家，但情感上明显比出发前要疲惫。

如果是计划，那很简单，完成目的就该走了，可如果他是未来，那啃下来太过复杂太过消耗。

对李铭心来说，等同于人生从大雨走向了暴风雨。

李铭心想到了餐厅里那位精致的都市丽人，以及自己抽风甩下的那个耳光。

不知道他母亲知不知道，反正，他母亲能撵走于芝之，也一定能撵走她。

门口响起两声叩门声，很轻，像试探。

李铭心合上书："请进。"

李铭心以为自己不会跟裘红之外的人吵架。除了她，市民都太文明了，一举一动都有规律可循。

她习惯做计划、找规律，但池牧之的"人好"特点一再打破了她的秩序。

两人之间不再是数学题范畴，李铭心累了。

"我确实想帮忙。"他坦白承认。她说妈妈得了癌，又不说下文，他就想为她减负。她的身份证地址是学校，金助理找到她的学籍档案，去了她老家，简简单单联系了个床位，对他来说只是一个电话的事。

"我能处理！"

室内安静，静得只有彼此的鼻息。

池牧之看了她一眼，转头带上房门，在房内踱步。

斟酌后，他选择直言："你能处理，何必来这里。"

"因为我贱。"

李铭心知道这么说没良心，但真的太多了，他给的东西让她累。

"非要这样说？"

"你也说我贱的。"

"我从不说人贱。"他顿了顿，知道要生气，又免不得觉得好笑，戏弄地压低声音，"床上的话别当真，不然，我下次一定会说更过分的。"

气氛很差，感觉随时要崩掉。

她死咬着唇，心里想，都不知道还有没有下次。

他见她不说话，捏起她下巴："说话！"

李铭心垂眸盯着地面，死死憋气，却无话可说。

他敛起怒意，扶着她的肩膀，好好跟她说："听话，别隔夜。"

她提起气，对他说："对不起。"

他知道她生气了，试着哄她："别生气，把话都说了，我听着。"

尽管心里软成一摊水，但她嘴上依然倔强："没有，我没有生气。我需要工作,所以不生气。"

她有三年的书要读,未来很迷茫,眼下的工作能保住就保住。

两人的呼吸都有些乱,掺着怒意。李铭心也为他委屈,但没办法,她的表达也就仅限于此了。

火山在心里爆发,无声无息。

几十秒后,灯熄了。

李铭心眼前一黑,身上一凉,被拎着后颈摔进床上,屁股上挨了两下巴掌。她瞪大眼睛,脸被软被挤得表情丢失。

她双手被反束,只有两脚能反抗蹬他:"你干吗!"

她被沉入深海,掐住呼吸,体感濒死。

世界核裂,她的情绪被分解成数段,愤怒憋闷被愉快刺激顶上,感官体验迅速优于情绪,覆盖了思绪。

他们还是很了解彼此的,他知道她的极限,也是朝着她的极限去的。他没有特意温柔,或者说故意的,故意非常粗鲁。

因为李铭心,这会儿就是欠虐。

李铭心哭了,生理性的眼泪。

她很久没有哭过了,上一次都要追溯到高考。

陌生的热泪沾住睫毛,粘连成两片银色的扇羽,模样楚楚可怜得不像她本人。

却又是最内心深处的她。

池牧之适时回收力量,声音也低了下来:"非得要我这样?"

黑暗里,李铭心看着他,静静淌着泪。好一会儿,她实在酸得厉害,摇摇头,用膝盖顶他,呜呜咽咽地说不要了。

他停下来,替她拭去额上的汗珠和眼角的泪,问:"生气吗?"

李铭心摇摇头。

他松开手,重重跌进枕头,长叹一口气:"行。"

她这时候缓过劲来,爬到他耳边:"我真的不生气,我没什么好气的。"

他偏头看向她,眉心隆起座郁闷的小山:"那刚刚冲我发火?"他还没做过这么吃力不讨好的事。

"我只是,无以为报。"她说完,头埋了下去,主动地摸索他,"我还是这样还债吧。"

他一把将她提上来,困在臂弯里:"我真要找女的,也不会找你。"哪个男的找姑娘专找嘴不甜不会说话的?

李铭心吸吸鼻子:"那您凑合凑合呗,关了灯不都一样吗?"

感受到她语气的柔软,他轻啄她,也示弱:"嗯,关了灯是不错。"

窗户外照来片月光，躺床上能看见是轮缺月，弯弯的，像笑眼。

他们躺在月光里，听着彼此的呼吸，慢慢冷静下来。

最近，池牧之想起了很多事，也想起了很多一个人的时候。

"我以前以为自己再找，会找个活泼的姑娘，能照亮我。但最近发现不活泼、不说话也挺好……嗯，不接电话也挺好的。我年纪轻轻，多生生气，有助血液通畅。"

李铭心哑然。

他又说："我能做的不多，现在你接收到的，就是我愿意给的全部。至于遗产什么的，我会写捐给国家。你别想。"

李铭心生气地无语住。

"如果将来有谁给你钱，又搞那套，钱你拿下来，只要记得回来就行。"

她声音很哑："回哪儿？"

他将她拽进怀里，与她牢牢贴住："这儿。"

次卧的床是一米五的，比主卧的床榻小，且高和软，现在溺在这样的绵软里，他说像在坐船。

有点儿晕。

李铭心问他为什么睡那么矮的床。

池牧之给出的理由很心酸。

他神经功能由麻木恢复正常感知那阵，人高度敏感，疼痛异常剧烈、难忍。他腿疼得打滚，没有意识，等缓过来，身上撞得青一块紫一块。所以，房间没有多余的摆件，床也选了接近地面的日式床榻。

李铭心问："很疼吗？"

他笑，贴向她鼻尖，半真半假地问："你怕吗？"

夜无声流动。

她望着对方瞳孔里那个平静的自己，还是那句话："不怕。"

"你知道我在问什么吗？"

"不知道。"

"那你说不怕？"以为她知道呢。

"你问了，我就答。"

"那你答得不诚心。"

"诚心的。"李铭心攀着他的肩，认真地说，"你问我怕不怕，我不怕。我什么都不怕。"所以他问她怕不怕，她的答案肯定是不怕。她没什么特别害怕的事。

池牧之看着她，迟疑地问："我死……你也不怕吗？"

她想也没想,斩钉截铁:"不怕。"

"好。我听懂了。"池牧之调侃,"就是我疼的时候你之所以不怕,因为疼是我的事,所以你不怕。"

她埋入他的胸膛,偷偷笑了。

池牧之的笑意吹向她的耳朵:"李老师,你真牛。"

东扯西扯,多是他在说,李铭心在听。

池牧之说起这两年转去做研发的事,说起在北京康复的事,又说起和庄娴书爬树的事。最后一桩十分可爱,他叙述时笑个没停。

十岁那年,他和庄娴书比赛爬树。庄娴书穿的蕾丝蓬蓬裙摆被树枝勾住,绊住动作,下不来了。她两只手要扒树,防止自己掉落,没有空闲的手可以去解裙子拽树枝,左右摇晃时,蕾丝被四面八方的树枝卡住,绊得更深了。

接着,她就傻乎乎地挂在了那里。

她胆子大,爬很高,上了两米,这种情形,小孩谁也不敢去救她。

看她眼眶渐渐红润,池牧之跑去叫大人。工作日没有大人在家,只有阿姨,司机都出车了。

论男性,就只有他孤僻的舅舅——程宁远。

池牧之不情不愿,硬着头皮去喊了程宁远。

程宁远走到树底下,认为这个高度死不了人,对她说,跳下来,裙子不要了。

待得越久,高度越可怕。庄娴书不敢也不信,死死扒着树,仿佛自己在八十八米高空,没有吊塔来吊,往下跳必死无疑。

她的小辫磨得"噌"地炸开了花,汗淌得脸丑兮兮的,但爱漂亮的庄娴书顾不上这些,只知道自己要死了。

后来程宁远说了什么,记不清了。反正在精力耗尽前,庄娴书哭着踩掉裙子,终于松开了手。她以为要死了,下坠的时候双眼紧闭。风呼耳畔,一片寂静。两秒后,她稳稳跌进了程宁远的怀里。

那一刻,眼前的画面是绿色的、清爽的、童真的、浪漫的,但……

李铭心说:"这个故事好悲伤啊。"

"挺好玩的。"池牧之笑,"那会儿真的很好玩。"

小孩和小孩闹,无忧无虑。院里的小男孩多多少少都喜欢庄娴书,但那天起,谁也没得到她的真心。用她的话说就是,一群废物。

他说了很多过往的事,独独没提前女友。

李铭心问他是不是故意不提前女友的。

他指尖缠住她发尾绕圈,顿了顿,语气平淡道:"没有故意,就是觉得不好玩。"

"为什么不好玩？"

"太气了。"说完，他又笑了。

"气什么？"她好像非要问。

"五十万就可以离开我。"他一直没搞懂，怎么拿了五十万就走了。感情就值五十万？不是说是无价的吗，怎么会就只值五十万呢？

月光下，膝盖厮磨。

说话声渐渐被含混的磨动掩去。都存着说会儿话的心思，又都不那么老实。

李铭心真心发问："一百万就会好一些？"

倒是没从这个角度切进去过。池牧之说："会好一些吧。"

要么她的腿高架于他，要么他霸道地夹着她。总之，两人的动作不安静，不固定，不停换。

说一句话，相拥的姿势就换一个，明明语速很慢，很耐心，温温柔柔的，讲的也都是日常事，姿势换得却没消停。

膝盖骨急不可耐轻撞，一个劲儿磨来磨去。只是蜻蜓点水一碰，又离开了。他们默契地没有深入的打算。

五十万是李铭心之前的梦来着。她想了想："那你前女友更气吧。"

亏的是于芝之，因为少不更事，活活亏了五十万元，不然首付可以买个更大房子。

"也对……"应这句时，池牧之的目光已失去焦距。

他搂着她的肩，单指挑起她的下巴，隔着山重与水复，同她亲吻。

很纯粹的亲吻，白皙与紧实上下交错，修长地抵至床板。脚尖一踮，又换了个支点。

疤痕往下顺延至筋骨分明的脚背，她踩着他的旧疤，磨蹭。

跟踩着虚无的脚踏板似的，一前一后，没有办法控制，也不知在乱动个什么劲。

这一个晚上，他都在分享，而李铭心猫一样的眼睛一闪一闪，真就在认真听故事，没有交付的意思。

池牧之哑着声，抚摸，轻哄，主动问她家里的事。

她轻声拜托："你能不能后面不要管我妈了。"她怕未来她和他断掉了，裘红还是会去骚扰他。裘红是个完全不按常理出牌的怪女人，而他这么好，大概率是会帮忙的。

这种事一旦假设，她就会气死。

李铭心一触就爆的怒点，也就裘红了。

池牧之问："什么叫不管？"

她说就是随她妈死活。

想想普通人可能不能理解，她又添了一句："能帮她的只有我，我愿不愿意帮是我的事，我见死不救是我的事，我给几个钱是我的事，请你不要插手这件事。"

麻烦事很多，但李铭心手起刀落，都能削了。而此番池牧之的帮忙，明显是在给她的麻烦续命。

听着非常冷血。

他试着站在她的角度，宽慰她："其实也应该感激。她至少供你读到了大学，不是吗？可能，她有她的不容易？"

李铭心闷声不吭。她只是不能打他，不代表她听进去了。

他亲亲她："这么记仇？没有养育的恩情吗？"

"是！我就是个记仇不记恩的人。"

她脸色面向暗处，很久没有说话。一扭头，他仍静静看着她，像在等待她被感化。

李铭心心脏气得乱跳，手撑着坐起身来。

"她供我读书，是因为她需要社交名片，而我拼尽全力读书，成为她的名片。她根本不在乎我，只是利用我。"

牌桌上需要谈资，而李铭心读书好这一点把裘红架了那儿。裘红是真想让她读个中专就去厂里上班的，但她中考县城第一，不读高中会让人笑话，裘红不得已只能给她读。

一切的一切，就是社会给了一点绑架，而裘红恰好也十分虚荣。

说是养育，不过互相给点脸在撑着罢了。

"别这么想。"池牧之摸摸她的头，像对小孩一样。

这个话题还不如不开始呢。

李铭心从来都知道，别指望一个幸福家庭的小孩能理解她的成长，一个字都别说，不然只会换来：一定是你没理解母亲的苦处。

"我不是在爱里长大的，所以我不会用爱思考问题。我不会想妈妈是爱我的，所以才做这些，这个角度对我来说太痛苦了。我不断问妈妈为什么不爱我，那我要问一辈子，且不会有好的答案。我换了个她不爱我的角度，才摆脱掉了母爱的紧箍咒，彻底说服自己。"

不是天下每个母亲都是天然爱孩子的，就是有人不爱，而李铭心偏是轮上了一个不爱孩子的母亲。想通这一点，她才如释重负。

"你让我别这么想？但我能这样活着，就是因为我是这么想的。"提到裘红，李铭心很难做到冷静。说这段话，她语气很冲，表情很凶，朝着池牧之有点发火的意思。

所以说欠债的是大爷，倒朝着债主撒气。

四目对视，池牧之率先错开目光。

李铭心说得渴了，也意识到自己言辞过激，再次颓废下来。

她正有些低落，腰上搭来一只手，将她捞至他的怀抱。

他捏捏她的小腿，沉默良久，长叹一口气。

"看你这么狠心，我挺害怕的。"

她问："怕什么？"

他不无苦涩地牵起嘴角："怕你也这样对我。"

才不是这样的！李铭心继续生气："你这种在爱和金钱里长大的小孩，根本不懂我。"

她笃定他不懂，知道多说无益。

池牧之扳过她的脸，抵着她的鼻尖："我可能是不懂你，但你也别把我的生活理想化。"

她鼓着脸，任他说正经话。

"没有人在爱和金钱里长大，会是我这样的。我说我人生晴朗，是因为我看到多雨的人是怎么过的，所以忽略了我的雨。"

李铭心微微抬眼，想看他，眼皮掀至一半又耷了下去："哦。"

感觉差不多了，他结束了话题："别高看我的生活。"

他的心沉甸甸的，有点累："睡吧。"

她也难受，用鼻音"嗯"了一声。

池牧之冷淡地说："不想了。"

她说："因为我没良心？"

"是。"她说出见死不救这个词，让池牧之害怕。

金助理见到裘红时，让他们通了一次电话。裘红是牌桌上的人精，嘴该甜就甜，说了很多辛苦养育李铭心的事，把慈母形象包装得很好。先问到他的隐私，他没说，她马上转了个话题，说李铭心不爱吃东西，瘦，拜托他好好照顾李铭心，让李铭心多吃点东西……

他欲言又止，还是没说话。

李铭心认真地看着他："你不要假装这副受伤的样子。"

"我假装？"他苦笑，"行。"

他们赌气地合上眼，慢慢在彼此的怀抱里被吞去意识。

迷迷糊糊中，两人又对了一次话。

她说："你赶紧走，念念起来会来我房间的。"

他有点要入梦了，经她提醒，又睁开了眼："可是我不想走。"

"为什么？"

"我还是有点生气。"

李铭心笑醒了："我也生气。"

"那就再说说？"

"我不想说了。"无解的事，"只要你别再插手就行了。我会处理的。"她又礼貌地加了句，"谢谢池总。"

他又沉默了。

李铭心："你以前都是这样不隔夜的？那真好，一点误会都没有。"

"不是。"

"嗯？"

"就是以前很多事没说清楚，隔了很多夜，最后那样了。"他出神地看向窗外，眼里没了睡意。

池牧之起身，拎起床尾的浴巾："你说得对，不是五十万的事。"

门合上，室内再次恢复安静。李铭心滚到他睡的那侧，贴着他残留的温热，心里还是很累，但感觉好多了。

在室友一通人情世故周全的引导下，李铭心复试结束，也去拜访了赵老师。

章老师本人和回复邮件一样爽快，没有收她提的礼袋，说他们学生又没收入，别送这些。他还提醒李铭心，早点准备法考，本科毕业的暑假就可以准备起来了。后面每周一次组会，还要大量阅读文献，准备开题，时间非常紧，别的同学本科法学，都过了法考，她不能落下。

他严肃交代完以上，和蔼地笑笑："法考能考过吗？"

"可以的！"李铭心目光笃定。

"一次通过？"他试着下军令。

她没有犹豫："嗯。可以的。"多么陡峭的山路她都走了过来，法考不算什么。只要别人能做到，她就一定可以。

"不错。"章老师欣赏地点点头。

她手上有一些材料，本没急着准备，经老师提醒，离开法学院大楼后，马不停蹄地跑去收二手的。

虽然网上卖的资料也挺便宜的，但李铭心习惯了这个过程。

她走到学校后门常去的二手书店，转了一圈，这些资料看起来卖相都不好，臭臭的。

她转身离开，往花圃一坐，刷起手机。她照着学姐的法考攻略，下单新书。做完以上，她打开微信，开始办公，完成基础社交工作。

两天没翻，消息很多。

庄娴书昨天中午问要不要出来喝咖啡,李铭心今天回:谢谢,不用。

念念发了一堆图,全是抓拍的日常。朋友圈里也更新了两张,配文是:我的天使![爱心][爱心][爱心]!

第一张照片,李铭心松散地扎了个低马尾,正在画画。右上角露出画到一半的二次元动漫人物。念念说叫路飞,李铭心不认识,照着图给她画的。

第二张照片,是她画完忘了右下角签名,念念非常重视这种仪式,要求她必须签名。她只能再次提笔,咬着水笔笔帽,正在龙飞凤舞自己的英文名。

这条朋友圈下面有几个赞,分别是阿姨、池牧之、庄娴书,还有瑜伽老师。

只有庄娴书留言了,留了一串流口水的表情包。

她左右滑动那两张照片,忽然意识到,自己跟这座城市产生了奇异的连接。

正在刷手机,身后的人越来越多,有同学往空地扎堆。她回头,见好多人拿着手机对着天空,也跟着仰起头。

碧蓝的晴空上,有一朵形似爱心的云朵。巨大,雪白,形状自由。

视觉上,它十分柔软,舒展如巨大的梦。

盯得久了,它像在移动。李铭心想等它飘走,可仰脖半天,它还在原地。

好多人拍照,夸它漂亮稀奇。还有同学嘀咕,这个爱心有点歪,强迫症受不了,想给它捏正。

李铭心手痒,也想捏一把,看看云朵会不会碎。

她掏出另一部手机,对着天空,"咔嚓"拍了一张。

拍完欣赏,好像不好看。李铭心左右移动步子,认真找了找角度,给云朵适当留白,没让它完全占满整个镜头。

这张不错。

发送!

微信界面,池总的对话框立刻出现"对方正在输入中"。

仅一秒,"对方正在输入中"消失。

三分钟后,夹在两栋高楼缝隙的微缩版爱心云发了过来。

池牧之:名字里带"心"真占便宜。

哪里都有她。

李铭心几乎能想到他发这消息的表情。

她不自觉地翘起嘴角,笑了半路。这是第一回,她觉得自己名字挺好听的。

裘红的事,池牧之没再插手。憋气的第二天早上,他主动道了歉。池牧之意识到,他跟程斯敏也是无法原谅的关系。

家里人如何调和,他都过不去坎。甚至都不全是前任的事,程斯敏太过专制，要求他的一切都在她的掌控里，对他的专业、生活、工作、婚姻要百分百掌控，稍有不满，立刻辅正。

如果这时候有人跳出来对他说"你妈是爱你的"，他也只会翻个白眼，一句对话都不想与其继续。他对李铭心说，你有事联系金助理，这事你们交流。他不想吵架。

李铭心半信半疑。

给金助理发消息时，她不免会好奇，在这位学长心里，自己会是什么奇葩的存在。

而不管她多么奇怪，金助理永远专业。

金助理：好的李老师，池总跟我说了。

金助理：后面如果对方来电，我这边会拒接，或者表示跟您没有联系是吗？

她想了想，其实金助理这活儿她也能做。只要自己不是当事人，冷漠本也是她的专长。

李铭心：谢谢金助理。

李铭心：麻烦您了。

裘红第一次放化疗结束，才休息一天，李铭心就提醒她，快点卖房子。

裘红自然是不理解，李铭心告诉她，不卖房子，后面就没有钱治病，让她自己看着办。

裘红问：上次那个男的呢？

李铭心：被车撞死了，上个礼拜。

裘红再打来电话，李铭心没接。裘红一手练出了她的装死技能，这个技能虽然经常误伤别人，但基本能精准防御裘红。

李铭心是个考试机器，每次考完都像被掏空，但考完第二天会渴望再次被什么大考试的计划填满。

她太习惯高压生活了，一旦没有压力，活得像没了焦点。

考研之后是"专八"，"专八"时还卡着毕业论文，现在论文提交，托福和法考再次抢占据她的生活。

她厌恶考试，但好像只能考试。

金助理给了她一些医疗文献翻译的活儿，她试了两篇，心里比第一回翻译诊疗标准有谱一些。

关于前列腺，也了解得越来越多。

四月，春光变幻不定，一时阴一时晴。一切都好，缺点就是雨少。

李铭心临近毕业，在家的时间长，不由得发现家庭教师是比阿姨还清闲的职位。阿姨除了三小时的午休，其他时间都在忙。

李铭心看书累了，会陪阿姨处理食材、清理房间，做一些简单的家务。阿姨话多，把家长里短都说了个遍，李铭心话少，默默听着，弯弯嘴角，也算有来有回。

每周新花送来，她已经会剪枝摘叶，根据花的种类搭配装瓶。

她自然地在主厅走动，没有任何拘束，有时候，她会错觉这就是她的生活。

四月中的周末，池念休息，正在完成建筑选修的手工作业。

基本就是李铭心拿黏土做，她负责指挥。

池念叽里咕噜又说起学校的事。

李铭心不知道现在初中生这么多 Gossip（流言蜚语）。

她说："你们这是在上学吗？"

"不知道。"池念朝自己的建筑作业努努嘴，"你看国内哪个正经初中做这个。"还要上台讲建筑的灵感。哪儿来的灵感，都是网上抄的。呜呜呜，她特别不喜欢公共场合讲东西。

"我觉得很有意思啊。"李铭心喜欢池念学校奇奇怪怪的课程，和她过去接受的应试教育完全不同。

池念："我看出来了。"Miss Li 捏黏土很热情。

阿姨经过，看她们把茶几弄得乱七八糟，"哟"了一声，赶紧从茶几底下抽走池牧之的国际象棋："你哥的宝贝东西，弄脏要不高兴了。"

"没事的，他人都不在，随便弄，脏了再买。他的东西就是我的东西！"

这水晶国际象棋是池念送给池牧之的二十八岁生日礼物。阿姨不知道，当她占山为王，赶紧提醒她："这话也就现在说说，将来你哥找了嫂子，不能说这话。"

"为什么啊！"池念昂起肉脸。

"女孩子总归希望老公的东西是自己的，怎么好是妹妹的呢。"

池念拿起牙签，戳戳黏土，低声"哦"了一下，隐约觉得有理。

旋即，她眼睛又骨碌碌一转，大声说："不会的！"

阿姨将棋盒收进五斗橱："啊？"

"我哥的女朋友不会的！"

"噢哟。"阿姨以为她又开始维护哥哥了，笑着说，"知道了知道了。"

池念笑眯眯，又说了一遍："我哥的女朋友不会的！"

李铭心本低头捏城堡墙面，抬眼寻刀片时，正好撞上池念瞥向她的眼神。

池念弯弯的笑眼里，嵌着两颗憧憬的桃心，傻乎乎的。

李铭心愣了一下，拿起刀片低下头，准备雕墙砖形状。

划下一笔,她唇齿微动,又抬了一眼。

对面,池念两手托腮,就这么一脸崇拜、痴痴地看着她。

李铭心一刀一刀画下形状,画好一面墙,池念马上接过,默契有加地贴到模型上。

做完建筑模型,天半黑,细细清理完手上的黏土,李铭心再次被池念拥抱住。

池念:"哎呀哎呀,谢谢 Miss Li!没有你,我肯定做不好这个。"Miss Li 还带她一起做了 PPT,太感人了。没有家庭教师可怎么办啊!

李铭心捏捏池念的脸,认真地叫了她一声:"念念。"

池念眼睛超级亮,期待 Miss Li 收下夸奖,然后她们再拥抱一次。

"You're the angel."你才是那个天使。

池牧之手上的新药在走审批程序,应酬颇多,加上程宁远婚礼在即,他忙得人都消失了。

有近一周,他没在家。李铭心某天学完托福,进了趟他的房间,坐在月光里,抱着膝盖,静静地发呆。

她特意找了个角度,拍下他的空床榻发去。

池牧之看消息真的很快,三十秒就回了:我也想你。

笑意刚爬上嘴角,电话就来了,李铭心盯着跳跃的电话备注,整个人跟被点了穴似的,愣在那里。

他一直用私人电话打,备注的是"池牧之"。眼前这个备注从没出现过,应该是他存的工作电话。

她憋住笑,想按接听,手指触上屏幕,还是羞涩地缩了回来。

太受不了那两个字了,李铭心滚进床榻,按下拒接。

缓了几轮呼吸,她双手为脸颊降温,给"池牧之"拨了过去。一接通,他沙哑的笑低低漾开:"终于发现了?"

她是真的不玩手机。他就存了两个号码,她愣是一个多月连通讯录都没打开看过。

李铭心:"你真疯了!"

他压下声音,蛊惑道:"叫来听听?"

"有病。"

池牧之似乎在应酬,周围有好多男人的声音。

李铭心犹豫:"唔,你在忙吗?"

酒桌上喝趴了一片,金助理去吐了。

"没事,都喝高了。"他还不想挂。

"少喝点。"

"好。"

电波牵连着话不多的两个人,他们听着彼此的呼吸声,心头满是饱足。

"唔……后天要下雨,你回来吗?"

"是吗?那我肯定不回来。"上次他吃了药回去,平静无痛,李铭心脸上写满了失望。她那副表情,让他都不知道是该高兴还是该生气。他不解,他疼得不行的模样有什么好看的?

她告诉他,他那时候的声音真的很好听,下次再痛一次,她录给他听。

后天估计就是那个"下次"了。

李铭心:"……我想听。"

那边没有回应。

隔了漫长的十几秒,她默默咬唇,以为不方便,正要抱歉,他的背景音已是一片安静。

他的声音清透磁性,如从头颅内壁传出来的:"我叫车来接你。"

"后天吗?"

"现在。"他正在用另一部手机给司机发信息。

"你方便吗,要不我打车来吧。"

"李铭心。"

"嗯?"

"等着,别乱跑。"

"好……"她磨磨蹭蹭,羞耻又冲动。

每次她学习学久了,就会很想发泄。他没那么忙的时候,想到入夜可以发泄,她白日学习都带劲。她一定是遗传到裘红的基因了,烦。

"还有!"

"嗯?"

"敢不敢胆大一点。"

"敢。"她第一反应是,胆大一点,晚上打车去找他。

衣柜里,庄娴书的鱼尾裙装在袋子里,像一场未及打开的浪漫。

上次庄娴书进房间整理东西时,李铭心提醒她带走这条裙子,那次没来得及穿。庄小姐大方表示,自己也没穿过,吊牌都没拆,接下来也没场合需要这么高调的裙子,就送给她了。

庄娴书还是一贯的快人快语,贬低起自己又苦涩又好笑。

李铭心以为自己也没机会再穿,这晚……也许可以……

春夜,潮气由地面风席卷入裙底。

这里不是酒店，是一处两面环湖的私人住所，司机把她放在桥上，说等会儿池总会过来。晚上九点，光影黯淡，唯两栋欧式别墅亮着灯火，分居南北，隔着四五百米，一看就不是一家。

她下了车，站在桥头，走来走去，细细感受微妙的刺激。

池牧之来接她时，指间燃着一点猩红。

最近程宁远结婚，以前院里的朋友联系得勤了点，这两天聚在山庄里，一块儿玩。他刚冲了个澡，又被拉去玩了把德扑，被朋友塞了根烟，刚点上，司机的电话就来了。

下楼的时候，他抽了一口，劲儿挺大。

看到落月桥，这烟正好燃了一半。

远远看过去，李铭心很瘦很小，怎么本人攻击性这么强。

她披了件全黑的中长款外套，下摆及膝，因跟腱长，小腿显得又纤细又健康。松扎的丸子垂在脑后，毛茸茸如兔尾巴。

隔着十几米，她就警惕地拿眼扫来。尽管知道是他，但她的姿态要比方才一个人踱步多了几分防备。

看到他走来，她便立着，没再走动。

夜光稀薄，透过池牧之手臂的摆动，看得出他空套了件白色绞花毛衣，里面没穿。

人影寥落，光晕涣散。两人越来越近，直到重影。

他直直地撞上来，眉目相贴。

春风轻声呜咽，虫声唧唧。

他贴在她耳畔，鼻尖上下磨蹭她的耳郭："怎么这么乖啊。"

"哪儿来的裙子？"他从没见她穿过。

"庄小姐的。"

树林掩映，星光幽幽。

他们于夜色中牵手狂奔，像要私奔的恋人，十分赶时间。

但到了停车位，他们转了三圈，才找到卡宴。车子停得很里面，被一排豪车横七竖八挡住了。

池牧之上车前，骂了一句，这帮人出来玩还炫车。

李铭心问："你有跑车吗？"

"三十岁开跑车？一看就不正经上班。"他确实有点老派，没朋友那么豪放。大概父母都活得很假，导致他有钱也不会特别肆意，始终知道自己该做什么，不该做什么。

说完"正经"二字，他扫见她薄外套口袋里的手机形状，立刻不正经地逗她："李老师。"

"嗯？"李铭心正偏头拽丸子，松解头发。

他顺势托上她的后脑，五指穿入她的发丝，扶稳她，找到车上的指甲剪，把裙子毁了："以后别问庄娴书借裙子，借一条我毁一条。"

李铭心感受到凉意，提醒他："我要把这句话转达给她，她大概会把衣橱搬给我。"送到你面前让你一件件毁。

池牧之"扑哧"笑了一声，旋即正色，不再提败兴的庄娴书。

池牧之吃饭不爱说话，向来专注，好像食物对他来说是很重要的事。可在这事上，他没有那么专心，他喜欢翻花样，和说情话。

李铭心做什么都很沉默，沉默吃饭，沉默接纳。

人会在这种时候抽离。

李铭心仿入无我之境，就像之前每次发生的一样，忘了名字，忘了身份证号，忘了英语单词。她达到了一种瑜伽老师说的冥想状态。

忘掉外部的一切关系与困境，只关注自己身体内部的感受。感受血流，感受呼吸，感受皮肤，感受自己的动物性。

他们较这劲儿，笑得贴在一起，慢慢享受，知道一时到不了终点，也不急着冲向那里。

正缓神，池牧之又旧事重提，说："给十万，你叫吗？"

尽管知道是假的，也不可能收，但还是觉得好笑。

"笑什么？"他逗她，摇她手臂。

李铭心闪过一丝狡黠，反身再度勾上他："好。"

"什么？"

她职业微笑："给我十万，我叫。"

池牧之深深看了她一眼，欲言又止，两秒后："好。"

她预热了一下："现在叫吗？"

池牧之牵唇，不语，合目，正在等她。

夜色将他的轮廓映得很深，他嘴角漫不经心的笑意颇有股风流味道。

李铭心舐吻过他的侧脸，在他喉结滚动时分，附至他耳畔，掐着声线，极尽媚态："老公。"

车窗外，拂过一阵不小的风。

绿叶颤抖，树影横斜，但没有一丝声音。

隔音的窗内，呼吸变调，泥沙俱下。她感受到池牧之明显触动，失控绷紧。

李铭心再次缠绕发声，不死不休地哼哼道："老公。"

下一秒，毫无预兆，周身泛滥起疼痛的抓感。

晚风、野花、树影、微光、遥遥灯火，所有的一切，将卡宴环绕。寂静如一个浓得化不开的梦境。

她听到青春期涌动的疑惑，听到忽然掉落的搪瓷碗，听到一声声老公，听到平和的动静之外，皮肤之间没有预兆的浪打疯动。

好俗，比那个备注还俗。

但"老公"两个字真的有魔力。

她闭着眼睛，听见门一开一合。

月光是会移动的。

有片刻，车内黑得像坟墓，等一切结束，月光碎成金沙，洒在了他们身上。

她睁开眼睛，冷声道："真没出息。"

池牧之站在车外，为她打开车门。此时，他已是一副君子模样，仿佛在给"床上的话不要当真"言传身教。

他左右指了指，分别介绍房子。"山庄"二字听着豪横，但他语气很低调，说都是朋友的投资，旺季做民宿出租，不全是私人独享。

李铭心以为要进去，他却拉她往别墅的羊肠小道上走："看，落月桥。"

她听到落月，先往天上看。等他按着她的头，视线才降至水平线。

此时此刻，方才那座平平无奇的半圆桥洞下，正好汪着一轮月亮。

李铭心："哦。"落月桥，是这个意思啊。

池牧之的笑意在捕捉到她的平淡后淡了下去："行吧。"

她夸："挺好看的。"

他低笑，不说话了。

别墅正门口，拴着两条猪一样的狗和两条狼一样的狗。她知道它们叫斗牛犬和哈士奇，但在她看来，就是猪和狼。

池牧之问她："哪条漂亮？喜欢哪条？"

她摇摇头："都不太耐脏。"

话说完，二楼探出一个浓妆女人："帅哥！毛毛总找你呢。"

"来了。"池牧之没抬头，拉着她步子走快了点。

"见一下我的朋友。"

"哦。"

"怕吗？"

"不怕。"

"成。"

两人的手就这么一路牵着，时而手掌错贴，时而十指紧扣，完全没有不舒适。

进去前，李铭心掏出纸巾，重重擦拭口红，擦完了自己的，又踮起脚给他擦。擦完，他们站在门口失控地亲了一下，飞快分开。

走到亮堂热闹的牌桌前，李铭心没有对自己的身份感觉到疑惑。不全是她坦然皮厚，而是这里的女人穿着打扮比她异常很多。

大厅内烟酒味很重，没有想象的电影高级画面，很生活。

六七个男的有高有瘦，有穿西装，有裹浴袍，有拎钥匙准备离开，有端盒饭正在扒饭，正中绿色长牌桌前围着几个人，稍作观察，都有女伴。

李铭心擦掉口红就近乎素颜，一眼可以看出年纪很轻。

而在座的，除了几个浓妆艳抹的女生，还坐着两个素净的女生，五官非常出挑，她们也朝她看了过来。

男人们见池牧之牵着个年轻女人进来，大呼："来真的啊。"

池牧之笑笑，拍拍一个胖子的肩，说自己要先走一步，今天不玩了。

其他人不满意，起哄，上前拉李铭心。

池牧之警觉，扣住李铭心的腰，鼻尖抵住她的额暧昧地磨蹭："今儿真不行。"

这个动作，是大方暗示的信号，男人们立刻意会。

站在这么多人面前，李铭心真有点儿发抖。鱼尾裙前短后长，短的部分仅及腿根。若脱掉外套，坐上椅子，裙子随动作往上缩十厘米，风凉不敢想象。

"这么急，看来不是正经谈呀。"一个说话没边儿的男人打角落发来声音。谁家正经恋爱，急着出去过夜。活到三十都知道，一两夜没什么好急的，以后有腻的时候。

旁边立刻有人打哈哈拍他："胡说什么，咱池总这么多年就活了个正经。"假正经。

"就是，我们池总玩感情不儿戏的，每次都很认真，就是每次结果都像儿戏。"

这人绝对是真的损友。

此言一出，周围狂笑。

几个姑娘不知情，也跟着笑。

"扯！"

池牧之没多耽搁，摆摆手真走了。一是李铭心穿的不方便，二是怕她不自在。进去一会儿还好，若在里面玩到半夜，不太爱玩的很容易觉得无聊。她本来也闷闷的，不说话，看上去不适应这种场合。

他说他这两天住这里，有间房，问李铭心是现在进去睡觉，还是出去转一转。

李铭心问："你困吗？"

她这么问就是想出去转。

他刮刮她鼻子，拿上外套，牵着她再次下楼，语气里有了然的取笑："我就知道李老师喜欢外面。"

池牧之到一楼,先拐进了一间洗衣房。

这房间有三台洗衣机和一台烘干机。

他熟悉这里,径直翻找柜子,在第三层找到了女生均码白T恤和运动裤。他又拉开底层抽屉,指尖挑开其他女性杂物,从盒子里取出一次性内裤,卷状的。

"换一下吧。"

李铭心意外。其实她穿什么都可以,就算穿撕裂的裙子,只要没人来乱扯衣服,凑和一晚也无所谓。

"谢谢。"她又说,"你转过去。"

清醒时分,两人多是衣着整齐,正常说话。

此刻灯火通明,要在他的注视下换衣服,她有点不自在。

池牧之背过身去面朝墙面,想了想,说:"刚刚那些人……别把他们的话当真。"

"没有。"她自小长于市井,更烂的话她都听过。这算是高素质的了。

"好。"他闲聊道,"看得出来吗,上面那些人小时候都喜欢过阿娴。"

"现在呢?"

"现在?都这么大了……不知道。"应该不了吧。

穿上运动服,李铭心神清气爽,像换了个人。

池牧之很高,背影挺拔,近乎挡住半片灯光。

这里没有镜子,她麻利顺发,左右偏头,连个影子都没得照,只能草草又扎了个髻。

"穿好了。"

池牧之转身,眼上蒙来一只手——她动作不快,遮住光线前,他看清了她嘴角的笑意。

李铭心问:"我是谁?"

很熟悉,池牧之不动声色,反问:"你想是谁?"

声音又远又近,是脑海里那个人,也是心头上那个人。

李铭心的脚落回平地,松开了手。

两人对视上,不由自主地回避目光,闪过冷静下来的羞赧。

他偏头一动,俯下身来,灯光忽而灼眼。

室内很静的时候,如果不快速走出安静,孤男寡女会忍不住想摆脱尴尬,说些什么,或发生亲近。

没有任何征兆,他捧上她的脸,她迎上他的唇。

李铭心接吻很霸道,池牧之和她相反,喜欢甘泉一样慢慢来。

春风化雨，如被电流抚过。

结束，他们面颊紧紧相贴，又缓了一会儿，才往外走。

她以为去很近的地方散散步，没想到他带她去爬山。这里有一座不高的山，爬上去可以大致俯瞰附近地貌。还有一个优点，可以看日出。

走到山脚是夜里十二点半，李铭心一点也不困。他说既然不困，那就去环山公路走一圈。那边原本是赛车的地方，最近没有赛事，空着，有个小门，人可以走上去。

李铭心一圈一圈环绕，随他走在半山公路。绕到最后一圈，在他的指引下俯瞰，真的有无人机般震撼的视角。

这一路上他们耗了两个钟头，再走回山脚，是凌晨两点半。

这里零点后黑得鬼打鼻子，一盏灯都没了。月光半明半昧，打盹儿似的，也不是很尽忠职守。

池牧之一只手打开手机电筒照明，另一只手牵着她往山顶走。

他们一直走路，没人喊累，好像天亮了就要分开般抓紧时间。

她没有自己的话要说，都是他问，她答。

他问她十几岁的时候恋爱过没有，她说好像没有。

他问大学呢，她说也许有。

他问现在呢，她笑着低下头："我不知道。"

池牧之故意攥紧她的手："李老师别的不会，装聋作哑第一名。"

她也不谦虚："装聋作哑是不错，但别的也会一些。"

两人的脚步声错落，仔细听，还挺和谐。

她问他的腿累不累。

他说不累，就这么点路，和他康复健身的运动量根本不好比。说罢，他又强调了一遍："李老师，我不弱。"

真的一步步爬上山顶，必须承认，他是不弱。池牧之没多累，也不冷，手温温热热的，看来疼痛才能袭倒他。

太阳升起的一个多小时倒计时里，李铭心运动后的身体迅速冷却，很快鸡皮疙瘩冒起。

尽管是深春，凌晨三点山顶体感温度也只有五六度。

池牧之脱下外套，披在她身上，问她还冷吗？

李铭心先感觉到温暖，慢慢还是发起抖来，还是冷的。

"不冷。"她抱着膝盖，蜷坐在大石块上，很乖地等待太阳。她经常早起，但很少看朝阳。她有些好奇，为什么会有这么多懒虫愿意早起看它，一定是有特别之处。会比 302 路公交车上的落日还好看吗？

池牧之左右看了看，山上连挡风的茂树都没有："要不还是下去吧，是挺冷的。"

"可是说好了看日出的。"李铭心还是想等,"你冷吗?"她主动拉过他的手,摸了摸,依旧暖和,"手暖的。"

"我不冷,我不怕冷。"他帮她搓手,"我担心你感冒了。"

"感冒就感冒,反正也没什么事。"过去她囊中紧张、时间紧张,感冒是错误一样的存在,最近的生活可以容错几日感冒的怠工。病了就病了,没什么问题。

"行。"

没一会儿,她冻得鼻水都出来了。她吸吸鼻子,继续忍耐。

她总是能在糟糕的环境里一声不吭地咬牙。

池牧之将她搂在怀里,感受到她一阵阵发抖,问她怎么这么冷?

"可能我没有阳刚之气吧。"她也奇怪,怎么他就一件单薄毛衣,居然不冷。

池牧之被逗笑了,埋进她颈窝。

红色的烫日跳脱出地平线,很美。但再美,也比不过和他一起时生出的阵阵愉悦。

四月中旬,考研录取名单出来。

李铭心成了英专的新传奇。

她不混群,不知道同学们怎么把她吹上的天,这一切全靠小喇叭室友宣传,并转达。

室友问她:"做住家家教,有没有和那个富二代发展点什么?"

李铭心问:"怎么叫发展?"

室友八卦地冒桃心:"就是暧昧啦,请你吃个饭啦,跟你聊聊天啦。"她不信李铭心那么漂亮,会没有后续!这也太柳下惠了!不说单身,就算有女朋友,也必须得为李铭心出轨!

李铭心憨笑……

她轻轻点头,倒也没瞒着。

室友压抑住天性,捂嘴尖叫,马上又问:"那上次李蓝那个……他知道吗?"

李铭心自问,想了想,组织语言:"三十的人了,没那么幼稚。"

"也对,给他脸了!"

五月,学校事情很多。毕业季来临,好多表需要填写。李铭心为了保证完成效率,每天池念上学后,她都要去学校待一上午,接收各种信息。

而就连象牙塔里,也有程宁远婚礼的信息。

李铭心站在知情者的角度，听到了一个商业联姻的爱情故事。

同学们口中，程宁远是大佬，娶的是知己，两人琴瑟和谐，将举办一场世纪婚礼。

剧情简单美好，相当浪漫。

看着她们憧憬的表情，李铭心忽然想到第一次从别人口中听说池牧之，也是个高度美化过的人物来着。

这两天，李铭心和池牧之产生了一个微妙的分歧。

他要带她参加程宁远的婚礼。此人对于公开恋爱的大方超乎李铭心的想象和承受。

她根本不在乎池牧之在外面是如何介绍她，又是如何介绍自己的恋爱现况。他说自己单身，她也不在意。她在意眼前的快乐，且对两人的未来并无计划。

池牧之一开始以为她就是不爱社交，见她拒绝，逗逗她便作罢。昨晚回来得早，他进她房间看到桌上摊着托福书，角落的计划表上赫然写着下周考托福，脸色顿时就不好看了。

李铭心洗完澡出来，看到他贸然进房，提醒他念念还没睡呢，赶紧出去。

他严肃着一张俊脸，沉声问她："怎么忽然想考托福？"

李铭心坦然道："考考看呗，反正也没事。"大学里大家多少都试水过雅思托福。这考试两千一回，她没有闲钱考，就一直没考。最近空了，想拿个分数看看。

他少爷脾气上来，臭脸很久。出于尊重，肯定不好说你别考。考试一定是对的，作为一个学生考什么都没问题。

但显然，李铭心这种把自己一切退路都安排好的行为，让他不安。

尤其，她准备了很久，而这期间，一丝信息都没透露。这种隐瞒，让池牧之不舒服。

他蹙眉问："你想出国吗？"

李铭心摇头："不想。"

"是没钱还是不想？"

她想了想："没钱。"

李老师的诚实打败了池牧之。对话节奏乱掉，他没绷住脸色，质问立刻显得不堪一击。

池牧之拿她没办法，只能晚点收拾她。

深夜，他不由自主地叹气，说没想到自己有一天要做这种事。李铭心明知故问："哪种事？"

他咬牙切齿："体力活。"

李铭心捧住他的脸:"可是,我觉得男人做体力活的时候,最好看。"
他又骂了遍那个一字脏话。
总体来说,相处是十分愉悦的。
如果不想未来,李铭心最近的生活完全可以用幸福来形容。

第九章
尘埃落定

裘红的发疯于病势中渐萎。化疗反应大,她身体难受,想找个人来照顾她,而李铭心显然不可能。纠结前后,她只能卖房。

签协议的时候,她哭得厉害,给李铭心打电话,说自己这辈子就想要一套房,一个安稳的家,怎么就是不行呢。

李铭心正在买衣服,手机搁在试衣间的凳子上,一边换牛仔裤,一边当背景音听。

她从裘红七兜八绕的话里整理出信息,估摸出这事有戏。

等结完账,裘红也没哭完。

李铭心没有在卖房的关口惹恼裘红,怕把这事搅黄了。

买房的人是县城里的投资客,买完房子还要再出租。裘红跟人谈的时候,顺便连房租都谈好了,手续办好搬都不用搬。

三十八万到账,李铭心大方,打了十六万过去。

裘红立刻暴起,问:钱呢?

李铭心:算着点用,这是全部。

发完,她就关机,进入装死状态。多说一句,就会开启循环一样没有尽头的对骂,她厌烦了。

302路公交车摇摇晃晃,李铭心考完托福,乘车回白公馆。

计算题冒出存款的开头,又被她按停下来。

现在拥有的每一笔大额都有可能因为某个决定随时清零,算来算去算不清楚。她索性闭上眼睛,放松精神。这一放松,真睡着了。被司机摇醒时,李铭心人都木了。

再跑到始发点等302路公交车,她不禁好笑。

她还没这么疏忽大意过。

不知何故，她的"季经"变成了两月一次。

看来，月经也是个看钱使色的人，仿佛知道她最近宽裕，要她出血。李铭心在超市买了两包卫生巾，正好碰上池念买零食。

池念每两周大购物一次。

日常放学，她在学校门口买一点，楼下买一点，走过路过，也不错过任何超市。

她对零食没有进口国产的区别对待，一视同仁。

两人在外头撞见，都有点意外。池念先愣了一下，看到李铭心手上的卫生巾，肉眼可见地"丧"了口气。

"Miss Li，你那个来了啊？"

李铭心点点头，从池念手上接过高堆的零食："又买这么多？上次的不是还没吃完吗？"

"我有囤积癖！"池念抢着非要把卫生巾的单买了，结账的时候，嘀嘀咕咕，"我看你上个月没来，以为……"

李铭心正用余光扫描货架上的计生用品，见她欲言又止，问道："以为什么？"

"以为……"池念说到这里，嘴巴一扁，又不说了。

李铭心和池牧之的事，本来天知地知你知我知，现在是全家都知，只不过互相装傻。

俊男美女，共处一室，平日吃饭时，你不看我我不看你，磁场明显不对劲。他们不是演技派，就算没有一次被撞破，池念小机灵还是捕捉到了异常。那种男女热恋的空气，藏也没法藏！

池念有一天受不了了，给池牧之发消息发疯：啊啊啊啊啊，我觉得你和 Miss Li 很奇怪！

池牧之打电话给她，让她说出哪里奇怪。

池念说不出来，就重复很奇怪，还问他怎么没有搬出去住。

池牧之说不搬了，又叮嘱她，有奇怪也别表现出来，别让人家有压力。

池念明白了。

她开始默默观察 Miss Li，不得不说，Miss Li 表现得太正常了。

有天睡觉后，池念又饿了，起来去找 Miss Li 吃夜宵。反正她做什么，Miss Li 都会陪她。

她推开门，床上有睡过的痕迹，人不在。她以为在洗手间，还敲了敲门。

无人应答。

等待约莫一分钟，池念忽然明白了 Miss Li 去了哪里，整个人羞得能把对面房间烧了。啊啊啊！池牧之不是人！

从那天起，池念开始关注 Miss Li 的生理期。

虽然 Miss Li 很聪明，但是万一 Miss Li 吃亏了，她要帮 Miss Li 想办法的。

至于为什么 Miss Li 没有告诉她这事，可能有两个原因，池念都考虑到了。

第一个可能是池牧之这个坏男人诱惑了 Miss Li，不准备公开，呜呜呜！坏男人！

第二个可能是 Miss Li 不想让她知道。至于为什么不想让她知道……池念想了想，心里泛起酸溜溜的甜。过往对话浮现，每次说起池牧之，Miss Li 总是沉默的，而她一直夸 Miss Li 能抵挡住池牧之的诱惑，把她架在了那里。

嘻嘻。

李铭心敲敲她的脑袋："别胡思乱想。"

池念偷乐："我是关心 Miss Li！"

她低下头，眼睛骨碌碌转，上电梯时终于憋不住了，大家都知道了，Miss Li 也知道她知道了，那还藏什么！她一定要问："Miss Li！"

李铭心按下楼层："嗯？"

"我哥人怎么样？"

李铭心笑了："怎么啦？"

"他好吗？"池念期待地看向 Miss Li。

轿厢上升，到五楼，李铭心才回答她："挺好的。"

这个思考的时间让答案变得很不可信。

池念"哎"了一声："啊？"

李铭心捏捏她的脸蛋，知道她在焦虑什么："他是我迄今为止，遇见的第二好的人。"卖完关子，见池念眼睛亮了，又补充，"念念是我遇见的第一好人！"

天！

池念想哭。她捂住嘴，拼命忍着，还是没忍住，抱着 Miss Li 转了两个圈圈。

"呜呜呜！你们两个也是我遇见的第一好和第二好！"

池念的第二次生命是池牧之给的。

这件事池念从没透露过，因为太可怕。在芝之姐姐提醒过她之后，池念吞咽噩梦一样，憋回了肚子里。这么多年，对谁都没说过。

那时，池竟把人藏得很好，可以说几乎没人知道池念的存在。如果不是每月有定额的一万划出去，一切神不知鬼不觉。

程斯敏是个心细如发的控制狂魔，账户上余额位数都数不清，银行卡几十张，她偏偏敏感地察觉到每月一万的消失。

在知道池念的存在后，她对程家亲戚说，县城里总归有小路的，哪个司机要是开车不小心，跌了撞了，瘫了死了，谁知道呢。

池牧之当时就坐在饭桌上，对母亲的反应感到震惊。尽管程斯敏说完就笑了，但他认定这个笑话并不好笑。

过去他知道她行事果决、雷厉风行，但没想过她会随口草菅人命。

他不能接受，做出了惹怒程斯敏的事。

他去到县城，和池念吃饭，带池念一起玩，把池念半公开给了周围的人。

这样，池念就不能随便发生意外，否则会有人将她与程家关联。

后来，因为心理问题，池念被接到 S 市，就更不可能发生意外了。

虽然很多人都不理解池牧之这么做的原因，认为他驳了程家的面子，维护了老爹，但他也从没透露过母亲想要让池念彻底消失的意思。

他和池念站在一边，本质上是保护了她，同时，也没让程斯敏有机会犯这种错。

池念一直很感激。

不管池牧之是不是坏男人，他都是个好哥哥。今天 Miss Li 说他是好人，让池念很感动。

池念的眼泪止不住地流。她最喜欢的两个人在一起了，而且 Miss Li 不是被迫的！

她快乐得像升天一样。

池念偏心 Miss Li，还是把这个秘密告诉了她，让她有个心理准备。

那个女人一定像电视剧里的恶棍一样可怕。

说完以上，见李铭心一脸平静，池念担忧地观察着她的神色，问她："你不害怕吗？"

李铭心神色未变，问："怕什么？"

"不怕程……他妈妈吗？"池念一直都知道，程斯敏很可怕。庄娴书失恋那阵，池念很害怕程宁远找上门来。虽然都知道池念的存在，但大家面对面还是不一样的。

李铭心拎着袋子，把零食放进小车篓，淡淡地说："不怕。"

"啊？Miss Li 你真牛。"芝之姐姐当年都怕呢。

李铭心笑笑："还行吧。"

左右不过是拆散鸳鸯的事，能有什么大不了的。

不过池念说完，李铭心倒是明白了，为什么池牧之急于公开了。

"没事，以后我出国了，你要是被威胁了，就来找我。"池念拍拍胸脯，"我罩着你！"

"谢谢念念！"李铭心拥抱她，"突然放心了呢。"

"嗯！我们女孩子要互相帮助的！"

晚上八点一刻，池牧之回来，微醺，能站稳，主动去盛了醒酒汤，喝完就去洗澡。

池念今日高兴，超级自觉，早早进了卧室，主动消失。

李铭心考完托福，吃了止痛药，神清气爽，挑了部老电影，准备享用。

池牧之洗完出来，见她已经躺在了床上，像跳水一样，栽到她身上："今天结束，他们约了第二波，我以前会考虑去还是不去，但这次连考虑都没考虑。"

傍晚收到她问止痛药的消息，他知道她生理期来了。他想早点回来，看看脆弱的李铭心。

李铭心一切如常："不要说是因为我。"

"当然不是因为李老师。"池牧之捏住她下巴轻啄，口是心非地接话，"我就是想看电影了。"又贴至耳边，讽刺地变了个调子，"毕竟，我好久没有完整地看完一部电影了。"

李铭心生活里铁石心肠，不为爱情所动，但爱看爱情电影，还常为俗气所感动。

按下播放，片头陌生。

他问："什么电影？"

"《西伯利亚理发师》。"平日陪池念英文片看多了，今日挑了部节奏感很强的俄文片。

"打仗的吗？"

不是打仗的，但李铭心胡说八道："嗯，打仗的。"说完左右想不通，"我以为出过车祸，你会害怕血肉模糊。"

"害怕啊，不过我一般都直面害怕。"他说这叫脱敏治疗，就是确定过敏原，然后利用过敏原反复刺激，以产生耐受，让自己不再过敏，不再害怕。"

"车祸过的人很久都不敢开车，但我脚一恢复走动就开了。"他发抖冒汗，呼吸困难，有很强烈的心理创伤后遗症。但他仍然每天开，渐渐地就习惯了。

他不喜欢身上关于车祸的病态，能克服的都会一一克服，不让人察觉出异常。

"原来如此。"李铭心点点头。

电影节奏明快。

进度三分之一时，池牧之看出是一个坏女人骗了好男人的故事，好笑地问："什么时候到打仗？"

"不知道哎。"李铭心装蒜。

播放到一半,他问:"这是悲剧还是喜剧?"

她回忆事先看的剧透:"悲剧。"

"不看!"他立马按下暂停,"你明天自己看。"

李铭心坐起身:"为什么!战争不也是悲剧吗?"

"那是一群人的悲剧,是大时代的悲剧,那就不算悲剧,是人类的正常进程。"

沉默……

"两个人的悲剧不看。"

投影画面中止,画面外李铭心的呼吸一起一伏,明显不平稳。

他瞥了她一眼,问她是不是生气了。李铭心剜了他一眼,双手抱臂,摆出防备姿势准备睡觉。

"真生气了?"他语气挺高兴,能惹到李老师生气,也算是本事,上回还是她妈的事。

李铭心不说话,拿背对着他。

他贴上来,下巴搁在她肩上:"我道歉。"

"你好霸道,我不喜欢。"电影看到一半,后面剧情还不知道呢。她憋着气。

"明天你再看不行吗?"他要上班,她又不上班。

她不说话,反正是他家,随他便。

"我不喜欢悲剧,尤其是感情上的悲剧。"身边都是悲剧,他看电影都不看感情类的。

李铭心合目,沉默,像睡着了。

她不说话的样子实在让人猜不透她是真生气还是闹脾气。池牧之无奈,按下播放:"行吧,看吧。"

李铭心慢慢地睁开眼,转头面向投影,眼里一片清明。

在池牧之开口笑她之前,她按下了暂停,撑起身体:"好,今天不看。"

他意外,挑眉:"嗯?"

她狐狸般的眼睛划过道精亮:"那你给我看别的好不好?"

"不给。"池牧之"喊"了一声。

"为什么?"李铭心暴躁。

"你这么急着看?不会看完就走了吧。"

李铭心笑:"你为什么老想着我会走?"

"是我老想吗?"池牧之捏捏她的脸,"李老师好好检讨,为什么我老担心你走?"

李铭心撇嘴,摇摇头:"你没有安全感。"

你在上一段感情里受了伤，导致患得患失，一点也不酷。
"得了吧。"池牧之像听了个笑话。
"不是吗？"
"我有安全感。我什么都不怕，死也不怕，疼也不怕。"
"那你为什么老担心我走？"
池牧之眼神一凛："这是你要检讨的事。"
她想了想："好吧。"
"你检讨出什么了吗？"
"嗯。"她点点头。
他抱住她："什么？"
李铭心笑了一声，卖起关子。
池牧之轻轻拿捏她的痒痒肉，非要她说。
李铭心："男人贱。"
因为得不到，所以才香。
池牧之打她屁股："重新检讨！"
她坚信："如果我百依百顺，你一定不会患得患失。"
"答案错误，重新答！"他眼里写满失落，语气仍在玩笑。
"哪里错了？"
"你百依百顺，一张白纸，或者现在这样，让人捉摸不透，对我来说都是一样的。"
"哪里一样？"
"算了。"他叹了口气。
情话不能点破，点破就像演讲了。
李铭心环上他的腰身，双眼左右兜捕他："怎么又算了？没说完呢？"
他指尖抚过她额角的碎发，无奈地落下碎吻："肉麻不想说。"
李铭心"扑哧"一乐："说说。"
"那我说句肉麻话，李老师说句肉麻话？"他讨价还价。
好赔本的买卖。
李铭心认下了这买卖。
止痛药飘飘欲仙的作用，让一切像在做梦，很浪费时间的对话，不过她身心愉悦。
光影飘在半空，照得人脸部轮廓深邃又暧昧，风流又正经。
她躺在光影中，心潮涌动，像在看永恒。
池牧之认真地看向她："因为你对我来说很特别。"
无关你是天真还是邪恶，是无欲无求还是谋取利益，是天降的偶然还是精心的谋划,对他来说,对于动了心的他来说,这些都不重要。

刚开始也许是重要的,但现在,一切都不重要了。

他说完,李铭心笑意都没比方才多一分,且就这么眼睛一眨一眨,瞧着他。

池牧之见证完她的反应,垂下眼皮:"行。"

李铭心的反应在他意料之中。

"干吗啦。"这话也没什么特别的。

"没什么,睡觉吧。"他按灭投影仪,不跟小姑娘多计较。

梦幻光影戛然而止。

李铭心陷进黑暗,回味那句几次出现的"特别",嘴角慢慢浮起笑意。

枕边人的手熨上她的肚子,没问痛不痛,就这么一圈一圈,不带情欲地打着转。

过去痛的时候,她都不曾施舍过这个动作给自己,从来都是咬牙忍着。

李铭心本在憋情话,感受到这个动作,反身抱住了他:"池牧之。"

"嗯?"

叫完他,李铭心脑子里闪过片空白,又转了回去。

须臾,她背对着他,音色清透,语气郑重:"你是我这二十三年来遇见的最特别的人。"

无须强调的特别。

在糟糕的人生课业里,除去一分耕耘一分收获的学习,李铭心从来没有过这样一个篇章,反败为胜过。

小腹上的温掌一顿,又恢复温柔的打圈动作。

"还是李老师厉害。"

刚硬起来的心都化了。

"嘻嘻。"

五一假期最后一天,是程宁远的订婚宴。

订婚宴盛大、阔气,上了本地新闻首页。

池牧之休息日难得上午起来,脸拉得很长。李铭心陪念念看完一篇短篇原著,到九点半,没忍住进屋叫他。

还算他有时间观念。

衣帽间里,他正板着张帅脸系领结:"丑死了,跟服务生似的。"

金助理说未婚男性统一着装。他以为统一什么着装,一看搞的什么领结。

"这么英俊,不是一般的服务生,一看就要收小费的。"李铭心靠在门边,不知道要不要帮忙。

池牧之没精打采,像上刑一样套上西装,听到李铭心调戏,忍俊不禁:"李老师大清早就调戏良家男子,也不嫌腻。"

"还好,也不是普通男子。"

"哦?"

"是金主爸爸。"她使用新词。

他亲亲她的嘴角,暧昧地贴耳说:"乖,早上别叫,留着晚上叫。"

五月春光甚好,一片绿意不说,吹来的风都毛茸茸的。

池牧之走后,李铭心陪池念去狗咖撸狗。

她要了杯甜咖啡,随手抄起架子上的报刊阅读,是经济杂志,首页封面人物正好是程宁远。

她找到专访的页面,读了几分钟。

池念爱狗如命,恨不得把床搬过来,住在狗窝里。

因为要出国,买了狗也要面对离别,她一直忍耐。看到李铭心和池牧之在一起,她又动了贼心,想培养 Miss Li 对狗狗的爱。这样她买了狗,出国后 Miss Li 也能帮着养。

她引了只系红围兜的阿柴,问李铭心:"可爱吗?"

李铭心夸道:"这狗挺耐脏的。"又问,"狗咖也有田园犬?"

池念一噎,马上换了一只洋气的英国斗牛:"这只帅吗?"

李铭心漫不经心地点点头,又看回了杂志。

池念眼巴巴地看着,见李铭心的态度比哄她坚持再学十五分钟要敷衍很多,默默念叨,Miss Li 不上班的时候真的很冷漠。

李铭心抿了口咖啡,看完程宁远的专访,往后翻,竟然有光瑞研发高管的采访。

文字很少,豆腐块大小,受访人恰好姓池。

她拍了张照片,发给池牧之:是你吗?

池牧之:李老师的调查无孔不入。

狗咖面朝阳光房,光线极好,就是味道差点意思。狗味混合着去除狗味的花调香剂,熏得香臭香臭的。

她合上杂志,扇了扇风,心情到此刻都是愉悦的。

好心情截止于童家河的微信。

他问:庄小姐是什么人?

李铭心不解,回复一个问号。

一分钟后,童家河发来一条语音。他说自己左腿断了,在医院,没有任何原因,就是前天晚上跑步,被人莫名其妙拖到角落,拿棍子生生打断的。

那是监控都调取不到的死角。

警察问他最近得罪了什么人没有,他想了半天,没供出庄娴书。

录完口供,他问李铭心,庄娴书是什么人。

李铭心打开庄娴书的聊天界面,对话还停留在那次邀请咖啡。她想了想,问庄娴书还记不记得童家河。

她也厌烦做传话筒,不过一个体育生腿断了,不知道会不会影响后面的工作。

庄娴书回得很快,她没有回答童家河的问题,而是发来一板降糖药的照片:你说全吃掉会死吗?

李铭心失语:想死别发给我,发给程宁远。

发出这条,她皱起眉,补了一句:连死都不怕,干吗不做更狠的。

庄娴书:算你狠!

庄娴书:骗你的!

庄娴书:我才不想死呢。

庄娴书:不过听你的,发给他了!

李铭心自认铁石心肠,但面对一群小生物,还是忍不住会想到另一只生物。知道她不会死,但……

李铭心:你在干什么?

庄娴书:我不会死的啦!

李铭心:现在一个人吗?

庄娴书:妹妹,这么关心我?我一个人在家呢,你要不要来找我玩?

李铭心拉来念念,问她:"介不介意阿娴姐姐过来。"

池念自然不介意。

接着,李铭心做了件过去极少做的事——管人闲事——叫庄娴书一起来狗咖。

庄娴书一刻钟后就到了狗咖。

庄娴书的美甲长如九阴白骨爪,所到之处,没有"幸存"的狗,少说薅下来几团毛。和池念嘻嘻哈哈打完招呼,她走到李铭心身边:"童家河来找你了?"

庄娴书素颜,穿了一身黑。黑T恤、黑牛仔裤、黑平底鞋,戴上一顶黑渔夫帽,宣称今天走"丧事风格"。

还别说,这风格挺合李铭心的心的。

"他腿断了。"

"我知道。"

李铭心偏过头看她。

"那能怎么办,他要是敢断我的腿,我立刻推着轮椅离开。哎,别说,断别的男人腿还怪性感的。"庄娴书狼心狗肺地说完，低头给李铭心转了十万块钱，"帮我转给他。"

"这么多啊？"李铭心讶异。

这要搁以前，她肯定愿意断一回腿来换钱。

"除了钱，我也给不出什么了。"想自省几句，可庄娴书唇瓣上下一磨，又说了句浑话，"就约了三回，亏死我了。"

闹的不只是这么一出。

订婚宴中午是家宴祝词，下午是订婚舞会，晚上大宴宾朋。

中午席还没开，正在走祝词流程，池牧之就扯了领结，出发找庄娴书。

庄娴书的手机搁在桌上，去摸狗了。

李铭心盯着一闪一闪的手机屏，看到微信接连弹出，先是阿远，再是阿牧，还有阿琛……电话声高奏前，李铭心垂下眼睫，指尖一推，将庄娴书的手机调成了静音。

她回头唤庄娴书："阿娴。"

"嗯？"庄娴书正在跟老板咨询每只狗的脾性。

"想买狗吗？"李铭心离开座位，往吧台走，"喜欢哪个品种？"

池念见李铭心问狗，马上精神，又开始抱小狗给李铭心看。

庄娴书喜欢腊肠——全场最在李铭心审美之外的狗。

李铭心完全看不懂这只狗，可硬是夸得十分真心，说它贵气、特别、很绅士。

三个人围着这只腊肠又是摸摸又是玩球，逗了二十来分钟。

庄娴书的心情颇好，再回阳光房前的座位，捞起手机，不由得瞳孔一震。

手机上有上百通未接来电，微信 99+。

程宁远的订婚宴只有一张中午祝词的合照，下午全毁了。晚上的酒席，女方那边怒极，又不好直接甩脸，女方母亲借珠宝遗失一事小闹了一场。

李铭心不知具体情况，只知道池牧之第四天才回来，到家时精疲力竭，刚经历完三堂会审一样。

她和池念正在收尾，清理厨房。

英瑞初中部小提琴社有活动，池念负责提供甜品，她们忙了一晚上，准备了四十份甜品，把冰箱塞得满满当当。

池牧之一开冰箱，眉头一皱："这是什么啊？"

"要拿什么，我帮你拿。"李铭心问他。

"水。"

水被甜品盒挤到了最里面，拿出来有点麻烦。

李铭心倒了凉开水，给他加入两块冰："喏，这个也是冰水。"

池牧之三口灌尽，盯着她一动不动。两人对视良久，他忽然叫了她一声："李铭心。"

她正色："在！"

他疲惫地捂着脸，笑了出来，什么破反应。

她问："怎么了？"

"你遇到什么困难会很想逃？"

"我遇到困难不会逃的。"

"是吗？"第一次听说。

"我一般只有遇到无聊没意义的事，才会想逃。"

池牧之拉过她的手："你说的。"

"我说的。"她点点头。

"你保证。"

呼吸间闪过两秒停顿。

李铭心："我不保证。"

池牧之两晚上没睡，又开了一天会，来回两趟上海应酬，想逗她都逗不动，伏在桌上无奈。

李铭心坐在灯下，撑着头，见他许久没动，伸手摸上他额头，感觉有点低热，问他："是不是发烧了？"

池牧之没回答。

在额头上的温热撤离时，他捏住了她的手压在脸下，声音又哑又疲："最近家里要是来人，不要开门。"

李铭心蹙眉："会有人把我抓走吗？你们这么做不违法吗？"

他直起身，捏着她的手给自己用力揉脸："不会有人把你抓走的，这是违法的。"顿了顿，眼带审视地看向她，"我就是怕人家说两句话，你主动走了。"

程斯敏这个人，为达目的六亲不认。

"哦，这倒是有可能的。"李铭心故意这样说。

说完，她嘻嘻一笑，抱住他，结束了这个话题："好啦，去洗澡。"

他倒在她肩上，难得耍起赖皮："李老师扶我一把。"

她好笑："雨天池总都没走不稳。"今天怎么还撒娇了似的。

她与他牵着手，一起走到浴室。这几十步，她倒也没怎么扶，但确实能感觉他走得很累。

见他脱衣服，李铭心开玩笑，问要不要帮忙洗澡。

池牧之脱下西装，解开皮带，低声回应玩笑："今天附加费我付不起，改天吧。"

李铭心替他关上浴室门,坐到床角,抱起法考书,窝在地毯上看了一会儿。

倒进床榻,仰头看天花板,灯光十分刺眼。但轮到看书时,室内光线又显得有点黯淡。

池牧之这个澡洗了很久,李铭心眼睛都看酸了,他也没出来。

扫了眼页码,少说看了十来页,不至于洗这么久。她手边没有手机,跑到对面拿手机看了一眼时间,才发现他洗了一个多小时。

李铭心赤脚跑向主卧内浴室门口,敲了敲门:"池牧之。"

里面没有声音。

"池牧之。"

这房子隔音太好,她连水声都听不到。

加大力度又敲了两声,依旧没有回应。

李铭心握住门把手,推开了浴室门。

暖色光亮的浴室里,池牧之下半身围着浴巾,垂首坐在马桶盖上抽烟。

湿发的水珠滴滴落落,淌了他一身,忧郁又禁欲。

但李铭心没那么没良心,她看出他有点不对劲。

这个湿度,他洗完澡,肯定没擦过头发。

疤痕经热水洗浴,微微泛红,落在白皙紧实的皮肤上,异常明显。

李铭心不由自主地皱了皱鼻子:"怎么抽烟了?是腿疼吗?"

饶是排风扇开着,烟雾在密闭空间缭绕,味道仍然非常呛人。

他们的相处过程中,他极少主动抽烟,在家里抽,更是罕见。

他恍然回神,低头碾烟蒂,再抬头,目光明灭不定。

"不舒服吗?"李铭心关切地蹲下身。

他挑起她的下巴,唇齿追逐,尽数把烟味递送给她。

换气间歇,他低声哑气地问她:"如果有一天我死了,你会怎么办?"

问得好突然。

"我会给你送束花。"他应该会死在她前面吧,李铭心应该有机会给他送束花。

池牧之发狠地咬她耳朵,报复性地在她脖颈留下一枚枚吮痕:"你就这么点良心?"

"我总不能陪你死吧。"咱认识得也不久。

李铭心仰起头,眼睛也在浴室的高湿度下润得水汪汪的:"怎么了?"

"说句好听的吧。"

"什么?"

"说句好听的。"他双手捧住她的脸,语气强硬,"说句好听的。"

李铭心眨眨眼:"是腿疼吗?"他的状态好不对劲,手都有点抖。这不是她熟悉的池牧之的样子。

他消沉地重复:"说句好听的。"

她困在他怀里,满腹疑惑,想来是程宁远订婚宴有不愉快,估计是家里逼的。她稍作思索,像填空答案一样告诉他:"好听的就是,我和你不只是性。"

浴室里排风扇轰鸣地运作着。

池牧之深深地看着她,忽而牵起嘴角,揉揉她的头,恢复了惯常的好先生模样:"这句还行。"

再回卧室,池牧之一切如常,抹了自己的面霜,又转身给李铭心颊上点上两点,轻轻揉开。

她闭眼融化在他温热的手心,稍稍放下心来。

又是看书又是忙甜点,李铭心倒进床榻,困意迅速泛滥。

警觉让她留了一分清醒,没彻底进入睡眠。

她感觉到,池牧之一直在看她。这种感觉让她心生奇怪。

过了好久,额上落下一个吻,很温柔。

第二天早上六七点,李铭心在密密麻麻的亲吻中醒来。

池牧之见她醒了,沙哑着声音低问:"生理期过了吗?"

李铭心没完全醒,想了几秒,点点头。

几乎在瞬间,她的身体也醒了。她吃劲地怔住,脸埋进枕头咬牙:"你真疯。"

"嗯,让我发个疯。"

八点四十五分,李铭心才得以抽身,起床洗漱。

这个点,池念早出发去上学了。

昨晚道晚安前,李铭心还答应了她,今早一起把甜品搬到车上。

她拉开冰箱,果然,里面的甜品盒空了。

她羞愧地将脸埋进臂弯。不得不说,恋爱真的误事。她最近的时间观念都变得差劲了。

李铭心快速扎好头发,忙活蒸速食水饺。

门口传来动静。

李铭心从阿姨的手里接过购物袋,问起早上念念的甜品是她一起帮着搬的吗?

阿姨:"啊?没有啊。我孙子昨晚发烧了,我发消息给念念说今天晚点到的。"

"哦。"李铭心脸上划过一丝尴尬。

吃早餐时,她给池念发消息:甜品你一个人搬的吗?

念念:没事啊,我拉了个小车,一趟就好了!

李铭心给池牧之烤了两块面包,打了一杯咖啡。他摆摆手,拎起公文包,眉宇紧蹙,像是赶时间。

在门口穿鞋时,他扫见运动袋,指尖一动,再度往里面走。

皮鞋踩在地板上,响声清脆,像心跳一样。

李铭心在分装蔬菜,听见声音,一回头,唇被他捉去,重重挨了一记亲吻。

她瞪大双眼,感觉他今天真的疯了。阿姨还在呢。

阿姨识趣地背过身去,笑得像看戏。

亲完,他就走了,也没多交代什么。

"哎哟,我们池先生谈恋爱真的蛮像样的。"阿姨边手上忙碌,边嘴上点评。

池牧之昨晚到今早的一系列行为太过异常,李铭心意识到这事可能有点严重。

她打完厨房的下手,回到房间,环顾了一圈,拿起银行卡还觉得不安心,又揣了把美工刀在口袋里。

她发信息问庄娴书:这两天过得如何?

庄娴书受宠若惊,给李铭心发了张照片。照片里是只绿椰子,中间插了根吸管。从半露的美甲看,是她的手和椰子的合影。

庄娴书:在泰国玩。

李铭心:那玩得开心。

她坐在书桌前,继续看法考书。

看着看着,她想起昨晚和今天清晨他的异常。

李铭心打开天气 App,近一周都是晴天。

可疑,实在可疑。

池念的甜品获得超高惊喜评价。

同小提琴社的成员问她要甜点师的联系方式,池念骄傲地说是自己做的。

池念被好多女孩子围着,收获掌声,心花怒放,回来英语也不肯学了,沉浸式地刷视频,还有模有样,拿了新笔记本记录自己的甜点师晋级之路。

李铭心见池念实在喜欢,想了个折中摄入英语的方式。

她打开一个网站,给她放国外甜点师的视频。池念挺不乐意看全英文的视频的,但好在这些国外视频做得新奇,抓人眼球,她认真地看完了十几个,迅速对应到不少自己学过的单词。

因为太过兴奋,池念晚上十一点才睡觉。李铭心与她道完晚安,看了一眼池牧之的房间。

他还没回来,手机上也没有消息。

她双手插进兜里,摸到银行卡、身份证和美工刀,觉得自己看多了警匪电影,有点傻。

洗完澡,盖上被子,李铭心慢慢入了梦。

梦很乱,电话响的时候,她误以为自己在梦里,本能地半眯起眼睛,伸手,抓起手机,看到手机备注时还愣了一下。

但时间是凌晨两点。

"喂?"

"李老师,您在哪里?"金助理的声音在寂静的夜里听来格外冷清。

"啊?"李铭心坐起身,人迅速精神起来,"金助理?"

"李老师,现在能来一下医院吗?"

她一直以为自己可以接受离开池牧之,也认定自己可以接受一切最坏的结果,但金助理半夜两点叫醒她,通知她去医院,她还是慌了神。

李铭心发现自己愿意接受分离,但死亡不行。

很奇怪,自己的亲妈得了癌症,她都没慌,可相识半年多的男人病了,她却失魂落魄,像听见军训号角似的,分秒不耽搁地冲了出去。

夜车狂奔的凌晨两点,她扒着车窗,静听心跳,猛然明白池牧之说的那句——

"你百依百顺,一张白纸,或者现在这样,让人捉摸不透,对我来说都是一样的。"

这一刻的心急如焚,和池牧之有没有钱没有关系。他有钱或没钱,对她来说都是一样的。

她有点难过,昨晚他让她说句好听的,她咨啬,没说出"正确答案"。

她经历过很多次这种晴天霹雳的时刻,明白自己没有与好运交手的好命,到半路上,就缓了过来,表情逐渐平静。

李铭心脑袋贴在车窗玻璃上,跟着出租车一颠一颠,撞得额头上开了个"天眼"。

金助理接到她时,疑惑地问:"李老师额头怎么了?"

她手背随手一擦,完全没感觉,屏住呼吸问:"池总怎么了?"

她以为是腿伤,路上想是不是要截肢。

金助理低下头,压低声音说:"池总……吐血了。"

李铭心一怔:"死了吗?"

金助理忙摇头:"没有没有,没那么严重。"

吐血是很"戏剧性"的词。从医院门口走到病房的时间,足够李铭心的心情进入葬礼环节。

她亲戚少,几乎没有经历亲人死亡,对于死亡的观察多是来自路边支流水席摊的葬礼,或者影视剧。

深夜,第一医院的高级住院部五楼悄无声息,经过的好几个病房都是空的。李铭心跟随金助理的脚步,在走廊尽头的病房前停下。

隔着门上小窗,她可以看见一根输液管。

她一推门,金助理就离开了。

程宁远坐在角落的沙发上,手机屏幕亮着刺眼的光。他抬眸看了她一眼,没打招呼,又看回了手机。显然,他对深夜出没在外甥病房的女性并无好奇。

李铭心朝他鞠了一躬,才转身走向池牧之。

病床临窗,月光铺下来,照得池牧之本就白皙的脸越发苍白,像吸血鬼。

他听到脚步声,缓缓睁开了眼。看到李铭心,他松了口气,用输液的那只手朝她勾了勾。

李铭心上前一步,轻轻握住那只手:"是不是我把厄运传给了你?"

"胡说。"就两个字,他说得有气无力,说完就闭上了眼睛。

她伏在床边,看着他手臂上的输液针,非常伤心。

滴管里的液体一滴一滴,像小雨一样落下。

她不无丧气:"我果然人生多雨。"

摸到温热的水珠,池牧之挑起她的下巴,确认她在哭,皱起眉头:"你是不是以为我要死了?"

她摇头,鼓励他:"你不会死的。"

池牧之捏住她的手,使了点力:"你想得美。"

胃溃疡不会死人的。

他这几天过度劳累,又是饮酒又是熬夜,抽烟也因为聚会过多而失去节制。昨晚吃饭时很晕,头昏脑涨,到家压了点冰水,以为缓了过来,没想到洗完澡,胸闷得窒息,呕出一摊液体。

他没有喝红酒,呕吐物却是红色的。

一时间,浴室里弥漫着血腥味。

他抽了两根烟,开了排风扇,脑子里闪过很多事。

早上,他又呕了一次。面对红色,他没有昨晚那么恐惧了。

开了一天会,到晚上应酬,他没撑住,当着程宁远的面,又吐了血。

本来准备站着去看急诊的,没想到躺着被送到了医院。

池牧之失去片刻意识,却没完全失去。医院特有的气息刺入鼻腔,唤起了他失控的回忆。护士扎止血带的时候,他被那紧紧的一记扎力唤醒,一摸口袋,发现已经被换了病号服。

他第一反应是找金助理,把李铭心叫过来。

"为什么会吐血?"她关心。

"你为什么会来生理期?"

"这是一回事吗?"别欺负她不学医。

"差不多吧,排淤血嘛。"他胡说八道,缓解她的紧张。

池牧之不想让她觉得自己很弱。

李铭心流了两滴泪就止住了,接下来好长的时间,就这么默默盯着他白皙的手臂发呆。

快凌晨三点了,人有点木讷。

池牧之的血象结果凌晨一点出来的。

医生说血色素掉得不多,先观察一晚,早上再抽一次血看看有没有活动性出血,再考虑是内科止血还是外科止血。

李铭心盯着输液袋,见药水没了,回头看了眼程宁远,不好意思叫他,只能拉了拉池牧之:"滴完了。"

池牧之摸索到床头铃,轻按一下,又合上了眼睛。

李铭心这下知道等会儿要怎么做了。

他累得厉害,抓着李铭心的手昏昏沉沉又睡了一会儿,精神才恢复一些。

他问起之前的话题:"我死了你会怎么办?"

"我陪你一起死。"她说出标准答案。

他满意弯唇:"行。"

两人相视而笑时,程宁远悄无声息地走了,她回头正好看到他顾长的背影消失在门缝中。

他好安静,和叽叽喳喳的庄娴书看起来完全是两个世界的人。

再回头,池牧之正在看她,眼神清醒了很多。

她不好意思地说:"你舅舅走了。"

他们刚说了好多见不得人的话,别是听不下去了。

"总算走了。"他面不改色,反转李铭心的手心,借着月光看起她的掌纹。

"看出什么了吗?池总?"

"嗯。"

"什么啊?"

"感情线这种东西不准的,别信。"

"好。"李铭心假装信了。

她左右环顾:"还有别人吗?"

"谁啊?"

"照顾你的人。"

池牧之不解:"你不能照顾我吗?"

李铭心以为他病了,会有前呼后拥的无数人,没想到这么寂寥。她"哦"了一声,低头踩掉鞋子,身体侧躺,和他挤在了一张病床上。

她知道不可以,只是想拥抱他。

感受到他的僵硬,她仰起头问:"怎么了?"

池牧之人抽离了一瞬,很快紧搂住她,腾出一片空隙让她躺得舒服点:"没。"

躺惯了的孤独病床上,忽然多了个紧拥的灵魂,有点不适应。

她想了想,问:"你还能活多久?"

"五十年吧。"

李铭心轻嗤一声。

池牧之:"失望吗?"

她埋进他颈窝笑了:"你倒是敢做梦。也不想想自己现在多大。"

"李老师把男人拿捏得这么透,没看透男人会吹牛这个特点吗?"

"我只是没想到你也是这种人。"

他噙着淡淡的笑意,隔了好久,慢慢睁开眼睛,低声说:"我也没想到。"

他还以为自己对生命没有留恋来着。

李铭心迅速入睡,又迅速醒来,醒醒睡睡,直到天亮护士来抽血,她才起身。

金助理早上七点到的,给李铭心带了早点和洗漱用品,还有一盒皮筋。

她手指抻开一根,没有理解金助理买这个的用意。

八点听完查房,毫无准备,房内拥入很多人。

西装革履,清一色的中年男人。

李铭心本来坐在床边,漫不经心地喝着水,第一个什么李总过来打招呼的时候,李铭心马上坐直身体,抻开皮筋,束了个利落的发髻:"您好。"

上午来的人都是公司的,问起李铭心,池牧之并无遮掩,说是女朋友。

听到这三个字,她垂眸消化了好久。

下午,池竟来了,他是唯一一个空手来的人,毕竟是亲爹,不奇怪。

他急匆匆进来,两手来回搓着,似乎是刚得到消息:"怎么又病了?"

池牧之不耐烦,望向窗外。

李铭心想给他们腾出空间,手却被池牧之死死扣住:"别动。"

池竟这时候注意到床边的李铭心:"这是?"

"我女朋友。"

程斯敏是下午两点二十八分到的,池竟是三点整走的。夫妻俩碰到头,僵硬得连演都懒得演。

一个说你来了,另一个说你也来了。一个说那我走了,另一个说哦。

李铭心一瞬间就明白,为什么池牧之的父母在他生活里只以单独的身份出现。

在李铭心看来,池竟比程斯敏难应付。

池竟保持追问姿态,你是不是上次那个家教?你们在一起多久了?你几岁了?哪个学校的?学的什么专业?你们学校的陈书记你认识吗?不认识?

程斯敏则是完全忽视李铭心。对明显不在合作范围内的人,她不浪费口舌和精力。

她放下包,呼吸稍作调整,转身去找主治医生,确认完病情,就问了池牧之一句:"我说的事……"

他打断:"不去。"

程斯敏:"行。"

到这里,一切结束。李铭心没有戏份。

她气都吊了起来,却没有想象中的战斗。也许太适应裘红那种疯母,冷静的疯子反而让她陌生。

如果李铭心是个深爱池牧之、心高气傲的大学生,她不会因为对方母亲冷漠而失落。但事先心理准备太过充分,这种心理战无法损伤到她的战斗力,反而还有点欠虐,奇怪怎么就这点威力。

程宁远结束会议,来了一趟。他往那儿一坐,气质和下午的程斯敏重合,阴鸷、冷僻、无聊。

"好点了吗?"程宁远问。

"死不了。"池牧之冷淡地回答。

"行。"

程宁远坐到晚上八点,期间没有对话,默默地刷手机,到点准时走了,就像完成任务一样。

池牧之说,他这是在赎罪。池牧之昨天说了自己不舒服,偏偏程宁远态度强硬,硬是拉他去应酬。池牧之那口血就是朝着程宁远胸口吐的,这人估计心里过意不去。

李铭心想了想,那他确实应该。

池牧之不能进食,按照医嘱,可适量喝水。

李铭心吃东西的时候,他便看着。

池牧之盯着她吃东西的模样十分认真。李铭心以为他馋,吃得急了点,想快点结束这个过程。

吃完,他却问:"你怎么吃东西这么快,放进嘴巴就咽下去了?"

他是怕她伤了胃,她听着却有点责怪她不够淑女的意思。

"我还觉得你吃东西慢呢。"李铭心扒掉半份盒饭就饱了,剩下的没丢,搁在病房的冰箱上面。

池牧之关注到她这个行为,拿眼神盯着。

李铭心发现他一直在看她没丢的盒饭,没有解释。

下午看了会儿书,她当着他的面拿起盒饭,又进了顿剩饭下午茶。

他们对这个行为默契沉默。

晚饭,她拿到盒饭,也只吃了一半,搁下筷子,捏着饭盒,她往病房的东南角落走。这里有垃圾桶也有冰箱。

走到冰箱前,她回了个头,果然撞上了池牧之由手机信息里抽离、特意看过来的眼神。

她问:"你为什么看我?"

"这里就你一个人,我不看你看谁?"他好笑,说完,低下头继续看手机。

李铭心顺手把盒饭丢了。

他又笑:"怎么丢了?"

"因为你在看我。"

"下次不看了。"

"哼。"

池牧之抄起双手:"看你一眼,你就放弃了艰苦朴素?李老师节俭的心并不坚定啊。"

"是晚上的菜不合胃口。"加上病房里堆积如山的礼品,他让她全部吃掉,一个都别带回去。她一边拆一边研究,发现根本吃不完,很快对三十五块钱的盒饭失去了兴趣。

两日陪床,解除了池牧之对李铭心的一个误解。

他以为她很会照顾人,实际上,李铭心不会。她脑子里的事情高度目的化,照顾自己很敷衍,照顾别人也只会用照顾自己的那套方法。

池牧之洗漱很细致。

第一日,他手上挂着盐水袋,没下床,她给他打水擦脸,湿毛巾"啪"就贴了上去。他说擦疼他了,李铭心手劲调至轻柔,勉强学会了。

第二天晚上,他吐出一块血凝块,叫医生来看过后,躺在病床上,双手置于身侧,俊脸忧郁。

李铭心说:"别装死,医生说吐出来是正常的。"

池牧之:"我希望李老师主动安抚我。"

"安抚你什么?医生不都说了是正常的吗?"

池牧之但笑不语,用眼神威胁她过来。

李铭心简单收拾,从池念拖来的小推车中取出换洗衣物,贴到他唇边亲亲他:"这样好吗?"

他七分满意,并给出恰当的期望:"嗯,希望李老师可以养成习惯。"

他对早安吻有执念。可能因为不喜欢早起,这个吻对他来说意义重大。

但她起得太早,撤离得安静,轻如无物。他一睁眼,她已经穿戴成禁欲的模样,抱着本书在学习了。

他越过书本,强行吻上去,总有点侵犯的意思。

他暗示李铭心起床后可以主动吻他。

不管前一晚他们是如何一起熬夜宣泄,第二天她总能准时睁眼。百分之九十的情况下,她都醒得和鸡差不多早。

她语气敷衍:"尽量。"

"我知道,只要布置任务发出指令,李老师想要完成,就一定可以完成。"何况这对她来说是个很简单的任务。

李铭心一愣,觉得自己的核心被拿捏住了:"我不允许你这么了解我。"

住院第三天,探望人数骤减。

只有池竟、池念和程宁远每日都来。

池竟和李铭心多说了几句话,态度变得和蔼,问起池念的学习。这些事李铭心很清楚,一一作答,答得比池念清晰且富有逻辑,还列举池念的优点,补充上关于未来的目标和展望。

很少有人这样夸奖池念,并且毫无奉承。

池竟像第一次认识女儿,褶皱混浊的眼睛里流露出激动和感动。

他非常欣赏李铭心说话的条理,告别时连连夸奖,说这小姑娘不错。

李铭心恭敬送别,发现这老头不坏,就是倔了点。

池念害怕池竟,也害怕程家人。每次来之前,她都要跟李铭心提前确认病房无人。李铭心也会跑到电梯口接她,领着她进病房。

在外面,池念的胆子有点小,没有待在白公馆自在。

第四天,池念出来前根据池牧之的指示带了国际象棋和T恤、运动裤。

他不喜欢条纹的病号服,在病室里也要穿自己的衣服,不然总显得病恹恹的。

李铭心听到他电话交代,说要不她去拿,他口吻命令:"你不许走。"

李铭心斟酌后直言:"我觉得你妈妈不凶。"

"她不是那种会吼人的妈妈。"他大概能想象到李铭心怕的妈妈是什么样子，但程斯敏不是。程斯敏是看到他跟坏小孩一起玩，一句话不会劝诫儿子，转头要求并帮助别人办理转学的人。

说着，池牧之问她："李老师经得起诱惑吗？"

李铭心如实回答他："经不起。"

空气里划过一道叹息。他低笑："李老师太诚实了。现在你还愿意骗我，说会陪我一起死吗？"

"愿意的。"骗骗你，又不用付出什么代价。

他在脑海中反刍这三个字："李铭心，你说真话和假话的时候，就算是同一句话，都能听出差别。"

李铭心意外："真的吗？"

"是。你刚刚说愿意，我耳朵里听到的就是'不愿意，骗你的'。"

"那我上次说的时候呢？"

"我听到了别的。"他意味深长地看向她。

"什么？"

"我听到了李老师说了一句情话。"

李铭心怔住，闪过一丝羞赧，掌心捂住他的嘴："别说。"

池牧之拎起她的手，将手背贴至唇下，轻轻落下一吻："行，我不说。"

心像融化了的坚冰，荡漾成一摊水。

池念带着小拖箱到达，开始分发东西。

她给池牧之的是衣服和国际象棋，给李铭心的是一本英文小说。

她自己夹带私货，拿了盘飞行棋。昨天她在这里坐着，问李铭心会玩什么，李铭心想了半天，说自己会下飞行棋。

考试不考，生活不必需的东西，李铭心都不是很会。

飞行棋是一种一个人可以玩四个位置的傻瓜游戏。以前裘红打牌时晾着她，她就会端张凳子，坐在阴凉处，一个人玩一下午。

池念特意买了一副，跟 Miss Li 下棋。说实话，国际象棋太费脑子了，池念不会，Miss Li 一说飞行棋，池念就知道，她们在这方面是同道中人。

她摆好棋位，开始抛骰子。

李铭心用英文问池念这两天在学校都学了些什么，池念磕磕巴巴，蹦单词词组一样蹦出了一串。李铭心替池念复述一遍，池念再跟着复述一遍。

慢慢地，话题被池念接了过去，换成了母语。

池念先是问池牧之的病怎么样了，又问起这两天是不是有很多人来。

李铭心说还好，也就第一天来的人比较多。

池念忽然灵光一闪，看了看池牧之又看了看李铭心："那你们是不是算见过家长了！"

池牧之半躺在病床上，头顶半包盐水缓慢滴着，床上桌搁着国际象棋。

池念问出这话，他声色未动，垂眸思考棋局，倒是李铭心回答得很快："不算吧。"

"哦……"确实，病房里见面可能不算正式。池念捏着颗尖帽样的黄棋子，抛掷骰子，秀眉紧蹙，转头看向池牧之，"那你们会结婚吗？"

空气顿了一瞬，李铭心帮他回答："不会啊，我们才认识。"

"啊？"池念失望。

虽然结婚不应该成为目的，但不结婚的恋爱听起来好没有安全感哦。

"好啦，来，"李铭心从池念手上接过骰子，唤回她的注意力，"我们继续下棋。"

这个话题实在是不舒服。

后面好半天，空气里一点声音都没有。

连池念都感觉出尴尬，她脑袋压得越来越低。

最后，她把 Miss Li 的棋子全部轰回"老家"，大获全胜，却一丝兴奋也不敢流露，隐隐觉得对不起 Miss Li。

李铭心倒是觉得这盘棋的结果在她的命数之内："我果然没有一点赢家的运气，连飞行棋都输。"

"哎呀，明天再战！"

傍晚查房，医生表示血象没有变化，估计没有出血，可以进食少量半流质食物看看。

快入夏了，天黑得晚。他们坐在晚霞里共享着安静，直到晚上七点才吃晚餐。

李铭心从池念带来的餐包里取出阿姨炖的养生鸡汤，稍稍帮他吹凉一些，端到了他的床边。

池牧之礼貌地说了声："谢谢。"

李铭心默默撇嘴，和池念一起看视频、吃盒饭。

晚上八点多，池念由司机接走，李铭心收拾掉垃圾，又整理衣物，准备去洗澡。

病房里的浴室条件和宿舍差不多，池牧之洗不习惯，称转身抬头都困难，李铭心倒没有由奢入俭难的问题，洗浴依旧非常舒服。

这个病房条件，她当出租屋住都会觉得挺好。

洗完出来，李铭心的脸被蒸得白皙红润，漂亮得像刚熟的红苹果。

池牧之闻见舒适的沐浴香气，抬头看了她一眼。气氛还是很亲昵，但多了层雾。

将物品归置好,还是没人说话,李铭心只能含笑打破室内的沉静道:"我忽然想到阿娴说过一句话。"

池牧之抿口白水,皱眉:"不要重复她的话,我不想听。"

"为什么?"

"不就是男人女人吗?我对这种歪理没有兴趣。"他喜欢实践,不喜欢空谈。

这一点,他和李铭心有点像。

"哦……"她转身擦拭湿发。

池牧之招招手:"我们下棋吧。"

李铭心坐到床旁,故意委屈:"有时候我觉得你很遥远。"尤其是不说话的时候,看不透。

明明中午还在说情话,下午就高冷不近人。

"很巧,同感。"池牧之弯起嘴角,摊开手掌,让她选黑棋白棋。

见她犹豫,他问:"还记得怎么下吗?"

李铭心点点头,手指摇摆,选了白棋。

她喜欢他执黑棋。池牧之皮肤白,执黑子有种禁欲的对撞感。

选完棋子,他先行。

李铭心松松地挽起湿发,认真地搜索头脑引擎,调动出国际象棋的存档。

没几步,她盯着棋盘一动不动,陷入僵局。

池牧之起初以为她在思考,可她太久没动,像投影按下了暂停键,五六分钟过去,只有压低的呼吸起伏。

他出言提醒:"该你了。"

水晶棋子很漂亮,但——

"我输了。"唉。

"轮到你下,还没输呢。"

"我输了。"

"你的国王还在。"

"我知道我输了。"

"你不动怎么知道自己输了?"

李铭心不傻,这是双将局面。

她脑海里预设过,接下来不管动哪一颗棋子,都会被他围剿。

李铭心咬唇:"我不动也知道自己输了。"

白棋已经死了。

没关系,她是新手,输了就输了。反正她也不在乎这场棋局的输赢。

"试试看。"他轻揉她肩头,沉声蛊惑她,"不试试怎么知道。"

话都说到这份上了,左右是输,李铭心没再僵着耗时间,出棋应将。她随便动了个车,吃了他的象。

下一步,他的王后要直接将军了。

但池牧之没动,他动了个兵。

李铭心怔住,不敢置信地看向他。

"不一定会输。"他做了个邀请的手势,轮到她了。

李铭心狐疑地瞥他一眼,手指试探地搭在车上。见他仍含笑,她手起刀落,用车换下了他的王后。

李铭心紧紧攥着那枚黑王后,等他生气,悔棋。

但他没有,他笑得像赢了棋,得逞了,朝她挑眉:"你看,不一定会输。"

"哼。"

"我会让你。"

他把他的王后让给了她。

李铭心因为性格成事,也因为性格败事。

她做事的目的性太强,先看到了开头和结束,评估自己能否接受最坏结果,再探脚试水。

而整个过程,她都会不断地计算结果。

她捏着黑王后,拇指细细摩挲纹路,心中温暖如潮,却词不达意:"你人真好,池牧之。"

和传说中一样,难怪每个人都夸赞。

"一局棋而已,我不是让不起。"

让棋之后,李铭心的下意识反应是退缩。

这枚棋子,让她觉得重了。

池牧之收回黑王后,摆回木盒,脸色冷淡下来:"李老师不要想太多。"

李铭心不无遗憾:"池牧之,你为什么不是个坏男人?"坏男人倒也好,可以没有负担地交往,快意享受,潇洒离开。

他这么好,好得让她心里发酸。

"你非要我跟程宁远一样?"他厌烦这些俗人。简简单单一件事,非要拉拉扯扯,搞得那么复杂。

她眨眨眼:"可以吗?"

好可惜,为什么不是呢?她看庄娴书这样,会想,那就离开啊,又不是一毛钱都没有。

不过,易位而处,李铭心也不一定离得开。庄娴书有父母,有家人,去掉程宁远,她也走不远。

好在李铭心孤身一人,哪里都能去。她没有得到过多少爱,所以长大后也没有多少牵绊。

她脑海中有近三年的读书计划,三年后是留在这里还是离开,她都给自己留了退路。她有 Plan A、PlanB、PlanC,也揣着一个远走的 Plan Z。

"不可以。我不会变成那样的。我要就要,要不到就算了,不会既要又要还要。"

"李老师不用太有负担。"池牧之在她唇侧留下礼节性的一吻,"你离开了,我也有心理准备。"

"我……不想结婚。"结婚离她太远了。别说他父母是个坎儿,就算他父母夹道欢迎,她也没有兴趣。

她贫穷,但不贪婪。上流世界的流光溢彩繁花似锦,她看看就好,知道自己无法融入那条陡峭的路。

"好,我收到了这个信息。"池牧之了然,"你年纪小,还在读书,不想结婚是很正常的。"又暗示道,"也许你可以试着问我一下。"

"哦……你想结婚吗?"问出这种问题,她舌头都生涩。她没问过别人这种问题。

"我不想结婚。"池牧之敛去笑意,说了声"抱歉"。

面无表情的池牧之看起来有些疏离。

这个抱歉好久没听到了,来自池先生虚伪的绅士包装。

李铭心笑了:"抱歉什么?"

"一个男的对一个女的说不想结婚,就是要道歉的。虽然李老师也说了不想结婚,并且对我想不想结婚没有兴趣,但话从我嘴里说出来,且是对一位女士说的,那我就得道歉。"

李铭心眉眼释然:"我接受你的道歉。"

话到这里,莫名其妙地,李铭心舒服了好多。

池牧之见她笑了,捏捏她的脸:"你看,这都是可以说的。"

顿了顿,他又说:"不想结婚可以说,如果有一天,你想结婚了,也可以直接说。"

"哦。"听起来真是理想化,她问,"那你下午为什么不高兴?"

池牧之:"我哪有不高兴。"

"你有。你不高兴和高兴区别很大。"

"我情绪起伏不大,别把我说得跟个傻子似的。"

"那你为什么要表现出不高兴?"也许内心起伏不大,但他刻意表现出了不高兴,且让她感受到了。

"有吗?可能吧,我觉得李老师老把我当外人。"他语带怨气,倒打一耙。

池牧之手背上的针眼鲜红两点,像两颗诱人的红痣。她低下头,玩弄起他修长的手指。

李铭心声音冷淡如盛夏清冽的泉水:"我,不跟外人这样。"

池牧之"嘶"了一声:"是吗?原来你第一次接近我的时候,就没把我当外人,真荣幸。"

"你知道我在接近你。"

"我是男人,不是傻子。就算李老师一本正经的脸会释放烟雾弹,但我身体会接收信号。"

"那你真能忍。"

"最后还是架不住李老师花样多。"池牧之的眼睛渐渐蒙上欲望,反手握住她作祟的手,与她热吻。

一米二的病床很小。

他们躺在半亩方塘,沦陷片刻欲望,甘做池中之物。

脸就在眼前,避无可避。

李铭心抱着他亲了又亲,无法克制肢体亲密。

池牧之脸上一凉一热,不得不出言提醒:"李老师,真的亲太久了。"

"真的太好看了。"李铭心忘不了刚刚那一刻。她脑子不断重复播放,越回放越激动,"为什么你那么好看。"

"胡说八道。"

"真的真的。"见他不信,李铭心埋进他胸口拱脑袋。

池牧之无语。

"我以后还要看。"

池牧之亲亲她汗湿的额头:"行。"

池牧之进去洗澡,李铭心终于有了空闲。

她选择下去遛一圈弯。

头两天,她没离开病房,毫无个人空间。长这么大,她还没有这样和谁大眼瞪小眼单独共处这么久。

和喜欢的人在一起,肯定开心。

但九十多个小时也太久了,她需要喘息的空间。

愉悦过后,她精神放空,边散步边整理思路。

老天爷总是爱开玩笑的。

她只要钱,人家给爱情和钱。

好了,这下爱情太重了,黏上来了,甩不掉了,她的灵魂显得过度负担的疲惫。

她在亭子里又坐了一会儿。

五月的晚风很舒服，摩挲着脸庞，轻拂着发丝，环抱着肩腰，像最理想的爱人。池牧之有点像十月中旬的秋风，昼夜温差大，又冷又热的。

刚刚下棋时，他很明显在暗示。

尽管说明白了，他收回了，还假装大度，但用亲吻按住对话，本质还是违背了他所说的"不隔夜"。

她并不擅长梳理感情，不明白这种事，怎么不隔夜？

幸福的忧愁沿着风，来来回回兜绕。

忽而，电话铃响，音量扰民。

李铭心立刻接起："干吗？"

"人呢？"怎么洗个澡出来就不见了。

"被你妈妈接走了。"

他笑得厉害："那还回来吗？"

"回来啊。"她低下声音，"我没地方去。"

"好。那我来接你？"他听到了声筒那头，风声呼啸，树叶"沙沙"响。

她叫他："池牧之。"

"嗯。"他看着电梯上行。

她蹲在风里，念台词般独白："我永远不可能爱上任何一个人，包括父母、男人，就算未来有小孩，我也没法爱。我不会这个东西。我只爱我自己，不对，我连自己都不爱。"

电梯抵达五楼，池牧之的脸色沉了下来。

她声音哑掉："但我愿意分你一点，你看行吗？"

"谢谢李老师这么大方。"

"你没有感动吗？"

"你第一句就是不可能爱上任何一个人，我怎么感动？"

她有点委屈，下了很大的决心才决定肉麻一次："我的'一点'也很多了。"

"知道了，李老师一贯抠门。我知道'一点'也很多了。"他下了电梯，慢慢走出住院部大厅。

她见他毫不动容，有点热脸贴冷屁股："那你不要生气，你自己说不要隔夜的。"刚刚让出王位，她没立刻欢天喜地，这人明显不悦。

他左右张望，一眼看到了亭子里抱膝蜷缩的小小一只。

"我跟个小姑娘气什么。"

"我是小姑娘？"李铭心无法接受这个词。

池牧之站在原地，没有靠近："你二十三，我快三十一了，你不是小姑娘是什么？"

三十一，唔……

"在我眼里，你也挺幼稚的。"

"李铭心。"

"嗯？"

"如果我幼稚，我不会允许你侵犯我的主体性。"

是个生词，李铭心想了想："你现在允许我侵犯你的主体性？"

"还允许你侵犯我的财产。"

她故作失落："啊？几十万就是财产了？"

"我也很抠门的，你那一点点爱，就够换这么点点钱。"

池牧之站在远处，迎着一股一股吹来的春风，静静地望着她。

金钱让浪漫消亡。

这个时代，情绪价值就是钱。情绪价值可以营造爱的假象。如此，爱约等于钱。人类就是这么势利，上流圈更是将这个概念滥用到极致。

但对于池牧之来说，他很难进入到当下这种买卖的情绪价值里。

他好不容易才找到这样一个人。

她的身影像只流浪狗似的，缠绕在脑海中。

流浪狗会反咬主人，而主人也会爱上流浪狗。

六月，订婚宴之后本该走结婚流程，但新闻上再无信息。

怪的是，两家合作继续，也没有取消婚约的风声。

李铭心问庄娴书：最近如何？

庄娴书：别问，问就是在犯贱。

庄娴书：请像池牧之一样看不起我，这样方便我自轻自贱。

庄娴书：妹妹，别不回我呀。

李铭心：没事，感情就是要犯贱才好玩。

庄娴书说，和有钱人谈恋爱永远都差口气。

就像加载条，你以为99%很多是不是，但99%比60%更让人着急。因为站在99%的你很清楚，你们永远到不了100%。

收到金助理的消息时，李铭心有点茫然。倒不是为程斯敏找她茫然，而是她不知道金助理在这中间扮演的是什么角色。

他是池牧之的人，还是程斯敏的人？还是，其实这对母子同时在试探她？

李铭心看到地址是酒店大厅，发消息给金助理，说改在大公园。

金助理发了个问号。

金助理：和程总约在公园吗？

李铭心没有回复了。

晚上,金助理说程总那边答应了。

第二天上午七点,李铭心乘公交车抵达大公园。

大早上,爷爷奶奶们在锻炼身体,相亲角尚不热闹。

公园大门口,张贴着密密麻麻的男女信息,身高、体重、学历、年龄,像买菜一样标着价位。

李铭心大二打工发传单来过这里几回。当时她对应过信息,毕业大概能在本地找到一个一米七五左右、相貌平平、有房有车有贷款、月薪七千五的妈宝男。

程斯敏非常准时,七点五十九分到达。

她身材纤瘦,穿着简单,如果不是那双精干阴鸷的眼睛像机关枪一样目标明确,完全可以加入和叔叔阿姨们跳舞的行列。

她话很少,在李铭心鞠躬打完招呼后,稍微张望了一圈,直接开了价。

她看出李铭心缺钱,也查到池牧之给李铭心的帮助,于是单刀直入:"一百万。"

李铭心听到数字,露出欣慰的笑,两倍。

她看向程斯敏:"我要一千万。"

公园高奏广场舞音乐,异常吵闹。

她们坐在公园长椅上,愣是在嘈杂之中隔出一片死寂的气场。

程斯敏听见了天大的笑话:"一千万,够我再买一个儿子了。"

"儿子还是旧的好,用得顺手,有感情不一样的。"李铭心笑得毫无心机,两手搭在膝盖上,像在说敬语,"但是对女人来说,男人还是新的好,所以我很诚心的。"

约在不方便录音录像的公园,诚心开了个价。

"他知道你张口就要一千万,会怎么看你?"

"您可以把我的反应转告他。如果这样,一千万您是不用出了,大概率连儿子也会真的没了。"李铭心观察完四周,朝程斯敏鞠了一躬,"很高兴见到您,后会有期。"

她转身离开,没有回头,还奢侈地打了个车。

李铭心上午回到宿舍,计划晒好被子,打包行李,下午撤离。

她看到天气,算好时间,列好计划,井井有条,一如过去。

六月末,大四学生基本搬离。宿舍走空,她才姗姗来迟。

甫一入门,恍惚回到大一进校的第一周。她来得早,宿舍空空荡荡,整整一周,只有她的床位有人。

毕业时,她走得晚,又只有她一个人。

李铭心捧着被子上到天台，东南西北角的晒杆都空着。她先往东南角走，那根杆最新，地方最空，太阳最好。

　　走到中间那根杆，她脚步顿住，仰起头，脚一踮，将厚棉被挂了上去。

　　抚平被角，她闻了闻，没有异味。

　　再次下楼，李铭心将床垫和棉絮抱上来，挂在东南角的杆上。

　　第三趟，她洗完被套、枕套、新内衣、旧袜子，端着面盆，撑开多功能衣架，在西北角慢条斯理地开拓疆土。

　　最后，她刷了两双帆布鞋，卸下鞋带，搓干净，悬在了西南角。

　　一时间，天台满满当当，无人争抢拥堵。

　　干完这些，她站在杂物堆放的角落，恰逢一阵东南风来，电话声响起。

　　她站在二十三岁的最后一个夏天，偶然赢了场漂亮仗。

　　接下来嘛，继续逢场作戏。

番外一

　　一千万

收到程斯敏的见面邀请时，李铭心就列出一系列应对措施。

目光在要点上勾画，最后落在"五十万"上。

她嘴角勾起，笔尖一动，把目标改成了一千万。

感情是有点错位的。她做好计划，心口涌动着嗜血的冲动。

李铭心和池牧之厮磨半宿，恶狠狠地想，这是最后的狂欢。

金助理的存在让她隐隐猜测，除去电视剧里的内奸设置，也许池牧之本来就知道这件事。

那就气死他！

如果他像个上帝一样在考验她，那她一定会向他证明，她经不起考验。

晒完衣服，看到电话响，她闪过心虚。

手机屏幕亮着"池牧之"三个字。

确实有一瞬间，她认为自己可以拿着钱远走高飞，泥垢里爬出来的性格让她下意识会抓住一切生机。

太阳光照过来，像一面碎掉的玻璃镜面。

下午两点，手机短信出现了三笔来自不同银行的手机转账，金额分别二十万、二十万、五十万。

下午三点，这张收家教费和翻译费的卡上又来了两笔转账，另一张房贷还款卡上打来四笔钱。

数字太多，多到李铭心放弃计算。

行李打包结束，她不敢再看手机。信息一条条地来，预示着她和池牧之越来越远。

他给的卡她没刷过，十万没动，房贷的钱她也留着，做好这一切，她保留了一丝平等的爱的备选之路。

但所有这些东西，她也没有还给他，因为同时，她也为自己留下了关系破裂后的退路。将来若分开，她依旧可以体面地继续生活。

她突然有点想念歪点子王庄娴书，不知道庄娴书对此有何歪理输出。

这钱如果真的打到卡上，李铭心要么退回去，要么就只有走人了。对方母亲给出这么多钱，没可能给她耍赖的余地。

程斯敏不傻。如果拿了钱不走，她在 S 市肯定混不下去，学上不了了，池牧之也没了。

这两点很关键，一千万不够买当前的学业和感情。

但一千万，又完全可以买一个新生。

李铭心分两次将两个蛇皮袋和一个行李箱拖至学校后门的教育小区。小区最东边一栋有个车库，改做学生行李寄存仓库，一平方米寄存二十元一个月，她跟老板说好，存两个月。

"开学大几啊？"老板是个中年男人，嗓音哑得像台拖拉机。

"研一。"

"哦，那得寄存，开学要换宿舍的。"他了然，戴上一副油污的圆眼镜，登记下信息。

走出小区，经过那家老旧的房产中介，李铭心再次盯住租房售房价目表。头脑中数字滚动，算盘狂响，贪婪张牙舞爪，又在眨眼间光速收敛。

走到公交车站台，手机短信的入账数字零零总总加起来是二百九十万。

刷公交卡时，李铭心手微微颤抖，沉默地在日常活动中接纳人生的这场地壳运动。

一站路，她回忆完童年。

一站路，她回忆完高考。

一站路，她回忆完考研。

一站路，她思考完未来。

空白，大脑一片空白。

最后一站，她很有良心地想起了池牧之。

不是不想他，是如果想到他，钱的事就终结了。不想他，隐约觉得钱会是她的。

过去经过银行门口，偶尔会看到运钞车，她从不多看一眼，因为那钱不可能是她的，但此时此刻，卡里入账的钱的主宰权在她。

公交车徐徐停稳，白公馆在天边清晰可见。

李铭心冷静下来。

一千万的人生太过陡峭，她没有能力驾驭。当然，选择和池牧之在一起，也挺累的。

短信停在三百六十万，直到太阳落山。

她坐在太白大道东的公交车站台，平静地晒着夕阳。

像回到小时候，因为无知，对未来也没什么畏惧。

她会坐在一边高一边低的跛脚凳上，麻杆细腿艰难维持平衡，害怕摔跤的同时，又享受那股不稳定的刺激。经年过去，即便她现在坐在稳当的公交长凳上，这种感觉依旧在心头摇摆。

下午五点二十分，电话再度打来。"池牧之"三个字闪烁，拷问李铭心的良心。

良心在电话响到二十秒时上线。她没再犹豫，左滑接起："喂？"

那头顿了一秒："钱都打给你了，还不回来！"

李铭心没作声。

"剩下的年底分红了给你，我年薪也不高，活期没那么多。"

他的话像一把巨大的刷子，在心口刷了层酸。

李铭心差点自惭形秽，溶解成一摊液体。

踏上电梯，按下十六层，李铭心沿梯壁蹲下身，抱住头，死死咬牙，遏制住羞耻。

再出电梯，她轻挽发丝，皮厚如常。

进门，李铭心跟阿姨打了声招呼，问："念念呢？"

念念闻声而出，头上戴了顶生日纸帽，摇头摆脑："Miss Li！这个颜色好不好看？"

"好看，这颜色很特别，像朵迎风的小黄花。"她又问，"谁生日？"

池牧之出院后过了一次生日，池念生日在三月，难道是阿姨？

池念朝她挤眼睛："今天是我哥阴历生日。"女朋友怎么能不知道呢。

阴历？可真爱折腾。

李铭心眼下抽搐了一下："他……人呢？"

"在开视频会议。"池念指向书房，"刚上线没多久。"

房门半掩，探头可窥全貌。李铭心看也没看，径直进到卧室，把烫手的手机扔到床上。

六月末，外头热，心头燥，李铭心感觉像在沸水里烫了一圈似的，衣服湿重不堪。她先打开热水，搓开浴花，将自己清理一遍，又兜头冲了把凉，终于神清气爽。

经过镜子，拂去氤氲，李铭心像看陌生人般，陷入情感复杂的计算。

公式刚铺开，再度被按回。算什么算，面对池牧之，她比之前有底气很多。这么多次床笫之欢，她知道怎么拿捏他，也知道自己在他心里的分量。

裹上浴巾推门而出，池牧之斜倚在化妆桌旁，长腿交叠，手上拿着她的手机。

她是个没有电子隐私的人。

泼出过不爱玩手机的水,逐渐地,他拿她的手机也没有侵犯隐私的耻感,像检查作业的老师似的,信手就拿。

"消息都点开过,说明看到打款了。"他摇摇手机,叹了口气,"李铭心,我对你很失望。"

没有主动来一个电话就算了,打给她的电话到第三个才接。

空气闪过微妙的静滞。

李铭心垂首,在打起精神装傻和放弃解释投降之间选择了后者。

她如梦初醒般抬起头,上前拥住他,在他冰冷没有回应的嘴角落下吻:"生日快乐,池总。"

说罢,妖精贴身,亲昵套路用上。

"还知道是我生日?"他挑眉,"一天没联系,就像携款私逃了一样。"

一个月过两次生日,闻所未闻。谁记得啊!李铭心破罐子破摔:"你知道我什么样,还试探我?"

"我试探你?"

"你没试探我?那昨晚为什么不跟我商量?你没试探我?那一声不吭给我打钱?你不就想我第一时间联系你吗?"

池牧之抚过她的湿发:"很好,真聪明。"

"你也很闲。"她绅士般地拎起他的手,送到唇边,轻轻啄吻,"我们很般配。"

十指如玉一样,一看就不干活。李铭心亲完,又仇富地咬了几口。

"胆子真大,一千万也敢张嘴。"池牧之收到转述,在一片死寂的会议上震惊拍桌,吓坏了汇报的女同事。尽管及时道歉,但据实验室主管说,那姑娘结束会议后哭了很久。

明天池牧之还得专程去道歉。

见她不说话,他点点她的脑袋:"为什么不接电话?"

"我吓到了。"李铭心实话实说。去时有准备,但没想到真的会有钱到账。

嘴瘾成真,钱太切实,离别和诱惑近在眼前,她没见过世面,吓到了,怎样!

哪个大学生看到这么多钱,不吓到?

这句话该是楚楚可怜的,她语气却横得很。

"吓到了就该回来,或者问我!"池牧之不爽她故意不接电话。

程斯敏知晓了他在咨询婚前协议,这才把李铭心放进眼里,向金助理要了李铭心的信息。

这两年,池牧之和程斯敏基本不正面沟通,有事都是通过金助理。

金助理问询过后，把李铭心的基本信息提交了过去。单就一份简历和学籍档案复印件，看不出什么。

程斯敏要完简历，知道池牧之没有拒绝的意思，顺便又要去了李铭心的联系方式。

这是个信号弹。

池牧之这边接收了。金助理发去电话号码，那边没主动联系，又请金助理代为联系，约出来吃饭。

这一切池牧之都知道，连李铭心约在晨练的热门场所都知道。他本来想一起去的，但李铭心嘴巴抿得很紧，戏也很足，昨晚还热情有加，让一切疑点重重。

他隔岸观火，哪里想到她胆子这么大。

一千万！程斯敏测出不识好歹的拜金女，得胜般把数字甩给了金助理。

金助理素养好，一字不落地转述。要换池牧之转述，肯定会加入情绪化用词。

结束会议，池牧之问金助理怎么说，金助理沉默良久，说程总那边的意思是，您知道李老师是什么人就行，关系意思意思就结束掉。

言外之意是一毛钱都不会出，你自己分掉。

他好笑，想敲敲李铭心的脑袋，问问她到底在想什么，结果她不接电话。

池牧之合上电脑，收进公文包，通知金助理，给她打一千万。

她想要，就给她，顺便做给程斯敏看。

说是这么说，但一千万真打不了。

池牧之名下多是不动产和股票基金，活期资金很有限，就算想摆阔吓李铭心，都没那么多钱。

左右挪钱，到傍晚也就挪出来三百多万，亏她喊得出来这个数字，电视剧看多了。

蛋糕的奶味飘来，钻入门缝："Miss Li！"

李铭心瞳孔一缩，下意识地把池牧之推进卧室的洗手间。

"念念怎么了？"

"我新配的比例！你尝尝！"等了半天人都没出来，池念迫不及待地献宝，见她衣冠不整，肩头还沾着水珠，"哎呀"两声，连连倒退，"你在洗澡啊，那你先洗。"

李铭心抚过肩头："洗完了，我换身衣服就来吃。"

"行！你慢慢来！"池念笑嘻嘻地退出去。

池牧之阴沉着脸出来："我这么见不得人？"

李铭心披好浴巾,拿干毛巾裹头发:"我只是不想让小孩子看到这种画面。"

太容易想歪了。尽管池念聪明,知道他们进展到哪一步,但知道和看到还是不一样的。李铭心保护未成年人,不想让她眼睛不舒服。

本来还要说什么,见李铭心打开吹风机,池牧之默默退了出去。

他给面子,尝了一口池念精心烘焙的生日蛋糕,等李铭心吹完头发出来,拽过她出去过生日。

上回逢出院,生日是回程家过的,说是去病气,这回他想跟她一起过。

池牧之按下负一层:"事情不能隔夜,想好怎么跟我解释。"

"我以为解释完了。"她就穿了件吊带睡裙,胸衣都不贴身,他这是要带她去哪里啊。

他冷眼:"如果我这边心气不顺,就是没解释完。"

李铭心摸他心口,给他顺气:"这样行吗?"

"李铭心,别想敷衍我!"故意不接电话,没法解释。

"说了我吓到了。"

"开口一千万,你没吓到?"

李铭心想到卡上那些钱,一赌气:"早知道说一亿了。"

"一亿?"他左右摸兜,作势准备给她掏笔,"我写给你吧,写张东西给你?"

李铭心愣住:"支票?"

"欠条!"

李铭心闪身,缩到角落,闷不吭声。

睡裙宽松,圆领低垂,敞露出一片白腻的肌肤。他面无表情地拉过她,箍进怀里:"不要装可怜。"

没有笑意的他显得十分疏离。

电梯停在七楼,进来一对日常装扮的夫妻。见过,不太熟。电梯里偶尔遇到,池牧之会点头打个招呼。

此刻也不例外。

他礼节性地朝他们点了点头,也收获了邻居的友好回应。

审问的氛围打破,李铭心见他面色好转,轻声嘀咕:"我穿的是睡衣。"她想上去换件衣服。

他扣住她的肩,旁人面前语气异常温和:"等会儿去买一件吧。"

电梯到车边的几十步路,地下车库只有脚步踢踏声。那对夫妻的车位靠后,第一个分岔口与他们挥别。人刚走,他就露出狼相:"一千万真打给你,你会走?"

李铭心彻底清醒了:"不会的。"

他竖起耳朵:"为什么?"

"我还要念书,而你还没残疾。"明明一毛钱都没花出去,倒真像只金丝雀,身困牢笼,插翅难逃。

李铭心以为他会爆发,毕竟点到了他的痛处。池牧之倒是没刚刚那么大脾气,默不作声地帮她开车门,系安全带,关车门前在她额上留下轻吻。

她如充气的气球,鼓到一半,忽而中止。

驶出地库的一分钟内,他们都没有说话。夕阳洒进车里,他眯起眼睛,手指一点,播放起交响乐。

气势恢宏的音乐没有画面,却将暴雨疾风挟至耳边。一时间,错落雨滴上下翻飞,飞沙走石狰狞袭来。

李铭心照着落日余晖,坐在世界末日般的车厢,再次闪过错位感觉。

他果真先带她去买了衣服。车子驶至热门商场,开到地下四层才找到一个角落的停车位。

位置非常委屈,地方狭小不说,又是柱子又是三角区,几乎能听见高贵的卡宴在哭泣。

抵达购物区,李铭心先找到快消品牌,摸了料子感觉不是很好,又去了某个休闲舒适品牌。

她没跟男生逛过街,看衣服的时候,他就这么跟在身后,感觉怪怪的。要不是这会儿两人气氛不对,她可能会说句什么,但为了避免两军交锋,还是选择了沉默。

她挑了两件T恤和一条牛仔裤,最简单的配置,准备试衣,经过一条无袖毛衣裙,颜色淡粉,十分温柔。她觉得漂亮,也拿上了。

换衣服时,池牧之就站在外面。

蟹面馆留位超过二十分钟,前台打电话问他还留吗?他说留着,要晚点到。面馆工作人员表示歉意,称只留三十分钟。

池牧之很少为这种事动用私人关系,觉得有点太闲了,但今天格外想带李铭心吃这家:"等一下,我给你们老板发个消息。"

李铭心走出来,池牧之刚收起手机,微微抬眼,目露惊艳。她很少这么淑女,裙子质感柔软,花苞裙身,裙摆温柔,像只无害的毛绒动物。

她也喜欢,对镜自赏三秒,然后进去换了下来。

池牧之以为她会买,结果她把裙子还给了试衣间员工,就拿了一件黑色T恤和一条浅蓝色牛仔裤,前去自助结账。

他回头看了一眼:"那条裙子不喜欢吗?"

李铭心深思熟虑:"喜欢,但没必要买。"

"为什么？"

"买了也不穿啊。"穿裙子走动不是很方便。刚刚那是条毛衣裙，好看是好看，但大热天穿不了，秋天又嫌冷，算了，不合算。

"就两百块，买了不穿怎么了？"他刚看了价格，这里就没有贵的衣服。

李铭心看向他。

池牧之蹙眉："你没有钱吗？"月入过万的女孩子，不会花钱，那要那么多钱干什么？

这人没准备帮她结账，还逼她多买一条裙子。

旁边结账的两个女生被池牧之英俊的相貌吸引，关注着他们，窃窃私语。听到他说出这话，语气还如此狂妄，紧捏拳头，一声声"喊"情绪化地响起。

她们试图用小动作唤起李铭心的自尊：这男人长得好看又如何，底子烂透了！快跑！

结账柜面跳出扫码提示。李铭心想了想："你喜欢？"

见他不语，她把T恤和牛仔裤丢在自助结账柜面，让他站着别动，转身跑去拿裙子，再回来："你果然很俗，喜欢看女生穿裙子。"

"嘀嘀"扫码声响起，池牧之没有掏手机结账，旁边两个女生几乎翻起白眼。

李铭心屏蔽别人，配合地穿上毛衣裙。

出店门，她又轻声说了一句："生日快乐。"

谁也没法冲穿粉红毛衣裙的女朋友发火。

再上车，两人情绪都缓和了下来。

语音输入目的地，屏幕跳出路线。驶出繁华商区，池牧之手扶方向盘，利落地打了个拐，进入主干道才开口："拿到钱开心吗？"

李铭心直视前方，硬邦邦地问："你打钱给我干什么？"

车窗降下，短发被风吹得微微凌乱。

池牧之手搭在车窗上，喉结滚动，似乎在思考怎么回答她。

半晌，他说道："你要，我就给，没有为什么。"

磁性的声音在耳边炸开，李铭心脑子"嗡嗡"响，惊讶地扭头看向他。他翘了下嘴角，脸上的神情却怎么也看不出高兴。

这下李铭心不敢再提一个亿的笑话了。

下车后，她主动牵上他的手，攥得特别紧。

这是家预约制的蟹面馆，门店古朴，周围竹篱笆挂着春联，头顶的雾金色招牌又透出股新鲜味。它不像商场里的美食店，聚集不少人。因为蟹肉限量供应，售完无补，早早挂出"位满"的提示，七点饭点门口也没几个人。

李铭心吃得颇为认真。一是精致，蟹黄蟹粉蟹膏装在小碟子里，一样样倒进面里很有仪式感;二是面简单,接地气,添入馥郁鲜香,既熟悉又陌生;三是憋着话,又不知怎么说,只能吃东西。

池牧之出院后戒烟戒酒戒应酬,莫名其妙得了一面免死金牌,天天在家进补,倒是有一阵没下馆子了。

他们沉默了半碗面的时间。

先是只有一丝尴尬,到后面安静越久,越尴尬。

李铭心吃得快,饱得快,知道面没有蟹黄蟹粉值钱,她把蟹黄蟹粉都吃掉才搁下筷子。

对面,他才动了三分之一。

灯光很减龄,把他照得跟个生闷气的二十岁男孩似的。

李铭心托腮盯他,等把他盯得咀嚼吞咽越发缓慢,才得胜般开口:"我错了。"

时间把话题拉得太久,再提起不上不下的。

他拿出老师审卷的语气:"哪里错了?"

"没有接电话。"她知道不是一千万冲撞了程斯敏,而是钱陆续打到账上,她没有把他放在第一位考虑。

他这么温柔美好,李铭心很难不泄气。

她低头想了想,再抬起头,话特别老实:"好吧,钱打过来的时候,我想过拿一千万跑的。"

实话确实有些难听。

跟听到笑话似的,池牧之忍俊不禁:"我这次腿能走,你能跑去哪里?"

"就是想到跑不掉,又不知道怎么把钱退回去,我要上学,万一不给我上学怎么办,我要考虑钱来源的合法性,万一告我敲诈怎么办,我想了很多东西……"

太坦白了。不说出来,她都不知道自己想了那么多有的没的。

"就是没有考虑我?"

"第一条就是你。"

他蹙起眉头,退回到她的第一条:"你的第一条是'跑不掉'?"

"因为你,我跑不掉的。"

他一瞬不瞬地看着她。

"因为你,我不愿意跑。"

池牧之又吸了口面,这口急了点,吞咽时,李铭心看到他嘴角的笑意。

她想到账上的钱:"为什么给我打钱啊?"为什么给一千万?她不觉得自己值得。

"因为我不是什么人都行。"他知道一千万买不到他的动心。

试过这么多年，浪费不少精力，他早过了恋爱心动的年纪了。二十岁时，他随便就可以喜欢上一个姑娘，随便就可以栽进一段感情，随便就可以搭进去几年心甘情愿。但吃到苦头，再回头，看女人多少带着审视和厌恶。

李铭心就是带着某种不能解释的特别，踢破了他的底线。

她说："你要什么人？"

他说："只要我感兴趣的。"

李铭心："那很多吧。"

池牧之摇了摇头："错，很少。"他失望于李铭心还是没明白自己有多重要。这不是一段随随便便的关系。

他还想说什么，很快克制住，拿纸巾拭过嘴角，起身走了。

五分钟过去，人没回来，李铭心半身探出包厢，左右张望，试图找他。

十分钟过去，她掏出手机，打电话，那边没有接听。

不接电话，这很罕见。

她先去了收银台，问服务生看到那位和她一起、穿灰色T恤的先生了吗？

服务生点头，说出去了。

李铭心想了想，摸出手机："我们那桌结账了吗？"

服务生在机子上点了两下："还没有呢。"

"多少钱？"

"三千二。"

头顶电闪雷鸣。

李铭心点开二维码："每人一千六吗？"

"是的。"声音甜美，冷得像冰。

结完账，李铭心在打车和去停车位之间选择了后者。

不知道为什么，她坚信池牧之不会真的甩下她走掉。

帆布鞋踢踏作响，笨拙地绕了好几圈。

这里不在市区，灯火昏暗，地面停车场装了灯却没开。她边找车，边斟酌起微信内容，刚打出两个字，身后传来动静。

池牧之无奈地下车，对那头不识路的美女说："喂，连我的车都不认识？"

没想到他真的在。

李铭心忘了穿的新裙子，两手本能地摸口袋，意识到手机没地方塞，只能拿在手上，慢慢走近他："谁在找你，我只是想找辆顺眼的车，要个电话。"

"要电话干吗？"

"我要找个吃饭便宜的男人。"怎么会有人一顿吃三千多。名流的生活纬度和含金量跟普通人真的不是一个级别。

池牧之笑着教育她:"钱就是用来花的!"

他身高腿长,站在夜幕里,帅得打眼。李铭心扑进他怀里,紧紧拥住他,又说了一遍:"生日快乐。"

没见过这么爱过生日的人,但既然你喜欢,我就多祝你几声吧。

池牧之抱住她,亲亲她的额角:"谢谢李老师。"

她仰起头,出神地看着他,等他说那一千万的事,没想到他真的就这么揭过了。

他牵起她的手,带她去江边散了会儿步,顺手把她没地方放的手机塞进了自己的口袋。

沿着洒满金色碎片的江道漫步,他介绍了一些本地的风土,比如这江有什么传说,这江在历史上有什么典故,还有前几年的社会新闻。

李铭心认真听着,心情慢慢平静下来。经过景点摊位,他说他渴了。李铭心问他:"喝什么?"

刚问完,手里被塞进一部手机,他说:"矿泉水就行。"

她问老板要了一瓶水,扫码付款,五块钱一瓶,真贵。

李铭心面色没露出异常,贴心地帮他拧开瓶盖,连水一道递过去的,还有她"辛苦"一晚的手机。

这天,李铭心花了好多钱。

睡前,她想着不能隔夜,也不知道这事算不算完,便问他,钱怎么转给他。账上三百多万,有点多。

池牧之准备去冲澡,声音犹带沙哑:"留着吧,分手的时候还给我。"

"哦。"看来是真的。李铭心心脏再度乱跳。

"哦?"他本不想累着她,任她这么睡,听到这么平静的回答,一把捞起她,抓她一起冲了个澡。

番外二

恋爱日常

1

上周,池牧之认真计算在一起的日期,与李铭心讨论,以确定具体的"恋爱"日期。

"这很重要吗?"

"不重要吗?"

池牧之真的是个对恋爱十分认真的人。这个"十分"让李铭心感到负担。她只有"三分",且被他看出来了。这人脸色很不好看。

第一轮讨论。

她提出,恋爱是从一千万打款开始的。那一刻,她发现自己无路可逃。

池牧之认为,是第一次同床共枕。他不想让恋爱跟钱有关。

李铭心问:"为什么不是第一次接吻?"

他很满意李铭心提出这个旧话题。

"接吻确实是个契机。"从那天起,他像被流浪狗标记过的廊柱,从此沾上了骚味,怎么也忘不掉。

正要回忆是哪一天,又想起那天也跟钱有关,于是作罢。

第二轮讨论。

她说,那就从第一次同床共枕开始吧。她喜欢彻底剥掉绅士伪装的他。那是她沉沦的开始。

池牧之本来满意,想到第二天给了她卡,又认为这事和钱有关。

李铭心说:"那我把卡还你吧。"

他脸色一沉:"算了。"

这事搁置了。

第二天早上洗漱时,他定下了日子:"就你说财神爷的那天吧。"她附在他耳边叫他财神爷,还挺特别的。

大年初五所有人都和钱有关,他们凑一份子热闹也无妨。

他双手揉了揉惺忪的睡脸:"如何?"

睡觉前,她拟出两个搪塞预案,一个是叫老公的日子,一个是他们在江边散步。都和钱无关。

他说财神爷,没头没尾的。李铭心刷完牙才想起年初五的情况。

既然他说了,她也不反抗:"好。"

以后,每年年初五都是恋爱纪念日。

他们进入感情的步骤有些颠倒,还得反算日子,也不知道别的情侣是不是都这样。

李铭心挑了一条纯黑领带,勾上他脖颈,轻啄一口,五指灵活地将宽端绕到窄端之后快速成环,为他系好。她学东西很快,系领带这事琢磨两天就会了。

她漫不经心地问了一句:"你说,我们能纪念几年?"算得这么起劲,哪料人生无常。

池牧之眼神扫来:"什么意思?"

"没什么啊,就是随口说说。"

这人起床气很大,如果十二点之前起来,可以用神志不清来形容,稍微有点不顺就要皱眉。她都不知道他上班怎么办,会不会误事。

原本这句玩笑若在晚上说,他一定会以调情的方式回应,早上他情绪管理不佳,神色像要吵架。

李铭心识时务者为俊杰,跑去拿咖啡。阿姨每天早上都会现磨咖啡豆,打好一杯蓝山,放在桌上。他一喝咖啡,人精神了,心情会好很多。

池牧之自称情绪稳定,实际上也有几重人格。李铭心擅长观察,一日一日加深总结,逐渐摸透了他。

睡醒时最不讲理,像个暴君,脸能臭很久。

温存时最温柔,像只绵羊,亲吻不绝。

办公时最博学,讲话条理清晰,为了唬住下面的人,非药学出身经常自学药理知识,这种时候李铭心会相信他的985不是买进去的。

雨天最可怜,一个矜贵的男人掉进疾苦,流露脆弱,终于轮到她随机施舍同情了。

总体来说,池牧之是个很好懂的人,和他在一起很容易想到"隽永",但她的人生太多雨了,这种美好的词语一浮上脑海,她就联想到失去。

池牧之洗漱完,是八点一刻,每周一早上八点半他都要开研发周会。

白公馆距离光瑞总部八公里,算上路上的时间,他不可能准时赶到。

李铭心不喜欢踩点,喜欢提前,以求安心。见别人要迟到,她会有点不顺眼,尤其是这种理所当然的"迟到"。

池牧之慢条斯理,一边喝咖啡吃面包,一边刷手机新闻。李铭心笃定,等会儿他下楼不会小跑,开车也不会闯红灯,按电梯不会急按几回,推门时也不会有贸然打扰会议的畏缩。

她心里默默计算这一切,一点没流露出来。

喝完咖啡,他抬腕看了眼手表,时间指向八点三十五。那头李铭心已经拿起法考小册子,抿唇默背要点。

见她故意不看他,池牧之好笑,声音犹带清晨的哑意:"又看我不顺眼了?"

被发现了。

"哪敢啊。"李铭心从没催促他准时上班,只是偶尔拿眼睛瞟时间和他的动作。

这些微表情在以前是绝对不会被观察到的。只能说,他们越来越没有秘密了。

咖啡没唤起池牧之的好心情,他还记着仇:"反正也没几年,李老师就忍忍吧。"

他蹙眉离开,没有告别吻。池牧之有仪式感强迫症,现在这个行为说明他不高兴了。

李铭心继续看书,没理他的少爷脾气。

对照进度表,学习完今日计划,她坐在夕阳里编辑微信:七月,炎夏,在一起半年。

池牧之手机长在手心,回复得很快:能纪念几个半年?

李铭心模仿:你这么问,我会不高兴的。恋人之间,不都说永远吗?

那头没再回复。

她猜他在笑,应该是把少爷哄好了。

她学习能力是真的不错,池牧之也是真的好哄。

2

李铭心干活麻利且勤快,这给池牧之一个错觉——因为小时候吃过很多苦,所以她很会做家务。

实际上并非如此。

裘红没心思照顾她。她有时去外婆家,那里不用干什么活,有时则一个人在家,只需负责照顾好自己就行。

李铭心应付家务的水平和她本身生活要求成正比。简而言之,不高。

七月下旬,暑意尤甚,池牧之出差晚归,风尘仆仆地赶路回来。车晃过夜市，街灯串串，人山人海，烟熏火燎的烧烤味飘出几百米。

他味蕾大动，又懒得排队耽误时间，打电话给她说想吃泡面。

李铭心算好时间，在他到家前五分钟给他泡上，一点没耽误。

池牧之推门，主厅亮着一盏新添的金属落地灯。厨房餐厅灯光大亮，飘满番茄牛腩的香气。

茄皇汤底浓郁围绕，李铭心居然忍住坐在泡面边上看书，挺狠的。

池牧之喜欢酸笋肥牛，她提醒过一回，说笋是腌制品，对身体不好。果然，挑泡面的时候她主动选了番茄牛腩。

他低头微笑，先洗了个手，捧起她的脸轻啄脸颊，才慢条斯理地拉开实木椅，坐在她对面。

揭开盖子，水蒸气晶莹泛黄，摇曳如撒娇。

攥起香气腾腾的泡面，入嘴第一口，还未吞咽，池牧之眉心皱了起来："你是用开水泡的？"

李铭心正在背题，脑子过完要点，才慢半拍回答他的问题："是啊，不然呢？"

他说："泡面要煮！"

"你说的是'要吃泡面'，没说'要煮泡面'。"

池牧之又试着吃了一口，没咽下去，又干又硬。他自从吃过煮泡面，就再也没吃过这种拿水泡的。

李铭心盯着他，目露不解。

他怕她节约，低头吐进碗里，准备处理掉。

李铭心看到他这个动作，以为生气了："这就不吃了？"因为没有煮？所以发脾气？还故意吐给她看？

池牧之连着热腾的汤面一起丢进水池，开火烧水："我煮个给你尝尝。"

清水翻滚，气泡沸腾。

揭开盖子下面，他又坐回椅子，长吁一口气。

今天奔波了一天，拖了半年的审核没下来，还被程宁远强行电话会议了一个小时。医药行业虽说是永远的朝阳行业，实际上竞争压力很大，什么药不是药，重要的还是供应和渠道。

过去光瑞靠着有六十多种专利药，动作保守，只垂直整合小型药企，程宁远上台后大刀阔斧，收购原材料企业，形成了光瑞的独立终端制剂平台，他要做一体化，要拿下下游市场。

池牧之对这些没兴趣，本来听听就好，谁知他话锋一转，要他接手这块。他蹙起眉宇，也不铺垫，直接说自己最近很忙，就把电话挂了。

他在死劫里斩杀了屠龙的梦想，对决策层的事不感兴趣。如果有天在研发部也待得不舒服，他就去开店，咖啡店、健身房、餐厅，都可以投资试试水。

他要的就是回家，有盏灯，有热饭，有个人。现在基本实现，不会随意打破现状。

当然，如果没有热饭，他有手，可以自己做。

面煮了两分钟，池牧之从冰箱取出两个鸡蛋，拿长筷轻轻拨开面，留出充裕空间，将蛋打在中央。

打蛋的时候，池牧之特意提了一句："蛋也很重要。我喜欢半熟的。下到一半打蛋，但别去拨动蛋，不然蛋白没成形，容易散。"

李铭心盯着他的动作："我倒要看看有多好吃。"

"我下了两包，分你一半。"

"我吃不下。"她晚饭吃饱了。

"李铭心！"他一字一顿叫她的名字。

她眼神回视。

他传递夜宵精神："不可以拒绝泡面。"

最后，他倒入配料。

出锅，李铭心仔细闻了闻，确实比拿开水泡的要香一些。

他给她盛了半碗，非要她尝尝。面确实更软，更入味。

她夸道："很好吃。"

池牧之半碗入胃，终于露出享受的表情："我以前的保姆是我小奶奶，我奶奶的妹妹，她做饭不是很好吃，所以我会自己做一些。"

"泡面也叫做饭？"

"泡面里可以放很多东西的。"

李铭心吃得快，小半碗下肚，先去洗澡。

热水浇下来，胃内软乎的泡面散发着热热的温度，里外呼应温暖。

口腔内尤有番茄料的酸甜，她一边洗，一边回味，嘴角浮起笑意。

一步步按照洗澡步骤做完，李铭心整个人忽然很满足。

熟悉的灯光打在头顶，梦一样。

一切又真实又不真实，特别幸福。

洗完，她跑出去拥抱池牧之。他手上刷着手机，碗里就剩两根面条，仍不紧不慢地喝汤。

她的精神状态和刚刚看书看困了完全不一样。

她坐在池牧之身上，强迫他放下筷子，双手抱着自己："池牧之，我觉得你特别特别坏。"

"我坏？"听错了吧。

她眼神坚定，点头道："嗯，你特别坏。"

男人还是挺喜欢听女人说自己坏的。他肯定不能免俗。不过李铭心的表情太过认真，不似调情。

"说说看？"

如果说得有理，他可以检讨。

"你这样，我已经没有办法适应一个人的生活了。"

池牧之去北京出差一周，白天有阿姨，傍晚池念回家，实际上家里一直有人。但晚上，钟表走动时，她独自躺在床上，从客卧翻滚到主卧，心里确信门那边不会有归人，这种感觉很奇怪。

像小时候等妈妈一样，会想他。

李老师出招没有任何预兆。池牧之洗耳恭听他哪里坏，谁知道她出其不意讲情话。

他勾起吊儿郎当的笑："李老师的意思是？"

"没什么。"她点到即止，窝进他怀里拱脑袋，额角、眉心、鼻尖、唇珠，每一处都要被他怀抱包裹，来回蹭动，像只求抚摸的小猫。

他本来疲惫，想说自己没洗澡，你洗了澡来蹭我，等会儿再躺回床上，就是污染了卧室的清洁区。

但真的，谁受得了一个小姑娘这样撒娇，尤其还是铁石心肠的李老师。

"回来没抱，怎么这会儿要抱？"

他晚上出现的时候，看着像寻常下班的样子。

她说："我比较迟钝。"

"嗯，倒是有自知之明。"要是哪天回来，李老师飞扑进他怀里，那才是真的奇怪。

李铭心的感情，带着些逢场作戏的成分。没有被爱包裹过的人，缺失感受爱、释放爱的通道。她会模仿爱，这种模仿让她表达显得有些机械，看上去像逢场作戏。

感恩的是，池牧之理解她。

这也太奇怪了，他居然能理解。

他知道她会做一些程式化、并非主动表达爱的行为。而今天，她发自内心的真实爱意，他也接收到了。

她握着他的手，搭在暖融融的胃部，幸福得像一摊液体。

3

李铭心没有明白，受过高等教育的人竟会迷信。

池牧之拉她爬山，她还以为是锻炼身体，欣然应允，还购置了一双登山鞋，为陪他以后强身健体。

谁想到他带她去算命。

她命里雨水纷纷,结果可想而知,算出来是孤寡命。

池牧之的脸色特别难看。李铭心一点没信,因为这个住持老头说,这是她前世种下的因果。

前世?她不信。

池牧之不迷信,只是被人卜定,心情不太好。

下山时,她心平气和,池牧之则面色凝重。他不悦时很英俊。她文字功底不好,看到他,脑子里只有英俊。

坐到车里,她跟他说,与其迷信命,不如迷信爱。

他点击导航,没听清:"什么爱?"

"爱啊,爱是天时地利的迷信。"

他当时没懂,晚上吃饭时,"扑哧"一声反应过来。

4

李铭心有些抠门的习惯,又因为不常上网,抠不到点上。

池牧之偶尔会笑话她,她总是很平静。她的平静特别像个世外高人,嗯,也像个聋子。

过年准备年货,他正在笑话她,她忽然捂住他的嘴,睫毛微微颤抖:"不许说了,我伤心了。"

池牧之荡漾着笑意,问她:"哪里伤心了?"

她一字一顿:"你看不起我。"

换作别人,池牧之一定会解释道歉,但在李铭心这儿,他没有。他掰过她的脸,细细扫过眉眼:"李铭心,伤心要有伤心的样子,你这样别人真的看不出来。"

她的伤心看起来很淡定,像个陈述。

她不擅长表达感情,也不会迎接喜悦。

她对于节日纪念日的感知很弱,还不如晴天雨天来得敏感。年三十池牧之回家陪长辈吃饭,晚上九点多微醺而归,贴着她的脸,嘴唇带着淡淡的酒意:"除夕快乐。"

"嗯。"她细嗅酒气,问他,"喝得多吗?"

"就两口。好久没喝了,喝两口都晕。"说完,他懒洋洋的目光陡然清明,像是在抽背,"恋爱纪念日还记得是哪天吗?"

他压低声音的样子有点性感。

李铭心弱下气势,给他点判卷的存在感:"年初五。"

他冷眼:"有礼物吗?"

"有的!"她准备了!

池牧之颇为讶异:"真的?"

"我记着的。"

衣帽间有一个玻璃面抽屉,里面放着九块手表。不全是名品,还有一块老金表,是池牧之爷爷的遗物。他每过一段时间都会戴这块表,怀念爷爷。

这行为真老派。

不过,用池念的话描述,确实戳人。

男人念旧有股子忧郁的性感。

玻璃面抽屉右上角隔着个蓝丝绒首饰盒,里面放着几枚时尚金属戒指。没见他戴过,但尺寸应该是他的。

尝试着虚套两枚,李铭心生出想法,决定送戒指。

她将送戒指的想法告诉了池念:"如何?"

池念想鬼主意的时候,脑子转得比学英语快多了,十分钟想出八百个鬼点子,找了个周末拉她去银饰手工店,自制了两枚银戒。

男款内圈刻着"L&C",女款内圈刻着"C&L"。

最心心相印的是,年初五池牧之掏出一周年恋爱纪念日礼物,也是戒指。他的贵些——卡地亚对戒。

内圈刻字是"No.01"。

烛光下,李铭心双手仪式感紧扣,猜测:"意思是我最重要?"

"是在一起第一年的意思。"他想,"不过,你最重要也对。"

"哦,那你应该直接刻年份,不然第二年再买吗?"

"是啊,我就是这么打算的。"这是他的长线计划。

"多少钱啊?"李铭心套进戒指,左右看看,玫瑰金确实比银制的好看。

池牧之刀叉顿住,震惊地看向她。

李铭心转动戒圈,反应慢了一拍:"看我干吗?"

"是我帮你戴戒指!"怎么自己套进去了?

"呃……"

不过可以想象,以后,他们会有很多戒指。

5

年底分红,钱果真陆续打来。

李铭心长过一次见识,这回很淡定。她没有提这钱,他也没提。

两人暗暗较劲,吃饭时,目光交锋如武林高手,以静制动,狡猾得很。这似乎成为他们别扭的情趣。

气氛持续两日,李铭心结束了第一学期的最后一次组会。她本科非法学,师姐照顾她，把她的文献汇报排在了最后一个月。

结束汇报，组内师兄师姐约了一起聚餐，李铭心到家，是晚上九点，池牧之在洗澡。

她帮池念准备好马术课的护具，池牧之正好从房间出来。

他有睡衣，却很少穿，在家经常是纯色T恤，看上去年纪很轻。倒是李铭心喜欢一身黑，有点死气。最近她添了一件鹅黄色的毛衣，今日社交穿上，整个人像春天里迎风招展的小黄花，特别俏丽。

池牧之经过主厅，特意多看了好几眼。

这一眼，让李铭心确定，人还得靠衣装。

池念将环保主题的作业拿出来，问李铭心还有什么要改的吗？

作业是用一次性筷子搭的厂房，简单的立方体，配上搭调的PPT，应付老师不成问题。

李铭心夸她好棒。

池念做什么Miss Li都会夸她，哎呀，普普通通啦，滤镜太重了！

嘻嘻，世界上有一个无条件对你滤镜的人，真的很有安全感。开心！

见池牧之在，池念一双眼睛左右一飘，双手捧住心口，自动进入嗑CP模式："不敢想象，我以后会做姑姑！"

她的老师和她的哥哥，老天爷！日漫剧情！

池牧之没理她，夹了几块冰丢进杯子里，转身回房。

池念等他一走，迅速调整到女性觉醒模式，告诉李铭心，要冷静，她哥家里很复杂，一定要注意安全。

她时时刻刻担心自己和Miss Li的未来！

"我会注意安全的。"李铭心现在过马路特别当心。县城的红绿灯如摆设，民众视而不见，一通乱闯，致使李铭心也学会了这种素质低下的毛病，来S市两年也没改掉。

和池牧之在一起后，她会认真走到斑马线，再三确定周围没有异常车辆。

池牧之不懂她的谨慎，毕竟没有亲妈会找人撞死亲儿子。

跟着池念看多了这类电视剧，李铭心将此剧情深种心头，牢牢记着，也叮嘱池念："你也要当心。不要跟陌生成年人说话。"

她们幻想了一场噩梦，一时姐妹情深，仿佛生离死别，直到洗澡时间到来，丰沛的热水将她们分开。

回到房间，池牧之又坐在懒人沙发上看书。那个沙发非常不利健康，无奈太舒服，是个人就要沦陷。

就像她和他的感情，不是很健康，但没办法，太舒服了。

天生一对。

期末耗尽了李铭心的全部能量。

那些对于法本都需要熬夜的考试，对她来说，是双倍的挑战。李铭心认认真真地听课，每天回来又是复习理论课，又要看文献，再回到特种兵做派的感觉。

经历过舒适低压的暑假，研一非常辛苦。

这下考完试，文献汇报也结束了，必须要面对彼此了。

池牧之最不主张事情过夜，这事倒是按着没说，她猜是因为这两天忙。平日里为一个奇怪的眼神都要抓着她问清楚，为什么这么看他？是不是有意见？她觉得好笑，他真是个小心眼。

李铭心不想耽误，一千万的事还是要交流一下的。

她承认，确实有小人思维。一千万，她不花，也不想还。

前面的三百多万已经不是原来的三百多万了，整存整取多出两万多利息。

看到余额，她明白，什么叫有钱人越来越有钱。真是什么都不用干，利息都够吃好喝好。

他如果只是试探，就还给他吧，毕竟他是个这么计较感情纯度的人。

"牧之。"她刻意温柔地唤他。

"嗯？"他从书中分出精神，"怎么？"

她蹲到跟前："你有什么话要说吗？"

他抿唇笑："干吗？"

李铭心将心虚直接写进眼睛："我以为你有话要说。"

"我没有话要说。"说罢，他又看回了书里。

书是《华氏451》，在尝试英文小说失败后，他看回了译文版科幻。

"那我不还啦！"她耍赖道。

他捧着书的手笑得发颤："李老师准备还？"

她双眸亮晶晶："没有。我在试探你！"

池牧之合上书，认真看向她的眼睛："留着吧，反正你不会花。"他也花不到。

真的吗？李铭心歪头，颇为不解。

"等你做完你该做的事，有天有想做的事，也可以不用犹豫。"

该做的事？

"该做的事是上学吗？"

"嗯。"他拇指抚过她的眉毛，滑至眼尾，"你一直在做自己该做的事，又上学又考试又打工，看起来还没想好自己想做什么。"

她像个上了发条的机器人。有回聊天，她说和他在一起最大的变化是每天的睡眠时间拉长了一小时，这很浪费。

连睡眠时间都要计较,真抠门。

"我……"她哑然,好像真的不知道自己想做什么。

"不急,你才多大啊。"他起身,像占坑一样,将书丢在懒人沙发的凹陷处。

李铭心挑眉:"这就不怕我跑了?"

平日老计较她不依赖的性子,总问她:钱留着干吗,是要跑吗?人家师傅电钻打眼儿,你学什么?你学会了干吗?

这下又真的实打实给了一千万,就不怕她跑了?自相矛盾的。

池牧之刮了刮她的鼻子,笑得神秘莫测,没有回答。

似乎话题到此为止。

他取出浴巾,往浴室走去:"我先洗?"

"嗯。"忙了好几周,脑子里塞满了信息,她想发会儿呆。

关门前,他停住动作,看了她一眼。

二十秒后,李铭心的手机振动。她没有查看,继续发呆。

池牧之作为一位男士,洗澡需要二十分钟,李铭心作为女士,洗头加洗澡只要五分钟。

他洗完澡后护肤,她正好在次卧浴室吹头发。两人在床上会合,特别省时。

投影仪半月没开,"交流"的时候,会亮一盏立灯。今日池牧之有几分急,李铭心阻止,不可以!

池牧之迟疑,蹙眉问她:"看微信了吗?"

李铭心摇头:"你发了什么?"

好吧。

池牧之闭上眼睛,箭在弦上,束住她的双手:"有了就生下来。"

这违背了男女尊重。他要是低声恳求,她会施舍几分同情,但他利用男性力量优势攻城略地,不给商量,实在让她生气。

在和池牧之的不平等关系里,她莫名其妙地被培养了一股平等意识。这要是换在初识,她大概率连抵抗都不会抵抗。

结束后,李铭心一脚蹬开他,做好了辩论的准备。虽然她总是说不过他,只有生闷气才能赢,但看到微信消息,她连做脸色都放弃了。

池牧之:我意识到,你要感受到很多爱,才能不逃跑。

和钱无关。

一千万是他展示爱的一个方式,一种可视化的爱。

她好笑地收起手机,心想算了。

回到床上,他瞥了她一眼,问:"看到微信了?"

"哦。"

他微笑："还生气吗？"

这表情，是笃定她看过微信后不会生气的。

李铭心放弃："不气了。"

"这么没有原则？李老师不过如此。"池牧之事后态度很横。

"我不跑，真的，我保证。"她抱住他汗湿的脊背，亲吻他的嘴角，"别老这么没安全感。"他老提这事，显得特别可怜。

他本来想讽刺她几句，听她这样柔声安慰，语气也软了下来："那刚刚痛吗？"

方才捏她手腕的力气超过了尺度。她喊了好几次痛，只是他一松开她便出拳，于是只能全程死守，没给她留反抗的空间。

李铭心活动腕部："还好。"

"那不怕怀孕？"他眯起眼睛。

她垂眸："哦，怕的。"不怕，她有科学药物护体。

池牧之环住她，跟她说别怕，没事的，他做手术了。

李铭心窝在他怀里，眨眨眼："什么手术？"

结扎。

李铭心高度投入复习期间，会冷不丁欲望攀升，需要释放。池牧之必须承认，享受过没有隔阂，越来越难以接受那层束缚。

她心肠软，有时候会放弃戒备，猫一样坦露肚皮，特傻的小姑娘。她谨慎，不敢多放纵，玩一两回都要算日子。

他怕她太过紧张，就去做了手术。

今天就是想吓她一下。

果然，吓到了。

李铭心雕塑一样僵在空气中。

呃……

关于结扎，他们次日进行过探讨。夜晚总是有点不清醒，白日两人穿上衣服，沟通还算不错。

他在ICU里用过很狠的药，在遇到李铭心之前，他都不担心自己的基因，因为没有传承的地方，遇到她之后，这事又被想起。

池牧之说，这是他深思熟虑的事。

"我不想养育下一代。"他试探过两回李铭心对孩子的看法，她警惕得夺毛，几乎一跳三尺远。她空得像一具躯壳，怎么有爱反哺给孩子。路上看到小孩和猫狗都要绕路，别提孩子了。

她说："如果有滔天富贵，那可以养。"说完怕他真的养，又没良心地补充,"当宠物养。"她没有做好女人的觉悟。她的根是歪的,不知道怎么养出一棵正直的树苗。

池牧之不差钱,但他也不想养。他对池念尽心尽力,实际上也是不够的。他可以做一个不错的男朋友,但作为一个父亲,值得怀疑。

他刮刮她鼻子:"我决定,把你当女儿养。"

呃……

他没说再通的可能性,李铭心查完百度,打电话给他:"意思是以后都不能生了吗?"

"再通确实不是有百分之百的成功率。"不过不是不能生。

只是,他此刻很坚定地不想。

李铭心没想到:"这……"她信了百度。

"你想要孩子了?"

"没有,只是……"

池牧之向来不喜欢她说话说一半,语气有点恼:"只是什么?"

"没什么。"她笑笑,"本来一直觉得自己配不上你,现在你又是腿不好,又是不能生,我忽然觉得我们平等了。"

她长舒一口气,谨慎地感受对面是否接收到她示好的信号。

那边顿了一下:"谁不能生?"

这是个午后,窗外乌云滚滚。窗帘拉了一半,另一半留了一扇通风的窗。

投影仪灯光渗透进梦中,忽明忽暗。

池牧之静默躺了好久,风裹挟着雨的温度与湿度,抚摸着裸露的小腿。

巨大闪电过后,鼻下有指尖轻轻划过。

她又来探他鼻息了。

这周台风,下了三天雨,每日一粒止痛药,腿隐隐酸胀,可以忍受,但仍有点不适,导致睡眠浅。他会在纸上记录服药时间,自评疼痛等级和服药效果。

池牧之合目休息时,李铭心会随机探他鼻息。这个动作很诡异。

她是怕他死吗?

他不动弹,假装不知。胃出血后,他滴酒不沾,疼痛渐渐恢复到一到两粒止痛药可以压制的程度。当然,也可能是北京配的新药药效不错。

投影仪静音播放着一部日本电影,悲剧。

应该是放到蛮伤感的地方,主角失魂落魄的,李铭心面无表情,低头看向身侧的他。

他不打鼾,这很奇怪。李铭心遇到的男人都会打鼾。裘红以前说过,男人三十岁以后都会打呼噜。虽然她的话不可信,但李铭心宁可池牧之打鼾。

他睡觉很轻,床又很大,翻个身睡远一点,他的呼吸便会消失。

他吃的药有个关于呼吸系统的副作用,说是会呼吸暂停。读完说明书,李铭心记住了。

有回她醒来,他一动不动,像没了气儿。李铭心眉心一皱,想也没想,开始摇他的肩膀。

池牧之悠悠转醒,以为出了什么事:"怎么?"

"哦,没有。"她舒了口气,躺回床上。

"啊?"他贴过来,探她额头,以为半夜叫醒他,是因为她不舒服。

"没事。"

那天过后,她再怕他没气,不会摇醒他。这有点太傻了。

她选择探他鼻息。

电影播到最后,一点都不伤感,男女主角都活着,各自生活,挺好的结局。标签骗人,居然说是悲剧。现在人对悲的承受力太弱了。

片尾演职人员表上浮。她目光落在池牧之身上,心里盘算,《哈利·波特》全套到了,晚上可以带池念唷这套原著了。

正要起身,她忽然感觉有点怪怪的。

她指尖自然探过去,等了两秒、三秒、四秒、五秒……她怔住,轻轻唤他:"池牧之。"

她又等了等,凑近他:"池牧之?"

没有呼吸?李铭心心跳大震,用力摇他:"喂!喂!"

没两秒,池牧之嘴角勾起:"真当我死了?"眼皮慢慢掀起,见她目瞪口呆,"你这什么表情?"

李铭心木着脸,等心跳缓下来。她没想到心会跳得这么厉害,不过是个拙劣的玩笑而已:"哦,没……"

以为李铭心生气了,池牧之逗她:"怎么了?"

"没有啊,就是叫叫你。"

他笑着揉揉眼睛,坐起身问她:"你老探我呼吸干吗?"

她理直气壮:"看看还有没有。"

他哪有那么容易死:"我这么弱?睡睡觉都能死?"

"嗯。"李铭心点头。以前还没觉得,和他待得越久越能有对比。晴天的时候,他太过正常,健康活力,对比下来,雨天有点弱,什么都干不了……加之肤色白,睡觉时,像呼吸都要断掉般羸弱。

他盯她半晌:"李铭心。"

李铭心扎头发的动作慢下来:"嗯?"

"是不是怕？"他观察她的眼色。

"怕什么？"她又想了想，低下声，如实说，"哦……怕的……"

本以为会迎来他的报复。

是个人都能看出来，池牧之不喜欢腿疼被人同情。

这回池牧之却没有。

他忽然用力拥抱她，亲吻她刚扎好的头发，动作犹带睡醒的暴躁，复杂又兴奋地喊了两遍她的名字。

她被吻得意乱神迷，挣扎着推他。

他埋入她颈窝，笑着说："李铭心，你害怕了。"

"嗯。"现在有点害怕了。

"你害怕了。"他喃喃了好几遍，满意地啄了啄她的唇，"很好。"

到饭点了，赖床太久不好。

李铭心不想给池牧之示范糜烂的恋人状态，推开他赶紧起床。

池牧之懒洋洋躺回床上，伸了个懒腰，通知她："别怕，我死一定会带你。"不会偷偷死的。

李铭心T恤套到一半，默默翻了个白眼，少爷心海底针。

21世纪之后，没听过男的去死还要拉女的陪葬的，有病。

李铭心出去，池牧之又躺了会儿，刚起猛了，腿上传来一阵漫长的酸痛。

熬过不舒服，他关上窗户，拉开窗帘，站在雨幕前又望了会儿雨。

往餐厅走的几十步路，腿沉重不堪，依然有点不舒服，不过心情很好。

今天是个临时替班的阿姨，对东西摆放不清楚。李铭心像主妇一样一个个教她。阿姨局促地感谢，说这家人真的很好，在这儿做过的阿姨都这么说。

她淡淡地笑着，在厨房帮着一起准备晚餐。

李铭心表情少，情绪起伏不大，加之年岁小，池牧之合理怀疑，她的衰老速度会很慢。

以他们的年龄差来说，他一定会走在她前面。

人病痛时难免思虑过重，吃饭时，他多扫了她几眼。

她敏感、多疑，察觉到了，不过没有回视，继续低头吃饭。

池念对拆书最活跃，争分夺秒，吵着让李铭心给她录开箱视频："Miss Li！我都准备好啦！"

李铭心匆匆喝掉两口汤，跑过去给池念录视频。

池念领教过几次李铭心的拍摄技术，心里有数，特意给她指定位置，打开补光灯，只要她做个没有灵魂的人形支架就好。

拆箱拍摄了九分钟，拍完，池念的阅读欲望立马为零，笑嘻嘻地要给自己放假。李铭心收拾书本，试着商量："今天，我们把序言看一下？"

池念默不作声，主动去跑步机上饭后散步。

现在有人二十四小时在家盯她学习，她没有办法偷懒，只能主动运动，英语进步未可知，不过身体瘦下来不少。

李铭心好笑地看着她逃逸的背影，默默放水，想着今天周末，算了，周一再学吧。

一回头，池牧之端着汤碗，在等她喝汤。今天是白鲫鱼汤，汤色乳白，缀以小葱，色香味俱全。他一直在培养她吃东西的习惯："来，喝掉。"

味觉是六欲之一，他想为她唤醒。

李铭心吃饭主打一个塞饱自己，不会享受一口饭一口汤的细嚼慢咽，无法体味美食在口腔内炸开的余味。

他试着教她，一顿饭少不了饭和汤，她十分听劝，把饭吃掉，再像完成任务一样喝掉汤。

吃饭对她来说，依然是任务表上的一项任务，没有因为多出一碗汤而变得美妙。

她故作惊讶："我都忘了。"

池牧之："女人有钱就变坏，以前你是不会浪费的。"上次连剩饭都要留着，现在新鲜的汤也能忘。

李铭心一饮而尽，嘀咕道："我已经胖了。"

池牧之喜欢灌饭，渐渐撑大她的食量。

"哪里胖了？"他捏捏她的腰际，掰过她的脸左右看，"体重重了？"

胸变大了，她的身体变化一般都从胸部开始。

"秘密！"她皱了皱眉。

等他自己发现吧。

陪池念赶完周日的数学作业，时间指向夜里九点。

卧室墙边安静地亮着一盏落地灯，池牧之在看书。

他并不总看电影，有时候也会看书。

他一本英文原著看了半个月，经常问她单词。李铭心怀疑这人花一份钱聘两份工。

她一进来，他伸手招呼她："这个单词什么意思？"

她看了一眼，是简单词汇"Death"，不知道从哪个角落抠出来的。

"是活下去，坚强的意思。"她胡编乱造。

他笑了："李老师英语真的不错。"

"还行吧，也学了几年了。"漫不经心地回应掉嘲讽，她走向衣帽间，从底层取出叠放整齐的浴巾。

每次看到堆放如此整齐的浴巾，她总不忍心拆开，要多逗留一会儿。

"如果有一天我真断气了,你会怎么样?"池牧之半躺在懒人沙发上,长腿交叠,挡住了衣帽间出口。

这个沙发是李铭心下血本给自己买的,却总是他在坐。

"我会打120和110,确定你的死因,你的遗产和保险写的都不是我,所以我没有杀你的动机。等警察排除了我的嫌疑,确认你是自然死亡……"她顿了顿,"我会去看你的。"

前半段真的在思考要怎么办,说到最后一句,心脏又有点疼。

池牧之:"去哪里看我?"

"墓地?"她停下准备洗澡的动作,蹲下身与他平视,"你会有墓地吧,电影里演的那种。"

只是想骗她说几句好听的,她却越说越残忍。池牧之蹙眉,仔细想想,池竟确实给他准备过墓地:"在第二墓园,有一个。"

"好,第二墓园。"她点点头,记住了。

他气笑了:"你真的觉得我会死?"

她很冷静:"人总要死的。"

他语气冷下来:"那行,如果有一天我死了,我一定会拉你一起。"

之前说要一起死,不是玩笑。

几乎可以确定,如果有一天他死了,李铭心一定过得不错。她每条路都给自己铺得很好。

李铭心无所谓地笑笑:"好,那方向盘记得往你那边打。"

窗外是盛夏大暴雨,风卷着云,雨乘着风,树叶摇晃,仿佛末日。

像又回到了二十四岁那个能见度低的雨天,一切都变得不确定起来。

池牧之怔了一下:"什么?"

"没什么。"

走出两步,脚踝被用力拽住,李铭心失去重心,踉跄地跌进他怀抱:"干吗啦!"

池牧之叹了口气,亲了亲她的额角,追着她的眼神要答案:"方向盘保护我?"

李铭心敛去笑意,认真地看着他:"嗯,保护你自己。"又强调,"我也会保护自己的。"笨蛋,21世纪了,别谈个恋爱随时拼命。

池牧之抱了她好久,吻了两次。第一次春风化雨,唇上缠绵。静默片刻,第二次热烈得要命,跟外头的雨一样,差点吞噬她的呼吸。她在吻里感受到这句话对他的冲击,又好笑又心酸。

这一刻,他的心口仿佛有了一只流浪狗的文身。

末了,他对她说:"我爱你。"

李铭心搂紧他:"我也是。"
半分钟后,她去洗澡,一切如常。
池牧之继续看书。
爱是他们日常发生的时刻,感觉很舒服。

番外三

痴女怨男

六月下旬，董事会过半数选举产生CEO（首席执行官），程宁远连任。他年纪太轻，上任的时候都说他做不了两年，人们认为程永贤糊涂。

没想到，和沈家联合开发新抗癌试剂，让程宁远在动荡的光瑞高层存活下来，免于被罢免。

提名委员会成员由四位董事组成，三位是独立非执行董事，其中一位是程斯敏。

她当年极力反对程宁远上位，两人关系紧张，开会时几乎是王不见王的状态，今年却化干戈为玉帛，投了赞成票。

老奸巨猾的高层心知肚明，假装没有过去那回事，皆大欢喜地鼓掌，举杯庆功宴。

这一年CEO没有变动，新项目快速获批，进入临床试验，光瑞股价逆市大涨。

董事候选人池牧之的资料递了上去，又在形成决议备案提交董事会前撤了下来。

大家都说程斯敏输了。程永贤宁可扶私生子，也不扶亲外孙，儿子和女儿到底不同，亲疏有别。

程宁远铁血手腕，力压外甥进董事会的传闻在小圈子里沸腾。

至于婚事，订婚大操大办，旁人默认成了，只有程家和沈家知道，婚是订了，但结肯定结不了。

程宁远放肆大胆且目中无人，在订婚宴上消失，气得沈家老爷子进了医院，这事没那么容易过去。

目前，婚前签订条约仍在拉扯阶段，谁也不肯让步。宏星和光瑞合作研发的新抗癌试剂和监测器材箭在弦上，不管婚结不结，都要合作下去，否则是双输结局。程、沈两家谁都不愿自己利益受损，订婚宴准新郎消失的愤怒只当哑巴吃黄连。

沈梨姿淡定，不觉得委屈。

她本以为程宁远是个扶不上墙的阿斗，认识之后发现不是，反倒欣赏起程宁远来。

这婚，她坚持不要取消，表面上是为了合作，实际上她慢慢倾慕于他。

和庄小姐见过一次面，她知道这种聪明女人难对付，提出了钱。幸好遇到了爽快人，一千万一口价，但没想到，难搞的还是程宁远。

沈梨姿一周约他见一次面，有时候是吃顿便饭，有时候是在会所喝一杯，他履行承诺，扮演好先生。她做了几次过去看不起的下贱事，他不接招，惹得她更加躁动。

沈梨姿疑惑，到底是什么人绑住了他？

答案尽人皆知，肯定是庄娴书。

但沈梨姿真没在这女人身上看出半分本事。

她划过微信列表，想起上回喝咖啡，庄娴书笑眯眯主动加她微信——怪里怪气的女人。

2022 年 7 月 1 日，程宁远开完四个会，推掉两个不必要的应酬，去金御会所露了个脸，夜里七点四十六分开车到家。

家里没人，他走到小厅，站到墙格前，给蓝色背景照的遗像上了炷香："妈，昨天喝多了，忘了来看你了。今天补上。"

他鞠完三个深躬，倒了一杯水，打开电视，在空如墓穴的客厅一坐就是两个小时。等晃过神来，已是十点多，电视里放的一直是广告。

他睡前又去小厅看母亲王奚，跟她道了声晚安。

庄娴书憋了一周，半夜一点打来电话，问他为什么要停掉她的卡。

程宁远言简意赅："回来。"

"可是我没玩够。"她撒娇耍赖。

他声音压下去一分："回来。"他知道，她不是没玩够，只是在等他的命令。

庄娴书到家，晒黑了不少。程宁远一言不发地看着她，半晌，问她玩得开不开心。

她刚浮上笑就被他擒住下颌："不要跟我说开心。"

他脸色沉得跟阎王爷似的。

虽然和平日没两样，但以前面对庄娴书时，阴沉的表情里总归有一道缝隙，是独属于她的柔和。

现在没了。

"如果我说开心呢？"庄娴书挑衅道。

门被无情地带上,任她捶打,他无动于衷。

一刻钟后,哭声止,小厅异常寂静,像有死人在谛听。遗像前,程宁远紧闭双目,又静跪了一会儿。

他叫了两份沙县牛肉河粉,一个人吃光,等夜幕降临,打开门,庄娴书睡着了。她的眼影晕开,眼睫上残留着粗细不匀的睫毛膏,腮红深一块浅一块,晕成一张大花脸。

记忆中,她很少让自己这么不好看。

感受到目光,庄娴书缓缓睁开眼,对上他视线的焦点:"我以为你要关我一晚上。"她的声音哑得厉害。

小时候家里地方大,小声哭父母听不见,只能大声哭,庄娴书就这么把声线哭坏了。长大再哭,声音特别粗哑,比公鸭还难听。

"不敢了,再关你是不是要走得更久?"

她放话:"你再关我一次,我就彻底走!"

他没理她的虚张声势,拉起她的手:"饿了吧,吃点东西。"

庄娴书快饿晕了,之前在房间里找了一圈,连包垫肚子的苏打饼干都没有,没力气卸妆,哭了几分钟便偃旗息鼓,躺下歇息。

尽管饿,庄娴书离开前还是到王奚跟前,上了一炷香:"阿姨,我回来了,来看看您。"

本地的夏天比泰国炎热。她在泰国清迈全款买了套房,一百多万人民币,房子三层,带泳池,她准备装修做成民宿,给爸妈找点事做。

还没动工,程宁远就命令她回来。庄娴书本来就三分钟热度,若不趁这三分钟把事做掉,她又要懒成一个废物了。

路上,她跟程宁远说自己想做民宿。

他听都没听完:"不允许。"

他过去从来不会说这三个字,他以前最常说"你想清楚"。

过去选择权在她,后来她脱缰,他便完全收回选择权。认识二十年,庄娴书仍然不够了解他。

庄娴书上天入地,做过最任性的事,左不过是没有问他,而偷偷吃了回扣,还胡搅蛮缠,仗爱欺人,不肯受一点委屈。

童家河的事发生,关系里尊重的平衡被打破。

程宁远强势到可怕,将庄娴书带回去,逼迫她在王奚灵位前磕了几十个响头。她没认错,只是求他别这样,直接打断她的腿吧。

他松开手,逐渐冷静,阴鸷的目光移向她光裸的腿。

那目光不带温度,逗留许久。

感受到那目光的重量,庄娴书以为他真要打断她的腿,吓得直冒冷汗,抽打他的肩："你疯了！"

程宁远过去只是冷漠，还不至于凶狠，摁她磕头这出已经触及她的底线。

但是庄娴书憋了半天，只抛出了句"绵羊骂"："你要是敢动手，我一辈子都不会原谅你。"

那一刻，她悟出了新的歪理：真的不要随便给男人戴绿帽子，他们可能会露出动物的"本性"。

男人的"领地意识"很可怕。他和沈梨姿见面吃饭，为对方拍珠宝，她只能咬牙咽苦水、生闷气、撒虚火，做些无伤大雅的动作。她和别的男人约会，他却是真敢动真格。

在庄娴书看来，这两件事完全没有区别。他却跟被点燃了一样，彻底变了个人。

庄娴书吃痛地捂着额头："我要报警！"

他挪开目光，看向母亲的灵位。

这张遗像是王奚自杀前特意去拍的，她把死后的事安排好，连照片都留好，才不急不缓地把自己吊上房梁。遗像上那张枯槁的脸已经完全看不出过去的风华绝代，但那双看向镜头的眼睛，谜一样摄魂，叫人每看一眼，都能肝肠寸断。

办丧礼时，程永贤始终回避那双眼睛。程宁远则一直盯着，他要记住母亲的脸，记住她的遗志。

程宁远望着母亲的照片，维持方才摁庄娴书磕头的动作，单膝跪地，又静止良久。

没多久，童家河的腿不知怎的断了。庄娴书卑劣地想，幸好断的是童家河的腿。

庄娴书吃东西很挑。程宁远什么都能吃，她则至少三荤一素一汤。就算家道中落，父母也没亏待她一顿饭。

他吃牛河吃饱了，专程陪她去了趟她中意的私房菜馆。

一桌菜，她动了几筷子便扶额说没劲，不想吃了。

开车加等菜花了一小时一刻钟，实际吃饭只用了三分钟。

念书那会儿，庄娴若点菜超过自己分量太多，他都会沉脸，用脸色教育她不要浪费。她的消费太过铺张，且不自省，若不提醒，她做得出让服务生把菜单上的菜全上一遍的事。

现在程宁远不会说她一句。庄娴书要风得风，要雨得雨，点几个菜都随便她，但是同样，他也不再包容她。

在宁家树失足落水死掉之前，程宁远一直管宁家树叫爸爸。

宁家树确实是个很好的爸爸，给了他最好的童年——

宁家树性格温顺，热爱祖国，在父母的召唤下，他毕业后回到乡镇，接任远光制药厂第三任厂长，并且和王奚结婚。

程永贤从北京回来，王奚结婚已经三年。他痛哭流涕地找上门，自述在北京如何艰辛，从小小医药代表做起，如今已是老板挽留的营销干将。他用激动的颤音告诉王奚，自己带着二十万回来娶她了。

五年前离开时，他还是司机的儿子，配不上她。现在他不一样了，他有钱了，可以买房娶她了。

王奚慌忙甩掉他的手，如实说自己已经结婚了。

程永贤这才察觉到她手上的戒指，整个人失魂落魄。王奚也没想到，十几岁的情窦能深种至今。再见到他，她还是会心动。但不行，她结婚了。

她念旧，说起往事，好心问他要不要找工作，厂里虽然效益不好，但提供一份工作还是不难的。

王奚想帮个忙，程永贤拒绝了。

他情场失意，事业得意，回到家乡，借之前的工作经验进入瑞华制药厂工作，两年内让厂里效益翻了五六倍。

瑞华做仿制药起家，低价竞争牟取利润，药品质量一般，只在本地流通。当时的药厂基本都走这条路。正是如此，瑞华一定程度上挤压了其他制药厂的利益——这里以专心搞研发的远光受损最为严重。

宁家树利用留学生身份申请到本地补助，投了几十万搞研发，身为厂长的他忽视经营运作，亏到需要卖祖宅维持药厂。

五年后，瑞华药厂兼并远光制药厂，程永贤正式成立光瑞制药有限公司。他从代理销售摇身一变，成为本地制药龙头，一时风头无两。

卖厂对宁家树来说是权宜之计。他手上的药研发到关键时期，政府的补助在购买进口实验器械时便已耗尽。他需要提供正常经营的证明才能申请补助，这实在强人所难。

程永贤来谈的时候向宁家树保证，卖厂后宁家树可以继续搞研发。

瑞华一直想做原研药，可惜没有这个能力，只能做仿制，他们就是看中宁家树的履历和能力才买远光的。不然以远光现在这个经营状态，厂里亏损多年，一大半人闲着，近乎停产，谁敢接手这个烂摊子。

宁家树不擅长经营，听程永贤跟他保证会全力支持研发药物，仿佛看到了救星。

研发投入过于巨大，每个想要买厂的人都只想要机器、配方和地皮，并不想真心做药。

宁家树激动不已地告诉程永贤，他现在研究的药里加入了大青叶、甘草、三七、赤芝等七味中药，几个中药园的老农说这几味药吃了利尿，他现在拿雄白鼠做研究，实验效果惊人。虽然数据量小，不能说明问题，但目前方向是对的。

这药一旦做出来，投入生产，将是举国轰动的大事。

程永贤钦佩不已，表示一定全力支持。成立公司后，他也没有亏待宁家树，真的花钱给宁家树买器材，招聘大学生，成立研发团队。

宁家树性格固执，要求高，什么都要进口的。

要知道，进口就是天价。两个副厂长都不赞成这样搞，他们主张买厂房，扩大生产。

程永贤力排众议，四处通关系，全都给宁家树搞来了。

那时候，宁家树和程永贤的关系可以说不是兄弟，胜似兄弟，除了媳妇不共享，穿衣起居都在一块儿。

程斯敏十岁生日，程永贤大摆筵席。他看到宁家树失落，明知故问怎么了，宁家树摆摆手，只说最近累。

"你这么瘦，怎么扛得住！给我多吃点，生个胖小子！"说罢，程永贤吹着酒气，往宁家树碗里夹了好几块油荤。

次年宁远出生，宁家树如释重负。他感谢王奚，感谢实验室的兄弟，感谢父母和岳父岳母。

其实孩子出生没多久，厂里就有风言风语。他专心做实验，完全没在意，还安慰王奚，别理那些人，有时候程永贤讲话、做事就是没什么分寸，被厂里工人听了去，胡乱编派。

"千万别气坏身子，你身子本来就不好。"他爱抚王奚，又亲了亲儿子。

王奚身在漩涡，第一个受不了，尤其公婆也听到了风声，过来质问她。

她"做"了份亲子鉴定。宁家树看到鉴定报告上的红章，松了口气，马上揉她的肩，跟她说不值当不值当，为那些人的话不值当。

看到他松懈的表情，王奚才不得不确认，原来他也是在乎的，只是掩饰得极好。

她发觉，自己渐渐喜欢上了这个豆芽菜一样的男人，专注、温和、有远见、沉得住气，和风风火火的程永贤截然不同。

再后来，研发和经营出现了矛盾。一天一个变数，程永贤也提心吊胆，决定马上建厂。

程永贤筹备滴丸制剂的生产线，四处借钱，又要材料钱，又要给工人结款，实在变不出来钱，就差给人下跪。重重压力之下，程永贤出了个下策，私自卖掉了前列腺药的专利授权，以回笼资金。

买方是购买器材时认识的,一个出身中医世家的美国留学生,很关注他们的研究进展。

程永贤知道不能泄露具体,只告诉他实验结果很理想。这几年他们一直有联系。

他几经挣扎,把厚厚的实验报告连夜搬到车上,开到上海,拯救了光瑞。

同年,光瑞在 S 市选址建厂,预算不多,买的地皮带条河道,计划填一半再留一半排污。

宁家树就在那条河边失足落水,死掉了。

20 世纪 90 年代中期,宁家树的研究成果在美国注册专利,以前列腺补剂方式投放保健品市场。哥伦比亚大学和加州大学陆续发表论文,证实这几味中药材对前列腺的治疗作用。

很多人说,宁家树死是因为受不了儿子不是他的。

王奚却认为,不是的。妻子、儿子他都不在乎,他在乎的就是那几味药。这些俗事,不可能导致他想不开。

他每次不行,瘫在她身上,总要一遍遍地安抚她,说对不起。他在这件事上这么不行,也未见自卑,照样笑嘻嘻地投入实验。他根本不在乎这些凡尘的事。

宁家树死后,王奚老做梦。梦里他也毫无威胁,和气地问她,吃得好吗?最近偏头痛好些了吗?

怎么这么残忍,连梦里都是个好人。

宁远摇醒王奚,她才会意识到,又是一个礼拜过去了,到周末了。

她一直待在老厂做会计,没有跟程永贤到市里。程永贤胆子大,左右逢源把羞耻当荣光,她受不了那种屈辱,只让阿远跟程永贤走,改姓程。

儿子问她为什么,她笑笑,没回答,只说给你找了个爸爸。

程永贤时常来找她,有时不说话只喝闷酒,有时冲上来就扒她衣服。她默默受着,没有了第一次被侵犯时的反抗。

他早已不是司机的傻儿子,也不是从北京回来的痴情汉,他吃喝嫖赌,混迹商场,眼里只有钱,连梅毒的事都是她告诉他,让他去查,他才后知后觉。

程永贤冲她下跪,抽自己巴掌,说错了,那天糊涂。

王奚指尖划过他泛白的鬓角,发觉他也老了,没什么脾气地跟他说:"你跪错人了,跟你老婆跪去。"

治疗梅毒要打大剂量青霉素,连打了好几个月,王奚屁股特别痛,走路一瘸一拐。

宁远心疼妈妈,奇怪妈妈怎么摔伤老也不好,说不会摔到骨头了吧。

王奚慈爱地摸摸他的头,说妈妈没注意卫生,你以后多注意卫生。

他聪明得很,知道翻病历。"梅毒"两个字也不是没见过。他把病历本塞回原处,闷不吭声地吃饭,一句多的都没问。

王奚问他:"现在叫程永贤还叫叔叔?"

他不说话。

走前,他问:"妈,我爸到底是谁啊?"

他从小挨过不少欺负,身上时常带伤,从不诉苦。这问题从他嘴里问出来倒也是很难得,估计憋挺久了。

王奚问他:"你想你爸爸是谁啊?"

他没说话,想了一路,到家又打电话给她:"我喜欢我爸爸。"他指的是宁家树。

王奚说:"那他就是你的爸爸。"

2000年初,全国医药行业洗牌整顿,光瑞依靠程永贤的八面玲珑存活下来,但也遭受了不小的损伤。由于政府规划,投入百万建厂的心血付诸东流。光瑞所在的区域在征拆范围内,需要立即迁址。这意味着光瑞的十几款药品将进入漫长的冬眠期。无论是新建厂房还是技术转移,都极其耗费资金和劳力。

程永贤咬了咬牙,开始清理手上效益不高的四个厂。远光正是其中之一。它位于S市的一个小镇上,只有三种药品在生产,每年亏损不多,但已经连续亏损了十二年。

他跟王奚说起这事,她难得地流下了眼泪。他最怕她流泪,直言自己也没有办法,眼下必须卖掉工厂。

王奚面无表情地哭泣,说随他,反正什么都听他的。

他最受不了她这副样子,暴躁地责怪她:"出去就没见哪个女的像你这样的。"

当初喜欢她,他嘴上说的是就喜欢她端着,真是笑话。

"那就出去见年轻女人吧,别来找我。"

"要不是因为儿子,你以为我要来找你?"每次来找她都要开两个小时车,这么远,要不是心里有她,谁乐意来?

她不说话,干躺着,任他作践自己。

程永贤见她失神,心肠软下来,急不可耐地用胡楂扫荡她颈窝:"好好好,我尽量不卖,再撑一撑,行吗?高兴了吗?"

要说高兴的事,也不是没有。

宁远最近回来,车上老跟个小姑娘。小姑娘一看就是城里姑娘,玉雪可爱,精怪嘴甜,裙子纤尘不染,浑身柠檬皂香,一看就娇生惯养。

小姑娘介绍自己叫阿娴，还补充："不是闲来无事的闲，不是闲话精的闲，是娴静的娴，是褒义词！"

小姑娘看似咋咋呼呼，实际上不该问的一句不多问，没问你是谁，也没问阿远为什么老来这里，她每次就扎着小辫，换不同的头花，漂漂亮亮地来。

王奚给她递牛奶，问她来这儿不无聊吗？老厂区也没什么好玩的。

小姑娘笑眯眯地说："好玩呀，有阿远哥哥的地方都好玩。"

王奚失笑："他又不说话，闷死了，哪里好玩？"她观察了，阿远就当小姑娘是小孩子，从来也不搭理对方。

也是，一个十九岁的大学生，哪可能喜欢个黄毛丫头。

"他不说话才好玩。说话的都烦死了。"阿娴扬起下巴，"我会说话就行啦，他只要听我讲话就好啦。"

十来岁的庄娴书真的很闲，家里出事也不知道，傻乎乎地贴着程宁远，既做跟屁虫，也做偷窥狂。

她翻他的课本、钱包、衣柜，确认他没有女朋友，还指着人家的鼻子说："你不许谈恋爱！被我发现，要你好看！"她还知道自己年纪小，不能谈恋爱，也知道人家年纪正好，处于恋爱黄金期。

一切行为在后来看来，完全可以用不知廉耻来形容。

也许换个正常的男的，甩手就不理她了——譬如池牧之，一听她说奇怪的话，马上转身走开，应和一声都不带的。

偏偏是寂寞如雪的程宁远，没有躲开她。

她告诉他，坐车陪他回乡下是想要吃八宝糖。平时在家里，妈妈除了正餐不给她吃糖，她馋。

程宁远在镇上小店给她买了糖果。

后来，她每次眼尖盯到接送的奔驰，屁颠屁颠地爬上来，他都会信守承诺，买一包八宝糖。

庄娴书吃甜吃腻了，又想跟着，随即改口，想吃虾片。于是，他们每周就这么虾片、八宝糖轮着换，随她想一出是一出。

庄娴书在路上总爱胡言乱语，程宁远则闭目养神，也不知听没听进去。反正她爱说话，车开多久她说多久。从班里八卦说到邻里闲事，一刻不带喘，时常讲到下车还意犹未尽。

庄娴书沉迷于单恋游戏，忽略了身边许多事。那些青春期该有的忧愁挫败，她一律没有。

家里搬家，母亲哭泣，庄娴书一边舔冰棒一边问——

"妈妈，你为什么哭？"

"妈妈，我不喜欢新搬的家。"这样不方便她盯车。

"妈妈，我的房间好小哦！"

她不知道迁厂清算时爸爸因为账目问题被辞退了，也不知道家里被追缴亏空，欠下一屁股债。父母在她面前粉饰太平，她便只当一切太平。

庄娴书欢天喜地地追逐程宁远，天真如一只快乐小狗。

等她知道家里的事，还是高中。庄娴书要钱买裙子，庄正当时被追债，掏不出钱来，凶了她几句。庄娴书哭哭啼啼打车到S大找程宁远，下车后他付车费，她理直气壮地抱怨，称不知道爸爸为什么凶她。

程宁远了解她家中的情况，倒是意外于她的傻气，只能反问她："一定要买那条裙子吗？"

她自信满满："当然啦！那条粉色羽毛裙只有我配得上。别人穿就是暴殄天物，我是去拯救裙子的！"绝不能让她漂亮的裙子的一生毁掉！

程宁远回了趟家，取出抽屉里的银行卡。

自高中毕业后，程宁远非假期不回家。

当年，程永贤找到儿子，直接把他送回家，交代冯清好好照顾他。冯清性格温婉，从不因外界的花花草草多说半句。

他确信冯清不会闹脾气，也会履行"母亲"的职责。这是他们这么多年来夫妻间的默契。

事实也是如此，冯清没有亏待程宁远。他礼貌地叫她阿姨，她供他吃穿住。唯有一个问题——半夜睡不着时，她会进他房间散步。

第一次进来时，程宁远以为有事，假装睡着等她叫醒他。谁知她并没有。

冯清围着他的床绕来绕去，像梦游一样，甚至都没有刻意放轻脚步。

面上的阴影时轻时重，程宁远克制着呼吸。约莫半小时后，她才离开。

锁门显得防备和生分，程宁远选择忍受。

夜半三更，门会忽然打开，那个女人一次次进来，漫步、逗留、或是端详他的脸。

他叫她阿姨。在家里有两个保姆"阿姨"的情况下，这称呼显得尴尬。每次叫"阿姨"都像是在叫保姆。慢慢地，程宁远越来越沉默，以前一天能说几句话，后来几天都说不了一句话。

到了大学，程宁远住宿，留下了噩梦般的习惯——他常在半夜惊醒，恍惚有女人在游荡。月光劈下，他猛然睁眼，错觉银刀再度贴面。

那把刀从没真的落下来过。

但几次悬在面上，虚贴鼻尖，冰凉穿透恐惧，刺破他本就不多的安全感。

他再也没法安睡。

之后好多好多年，他都不曾获得一个整觉。

程宁远没进光瑞,被程永贤扔在郊区分公司。和在光瑞深耕十年并推进公司上市的程斯敏比,他太弱了。在工作选择上,他除非选择脱离光瑞,不然只能听天由命。

工作后,他回去看王奚的次数减少,每一回,她都要老很多。

他认定生活无意义,决定进入一段关系。

一直没恋爱不是因为庄娴书毫无道理的威胁,他单纯对女人不感兴趣。不过她倒是没放下防备。

程宁远和女孩约会两周,被庄娴书敏感地当场抓住。

十八岁的她站在客厅正中央,双手叉腰,口出恶言,把一个二十五岁的白领赶跑。

庄娴书没有哭鼻子,自若地环视一圈,确认没有留宿痕迹,安静地陷进沙发:"为什么出轨?"

程宁远很少笑,为数不多的笑都是被她逗的。

他故意迷惑不解:"我们是什么关系?"

记忆里的她纤瘦,常穿白裙子,留长头发,头花老换,恨不能上午一对下午一对,发夹五颜六色,整日花枝招展。

十八岁的她赫然蜕变,审美上不知从哪里获得的领悟,天然去雕饰,摘去所有繁杂,素净如坠落人间的天使。

天使一脸怒容,恨恨地冲上来,挂在他肩膀上。

程宁远怕她摔着,托了她一把。认识这么久,身体实实在在的接触,还是在这一刻。

庄娴书趁机借劲,吻上了他。

刚吃完冰的凉意透过来,柔软而有弹性,他被夺舍般定在那里,双手牢牢箍着她,卡在半腰,不敢上移,也不敢下行。

庄娴书叽里咕噜,生涩辗转:"我们不是在谈恋爱吗?是不是亲了才算?"她脑子里藏不住事,什么话都往外蹦,"我亲得不好吗?你为什么不动?哼,我知道你在想什么。你肯定觉得我又蠢又笨,还倒贴!"

唇上的温度随着她叽歪一会儿湿濡,一会儿干涩,程宁远垂眸,等她说完,把她抱到沙发上,转身洗了把脸。

她贴得太紧,不要领还非要伸舌,口水断断续续,湿了他一整张脸和胸前一片。

打湿毛巾,他想给她擦一把,再回客厅,她已经走了。

沙发上的凹陷跟她的失落一样,又深又重。

庄娴书这回是哭着走的。

她奇怪怎么亲到一半人没了，慢下两步跟在他后头，看见他认认真真洗脸，忽然对自己也生厌，一怒之下开始谈恋爱。

她在上海念大学。国际都市，同学时髦，此时她已知晓家里情况，不好意思为难父母。生活费有限又忍受不了灰头土脸，庄娴书谈了一个富家男友。

那个男的叫什么不记得了，反正开豪车，在学校对面拥有一家咖啡店。她主动上钩，以非人类速度反击，一周后领着那男人在恒隆一次性刷掉一百零八万，置办了两车漂亮行头。

第二周，他们去浙江玩，住在六和塔边上的Vallie，男朋友越发放肆地动作明示，一旦外宿，他们会发生什么。

庄娴书门清，心里也有准备，一路笑嘻嘻没觉异样。下午五点钟，天空泼上彩墨，她坐在泳池边看落日，心头发沉，不由自主地给程宁远打了个电话。

她偶尔闲不住会犯贱，打电话给他。

程宁远还是那副不主动不拒绝的样子，电话都接，话没几句，从不关心她，也从没有随便挂断过电话。

有时电话因故断掉，他还会再回过来，直到她把话讲尽讲透，无话可讲。

无话可说的沉默里，她会忽然想哭。

人不是想犯贱就能犯贱的。犯贱的人实际上很富有，此人有爱，有执念。爱得多的人看似卑微乞怜，实际上精神阔绰。

死缠烂打，全是因为精神有余裕。

侧面来说，庄娴书觉得程宁远是条可怜虫。她从妈妈嘴里听说过一些程家的事。程永贤这人风流，名声在外，程宁远是从外面抱来的，据说是下属厂的厂长的儿子。

她老想，他是不是挺不乐意待在程家的，不然怎么大学都不回去。健康阳光的有钱男孩子才不是他这样的，他沉默得像被世界遗弃的孤儿。

她是聒噪，但他接电话很快，挂电话很慢，这总给她一种错觉，似乎他在等她的电话。

她只敢想，不敢问，总是偷偷心疼。

他不说，也不做，搞不懂。烦死了。

程宁远所在的致远医疗器械公司负责研发，只做进口器材的订单，他待得越发没劲，主动跟程永贤提出调岗。程永贤问他想调去哪里，他望向那双老谋深算的眼睛，诚实地说："想去研发部。"

像宁家树一样。

程永贤夸他有远见，和自己一样，又说，光瑞能走到今天，能在最危急的时候拿到融资，就是因为他们有高端的研发团队。

话说得慷慨激昂，三个月过去，程宁远仍在致远医疗器械公司，没有任何调动。

庄娴书打来电话时，他在职工食堂吃饭。公司小，食堂也小，拢共就两层，他习惯坐在二层，没有空调，夏天像蒸笼，但好处是清静。

电话里，庄娴书声调难得不高，闷闷不乐的，问他在做什么。他答吃饭。

她又问他："最近出轨了吗？"

嘴里包着的饭慢慢咽下，程宁远笑着说："没有。"

"哦。"她笑嘻嘻，"我有。"顿了顿又道，"是蛮好玩的。"

她嘀嘀咕咕说自己在浙江，这带山水不错，以后可以常来。他沉默，在她描述酒店的时候低低应了一声。

待太阳彻底沉入地平线，庄娴书在黑暗里说拜拜，他先她一步挂断了电话。

大学毕业，程永贤送过他一辆劳斯莱斯幻影。程宁远嫌外观高调笨重，不适合入职培训的新人，从来没开过。

鬼使神差地，这晚他没住职工宿舍，开上那辆代步的别克，去地库换了幻影。

车长时间不开会坏，程宁远就这么一路试车试到了杭州六和塔。

电话铃响，庄娴书在洗澡，她男朋友接的。

程宁远说麻烦将手机转给阿娴。

"啊？你哪位？"

"让阿娴接电话。"

阿娴洗澡很慢，程宁远等了一个小时又四十五分钟。

这期间，前戏都结束了，男朋友随口说刚有个男的打电话给你，跟个复读机似的，问什么也不说，就说找阿娴。

"原来你叫阿娴啊。"男朋友以此调情。

庄娴书迅速冷静，打破气氛，质问他为什么要接她的电话。

她急忙套上浴袍，往外奔跑。

大堂中央，修长的身影凝固在半明半暗的灯光下。

听到急匆匆的脚步声，程宁远没有回头。直到庄娴书扑进他怀里，他才像接到指令一样，伸出双手回抱住她。

"呜呜呜呜！"庄娴书落泪。她真的以为是自己喋喋不休自作多情，他从来也不回应，谁知道他呢。

此时他从天而降，说明一切。

庄娴书快乐得想扎进泳池，三百六十度滚二十圈。

程宁远揉揉她湿漉漉的头发，问她怎么没吹头发："刚刚在做什么？"

在男女之事上，他并不高尚。

庄娴书热泪盈眶，踮脚贴上他的唇："在等你！"

再次撬开齿关，她熟练利落，直接捣进他心里。

就这样，十九岁的庄娴书和二十六岁的程宁远，勉强确定了关系。

从男友那里跑掉有一点坏影响——庄娴书整个大学名声都不好。男人气量小起来四处造谣，贱事做得行云流水。

庄娴书不在意，被舍友孤立就搬出去，开开心心住酒店公寓，拿着程宁远的副卡随意逍遥。

年轻的庄娴书非常擅长自欺欺人，虽然他很抠门，消费多一点就要教育她，但他没有收回副卡，说明心里有她。

他惜字如金，从来没说过爱她。她却老说，什么话都蹦，毫无保留地将真心解剖，晒在他面前，一瓣瓣读给他听：

"我爱你程宁远。"

"我一辈子给你。"

"反正我就是你的了。"

"你也要爱我。"

"你不说话就是爱我。嗯？不爱吗？那喜欢呢？"

"不喜欢为什么睡？你个坏男人？"

"不喜欢为什么抱我？你个坏男人。"

"不喜欢为什么有反应，你给我说清楚！"

他抱着她看材料，从不回应。她倒在他怀里，附到耳边，一遍遍变换各种语气，重复洗脑。

她知道他都听见了。

再去远光老厂是好多年后。以前跑半天的厂房，眼下两分钟就能转完。东南角有推土机在施工，据说要修路。

厂很快要没了，此地烟尘飞扬。

王奚老得像被抽去精血，满头白发，缩成一个小老太。庄娴书第一眼没认出来她，叫完阿姨，脑子慢半拍地将自己妈妈和王奚对比。出门前，妈妈还在生气丝巾款式老，噘嘴跟庄正撒娇。

照理都是经历过风霜的女人，怎么王奚老得这般迅速。

王奚依旧和蔼，声音未变，取出牛奶插上吸管的瞬间，又把庄娴书带回了熟悉的小时候。

看到他们紧紧牵牢的手，王奚笑意牵动整张脸庞。

庄娴书不忍心看那些皱纹，像一张揉烂仍散发馨香的旧纸。

庄娴书握住王奚的手，逗王奚开心，问她要不要搬去市里，程宁远有好多套空房子，这样就可以经常去看她。

王奚摇头："镇上待惯了，适应不了大城市。"

她慈爱地问他们，准备什么时候结婚。程宁远说还早呢，没想过。

"你都快三十了，怎么还早？攘外必先安内。"

程宁远没多言，继续保持沉默。

庄娴书感受到尴尬，不自在地避开，跑去看施工。再回头，那对母子在吵架。他们吵架不用声量，闷声较劲，旁人瞧脸色就知有争执发生。

走之前，王奚给庄娴书套上戒指，旧黄金上镶了颗碧绿翡翠。

"别嫌款式老，这是我婆婆传下来的，只给孙媳。"王奚又对着地面喃喃，"我知道都是旧物，旧物，旧事物就是要被新规则推倒的，我跟不上你们的思路，我知道，我知道，随你们。"

庄娴书连忙套好，抚摸戒臂，当成宝贝。

半个月后，远光厂被推平，百年老厂牌卖给废铁场，八十块。上次卖厂，程永贤来找她好几次，又是哄又是妥协，这回，他一通电话都没打，三年人没来，拆厂是政府一纸文书下达的。

王奚心里的男人一个个都死了。拆厂没几天，她吊死在家中，第四日才被发现。

尸身僵硬腐臭，眼球凸得几乎脱眶，写满死不瞑目。

庄娴书接到电话，坐上程宁远派来的车，颠簸五个小时，在灵堂跪了一夜。

第二天早上，她头戴白花，枕在程宁远膝上，悠悠转醒。

他用干燥的指尖替她整理乱发，不得要领，却一遍又一遍地在做。

他问她累不累，她称不累。

程宁远带她爬山。到半山腰，她哭唧唧地喊累，他左右环顾，将她安置在六角亭里，独自捏着王奚的生辰八字，在宁家祠堂的长明灯旁点燃了她的那盏。

整理遗物时，程宁远从柜子里找到一个箱子，里面堆着厚厚的剪贴本。

本子上依年份记录了 PC-SPES 在国外的一系列研究进展。这是宁家树研究了十几年的药，美国人帮他继续做了下去。

内容全是英文，她一条条找人翻译，逐字逐句认真摘抄译文。她从来不提这些事，但厚厚的六本本子，写满了不甘和思念。

每本扉页，她都会抄一遍：为你做满两万日功德。

程宁远很少找程永贤，他们是一对无话可说的父子。

但丧礼结束后,他牵着庄娴书的手,单手抱着骨灰盒,主动去找了程永贤。

程宁远朝那道抽烟的背影喊了句"爸"。

他一开始叫程永贤叔叔,后来对应的称谓变成一段静止的空气。那是第一次,他从喉咙里挤出了这声"爸"。

陌生的发音牵动出一整个人生的震动。

程永贤指尖颤抖,没有抬眼。

焦黄的烟灰掉进指缝,随风飘散。

程宁远说他不想去研发部了,想去战略发展那边学习学习。程永贤眼里布满血丝,点点头,次周就调他去了。

那之后,程宁远变得很忙,像放养十年的闲散太子突然进宫,有时几个月都见不到人。

庄娴书的毕业典礼,他没来。她大喊分手:"我不要一个神龙见首不见尾的男朋友。"

他平静地说好,不理会她挂断后的哭闹。

他好像吃定了她一样。

庄娴书哭得惊天动地,狠狠刷了一周的卡,没等到半句指责。

一周后,她主动飞去北京,在他公寓赖下。

那半年,程宁远飞到哪里,她就跟到哪里。他见她实在没事,问她要不要找份工作。

"这么辛苦考上的大学,就这样浪费?"

庄娴书问,可不可以做他的秘书,这样就可以一直在一起了。

他无奈,骂她怎么这么没出息。

她问:"什么是出息?"

程宁远沉吟:"有事做,就是出息。"

庄娴书跟他在一起好久都不了解他。她跟池牧之说,这人活得很特别,每天起来,都是一个行走的谜语。

池牧之笑话她,让她多读书,程宁远才不是谜语,他就是一张破洞的白纸。你自以为是谜团的东西,在他身体里,只是无法弥合的性格漏洞。

庄娴书听不懂。

池牧之给她念了一段他人对太宰治的评价:

"他性格上的缺陷,通过洗冷水澡、做机械体操和过有规律的生活,至少有一半可以治愈。"

这毒舌竹马的言外之意是:你只是他日常补窟窿的一部分,不是爱。

她没听懂,依旧为此着迷。

除了漂亮衣服，她这辈子最喜欢程宁远。

为他的冷漠，她闹过无数次分手。她要很多很多的爱，塞满她的那种爱！可榨干程宁远，他也挤不出半分。相爱也是她单向的努力。庄娴书一度觉得自己这辈子完蛋了，她爱上了一个空心人。

而就像那个忘了姓名的男朋友一样，童家河又点燃了一点希望。

山重水复的单恋疲惫里，第三者是柳暗花明的那一村。

童家河曾拿起打火机，帮她点烟。她等火自动送到唇边，深吸一口，肺腔内爆发的快意点燃了一星记忆。

她也经常给程宁远点烟。

不喜欢的人帮你点烟，你能当他是奴才；而帮喜欢的人点烟，是享受。这个主动与被动，真的不是金钱就能买到的。

程宁远扣她在身边的行径和她过去死活赖在他身边没有区别。

他情商很低，低到连爱的行为也只会复制。这个抄袭怪！他就不能原创一种爱吗？或者抄些别的，比如某天早晨，不经意在她耳边说一声我爱你，不不不，一声早安宝贝，就够了。可他好吝啬，连抄东西也抠搜。

从泰国回来后，她精疲力竭，走到床边，打开手机。沈梨姿发来消息，问程宁远在不在她那里，有事联系不上他。

庄娴书翻了个白眼，赤脚走到马桶边，将手机递给他。

一道精瘦的身影坐在马桶盖上静止如雕塑。他黑发如漆，几簇银发不仔细看，看不出来。但可以预见，以他的工作强度，很快会白掉。

不过还好没秃，秃顶是真扫兴。

程宁远一动不动，不知在想什么，看清沈梨姿的消息后，他抄起手机直接回语音："什么事？"

庄娴书咬牙："这是我的微信。"

他不以为耻，和他亲生父亲一样，将这视为理所当然："怎么了？"

她不理会他，径直往外走，决定去喝口水。

妈妈给她发了几个装修方案，她觉得日式风最好看。

妈妈问：预算够吗？

庄娴书：没事，钱有的是。

现在她开口要钱理直气壮。他也不再搪塞。相应的默契就是，他发号施令，她要像狗一样爬回来。

东西都在行李箱，不知要不要收进衣橱。

她和程宁远没有同居，不常来这里。自从童家河那件事后，他每次都要扣她来此，给王奚下跪。

狂饮完两杯水，她在暗室徘徊，又去小厅跪了会儿。

庄娴书并不虔诚，内心不信王奚真的在天有灵。她只是单纯的话多，想有个对象可以听她说话："阿姨，我都不知道要怎么办了。他事业有成，要风得风，我却卡住了。我的人生被卡住了。"

她抱怨完，苦着脸回房整理行李。

她拉开衣柜，里面有一排衣服，全新带吊牌的新款小礼服，尺码都是她的。

她吸吸鼻子，手臂擦掉眼泪，将衣架往边上一推，装作没看见，一件一件挂上自己的衣服。

其实他从订婚宴上跑出来找她，她的感动阈值就变高了。这些蝇头小利感动不了她。

收拾完东西，她往一楼储物室放行李箱。

一开门，小山般堆高的塑料袋乱七八糟地滑落。

她以为是什么赠品，脚随便踢踢以方便关门，转身又顿住，拎起一袋。

眼泪特别没出息地掉了下来，三十岁的人还哭，真的很丢人。

那里堆满了八宝糖和虾片。塑料袋里有收银条，城市各异，时间能往前追溯两三年。翻到一半，她哭不动了，回房往床上一躺，长叹了一口气。

她忽然没有了情绪，一丝埋怨都没了。

程宁远的电话到下午一点才结束。以沉默和呼吸为武器，拉锯谈话，池牧之好不容易松口，让他把计划书发出去看看。

撬动这块顽石实属不易，以池牧之的工作量，这个高管当得比基层还要清闲。很多一步步爬上来的领导改不掉亲力亲为的毛病，不信任别人，为此增加不少工作量。池牧之不然，他是天生的少爷，很会分配工作，交代别人做事。程永贤原本让他负责并购，重点培养，结果他不喜欢出差，挑三拣四，选了个不动的岗位。

阴错阳差，是程宁远最想去的研发部。

光瑞每年研发销售投入比10%，在国内名列前茅，五年前，通过创新生物药的上市成功转型为生物药企业，市值突破三百亿。这是宁家树无法想象也无法达到的成功。

在研发上，程永贤没有食言。

不知道，如果拿未来的这个结果跟当时实验室不见天日的八味中药交换，宁家树会不会妥协。

程宁远猜，爸爸性格温和，或许好好说道，也是会低头的。

只是程永贤没有耐心。

恰好，程宁远也没有。

程宁远这几年重点解决光瑞子公司过多、资源分散的问题，获得程永贤不少支持。订婚后，促成新项目，程永贤认定他是做事的料，慢慢放权，股东名单新添"程宁远"三个字。

程宁远不愧是程永贤的亲儿子，很快失去了蛰伏的耐心，计划引进美国前列腺癌专利药 PC-SPES 补充辅助治疗管线。权衡利弊后，他把项目交给了池牧之。别人估计扛不住这样的压力。

计划书转发过去，那边一分钟内就抓住了重点。

池牧之：药物拟商品名"远光"？

池牧之：……害我？

程宁远没有再回复，转身径直捣碎了庄娴书的梦乡。他戒酒戒烟的时间很有限，最近，他想把事情做完。

庄娴书累得要死，伸脚踹他："你有病啊……"

他起伏着唤她："阿娴。"

"干吗！"她拳头一攥，气势汹汹。

"是不是我拖累了你？"

她没有以前快乐了。以前就算喊分开，也是咋咋呼呼，能量十足，现在她说话都有气无力，每一句分手都像真的。

她被他拖进了深渊。

"是。"是是是！如果不是程宁远，此刻一定有无数个童家河排队等着跟她交往。

"那你这辈子忍着。"他忍不了墓穴生活。寂寞如雪的日子里，他靠捏八宝糖听塑料声，来想念她的聒噪。

"你真霸道。"

"嗯。"他又说，"下辈子还你。"

能让他说出下辈子，看来这辈子真的没得救了。庄娴书骂他怎么会信转世，脚下勾住他，挂进他怀里，软心肠地制止他消极："没有，没有拖累。这辈子就很好了。"

她已经没法想象没有他的人生了。

互相伤害吧，反正都虐习惯了。

"好吗？"

她知道他在问孕事，抱住他，一下一下无奈地抚摸："我有选择吗？"

"你没有。"

"那就听你的。"好没出息啊，于是她赶紧补充预约，"那你下辈子要听我的哦！"

阳光下没有新鲜事，男女绕行千里，一遍遍重蹈覆辙，还是会在相似的剧本里陷落。

三个月后，虐的结晶呈现报告，是他们能达成的最俗解。